LORA LEIGH

Breeds

Jacobs Sehnsucht

Über dieses Buch

Seit nunmehr sechs Jahren haben Faith und Jacob sich nicht mehr gesehen – nicht seit jener verhängnisvollen Nacht in den Laboren des Genetics Council, in der die Hölle losbrach und so viele der Breeds flüchten konnten. Seither lebt Faith in unstillbarer Sehnsucht nach Jacob, der damals spurlos verschwand. Als ihr Rudelführer Faith den Auftrag erteilt, den Breed zu finden, ist sie zwiegespalten. Auch wenn sie noch immer sehr intensive und leidenschaftliche Gefühle für den attraktiven Alpha hegt, würde Faith dennoch am liebsten nichts mehr mit ihm zu tun haben. Jacob ließ sie damals ohne eine Erklärung zurück – eine Tatsache, die sie am liebsten für immer vergessen würde. Und sie hat sich geschworen, seiner sinnlichen Anziehungskraft nicht noch einmal zu erliegen. Als sich Jacob und Faith jedoch wiederbegegnen, kommt alles anders, und sie finden erneut in einem Rausch der Gefühle zueinander. Doch alte Feinde lauern in den Schatten und warten nur darauf, sie für immer zu zerstören …

Über die Autorin

Lora Leigh lebt mit ihrer Familie in Kentucky. Mit ihren erotischen Liebesromanen hat sie sowohl im Bereich der Romantic Fantasy als auch des Romantic Thrill eine große Leserschaft gewonnen. Weitere Informationen unter: www.loraleigh.com

Lora Leigh bei LYX

Die Romane der Breeds-Reihe:

1. Breeds – Callans Schicksal
2. Breeds – Tabers Versuchung
3. Breeds – Dashs Bestimmung
4. Breeds – Bradens Vergeltung
5. Breeds – Harmonys Spiel
6. Breeds – Kanes Verlangen
7. Breeds – Kiowas Verhängnis
8. Breeds – Tanners Begehren
9. Breeds – Jacobs Sehnsucht
10. Breeds – Aidens Rache
(erscheint Juli 2016)

Außerdem exklusiv als E-Book erhältlich

Lust de LYX – Coopers Sehnsucht
Lust de LYX – Verheißungsvolle Nacht

Weitere Romane der Autorin sind bei LYX in Vorbereitung.

LORA LEIGH

JACOBS SEHNSUCHT

BREEDS

Roman

Ins Deutsche übertragen
von Silvia Gleißner

LYX
EGMONT

Die Originalausgabe erschien 2003 unter dem Titel *Jacob's Faith*
bei Ellora's Cave Publishing, Inc.

Deutschsprachige Erstausgabe Januar 2016 bei LYX
verlegt durch EGMONT Verlagsgesellschaften mbH,
Gertrudenstraße 30–36, 50667 Köln

1. Auflage
Redaktion: Isabella Busch
Umschlaggestaltung und Artwork: © Birgit Gitschier, Augsburg,
unter Verwendung mehrerer Motive von Shutterstock (aaltair, EBFoto)
Satz: Greiner & Reichel, Köln
Printed in Germany (670421)
ISBN 978-3-8025-9976-7

www.egmont-lyx.de

MIX
Papier
FSC FSC® C083411

Gewidmet meiner Kritikergruppe.
Oh ja, ihr wisst, wen ich meine.
Ihr Leute seid der HAMMER!
Vor allem Terri, die unübertroffene Korrekturleserin.
Danke für alles, was du tust.

Prolog

Irgendwo in der näheren Zukunft
Breeds-Versuchslabor, Mexiko

Jacob kam aus der kleinen Dusche, die zu seiner Zelle gehörte, ein Handtuch um die Taille geschlungen, in der Hand ein anderes, mit dem er sein langes Haar trocknete. Das heiße Wasser hatte die vom täglichen Training strapazierten Muskeln gelockert. Doch die unbestimmte Vorahnung, die ihn schon seit Tagen erfüllte, konnte seine Anspannung nicht lindern.

Das Gefühl pochte in seinen Eingeweiden und löste eine Beklemmung in ihm aus. Der kalte Hauch einer Warnung schien sein ganzes Dasein zu durchdringen, und er konnte ihn nicht abschütteln. Es war ungewöhnlich, dass sein sechster Sinn sich derart nachdrücklich zu Wort meldete, wenn er sich nicht gerade auf einer der blutigen Missionen des Councils befand. Normalerweise verhielt sich seine hochsensible Fähigkeit, Gefahr zu wittern, ruhig, solange er im Labor eingesperrt war. Doch jetzt ließ sie ihm die Brust eng werden und jagte ihm einen Schauer der Warnung über den Rücken.

Dieser hoch entwickelte sechste Sinn war etwas, das er sorgfältig geheim hielt. Mit jedem Monat wurden die Vorahnungen stärker, und die Entwicklung ursprünglich latenter Fähigkeiten rückte immer mehr in sein Bewusstsein, auf eine Weise, die ihn ständig aus dem Gleichgewicht brachte. Es wäre nicht gut, wenn seine Schöpfer davon wüssten. Die Weiterentwicklung eines außergewöhnlichen Sinnes konnte durchaus zum letzten

Sargnagel für die Wolf-Breeds werden. Ein Leben als genetisches Experiment war schon hart genug, und Jacob würde es vorziehen, wenn es nicht noch härter werden würde.

Wenn es so weiterging wie bisher, würde man sie ohnehin beseitigen, noch bevor das Jahr vorüber war. Trotz all der Jahre blutiger Drills und grausamer Lebensbedingungen hatten die Breeds nicht die Gefühle von Hass und blutdürstiger Grausamkeit entwickelt, die ihre Schöpfer sich erhofft hatten. Abgesehen von den Gefühlen ihren Schöpfern gegenüber. Jeder Breed in diesen Zellen würde den Mitgliedern des Councils, den Wissenschaftlern und Soldaten, die hier ihre abartige Macht ausübten, die Kehle herausreißen, bekäme er die Chance dazu.

Beim Gedanken an seine Wärter hallte ein lautloses Knurren in seinem Kopf, als er seine kleine Zelle betrat. Doch kaum hatte er die Schwelle des Badezimmers übertreten, blieb er wie angewurzelt stehen. Er hob den Kopf, und seine Nasenflügel weiteten sich beim Anblick der wütenden jungen Frau, die auf der dicken Matratze in der Ecke seiner Zelle saß. Diese Frau sollte nicht hier sein.

Einen Augenblick lang loderte Verlangen in ihm auf, stechend und unvermittelt. Ein besitzergreifender Instinkt, den er unbedingt hinter einer Maske der Gleichgültigkeit verbergen wollte. Doch mit jedem Tag fiel es ihm schwerer, die animalischen Instinkte zu verstecken, die jedes Mal um ihre Vorherrschaft kämpften, wenn er sich in ihrer Nähe befand.

Zorn erfüllte sein Herz, als sich diese Erkenntnis in seinen Verstand brannte. Der Tag, dessen Kommen er gefürchtet und dem er zu entgehen gehofft hatte, war nun da. Er warf einen Blick durch die gläserne Trennwand, die seine Zelle von der seines Rudelführers trennte. Wolfe erwiderte seinen Blick, und Jacob erkannte Besorgnis und Zorn in dessen wütenden Augen.

Wolfe, der Rudelführer der kleinen Gruppe Wolf-Breeds, schickte ihm mit seinem verschlossenen und düsteren Blick eine lautlose Warnung. Dann sah Jacob nach links zu Aiden, der an der gegenüberliegenden Wand seiner eigenen Zelle lehnte, mit stoischer Miene und Wut in den grauen Augen. Die Frau in Jacobs Zelle war von derselben Frau geboren worden wie Aiden. Die beiden waren mehr als nur Rudelgefährten, sie waren Blutsgeschwister. Eine Beziehung, die Aiden ernst nahm. Auf seinem Rücken trug er mehr als nur eine Narbe von Vorfällen, bei denen er seine Schwester vor den Grausamkeiten der Soldaten im Labor beschützt hatte.

Jacob richtete den Blick wieder auf die Frau. Sie hatte die Fäuste geballt und Tränen in den Augen. Vorsichtig atmete er ihren Duft ein und kam beinahe ins Wanken, als er ihre Lust wahrnahm. Heiß und süß, verlockend. Nie in seinem Leben hatte er einen so starken und zugleich so feinen Duft des Verlangens gespürt. Als sei ihr Körper in Aufruhr vor Sehnsucht, trotz des Zorns, der in Wellen von ihr abstrahlte. Der Duft umschmeichelte seine Sinne, streichelte sie und erhitzte seinen Körper. Das Tier in ihm brüllte fordernd, und er versuchte verzweifelt, den heißhungrigen Ruf zu bändigen.

Er war geschockt und verwirrt. Ihr Duft jagte ihm einen unerbittlichen Impuls des Verlangens durch den Körper, und nur mit extremer Selbstbeherrschung konnte er seinen Schwanz davon abhalten, auf der Stelle zu reagieren. Das Blut rauschte durch seine Adern und sandte die erotische Botschaft an empfindsame Nervenenden und entfachte urtümliche Triebe. Seine Frau. Der Gedanke brannte sich in seinen Verstand ein. Sie gehörte ihm! Und trotz seiner Angst um sie und das Rudel sollte er seinen Anspruch offen deutlich machen. Er konnte den immer stärker werdenden Drang, genau das zu tun, nicht länger unterdrücken.

Sie trug das übliche Baumwollhemd und eine weiße kurze Hose. Schwer atmend hoben und senkten sich ihre Brüste unter dem Shirt, die vollen Hügel prall und von harten kleinen Knospen gekrönt. Sein Schwanz unter dem Handtuch zuckte, erregt vom Duft wachsenden Verlangens, der ihm in die Nase stieg. Der Mund wurde ihm wässrig bei dem unvermittelten Gedanken, sie zu kosten und seinen Kopf zwischen diesen glatten Schenkeln zu versenken, die deshalb so seidig weich blieben, weil er die Lotion dafür aus seinem heimlichen Geldvorrat bezahlte. Er wollte seine Zunge in sie stoßen und den üppigen, süßen Saft naschen, von dem er wusste, dass er ihn dort finden würde. Seine Zunge pochte buchstäblich vor Verlangen.

Jacob schüttelte den Kopf. Er kannte sie zu gut und wusste, dass sie noch nicht bereit für seine Sehnsüchte war. Faith war eine Rudelgefährtin und wurde regelmäßig mit ihm zusammen trainiert. Sie war noch etwas unausgereift für ihre achtzehn Jahre und voller Zorn, aber mit ihren großen schwarzen Augen und dem dichten schulterlangen, rotbraunen Haar war sie ziemlich hübsch. Ihr Körper war zierlich, schmal und anmutig. Sie war feingliedrig gebaut und insgesamt wirkte sie recht zerbrechlich. Doch sie war auch geschmeidig und durchtrainiert, und sie war stärker, als sie aussah, das wusste er. Trotzdem hatte er Angst, dass sie nur zu leicht unter den Begierden, die in ihm tobten, zerbrechen könnte.

Vorsichtig wandte Jacob sich von ihr ab und blickte durch die Stahlgitterstäbe, aus denen Vorderseite und Tür seiner Zelle bestanden, nach draußen. Dort stand Bainesmith, die leitende Wissenschaftlerin des Labors. Ihre kleinen schwarzen Knopfaugen glitzerten zufrieden, als sie ihn mit über den winzigen Brüsten verschränkten Armen beobachtete. Ihre herben, asiatischen Gesichtszüge zeigten einen Ausdruck begieriger Freude.

Jacob hatte sie oft genug gevögelt, um die wachsende Erregung in ihrer teuflischen Miene zu sehen. Und er wusste, wäre Faiths Verlangen nicht so überwältigend, könnte er den Gestank der Abartigkeit dieser Frau wittern.

Delia Bainesmith war die am meisten gehasste Wissenschaftlerin von allen im Breed-Labor. *Ihre Machtgier würde sie noch alle vernichten*, dachte Jacob oft. Sie betrachtete die Breeds als ihre ganz persönliche Todesschwadron, und ihre Wut über deren Weigerung, mit leidenschaftlichem Blutdurst zu töten, würde ihnen allen bald den Tod bringen. Jacob wusste, wenn er nicht extrem vorsichtig war, dann wären er und Faith die Ersten, die ihren dämonischen Bestrafungen zum Opfer fielen.

Er hob fragend eine Augenbraue. »Ist sie aus einem bestimmten Grund hier, Bainesmith?«

Die Wissenschaftlerin verzog amüsiert die schmalen Lippen. Das Miststück, so nannten sie sie. Ihre sadistischen Freuden, mit denen sie ihnen das Leben zur Hölle machte, waren nur allzu gut bekannt. Sie alle trugen Narben von der Peitsche, die sie höchstpersönlich schwang, wenn einer von ihnen ihr Missfallen erregte. Sie alle hatten den widerlichen Geruch der Begierde nach ihnen, den die Frau an sich hatte, schon kennengelernt. Den Gestank ihrer Verderbtheit.

»Sie ist ein Geschenk, Jacob«, erklärte das Miststück spöttisch. »Ganz bereit für dich. Ich erwarte, dass du es ihr heute Nacht besorgst.«

Jacob warf wieder einen Blick auf Faith. Trotz des Duftes, der von ihr ausging, erschien sie ihm nicht gerade willig. Er kratzte sich abwesend am Oberkörper und registrierte die hungrige Gier in Bainesmiths Augen, als er sich ihr wieder zuwandte.

»Ich dachte, ich wäre dein persönliches Spielzeug.« Er sah

sie mit diesem verschleierten, halb wütenden Blick an, der sie, wie er wusste, heißmachte.

Er konnte es sich nicht erlauben, sein Verlangen zu zeigen, nicht jetzt, und er wollte der Wissenschaftlerin absolut keinen Grund geben, auf Faith loszugehen. Es war schon höllisch genug, die berechnende Frau, die ihrer aller Leben beherrschte, zu manipulieren. Ihm war klar, wenn er auch nur die geringste Zuneigung oder Vorliebe für Faith zeigte, dann wäre ihr Leben nichts mehr wert. Der Gedanke an die vielen Möglichkeiten, mit denen Bainesmith sie verletzen konnte, jagte ihm Angst ein. Diesem Risiko durfte er sie nicht aussetzen, denn sie wurde zunehmend wichtiger für sein eigenes Überleben.

»Ich habe beschlossen, dich ein wenig zu teilen.« Bainesmith zuckte mit den Schultern, aber Jacob konnte den Zorn in ihren Augen sehen. Verdammt, womit zur Hölle hatte er sie denn jetzt wieder verärgert? »Und mach mir nichts vor, mein wilder Wolf. Ich habe gesehen, wie du unsere kleine Faith beobachtest. Ich bin sicher, du wirst eine wundervolle Zeit mit ihr haben.«

Jacob versuchte mühsam, eine gleichgültige Miene aufzusetzen und eine milde Belustigung in seinen Blick zu legen. Er war nicht vorsichtig genug gewesen; wie es schien, hatte er irgendwie seine Zuneigung für die junge Frau offenbart.

»Ich bin ziemlich müde, Delia«, seufzte er und klammerte sich dabei fieberhaft an irgendeine Möglichkeit, das zu verhindern, von dem er wusste, dass es kommen würde. »Wie wäre es mit morgen? Sie ist ja recht hübsch, aber deine Trainingsübungen werden auch jeden Tag anstrengender.«

Bainesmith zuckte mit den schmalen Schultern, doch in ihren Augen schimmerte bösartiges Vergnügen. »Wann auch immer, Jacob.« Das selbstzufriedene Lächeln auf ihren Lippen machte ihm Sorgen. »Aber ich lasse sie einfach mal hier bei dir. Tu, was du willst.«

Er kniff die Augen zusammen, als sie sich scheinbar gleichgültig abwandte. Die Soldaten, die sie begleiteten, grinsten, folgten ihr aber auf dem Fuße wie abgerichtete Köter, die sie ja auch waren. Die Lichter wurden gelöscht, sodass nur noch die dämmrige Beleuchtung übrig blieb, die jede Zelle zur persönlichen Nutzung besaß.

»Kann mir mal jemand sagen, was hier los ist?« Jacob sah erst Faith an, dann die beiden Männer links und rechts seiner Zelle.

Wolf schnaubte angewidert, aber der Blick, den er Faith zuwarf, war voll zornigem Mitgefühl. »Sie haben sie unter Drogen gesetzt.«

Jacobs Herz hämmerte.

»Drogen?« Er sah sie wieder an, während sie auf ihrer Lippe kaute, die Knie näher an ihre Brust zog und schützend die Arme um ihre Beine schlang.

Jacob unterdrückte einen derben Fluch. Den Frauen, die man ihm und den anderen brachte, wurde ein Aphrodisiakum verabreicht, um dafür zu sorgen, dass sie erregt und in der Lage waren, den Penis eines Breeds, der dicker als normal war, aufzunehmen. Doch noch nie hatten sie gewagt, ihm eine so junge Frau zuzuführen.

Der sexuelle Drill hatte begonnen, als sie noch sehr jung gewesen waren. Es war ein Teil ihrer Ausbildung, jede Art von Gegner zu besiegen, dem sie sich gegenübersahen. Faith war die älteste weibliche Breed, doch mit dieser Art Lektionen hatte man bei ihr noch nicht begonnen. Jacob hatte mit Grauen an den Tag gedacht, an dem es so weit wäre. Und er fürchtete, er würde der Erste in einer ganzen Reihe von Sexpartnern für Faith sein. Rasender Zorn stieg in ihm auf. Eher würde er sterben, als zuzulassen, dass irgendein anderer sie anfasste. Er wusste, wenn irgendein anderer es wagen würde, Faith anzufassen, nachdem er sie als die Seine angenommen hatte, wäre seine Raserei genau so, wie dieses blutdürstige Biest Bainesmith es sich ersehnte.

»Was ist der Grund für das alles?«, fragte er Wolfe wütend. »Warum beginnen sie ihr Training auf diese Art?«

Der Rudelführer knurrte verärgert, und auch sein Zorn wuchs. Er zog die Oberlippe hoch und entblößte scharfe Reißzähne.

»Das ist kein Training, Jacob«, stieß er hervor. »Bainesmith ist überzeugt, dass sie bei Faith eine Empfängnis erzwingen kann. Dass es nur das Aphrodisiakum braucht, um einen Eisprung auszulösen, und dass der geringe Anteil normalen Spermas, das wir besitzen, ausreicht, um sie zu befruchten.«

Jacob sah in Faiths Gesicht, während Wolfe sprach. Blankes Entsetzen stand in ihren schwarzen Augen, und ihr Körper bebte.

»Die wollen, dass ich ein Kind vergewaltige und schwängere?« Jacob lachte spöttisch. »Was, glauben die, könnte mich dazu bringen?«

Der Duft von Faiths Erregung erreichte all seine Sinne, und sein Körper reagierte sofort darauf. Aber er bestimmte, wen er vögelte, nicht die bösartige, von Größenwahn getriebene Ärztin. Und er würde todsicher kein Kind zeugen, das sie dann quälen konnte.

Wolfe knurrte. »Das Aphrodisiakum war stark, Jacob. Willst du sie leiden sehen? Und wir wissen doch beide, dass Faith durchaus willig gewesen wäre, wenn du dich ihr genähert hättest.«

Faiths Gesicht wurde flammend rot. Jacob sah den Rudelführer verdrossen an, doch der antwortete nur mit resigniertem Schulterzucken. Sie alle wussten von Faiths Zuneigung für ihn. In den letzten Monaten, als ihr Körper heranreifte, hatte sie kein Geheimnis daraus gemacht. Sie hatte mehrmals offen mit ihm geflirtet, ihn gereizt, um ihre Anziehungskraft auf ihn zu testen. Eine Anziehungskraft, auf die er nicht reagieren wollte, bis sie älter und die Gefahr von Bainesmiths Zorn nicht mehr existent war.

Zorn durchflutete ihn. Sie war noch Jungfrau, und trotz ihres koketten Verhaltens in letzter Zeit war sie scheu und befangen im Umgang mit anderen. Wenn er sie nahm, ließe sich das nicht vor den Augen anderer verbergen. Keine Chance, ihrem Schamgefühl Rechnung zu tragen. Er kannte die Soldaten, er kannte Bainesmith, und ihm war klar, sie würden diese Nacht dazu benutzen, um das Mädchen auf jede erdenkliche Weise zu quälen.

»Ich will das nicht«, stieß sie schließlich hervor, als Jacob sie mitfühlend musterte. »Ich wollte dich nicht aus Mitleid, Jacob.«

Wut klang in ihrer Stimme mit, ebenso wie die ungewollte Hitze der Erregung. Tränen glitzerten in ihren Augen und auf ihren Wimpern. Jacob konnte das quälende Verlangen, den Schmerz der Emotionen in ihren Augen erkennen. Er verzog das Gesicht und unterdrückte den Drang, vor Elend aufzuheulen. Welcher Dämon hatte nur etwas so Bösartiges wie Bainesmith hervorbringen können? Gott helfe ihnen allen, aber er war gezwungen, Faiths Unschuld zu zerstören und damit das letzte Quäntchen an Liebenswürdigkeit, das sie noch besaß. Nach dieser Nacht würde sie nichts anderes mehr als Scham und Wut kennen.

Jacob sah wieder Wolfe an. Was sollte er tun? Wie sollte er sie jetzt beschützen? Wolfe wusste von seiner Zuneigung für sie, er kannte Jacobs Sorgen. Was zur Hölle sollte er jetzt tun?

Wolfe wandte sich ab und verschwand mit resigniertem Kopfschütteln in den einzigen privaten Bereich seiner Zelle. Jacob drehte sich zu Faiths Bruder um und sah den Zorn in seinen Augen wie dunkle Gewitterwolken.

»Jacob.« Aidens Stimme war ein hartes, warnendes Grollen. »Wenn du ihr wehtust, bringe ich dich um.«

Jacob fuhr sich frustriert mit der Hand durchs Haar.

»Verdammt, Aiden, denkst du denn, ich würde sie absichtlich verletzen?«, fragte er zornig. »Was verlangst du von mir, das ich tun soll?«

Aiden richtete den Blick auf seine Schwester, und Jacob erkannte darin eine hilflose Wut, ohnmächtigen Beschützerdrang, der Geist und Körper des anderen beherrschte. Er kannte den Zorn des Bruders, denn er war dem kalten harten Kern in seiner eigenen Brust sehr ähnlich. Faith würde für diese Nacht mit ihm leiden müssen, das war ihm klar.

Jacob fühlte, wie sich sein Kiefer anspannte, als er einen überaus derben Fluch unterdrückte. Seine Hände zitterten beinahe vor Verlangen, Faith zu berühren, doch sein Herz schmerzte, zersprang in Stücke bei dem Gedanken daran, was morgen kommen würde.

»Ich würde von dir verlangen, dass du alles tust, um sie zu beschützen«, sagte Aiden wütend, bevor er sich umdrehte und in sein privates Badezimmer verschwand.

Es würde keine Möglichkeit geben, ihre Schreie zu dämpfen, doch zumindest könnte sie sicher sein, dass diejenigen, denen sie am Herzen lag, den Akt nicht mit ansahen. Trotzdem verschafften sie ihr damit nur den Anschein von Privatsphäre, und sie wussten von der Scham, die sie am nächsten Morgen empfinden würde.

Und Wolfe wusste, wie Jacob sich fühlte. Nur Stunden zuvor hatte Bainesmith ihre eigene Tochter aus Wolfes Zelle gezerrt, nachdem sie versucht hatte, ihn dazu zu zwingen, mit ihr zu schlafen. Ihre eigene Tochter. Die Frau war ein Dämon, der Hölle selbst entsprungen.

Jacob seufzte müde. Sein Schaft war hart und steif, und der

Duft von Faiths Erregung ließ ihn anschwellen wie noch nie bei einer der Frauen, die man ihm gebracht hatte. Doch Faith zog ihn schon seit Monaten magisch an. Er kannte sie, doch er begehrte sie trotzdem. Sie war ein Teil seines Rudels und ein Teil dessen, was er war. Irgendwann hätte er sie ohnehin genommen. Jacob wusste seit fast einem Jahr, dass der Augenblick kommen würde, an dem Faith unter ihm liegen würde. Er hätte es vorgezogen, ihr die Wahl zu lassen, ihr einen Zustand der Erregung zuzugestehen, den sie kontrollieren konnte. Er hätte sie vorsichtig mit den blindwütigen Trieben vertraut gemacht, anstatt sie mitten ins kalte Wasser zu werfen.

Verdammtes Miststück Bainesmith, fluchte er im Stillen. Wie sollte er die Sanftmut dieser Frau bewahren, in der Brutalität der Welt, in die sie hineingeboren war?

»Faith.« Er kam auf sie zu, kniete sich vor die Matratze und starrte ihr in die übermäßig glänzenden Augen, die ihn mit so viel Verletzlichkeit betrachteten. »Es tut mir leid.«

Sie biss sich auf die Unterlippe und sah zu ihm auf, und Jacob spürte, wie sich sein Herz zusammenzog, als er die Gefühle in ihrem Blick sah. Er legte den Finger auf ihre Lippen, bevor sie etwas sagen und diese Gefühle aussprechen konnte. Wahrscheinlich glaubte sie an Liebe, an »Glücklich bis ans Lebensende«, trotz der Realität ihres Lebens. Er konnte die Träume in ihren Augen sehen, ihren Glauben daran, dass er dafür sorgen würde, dass alles gut wurde. Was sollte er nur tun, wenn er sie nicht schützen, wenn er sie nicht vor dem Elend bewahren konnte, von dem er wusste, dass es ihr bevorstand?

»Keine Schwäche, Faith«, flüsterte er lautlos und erinnerte sie damit an die Mikrofone in den Zellen, während er zugleich wünschte, er müsste es nicht tun. Auch wusste er genau, dass Kameras sie beide beobachteten, doch die würde er nicht erwähnen. Sie wusste Bescheid. Es ging nicht anders. Sogar die Badezellen waren ähnlich ausgerüstet.

Eine Träne lief ihr über die Wange. Er spürte, wie ihr Körper zitterte, fühlte ihren inneren Schmerz, und ihm war zum Heulen zumute.

»Vertrau mir, Faith. Entspann dich, ich will dir nicht wehtun«, sagte er, ließ die Hände an ihre Beine gleiten und half ihr, sich auf der Matratze auszustrecken.

Sie war reglos, fast starr, als er sie praktisch zwang, sich auszustrecken und niederzulegen. Er war wütend auf Bainesmith, auf sich selbst und auf Faith. Auf Bainesmith wegen ihrer Grausamkeit, auf sich selbst wegen seiner Schwäche und auf Faith, weil sie an ihn glaubte.

Langsam streckte sie sich aus, und Tränen liefen ihr über das Gesicht und nässten ihr Haar, das wie dunkles Feuer an ihren Schläfen lag. Er hasste die Tränen, und er hasste sich selbst, weil er wusste, dass dies nicht die einzigen Tränen bleiben würden.

Jacob legte sich neben sie, drückte seinen Mund an ihr Ohr und zog sie in seine Umarmung. Schmal und zierlich, zerbrechlich, lag sie in seinen Armen. Er streichelte ihren Rücken, ihre Hüften, und versuchte, ihr die Angst zu nehmen.

Doch er durfte sie nicht beruhigen. Er durfte ihr keine Freundlichkeit zeigen, denn das würde man später gegen sie verwenden. Bainesmith genoss es, die Schwächen anderer auszuschlachten. Sie genoss es, sie gegeneinander auszuspielen. Er durfte nicht zulassen, dass Faith ein Schwachpunkt war, denn dann wäre ihr Leben keinen Pfifferling mehr wert.

Ein Zittern durchlief ihren Körper, und sie wimmerte, als er seine Lippen auf die zarte Haut an ihrem Hals drückte. Er fühlte die Hitze ihrer Haut, als ihre Erregung wuchs.

»Ich habe Angst«, flüsterte sie mit zitternder, tränenerstickter Stimme. »Was haben die mit mir gemacht, Jacob?«

»Du musst keine Angst haben, Faith«, versprach er und wollte bei dem unglaublichen Gefühl von Wonne, das ihm die Berührung ihres Körpers bescherte, am liebsten knurren. »Entspann dich. Es wird nicht lange dauern. Vertrau mir.«

Ihr stockte der Atem, und sie kämpfte darum, die Tränen zu unterdrücken. »Ich vertraue dir, Jacob«, versprach sie.

Er drehte ihren Kopf zu sich, und das Vertrauen und die tiefen Gefühle, die er in ihren Augen sah, ließen ihn aufstöhnen, bevor er seine Lippen auf ihren Mund drückte. Ihre Wimpern schlossen sich flatternd, und sie stöhnte hungrig auf. Sie öffnete den Mund für ihn, und ihre Zunge spielte ohne Scheu mit der seinen. Jacob zuckte zusammen, als ihn eine unglaubliche Woge der Lust überrollte.

Er packte sie an der Hüfte, rollte sie auf den Rücken und schob sich über sie. Seine Lippen schlossen sich um ihre Zunge und sogen zart daran, und sie bäumte sich unter ihm auf. Immer wieder ließ er seine Zunge in ihren Mund gleiten und ermunterte sie so, dasselbe zu tun. Du liebe Güte. Er schauderte, und sein Griff wurde stärker, als sein Körper mit einem plötzlichen Aufwallen von Verlangen erbebte, für das er keine Erklärung hatte. Er wusste nur, dass ihr Aroma und ihre Berührung sein Verlangen immer weiter steigerten, etwas, das keine andere Frau in seinem ganzen Sexleben je bewirkt hatte.

Seine Hand wanderte von ihrer Hüfte an die großen Knöpfe ihres Hemdes, begierig, sie zu öffnen, damit er ihre Brust umfassen konnte. Sie war warm und prall, die Brustwarze eine harte kleine Knospe, die sich verlangend in seine Hand schmiegte. Sie schrie seinen Namen und wollte zugleich den Aufschrei dämpfen, indem sie sich an seine Schulter drückte, als er die kleine Knospe mit den Fingern kniff. Sie war wie Feuer in seinen Armen, und seine Selbstbeherrschung war plötzlich wie weggeblasen.

Noch nie hatte Jacob erlebt, dass er seine sexuellen Triebe nicht unter Kontrolle halten konnte. Es hatte nie eine Rolle gespielt, wie groß das Verlangen der jeweiligen Frau war, wie drängend sie seinen Namen gerufen hatte – seine Selbstbeherrschung hatte nie gewankt. Doch jetzt, mit dieser zierlichen Jungfrau, die bebend unter ihm lag, spürte Jacob, wie sein eigener Körper zitterte.

Seine Lippen glitten von ihrem Mund über das zarte, eigensinnige Kinn, einen Hals entlang, so weich, dass er ein unfassbares Verlangen verspürte, daran zu knabbern und ihre Haut, das Mädchen, zu markieren. Sein Mund hielt an der Stelle inne, wo Hals und Schulter ineinander übergingen, und er konnte das Verlangen nicht länger unterdrücken. Grob knabberten seine Reißzähne an ihr, kratzten über die Haut, und sie bäumte sich heftig in seinen Armen auf und rief wieder seinen Namen. Er bedeckte die Wunde mit den Lippen, um jeden Schmerz, den sie vielleicht spüren mochte, mit seinem Speichel zu lindern.

Nachdem sein Trieb, sie zu markieren, befriedigt war, wandte er sich nun ihren prallen Brüsten zu. Sie waren gekrönt von hellrosa, leicht aufgerichteten Knospen, und er umfasste einen der blassen Hügel, sodass er noch praller und erregender wurde.

»Jacob!« Ihr Aufschrei klang verzweifelt, als er den Kopf senkte und die heiße Perle mit seinem Mund liebkoste.

Wieder bog sie sich ihm entgegen, was es ihm leichter machte, ihr das Hemd auszuziehen, das er dabei fast zerriss. Dann glitten seine Hände an die Kordel ihrer Hose, lösten sie und schoben die Hose über die Hüften nach unten, um begierig seine Finger in ihren weichen Schoß eintauchen zu lassen.

Ihr Duft war berauschend. Er konnte spüren, wie das Blut durch seine Adern rauschte, wie sein Schwanz pochte. Verdammt, was machte sie nur mit ihm?

Er fuhr mit der Zunge über einen ihrer Nippel, während sie sich die Hose vom Körper streifte, widmete sich dann dem anderen und drückte dabei ihre Beine auseinander. Das köstliche Vergnügen, sie zu berühren, raubte ihm beinahe den Atem. Immer härter wurden ihre Knospen unter seiner Zunge, erglühten und röteten sich unter seinem saugenden Mund.

»Langsam«, stöhnte er auf, als sie die Hände in sein Haar grub und sich enger an ihn drängen wollte.

Doch bei ihr gab es kein Langsam mehr. Erregung, zum Teil natürlichen Ursprungs, zum Teil wegen der Drogen, wallte durch ihren Leib. Er fühlte, wie sie an ihn gedrängt zitterte, hörte ihre verzweifelten Aufschreie in seinen Ohren. Jacob kämpfte gegen das Verlangen und das Drängen seiner eigenen Instinkte an. Er wollte, dass ihre gemeinsame Zeit eine Zeit der Wonne für sie war, nicht eine Zeit hastiger Erleichterung. Wenn er ihr schon sonst nichts zu geben hatte, so wollte er ihr die Erinnerung an sein Verlangen nach ihr geben, an seine Sehnsucht, ihr so viel Wonne wie möglich zu bereiten.

Seine Hand streichelte über ihren Bauch, und seine Finger zitterten vor Faszination, als er immer näher an die glatte Haut zwischen ihren Beinen glitt. Breeds, männlich wie weiblich, hatten keine Behaarung im Genitalbereich. Es gab keine Erklärung dafür, doch als sein Finger die perfekt glatte Haut ihrer Schamlippen berührte, schoss sein Blutdruck in die Höhe. Er konnte fühlen, wie das Blut in seinen Adern kochte und durch seinen Körper rauschte, als stünde er wie sie unter Drogen.

Wie weicher warmer Sirup bedeckte ihr Nektar die seidige Haut. Seine Finger glitten durch die schmale Öffnung und verteilten die weiche Süße, während seine Lippen von ihren Brüsten an den Bauch glitten, unaufhaltsam zu der duftenden Hitze zwischen ihren Beinen.

»Jacob?« Verwirrung und Leidenschaft lagen in ihrer Stimme, als er sich nach unten bewegte und ihre Beine noch weiter spreizte, entschlossen, die flüssige Perfektion ihres wachsenden Verlangens nach ihm zu kosten.

»Es ist okay, Faith.« Er beherrschte sich mit aller Gewalt, um nicht aufzukeuchen, sondern seinen Tonfall gleichmäßig und beruhigend zu halten. »Langsam, Baby. Ich will dich nur kosten. Nur kosten, Faith.«

Er glitt zwischen ihre Schenkel und sah ihr in die großen dunklen Augen. Sie war high vor Lust. Ihr Körper war durchdrungen von der wachsenden Hitze ihres Verlangens und der drängenden Lust, die sie überflutete. Eine Lust, die er entschlossen war, bald zu lindern. Denn er hatte absolut keine Chance, sich noch lange zurückzuhalten. Aber zuerst – zuerst musste er sie kosten.

Er senkte den Kopf, fuhr mit der Zunge durch ihren süßen Sirup, und er konnte den Laut der Befriedigung, der an ihrer Haut vibrierte, nicht unterdrücken. Ihre Scham bebte, und er konnte sehen, wie ihr Lustknopf pochte. Sie schmeckte süß und erdig, wie der Duft der Berge nach einem Sommerregen. Und er sehnte sich nach mehr.

Jacob ließ sich von seiner Lust leiten und kostete ihre zarte Haut mit hungrigen Lippen und begieriger Zunge. Er genoss die Süße ihres Schoßes und ließ seine Zunge in die enge Öffnung zwischen ihren Beinen dringen, als der Orgasmus sie in aller Heftigkeit traf. Ihr Körper erbebte und ließ noch mehr des süßen Saftes in seinen Mund ergießen. Je mehr er von ihr naschte, umso mehr brauchte er. Sie war heiß, machte ihn süchtig, und erst jetzt wurde ihm klar, dass er ein verhungernder Mann gewesen war.

Während seine Zunge leidenschaftlich immer wieder in sie eindrang, ließ er seine Hand, mit der er ihre zarten Schamlippen geteilt hielt, durch ihre Nässe gleiten und hielt an der samtweichen Öffnung ihres Pos inne. Aufstöhnend drückte er dagegen. Dann stieß er seine Zunge noch härter in ihre Vagina und hörte ihren Aufschrei, als sein Finger gleichzeitig von hinten in die eindrang.

Jetzt gab es kein Halten mehr. Instinkt und Lust beherrschten ihn, und obwohl er gegen den unglaublich starken Trieb in sich ankämpfte, war die Wonne stärker als jeder Gedanke an Rücksicht und Sanftmut. Er erhob sich auf die Knie. Seine Hände glitten an ihre Hüften, und obwohl er verzweifelt versuchte, behutsam zu sein, fürchtete er, dass er ihr dennoch wehtun würde.

»Dreh dich um«, grollte er, packte ihre Hüften und drehte sie auf den Bauch. »Auf die Knie.« Es gab kein Warten und kein Halten mehr.

Sie kam auf die Knie, schrie vor Erregung auf, und er hörte ihr Flehen. Ihre Hüften drängten sich näher an ihn, und die festen Hügel ihrer Pobacken spannten sich immer wieder an. Die kleine Poöffnung lag entblößt vor seinem Blick, und darunter lockten die weichen, glitzernden Lippen ihrer Scham.

Sie war sein! Der Gedanke brannte sich in seinen Verstand ein. Seine Frau und sein Körper, und urplötzlich war ihre völlige Unterordnung das Einzige, was zählte. Völlige Unterordnung. Ganz gleich, was er sich ersehnte oder was er brauchte. Sein Finger glitt an ihren Po, dessen Öffnung von den reichen Säften ihres Körpers gut eingeölt war. Er schob den Finger hinein und befeuchtete sie noch mehr. Dann zog er ihn wieder zurück, nahm eine Tube mit Gleitmittel von einem Regal an der Seite und bereitete sie weiter für ihn vor. Er musste sie beherrschen, ihren Körper dominieren. Erst dann würde er ihre Scham darunter in Besitz nehmen und seinen Samen in sie verströmen. Doch zuerst – zuerst musste sie lernen, wer ihre Lust beherrschte.

Er bewegte sich ruckartig, seine Triebe ließen sich kaum noch bändigen. Um sie auf das Kommende vorzubereiten, konnte er nicht mehr tun, als die empfindsame Stelle zu dehnen, erst mit einem, dann noch einem zweiten kräftigen Finger. Er sah zu, wie sie ihn aufnahm, wie die empfindlichen Muskeln sich dehnten und seine Finger fest umklammerten, als er sie vor- und zurückbewegte.

»Jacob«, schrie sie drängend auf, als er seinen Schwanz an ihre hintere Öffnung führte.

Jacob rang mit sich, als er sah, wie groß sein Schaft war und wie klein die Öffnung, durch die er eindringen wollte. Es war möglich. Er hatte es schon viele Male zuvor mit anderen Frauen getan. Aber noch nie mit einer Jungfrau. Niemals mit einer Frau, die nicht wusste, was auf sie zukam. Sie drückte sich seiner kräftigen Eichel entgegen, warf den Kopf hin und her, und ihr Körper zitterte unter seinen Händen. Er kämpfte gegen den Drang an. Er kämpfte gegen das verzweifelte Verlangen an, das sich durch seine Lenden fraß, bis sie sich ihm noch weiter entgegendrängte.

Seine Eichel schob sich in ihren engen Po, und sie schrie auf. Vor Schmerz oder Lust? Er konnte es nicht sagen, und er hatte nicht länger die Kontrolle, es zu hinterfragen. Er drückte seine Erektion tiefer in sie und spürte, wie ihre festen Muskeln ihn umgaben und seinen Schaft massierten. Nur flüchtig registrierte er einen heißen Schwall Flüssigkeit, der sich in ihre Enge ergoss. Das war kein Orgasmus. Er wusste, dass er noch nicht kam, aber er spürte noch einen Schwall und wieder und die Flüssigkeit wirkte wie ein Gleitmittel, das ihn bis zum Anschlag eindringen ließ.

Sein Körper, so viel größer als der ihre, schob sich über sie wie eine Decke, seine Lippen glitten an ihren Nacken und fanden dort zielsicher das Mal, das er ihr zuvor zugefügt hatte. Er hörte das Grollen in seiner Kehle vibrieren, kämpfte um Zurückhaltung und kapitulierte dann doch vor einem Drang, so unbändig, dass er ihn innerlich zerriss.

Er öffnete den Mund und bohrte seine Reißzähne in ihre seidige Haut, während sie unter ihm aufschrie, ihr Körper sich aufbäumte, ihm entgegen, und ihr Flehen seine Seele zerschmetterte. Inzwischen rief sie immer wieder seinen Namen, wie ein Mantra, flehend. Ihre Aufschreie klangen in seinen Ohren, bis er fühlte, wie alles um ihn herum explodierte. Der Raum erzitterte, strahlend helles Licht brach herein, während zugleich Leitungen mit zischendem Dampf barsten. Die Erde bebte, und Wände fielen ein, in einer Kaskade aus Dampf, berstendem Glas und Schreien.

1

Sechs Jahre später

Sie fühlte, dass Jacob sie beobachtete. Sie konnte es immer fühlen, wenn er sie beobachtete. Solange Faith denken konnte, hatte sie Erinnerungen an Jacob und seine hellen blauen Augen, die ihr folgten, wohin sie auch ging. Oder besser, ihr gefolgt waren, bis zu ihrer aller Flucht aus dem Labor. Bis er sie vor sechs Jahren verlassen hatte.

Doch seit seiner Rückkehr vor einigen Wochen war er immer in ihrer Nähe. Er war wie ein Schatten und machte sie befangen und nervös. Sie war kein Enforcer, sondern Kontaktperson der Sicherheitskräfte der Rudel. Sie handelte Frieden zwischen den Rudeln aus und übermittelte Informationen von den verschiedenen Informanten unter den Mitgliedern des Genetics Council, das immer noch im Geheimen in Amerika existierte. Sie war kein Killer. Sie war auch kein Soldat. Nicht, dass sie ihren gegenwärtigen Job nicht beherrschte. Sie konnte tun, was sie tun musste. Aber Jacobs offensichtliche Besorgnis, dass sie es nicht könnte, machte ihr zu schaffen.

Sie waren Wolf-Breeds. Gezüchtet in einem Labor, aufgewachsen unter den kalten, gefühllosen Blicken der Wissenschaftler, Ärzte und Soldaten, die dort Dienst taten. Bei der Zeugung hatte man ihre DNA verändert, ihr Geschlecht festgelegt, ihre Stärke gesteigert, ihre Sinne modifiziert. Faith fragte sich, ob den Wissenschaftlern, die sie erschaffen hatten, überhaupt klar gewesen war, was sie zu erwarten hatten.

Sie wusste, dass die Soldaten, die ihnen gerade auf den Fersen waren, keine Ahnung hatten, worauf sie sich da einließen.

Mit schmalen Augen, die Automatik eng an sich gedrückt, beobachtete Faith die Soldaten, die sich leise über den Berg bewegten. Sie erinnerte sich an so viele mehr wie diese. Die Soldaten im Labor. Die, die sie zu Boden gedrückt hatten, während Bainesmith ihr die Drogen injizierte, die dann ihren Körper quälten und sie vor Verlangen fast in den Wahnsinn trieben. Dieselben Soldaten, die ihren Bruder Aiden Wochen davor grausam ausgepeitscht hatten, weil er sie daran gehindert hatte, sie zu vergewaltigen. Soldaten, die das Leben der Rudelmitglieder in jeder Hinsicht zur Hölle gemacht hatten. Sie alle hatten den Tod verdient.

Zum Glück bewegten sich die Soldaten derzeit nicht in ihre Richtung. Es waren zwei Teams, jedes bestehend aus sechs Mann, die die untere Region des Berges durchkämmten. Faith war halbwegs zuversichtlich, dass die sie nicht finden würden, aber man konnte nie wissen. Sie legte den Finger an den Abzug. Es wäre so verdammt leicht, sie auszuschalten. Mit einer einzigen Kugel könnte sie den Kerlen den Kopf wegblasen, und niemand würde sie vermissen. Sie waren böse. Mit rabenschwarzer Seele schimpften sie Faith ein Tier und waren doch selbst mehr Tier als sie.

Faith fühlte das Adrenalin durch ihren Körper rauschen, und Zorn und Wut, die sie erfüllten. Sie waren hier, um sie zu vernichten, um ihr Rudel zu vernichten, und da sollte sie auch noch Gnade zeigen. Gnade, um sich das Wohlwollen einer Regierung zu sichern, die insgeheim den Horror der Genlabore noch unterstützt hatte. Gnade, um ihr eigenes Überleben zu sichern. Im Augenblick allerdings ging ihr Vorrat an Gnade rasch zur Neige.

»Alles okay, Faith?« Jacobs Stimme drang leise durch das Headset an ihrem Ohr.

Faith atmete tief durch und bemühte sich, ihren rasenden Herzschlag und den Hass zu beruhigen, der den Wunsch in ihr weckte, den Wald mit Kugeln zu durchlöchern. Schreie hallten in ihren Ohren wider, und Erinnerungen, düster und brutal, drohten sie zu überwältigen.

»Aiden, übernimm ihre Position …«

»Lass das«, zischte sie ins Mikro. »Ich hab alles im Griff, Jacob.«

Ihre Stimme klang hart und kalt. Eine Sekunde lang stellte sie sich das Aufblitzen von Hitze und Zorn vor, das ihr Tonfall in seinen Augen ganz sicher ausgelöst hatte. Noch einmal tief durchatmen. Jetzt war nicht der Zeitpunkt, um sich vom Zorn beherrschen und ihre Emotionen so gefährlich an die Oberfläche steigen zu lassen.

»Drei sondern sich ab und kommen den Berg hoch«, meldete sie und beobachtete dabei sorgfältig die getarnten Gestalten, die sich durch den Wald bewegten. »Sehen wie Kundschafter aus.«

Sie konnten es sich nicht erlauben, die Soldaten zu weit den Berg hinaufkommen zu lassen. Die Hütten waren zwar gut verborgen, aber nicht unmöglich zu finden. Allerdings standen sie außerhalb des Rudelterritoriums, sodass es schwieriger war, deren Standort abzusichern.

»Ich habe sie.« Bei Aidens Stimme verzog sie vor Zorn den Mund. Natürlich, er war näher dran, aber ihr Drang nach Gewalt befeuerte ihre Enttäuschung.

»Wir wollen sehen, ob wir einen Weg finden, sie zurückzudrängen, ohne auf Konfrontation zu gehen oder unsere Anwesenheit preiszugeben«, erklärte Jacob leise. »Ich finde keinen Gefallen an dem Gedanken, einen neuen Berg als

Schlupfwinkel finden zu müssen. Wir schlagen nicht zu, solange sie die Grenze zu den Hütten nicht überschreiten. Nicht vergessen.«

Die Mahnung war an sie gerichtet, das war Faith klar. Außerdem war es ein Befehl, sich in Bewegung zu setzen.

Sie blieb in Deckung und begann einen langsamen Abstieg parallel zu den Soldaten, die sich suchend durch den Wald bewegten, ganz so, als erwarteten sie, einen von ihnen hinter einem Baum versteckt zu entdecken. Oder auf einem Baum, oder in einem Busch. Schwachköpfe allesamt.

Faith behielt sie im Auge, die Schusswaffe in Bereitschaft, den Finger am Abzug. Sie kaute auf ihrer Lippe und wünschte, diese Mission wäre bald vorbei und Wolfe und seine Gefährtin in Sicherheit, sodass sie nach Hause zurückkehren konnte, zurück zu den Annehmlichkeiten, mit denen sie sich dort umgeben hatte. Auch wenn die nur ein schwacher Trost waren. Ein Ersatz für den Mann, der nie zurückgekehrt war, doch im Augenblick war das alles, was sie hatte.

Das pochende Mal an ihrer Schulter erinnerte sie daran. Jacobs Mal. Ihr Blut rauschte, und ihre Vagina zog sich sehnsüchtig zusammen. Faith rang um Atem. So war es ihr schon einmal ergangen. Als die gnadenlosen Bastarde ihr diese Drogen verabreicht hatten, sodass ihr Körper und ihr Verstand sie verrieten. Ihr Puls hämmerte, tobte wie üblich, schonungslos und alles verzehrend, als sie daran dachte.

Ihr stockte der Atem.

»Faith.« Seine Stimme war leise und sanft, aber sie hörte den befehlenden Unterton. »Bleib hinter mir, Faith.«

»Mir geht es gut«, flüsterte sie und stolperte beinahe, als die düsteren Erinnerungen sie überfluteten.

War es Traum oder Realität? Wie oft hatte sie ihre Erinnerung an jenen Abend hinterfragt? Jacob und seine Stimme, hart und düster, voller Verlangen, als er sie berührt hatte. Seine Hände waren nicht grob gewesen, doch auch nicht sanft. Sein Mund war gierig, seine Zunge zerstörerisch gewesen, als sie über ihre Scham gestrichen und in sie eingedrungen war.

Und dann seine Hände, härter und rauer, als er sie umgedreht und vor sich positioniert hatte, als er sie vorbereitet hatte, nicht für das Eindringen, das sie erwartet hatte, sondern für eine animalischere und viel dominantere Inbesitznahme, als sie sich je hatte vorstellen können.

Ein Geräusch rechts von ihr, leise, aber warnend, ließ sie alarmiert herumfahren, als sie auch schon angegriffen wurde. Einen Augenblick lang wusste Faith nicht, ob es Realität oder ihre Erinnerung war, die sie unter dem Gewicht des schweren Männerkörpers zu Boden gehen ließ, während harte Hände ihre Brüste packten. Sie konnte Jacob in ihrem Ohr schreien hören, Schüsse erklangen, Schreie Verwundeter.

Sie ließ ihre Waffe fallen, wand sich unter dem schweren Körper vor, kam auf die Füße und zog ihren Dolch aus der Scheide an ihrem Oberschenkel. Als sie sich dem Bastard gegenübersah, der seine Waffe auf ihr Gesicht richtete, grinste sie.

Heißer, rasender Zorn jagte durch ihre Adern, als sie knurrte und ihm dabei einen deutlichen Blick auf ihre gesunden Reißzähne gewährte. Sie knurrte tief und drohend und erschrak dabei schon fast vor ihrer eigenen Kühnheit. Doch der Tod schreckte sie jetzt nicht, nicht mehr. Ganz im Gegensatz zu all den verschwendeten Jahren, die noch vor ihr lagen, Jahre ohne ihren Gefährten.

»Mach schon«, flüsterte sie, »du stirbst so oder so.«

Sein Finger krümmte sich um den Abzug. Faith zuckte zusammen, als ein Schuss die plötzliche Stille durchschnitt und Blut um sie herum spritzte. Nicht ihr Blut. Das des Soldaten.

Sie stand still und reglos da, als er zu ihren Füßen niederfiel, die Augen vor Überraschung weit aufgerissen.

Schwer atmend sah sie auf. Jacob stand da, etwa zehn Meter von ihr entfernt, groß und grimmig. Seine Augen waren vor Wut zusammengekniffen. Sein Gesicht war wie aus kaltem, hartem Marmor gemeißelt, als er das Blut betrachtete, das ihr auf Gesicht und Hals gespritzt war. Er holte tief Luft und knurrte. Ein tiefer, animalischer Laut, der in ihrem Unterleib widerhallte. Seine strahlend blauen Augen glitzerten im dunklen Gesicht, und seine Züge waren so angespannt, dass er regelrecht grausam wirkte.

Faith wich zurück.

»Geh.« In seiner Stimme klangen Wut, Lust und Schmerz mit. »Wir müssen zu den Hütten. Das sind Soldaten von Bainesmith. Mit dir befasse ich mich später.«

2

Dr. Delia Bainesmith war tot. Das war alles, was jetzt zählte. Ihrer Verbreitung des Bösen durch die Veränderung menschlicher DNA war nun Einhalt geboten. Dem grausamen, bösartigen Vergnügen, das sie im Schmerz der Breeds gefunden hatte, war ein Ende gesetzt. Und nun, mit Hope auf seinem Schoß, war Wolfe endlich wieder mit der Gefährtin vereint, die er vor sechs Jahren aufgegeben hatte.

Jacob, sein Stellvertreter und Anführer der Sicherheitskräfte des Rudels, wendete sich ab und rang mit seinen widerstreitenden Gefühlen von Freude und Neid seinem Rudelführer gegenüber. Wolfe hatte fast zu lange gewartet, um die Frau zu beanspruchen, die er einst verlassen musste. Doch jetzt würden sie die Jahre, die sie verloren hatten, nachholen und wiedergutmachen können.

Jacob verbat es sich, noch einen Blick auf das Paar zu werfen, als er die Hütte verließ. Zorn und Verlangen stritten in seinem Inneren, die Erregung war ein ständiges Pulsieren in seinem Schwanz, das ihn quälte. Aber der Grund dafür war nicht die Frau in Wolfes Armen, sondern die, die ihn draußen erwartete.

Als er die Tür hinter sich schloss, verließ Faith ihre Position am Ende des Hauses und musterte ihn mit ihren dunklen Augen, als er auf sie zukam. Sie war eine Wolf-Breed mit einem festen Körper und ebensolchen Muskeln. Ihre Brüste zeichneten sich hoch und fest unter dem schwarzen T-Shirt ab, das sie zu schwarzen Jeans trug, ihr rötlich-braunes Haar wirkte wie aus Seide und umrahmte ihr schmales Gesicht derart, dass sie zugleich verletzlich und unantastbar wirkte.

»Geht es ihnen gut?«, fragte sie, als er sich ihr näherte.

Jacob knurrte und fletschte warnend die Zähne, als sie vor ihm zurückwich. Immer ging sie rückwärts, nie vorwärts.

»Wenn nicht, hättest du es erfahren«, entgegnete er gereizt, denn er war mal wieder wütend auf sie.

»Meine Güte, bist du genervt. Du beißt mich ja gleich!«, fauchte sie ihn an und runzelte die Stirn. »Das war eine ganz normale und vernünftige Frage.«

»Von einer höchst unvernünftigen Frau«, warf er ihr schroff vor. »Geh zurück in die Hütte und ruh dich aus. Du hast seit Tagen nicht mehr geschlafen, und ich kann den übermüdeten Ausdruck in deinen Augen nicht mehr sehen.«

Die Ringe unter ihren Augen und die Furcht, die aus ihrem Blick sprach, fraßen sich in seine Seele. Sie war immer noch schmal und zierlich, und ihr Anblick ließ ihn vor Begierde zittern. Der Gedanke, wie sehr er sie damals verletzt haben musste, ließ ihn vor Furcht schaudern.

»Ruh du dich doch aus!«, erwiderte sie trotzig. Ihr Körper war augenblicklich hellwach, und der Duft des Zorns, der in ihr pulsierte, lag in der Luft. »Schreibe ich dir etwa vor, wie oft du schlafen musst?«

Er sah sie voller Liebe an und kämpfte dabei gegen das Bedürfnis, die Hände nach ihr auszustrecken und sie an sich zu drücken.

Stattdessen fuhr er sie an: »Tu, was ich sage!«

»Vergiss es, Jake, jetzt schläfst du mal …«

»Keine Sorge, der Tag wird kommen, an dem genau das passieren wird, Faith. Bis du damit umgehen kannst, schlage ich vor, du haust erst mal ab, und zwar sofort. Wenn nicht, könntest du erfahren, wie es sich anfühlt, wenn dein Gefährte dich ohne deine Erlaubnis besteigt«, ließ er seinem Zorn freien Lauf. Ihr ständiger Trotz reizte das Tier in ihm.

Er sah, wie sie blass wurde. Entsetzen spiegelte sich in ihrem Blick, und eine Sekunde später rannte sie los. Er fluchte zum Gotterbarmen und fuhr sich mit den Händen durchs Haar, während er das Tier in sich niederrang, das danach verlangte, sie zur Strecke zu bringen. Er konnte es nicht, und er würde es nie können. Sie war seine Gefährtin, und doch würde ihm ihre Berührung für immer versagt bleiben. Sein verzweifeltes, unendlich trauriges Heulen hallte über den Berg und durch seine Seele.

Jacob verfluchte Bainesmith, das Labor und Faith. Das waren die drei Gründe, warum er sich ferngehalten hatte, von seinem Rudel und von der Frau, die ihn lockte und quälte. Und zwei der Gründe waren dafür verantwortlich, dass er wieder gehen würde.

Er konnte sich selbst, seiner Beherrschung, nicht trauen. Immer wieder musste er daran denken, dass er die Kontrolle verloren hatte, als er Faith das erste Mal genommen hatte. Und er konnte der Furcht, die sie nun vor ihm hatte, nicht ins Auge sehen. Er sah sie in ihrem Blick, jedes Mal, wenn er in ihre Nähe kam; er hörte sie in ihrer Stimme, wenn sie mit ihm redete, und er hasste das. Er hasste es, die Angst zu hören, und er hasste sich selbst dafür, dass er schuld daran war.

Er ging zu dem Jeep, der ein paar Meter weiter auf ihn wartete, bereits gepackt und fahrbereit. Wolfe würde ihn nicht länger brauchen. Die anderen konnten das Chaos beseitigen, und Wolfe würde sie schon bald alle packen und verschwinden lassen. Für Jacob gab es nicht mehr viel zu tun. Er startete den Motor, starrte zu der Hütte, in der Faith sich aufgehalten hatte, und schüttelte den Kopf. Verdammt, wenn sie nur etwas älter wäre, etwas erfahrener. Wären sie doch nur geboren und aufgezogen statt erschaffen und ausgebildet worden. Hätte er doch nur bleiben können …

Faith sah zu, wie der Jeep sich von der Hütte entfernte und kniff vor Zorn und Schmerz die Augen zusammen, als Jacob verschwand. Er würde nicht zurückkommen. Sie wusste es. Ihr Gefährte. Ein Gedanke wie stilles Hohngelächter.

Sechs Jahre lang hatte sie ihn nicht gesehen. Jeden Tag hatte sie mit angehaltenem Atem gewartet und gedacht, nun wäre der Tag gekommen, an dem er zurückkehren und Anspruch auf sie erheben würde. An dem er erkennen würde, dass er sie brauchte – und dass sie ihn brauchte.

Faith biss die Zähne zusammen, und der Zorn brannte in ihren Eingeweiden, so heiß und vernichtend wie die Erregung, die sie häufig ebenso sehr plagte. Sie brauchte ihn nicht. Die leise innere Stimme, die ihr versicherte, dass sie ihn sehr wohl brauchte, ignorierte sie tapfer. Natürlich konnte sie ohne ihn leben. Sie unterdrückte den Protest ihres Herzens und ihres Körpers, dass sie das eben nicht könne. Sie hatte ihre Vibratoren; sie hatte ihr Zuhause, ihren Kaffee, ihren Alkohol und ihre Freiheit. Wer brauchte da schon einen Gefährten? *Na, du natürlich*, übertönte die sarkastische und spöttische innere Stimme ihre Gedanken.

Faith seufzte müde und traurig. Bald wäre es Zeit, nach Hause zurückzukehren. Sie würden Wolfe und Hope zurück zum Lager des Rudels außerhalb von New Mexico bringen, und dann würde sie nach New York zurückkehren. Zurück zu ihrem Leben. Zurück zu ihrem Job. Zurück zu ihrer Einsamkeit.

3

Sechs Monate später

Na, diesen Hintern kannte er doch. Jacob beobachtete die Frau, die sich hüftschwingend in der Bar umsah und sich dann wieder an den Barkeeper wandte. Ihr rotbraunes Haar war kurz geschnitten, umrahmte ihre ungleichmäßigen Züge und verlieh ihr ein beinahe elfenhaftes Aussehen. Sie war kaum einen Meter fünfundsechzig groß, trug weiche schwarze Jeans, eine schwarze Lederjacke und Wanderstiefel. Und sie hatte den hübschesten Hintern, den er je bei einer Frau gesehen hatte. Sie war die reinste Verführung, heiße Lust und ein Menetekel, das er gerade nicht gebrauchen konnte. Jacob stöhnte innerlich auf.

Ihre Pobacken spannten sich an, als sie sich wieder bewegte, und sein Schaft pochte. Zur Hölle, das fehlte ihm gerade noch. Es hatte Jahre gedauert, bis er nicht mehr schweißgebadet aufgewacht war, mit der Erinnerung an dieses atemberaubende Gefühl des festen Hinterns, der seinen Schaft umklammert hielt und ihn in den Wahnsinn trieb. Was für ein lausiger Zeitpunkt für eine Rettungsaktion, hatte er sich immer gedacht. Und jetzt, sechs Monate, nachdem er gezwungen gewesen war, sie erneut zu verlassen, war sie hier, an einem Ort, an dem sie nicht sein sollte, und stellte ihn und seine fragile Selbstbeherrschung auf eine harte Probe.

Die dreckige kleine Bar in Südamerika war voll mit Dieben, Halsabschneidern, Söldnern und Huren. Er war hier, um Informationen zu kaufen, eine Nummer zu schieben und wieder zu verschwinden – in dieser Reihenfolge. Und gerade da marschierte sie hier rein. Jacob seufzte. Sein inneres Problembarometer ging gerade durch die Decke, während die sechs Brutalos an dem Tisch, der ihr am nächsten stand, sehr viel interessierter an diesem hübschen Hintern wirkten, als ihm recht sein konnte. Ihr Arsch gehörte ihm! Dass er ihn oder die verlockende kleine Öffnung darunter damals nicht zu Ende gevögelt hatte, spielte dabei keine Rolle. Er betrachtete sie noch immer als Seins, wenn sie sich irgendwo in seiner Nähe aufhielt. Und was zum Henker hatte der Kerl, der bei ihr war, da verloren? Sie sollte nicht mit einem Mann zusammen sein!

Sein besitzergreifender Instinkt in ihm brüllte protestierend auf. Das leise, animalische Grollen, das in seiner Brust vibrierte, überraschte ihn nicht. Nur mit Mühe konnte er es bei der leisen Warnung belassen, anstelle des gefährlichen Knurrens, das er lieber ausgestoßen hätte.

»Jake, was zum Teufel ist los mit dir?«, zischte sein Begleiter neben ihm, ein Waffenschmuggler im Besonderen und harter Kerl im Allgemeinen.

»Ärger.« Jacob verzog das Gesicht und kippte den Rest seines Whiskys hinunter. »Wir werden uns den Weg nach draußen freikämpfen müssen.«

»Wieso?« Verwirrung lag in Dansons Stimme.

Jacob sah ihn kurz an und nahm den abschätzenden Blick in den haselnussbraunen Augen des anderen wahr. Er nickte in Faiths Richtung.

»Siehst du den Knackarsch da drüben?«

Ein Augenblick des Schweigens. Jacob warf dem anderen einen kurzen Blick zu, der jedoch lang genug war, um ihn noch saurer zu machen, als er schon war. Dansons stille, eindringliche Prüfung dieser verlockenden Kurven war eine Beleidigung für Jacobs Besitzerinstinkte.

»Netter Arsch.« Dansons Tonfall klang für Jacobs Geschmack viel zu anerkennend.

»Dieser Arsch, der da an der Bar herumwackelt, gehört mir, Danson. Mein Hintern, meine Frau, und sie ist dabei, sich selbst und mich dazu in einen Riesenschlamassel zu manövrieren.«

Er stand auf und verzog schmerzhaft das Gesicht bei der plötzlichen Enge in der Lendengegend seiner Jeans. Mit schmalen Augen sah er zu, wie die sechs Bastarde vor ihm sich in Positur brachten, um sich an den hübschen Wackelarsch heranzumachen, als die Frau sich erneut in der Bar umsah. *Verdammt hübscher Hintern*, dachte Jacob erneut. Den würde er bei der erstbesten Gelegenheit vertrimmen für die verdammte Dummheit, in diese Bar zu marschieren.

»Das läuft auf einen Kampf hinaus«, meinte ihr Freund und adoptiertes Rudelmitglied Hawke gedehnt, lehnte sich mit dem Rücken an die Bar und beobachtete die kleine Gruppe Männer, die in den letzten Minuten immer wieder Obszönitäten herübergerufen hatten.

Die waren zu sechst, und Faith konnte den widerlichen Gestank ungewaschener Körper und brutaler Gier wittern. Die Männer waren auf einen Kampf aus und auf eine Frau, der sie wehtun konnten. Offenbar waren die Huren hier leichte Beute, wenn sie es tatsächlich für eine gute Idee hielten, jetzt auf Faith loszugehen. Sie verlagerte unbehaglich ihr Gewicht. Das konnte sie jetzt nicht gebrauchen. Sie war hier, um Jacob zu finden, das war alles. Trotz des Adrenalinschubs, der durch ihre Adern jagte, versuchte sie, vernünftig genug zu bleiben, um die Kerle nicht noch weiter anzustacheln.

Verdammt soll er sein, dachte sie, *und Wolfe ebenso, dafür, dass er sie hierhergeschickt hatte*. Da, wo sie gewesen war, war ihre Welt völlig in Ordnung. Ein hübsches kleines Apartment, ein Job, in dem sie arbeiten konnte, wie es gerade nötig war, und keine Probleme. Vier Jahre ohne Training waren eine lange Zeit und sechs Jahre ohne Rudel eine noch längere. Ihr letzter kläglicher Misserfolg als Enforcer, nach Hopes Entführung vor sechs Monaten, hätte ihm das doch beweisen müssen. Was diese kleine Mission hier anging, zweifelte Faith seine Entscheidung an. Hatten sie denn nicht aus verdammt gutem Grund alle ein Handy?

Und als Krönung des Ganzen schickte er ihr auch noch Hawke mit. Ja gut, Hawke war ein verdammt guter Kämpfer und ein erstklassiger Führer, wenn sie einen brauchte. Aber er war ein Mann, und ein Breed noch dazu. Dominant, rechthaberisch und eigensinnig. Der Umgang mit normalen menschlichen Männern war derzeit schon schwer genug für sie, aber ein männlicher Breed war eine Beleidigung ihrer Unabhängigkeit, die sie sich über die Jahre mühsam erworben hatte.

»Faith, ich würde sagen, wir kommen später wieder«, brummte Hawke, während die Männer hinter ihr immer unruhiger wurden. »Ich will nicht um deine Unschuld kämpfen müssen, Schätzchen.«

So viel zu seiner Geneigtheit zu kämpfen, seufzte sie innerlich. Zu jeder anderen Gelegenheit würde er sich kopfüber ins Getümmel stürzen. Seit zwei Monaten suchten sie nun schon nach Jacob, und sie hatte genug von den blauen Flecken und Platzwunden von den Kämpfen, die er anzettelte.

Sie warf einen Blick über die Schulter und unterdrückte den Impuls, genervt die Augen zu verdrehen. Es wäre weder ihr erster Kampf noch ihr letzter, da war sie sich sicher. Aber heute

Abend war sie eindeutig nicht in der Stimmung dafür. Sie wollte nur Jacob finden, ihm die Informationen und die Nachricht, die sie hatte, übergeben und dann nach Hause zurückkehren und einen Monat lang schlafen.

Wieso sie unbedingt seinem Hintern nachlatschen musste, entzog sich ihrer Kenntnis. Befehle. *Sie war Kontaktperson*, äffte sie im Stillen Wolfes Worte nach. Es war ihr Job. Als ob Jacob scharf darauf wäre, dass sie hinter ihm herrannte. Er hatte deutlich gemacht, wie wichtig sie ihm war, als er sie verlassen hatte, wieder einmal, vor sechs Monaten.

»Um meine Unschuld mach dir mal keine Sorgen, Hawke. Die steht schon seit Jahren in Zweifel«, sagte sie spöttisch.

Ungeduldig fuhr sie sich mit der Hand durchs kurze Haar. Darüber würde sie nicht mehr nachdenken, schwor sie sich. Sie hatte sich mit Wichtigerem abzugeben als mit der Erinnerung an ihre verlorene Unschuld oder an den Mann, der sie ihr genommen hatte. Aber ob das überhaupt als verlorene Unschuld zählte?

Sie trat ungeduldig von einem Fuß auf den anderen und ließ die Hand an den Revolver gleiten, der an ihren Oberschenkel geschnallt war. Sie war froh, dass sie ihn noch überprüft hatte, bevor sie in diese zwielichtige kleine Bar gestiefelt war. Falls die Lage hier zu sehr eskalierte, war er da, aber sie war ganz und gar nicht scharf darauf, irgendwelche kommenden Probleme damit zu lösen.

»Faith, das könnte übel werden«, warnte Hawke. »Wenn wir zu viel Aufmerksamkeit erregen, sind wir am Arsch. Dann werden wir deinen Kerl nie finden.«

»Er ist nicht mein Kerl«, brummelte sie und nippte ungeduldig an ihrem Bier. »Und angeblich soll er heute Abend hier sein. Wäre auch besser so. Jedenfalls habe ich genug Geld für die Info hingelegt.« *Verdammt gute Sache, dass es Wolfes Geld war, und nicht ihres*, dachte Faith. Wenn es um ihr Geld ging, war sie leicht reizbar.

»Oh-oh, die stehen auf. Zeit für Gruppenvergewaltigung, Baby. Wir sollten besser verschwinden«, warnte Hawke mit deutlich belustigtem Unterton. Oh Mann, er hörte sich an, als würde ihm der Gedanke an den bevorstehenden Kampf Spaß machen. Energie pulsierte auch durch Faiths Adern, und die rastlose, aufgeladene Vorahnung in ihr war begierig darauf, sich zu dem harten, antreibenden Zorn zu steigern, den der Kampf auslösen würde.

»Mist!« Sie knallte ihr Bier auf den Tresen und drehte sich um, um zu gehen. Sie war wütend, weil dieser Haufen Schwachköpfe ihre Mission vermasselte. Sie konnte nicht noch einen Kampf gebrauchen, und die alles verzehrende Erregung, die daraus entstehen würde, schon gar nicht. Kein Vibrator, kein Gefährte. Sie wäre in der Hölle.

Als sie sich umdrehte, fand sie sich Auge in Auge mit dem ersten Exemplar besagter Schwachköpfe wieder, und urplötzlich leerte sich ein großes Gebiet um den Tresen herum. Die etwa zwei Dutzend Stammgäste sahen interessiert zu, machten aber wenig Anstalten, sich einzumischen, als die sechs Schlägertypen sich vor ihr aufbauten.

Der größte von ihnen, ein breiter Koloss, gebaut wie ein Footballspieler, starrte mit lüsternem Blick in den dumpfen braunen Augen auf Faith herab.

»Du spieelen, kleeine Medchen?«, fragte er in gebrochenem Englisch.

Faith beherrschte sich gerade noch, um nicht die Augen zu verdrehen. Oh ja, und wie sie spielen wollte; ihr Lebenszweck bestand darin, mit einem Möchtegern-Kingkong mit dem Gehirn einer Mücke zu spielen.

»Mit dir?« Sie hob neugierig-amüsiert eine Augenbraue.

»Tut mir leid, Babe, aber ich habe heute Abend schon eine Verabredung.« Vorsichtig wich sie zurück und registrierte die anderen drei Kerle, die sich an der anderen Seite der Bar aufbauten.

Falls er ihre Worte nicht ganz verstanden haben sollte – den Spott in ihrer Stimme verstand er voll und ganz. Mit einer Hand griff er sich in den Schritt, grinste und entblößte dabei die verfaulten Zähne, auf die er anscheinend sehr stolz war.

»Iich sage, spieelen, kleeine Medchen«, grunzte er in holprigem Englisch.

»Und ich sage, verpiss dich«, gab sie unbekümmert zurück, und ihr Körper spannte sich in Erwartung auf den kommenden Kampf an.

»Aber Faith, deine Manieren«, mahnte Hawke sarkastisch. »Nicht jede Frau bekommt ein derart freundliches Angebot.«

»Zum Teufel mit Manieren.« Sie verzog das Gesicht. »Ich trete Jacob in den Hintern dafür, dass er mich in diesen Schlamassel hineingeritten hat.«

Hawke grinste. Er brauchte sie wütend. Faiths ansonsten apathisches Verhalten machte Wolfe und dem Rest des Rudels langsam Sorgen. Sie existierte, aber das war auch schon alles. Sie machte ihren Job wie verlangt, kassierte ihren Lohn und verkroch sich den Rest der Zeit in diesem Schickimicki-Apartment, das sie irgendwem wie auch immer aus den Rippen geleiert hatte.

Sie war eines der wenigen Rudelmitglieder, das nicht innerhalb des Reviers lebte, das Wolfe für sie alle abgesteckt hatte. Soweit er herausgefunden hatte, war sie Kurier, Informant und ganz allgemein Spionin unter Spionen. Aber er mochte sie. Man musste sie nur wütend genug machen, und sie konnte sich mit den Besten von ihnen messen.

Aber ohne ihr Training war sie eingerostet, genau wie Wolfe ihn vorgewarnt hatte. Hawke hatte zwei Monate damit verbracht, sie wieder in Form zu bringen, bevor er sie zu Jacobs wahrem Aufenthaltsort lotste. Nicht, dass sie übermäßig beeindruckt schien von seinen Bemühungen, sie wieder in Topform zu bringen. Sie maulte nur ständig wegen ihrer blauen Flecken und Kratzer herum, und er rechnete jederzeit damit, dass sie sich wegen eines abgebrochenen Fingernagels auf ihn stürzen würde. Undankbares Frauenzimmer! War das der Dank dafür, dass er sie zurück zu ihrem Gefährten brachte? Er unterdrückte ein wütendes Schnauben. Er würde sich klüger verhalten und sich mit einer weit weniger sturen Frau paaren.

Hawke seufzte, einen Augenblick abgelenkt, als ein Schatten am Ende der Bar entlanghuschte. Er riss die Augen auf, und ein Schauer lief ihm über den Rücken, als sein scharfer Geruchssinn das Tier witterte, das sich genähert hatte. Vielleicht nicht gerade ein Tier, jedenfalls nicht mehr als er selbst eines war, das wusste Hawke, aber dieses männliche Wesen war ein Alpha. Sein dunkelbraunes Haar hing ihm dicht und schwer bis auf die Schultern, und blassblaue Augen beobachteten die Szene mit Interesse.

Er lehnte sich an die Bar, eindeutig entschlossen, nicht zu helfen, trotz seiner offenkundigen Verbindung zu Faith. Denn eine Verbindung gab es. Der Mann dort im Raum hatte denselben Duft an sich, wie Hawke ihn oft auffing, wenn er Faith zu nahe kam. Der Duft war dunkel und flüchtig, eine Warnung. Eine Markierung, dass Faith einem anderen gehörte – und zwar dem Mann, der gerade keinerlei Anstalten machte, ihr zu Hilfe zu kommen. Hawke hatte Faith endlich zu ihrem Gefährten geführt, und er hatte das Gefühl, dass auch Jacob nicht gerade erfreut war über seine Bemühungen.

Jacob verzog das Gesicht, als Faiths Körper sich für den Kampf anspannte und sie sich auf die sechs Männer konzentrierte, die entschlossen waren, sie zu vergewaltigen. Ihr Körper war schlank und fit, mit drahtigen Muskeln und in Topform, doch zugleich wirkte sie noch immer schmal und zerbrechlich. Der Typ bei ihr war ebenfalls in Alarmbereitschaft. Er sah wieder zu Jacob herüber, und diesmal lag eine Botschaft in seinem Blick. Jacob schüttelte lächelnd den Kopf und schnaubte, als ein Ausdruck des Zorns über die Miene des anderen Mannes huschte.

Diese neue Faith war ein Mysterium. Jacob legte den Kopf schief und musterte sie. Ärger und Ungeduld spiegelten sich in ihrem Gesicht. Sie ließ keine wilde Vorfreude auf den zu erwartenden Kampf erkennen, aber dennoch freute sie sich darauf. Sie stellte sich selbst auf die Probe, dachte Jacob. Fachte eine innere Wut in sich an, ein drängendes Aufwallen von Emotionen gegen die Bastarde, die es wagten, sich ihr in den Weg zu stellen. Es war ein – erregender Anblick. Ihr Begleiter dagegen wirkte mehr als besorgt.

Jacob hatte nicht vor, zuzulassen, dass Faith verletzt wurde. Sollte es auch nur so aussehen, als würde sie sich an den Bastarden, gegen die sie antrat, einen Fingernagel abbrechen, würde er ihnen die Kehle herausreißen. Das hier war sein Mädchen. Seine Blutgefährtin. Seine Zähne hatten ihre Haut gezeichnet, ihr Blut hatte seine Lippen benetzt, als sie unter ihm aufgeschrien hatte. Das war keine Kleinigkeit. Die Zeit zwischen damals und jetzt spielte keine Rolle. Ob sie damals vor Wonne oder vor Schmerz aufgeschrien hatte, war gleichgültig. Tatsache blieb Tatsache. Sie gehörte ihm. Und als er sie beobachtete, wurde ihm klar, dass er genug davon hatte, auf sie zu warten. Er hatte genug davon, sie zu brauchen. Verdammte Hölle, es war Zeit, die Furcht zu vertreiben, die immer in ihrem Blick stand, wenn sie ihn ansah. Wenn er sich doch nur lange genug zurückhalten konnte, um ihr die Zärtlichkeit zu zeigen, die er ihr aus tiefstem Herzen schenken wollte.

Ihre Furcht zu überwinden, könnte sich als schwierig herausstellen. Er hatte ihr wehgetan in jener Nacht im Labor, das wusste er. Die Auswirkungen der Drogen, die man ihr verabreicht hatte, und der überwältigende Duft ihrer Lust hatten ihn über jeden Gedanken an Sanftmut hinausgetrieben. Aber er hatte keine Lust mehr zu warten. Das war ihm klar geworden, nachdem er vor sechs Monaten erneut das Rudel verlassen hatte. Er hatte genug gewartet, gehofft, sie würde ihm vergeben und aufhören, ihn zu fürchten. Mit der Zeit hatte er aufgegeben. Doch jetzt war sie hier, und er würde fordern, was ihm gehörte. Sollte heißen, nachdem er sie von diesem verdammten Kerl, der wie ein Schatten an ihr hing, losgeeist hatte.

Hawke. So nannte er sich. Das Rudel, in dem er geboren war, befand sich nun unter Wolfes Führung, nachdem Wolfe, Aiden und Jacob das Labor zerstört hatten, in dem sie gehalten worden waren.

Aus den wenigen Unterhaltungen mit Wolfe wusste er, dass Hawke ein hinreichend fähiger Kämpfer und ein verdammt guter Strippenzieher war. Hawke war ein Enforcer, eines der Elitemitglieder des Rudels, verantwortlich für Sicherheit und Schutz der wachsenden Anzahl von Wolf-Breeds, und er war bekannt für seine Brutalität und seine Loyalität dem Rudel gegenüber.

Jacob seufzte. Er hoffte inständig, dass Hawke nicht mit seiner hübschen kleinen Faith schlief. Er würde den Mann nur ungern umbringen müssen, aber dieses verlockende Exemplar von Frau gehörte nur ihm. Sie hatte es gewagt, nach ihm zu suchen, und jetzt hatte sie ihn gefunden. Er vermutete, dass jetzt ein ebenso guter Zeitpunkt wie jeder andere war, um zu beenden, was ihn seit nunmehr sechs langen Jahren quälte. Er konnte sie nicht vergessen, konnte sie nicht loslassen, und er hatte es verdammt satt, mitten in der Nacht aufzuwachen, voll Sehnsucht und Begierde nach ihr.

»Brauchst du Hilfe, Faith-Schätzchen?«, rief er ihr zu und fragte sich dabei, ob ihr bewusst war, dass er hier war.

Einen Augenblick lang herrschte Stille. Eine Atmosphäre des Wartens, als sich alle Augen auf ihn richteten.

»Hast du endlich beschlossen, mal aufzukreuzen, Arschloch?«, fragte sie, und die angespannte Belustigung in ihrer Stimme verbarg beinahe, wie nervös sie war.

»Ich sehe schon, dein Vokabular ist auf den Hund gekommen«, gab er zurück, nahm eine Flasche Whisky von der Bar und bedeutete dem Barkeeper, ihm ein Glas zu geben. »Soll ich abwarten, bis du deinen Spaß hattest, Baby, oder dir hier zur Hand gehen?«

Er hörte das Schnauben, mit dem sie auf seine Frage antwortete. Ein trotziger, sexy Laut, der seine Erektion vor Vorfreude pochen ließ.

»Das sind Würmer. Gib mir fünf Minuten, dann bin ich gleich bei dir.« Der erregte Unterton in ihrer Stimme ließ ihn beinahe zusammenzucken.

Dieser Anflug von Aufregung war noch nicht da gewesen, bevor sie gehört hatte, dass er das Spiel, das sich da vor seinen Augen entwickelte, beobachtete. Sie war zu einer Frau geworden, selbstsicher und der Ansicht, sie hätte alles im Griff. Das wurde deutlich in ihrem Tonfall und in ihrer lockeren, doch wachsamen Körperhaltung. Hatte er sich etwa die ganzen Jahre geirrt? War Faith erwachsen geworden? Hatte sie jene längst vergangene Nacht und den Schmerz, den er ihr zugefügt hatte, überwunden?

Jacob schenkte sich einen doppelten Whisky ein. Er hatte das Gefühl, er würde ihn brauchen. Bei all seinem Interesse an den Veränderungen, die sie durchlaufen hatte, war es immer noch ein Kampf für ihn, nicht einfach drauflloszugehen und diese dummen Menschen zu töten, die sich einbildeten, sie könnten sich greifen, was ihm gehörte.

»Halt dich da raus, Gringo«, warnte ihn einer der Männer angespannt und verzog das Narbengesicht zu einem höhnischen Grinsen. »Die Kleine, uns gehört.«

Jacob verzog das Gesicht über das kehlige, holprige Englisch des Möchtegern-Romeos. Er stürzte den Whisky hinunter und zuckte leicht zusammen, als der Alkohol in seiner Kehle brannte.

»Na, dann mal ran.« Er hob das Glas grüßend in deren Richtung. »Wenn ihr damit fertig werden könnt.«

Als hätte nur noch seine Erlaubnis gefehlt, griffen die sechs an. Jacob ließ das Glas Glas sein und hob die Flasche an die Lippen, als Faith und Hawke sich dem Haufen verschwitzter und ungewaschener Kerle stellten, der sich ihnen näherte. Wenn er den rasenden Zorn, der in ihm kochte, nicht besänftigte, würde er es nicht schaffen, Faith dieses kleine Problem selbst lösen zu lassen.

Er drehte sich um, lehnte sich mit dem Rücken an die Bar und sah mit schmalen Augen zu. Knurren, menschlich und wölfisch. Schmerzerfüllte Aufschreie überraschter Männer folgten, als Faith sich in eine animalische Kampfmaschine verwandelte. Und Hawke war auch nicht ohne. Mit einer Mischung aus asiatischen Kampftechniken, schmutzigen Hinterwäldlertricks und gefletschten Reißzähnen setzten sich die beiden Breeds gegen die lüsternen Pläne der südamerikanischen Raufbolde zur Wehr.

Es war kein schöner Kampf. Jacob hob erneut die Flasche an die Lippen, hielt sie mit den Fingern umklammert, und sein ganzer Körper war erfüllt von Mordlust, als einer der Bastarde versuchte, Faith auf einen Tisch zu drücken. Ein Knie in die edlen Teile sowie ein Schlag mit der flachen Hand auf die Nase belehrten ihn eines Besseren. Überrascht sah Jacob zu, wie die mindestens neunzig Kilo Mannsbild zu Boden sackten, und er runzelte verblüfft die Stirn, als der Mann nicht mehr aufstand. Einer erledigt, blieben noch fünf. Sie sollte sich besser beeilen, denn der Lustgestank der Typen machte ihn noch irre und verstärkte seinen Drang, sich mit in den Kampf zu stürzen und diese Bastarde zu vernichten.

»Doreckskerl. Die Jacke war neu«, fluchte Faith, als Jacob Stoff reißen hörte.

Ein geschockter Aufschrei folgte. Jacob reckte den Hals, um besser zu sehen und verzog das Gesicht beim Anblick ihrer weißen Fingerknöchel, mit denen sie einen Kerl an den Kronjuwelen gepackt hatte. Sie drehte die Hand, der Bastard wurde blass, sank auf die Knie, als sie ihn losließ, krümmte sich zusammen und übergab sich.

Faith war wie eine Furie. Sie ignorierte die beiden Männer, die Hawke ihr vom Leib hielt und stellte sich den beiden, die von zwei Seiten auf sie zukamen. Stolz erfüllte Jacob, als ein schlankes Bein nach einem der beiden trat. Treffer in die Brust. Jacob sah die Kraft, die in dem Tritt lag, und er hatte das Gefühl, dass der Typ den eventuell nicht überleben würde. Schwer ging er zu Boden. Hawkes zwei Angreifer erlitten ein ähnliches Schicksal. Der Letzte von ihnen, der Größte und Anstifter des Angriffs, wich nun langsam vor den beiden zurück, und in seinem Gesicht zeigte sich ein aufkeimendes Entsetzen, das enthüllte, dass er mehr wusste, als er wissen sollte.

»Dämonen«, murmelte er, drehte sich um und floh.

»Tja, also«, meinte Jacob gedehnt, stand auf und marschierte zielstrebig zur Tür, »lasst uns schleunigst hier verschwinden, bevor die örtlichen Soldaten kommen, um bei dem Spaß mitzumischen.« Ganz zu schweigen davon, was passieren würde, wenn seine Erektion es fertigbrächte, seinen strapazierten Reißverschluss zu sprengen. Diesem Hintern dabei zuzusehen, wie er sich da vor ihm bewegte, verlangte sehr viel Selbstbeherrschung von ihm.

4

Jacob schob Faith zur Tür hinaus und überließ es Danson und Hawke, ihnen zu folgen. Hinter ihnen klang es, als sei die ganze Bar schlagartig zum Kampfplatz geworden. Keine Überraschung, wusste Faith. Zu viel Alkohol, zu viel Testosteron. Eine Kombination, die garantiert für Ärger sorgte.

»Hast ja lange genug gebraucht, um dich blicken zu lassen«, stieß Faith giftig hervor, als er sie zu dem schmutzigen schwarzen SUV drängte, der hinter der Bar stand.

Er hatte den Arm um ihre Taille gelegt und zog sie eng an sich, als er sie mit sich zum Parkplatz zog. Jetzt war nicht der passende Zeitpunkt für ihre verdammte Erregung; trotzdem fühlte sie, wie die Lust in ihr aufstieg und sie feucht und bereit für ihn machte.

»Danson, nimm Faiths Kumpel mit. Ich rufe morgen früh an. Taucht unter. Ich habe nicht die Zeit, eure Ärsche aus dem örtlichen Knast zu holen«, rief Jacob über die Schulter. Seine Stimme klang dunkel und zornig, während er Faith mit der Hand tief an ihrem Rücken noch schneller Richtung Wagen schob.

»Hey, warte, das ist mein Partner«, protestierte Faith, während Hawke Danson eilig zu einem Wagen folgte, der genauso aussah, wie der erste. »Verdammter Verräter.«

»Steig ein.« Er öffnete die Tür und schob sie eilig auf den staubigen Sitz, bevor er zur Fahrerseite ging und selbst einstieg. »Wir haben nicht die Zeit, darüber zu streiten.«

Faith knurrte. Rechthaber.

Jacob ließ den Wagen an und fuhr rasch vom Parkplatz. Sie befanden sich auf der Hauptstraße stadtauswärts, als ein schäbiger Sedan mit heulenden Sirenen an ihnen vorbeirauschte.

Faith atmete schwer seufzend aus und warf einen Blick auf ihren Retter wider Willen. Verdammt, er sah so gut aus wie immer. Breite Schultern unter einem dunklen T-Shirt, das sich an jede Wölbung der geschmeidigen Muskeln darunter anpasste. Muskulöser Brustkorb, der in kräftige Hüften und Oberschenkel überging.

Sein Haar war dicht und so dunkelbraun, dass es fast schwarz wirkte. Es rahmte die harten Konturen seines Gesichtes ein, fiel bis auf die Schultern und war nachlässig mit den Fingern aus dem Gesicht gekämmt. Im Profil waren seine Züge wild und unnachgiebig. Hohe Wangenknochen, eine gerade, stolze Nase und Lippen, die man gerade noch nicht als voll bezeichnen konnte. Er hatte sündige Lippen, die zum Küssen einluden. Sie machten ihr den Mund wässrig.

»Was zum Henker machst du hier?«, fragte er schließlich und riss sie damit aus ihrer Bewunderung seiner männlichen Gestalt, während er in den Rückspiegel sah, um sicherzugehen, dass der Polizeiwagen nicht kehrtmachte. »Warst du darauf aus, dich vergewaltigen zu lassen, Faith?«

Er warf ihr einen grübelnden Blick zu und sah dabei verdrossen und sexy zugleich aus. Ein Alpha, genervt und sauer, und ein wenig erregt. Oder auch sehr erregt, falls die Beule, die sie vorher in den Jeans bemerkt hatte, etwas Diesbezügliches bedeutete.

»Habe nach dir gesucht.« Sie lehnte sich zurück, und verschränkte die Arme vor der Brust, während er durch die schmalen Nebenstraßen der kleinen Stadt steuerte. »Was zum Teufel machst du hier? Du weißt, dass ich schon seit über zwei Monaten nach dir suche? Jedes Mal, wenn ich sicher war, dass ich dich gefunden habe, warst du wieder weg. Und nein, Jacob, ich war nicht darauf aus, mich von einer Horde widerlicher Kerle vergewaltigen zu lassen, wie du genau wissen solltest.«

Er warf ihr einen verschlossenen Blick zu. Faith entschied, dass dieser Blick sie nicht sehr kümmerte. Die Art, wie seine Augen unter den halb gesenkten Wimpern glitzerten, ging ihr zu nahe. Einen Moment lang dachte sie wieder an das Labor, an die Lust, glühend heiß und gewaltig, als das Verlangen sich durch ihren Leib fraß.

Sie atmete tief durch. Das Mal an ihrem Hals, die Wunde, die nie verheilt war, pochte bei der Erinnerung. In ihrem Unterleib spürte sie dasselbe Pochen und dazu die Feuchte. Das konnte sie nicht gebrauchen. Sie hatte sechs Jahre lang darum gekämpft, ihn zu vergessen. Die Erinnerung an seine Berührung zu vergessen, die Begierde und die Lust, die wie ein Inferno aufgelodert waren, als sein Schwanz sich tief in sie hineingeschoben hatte. Die Erinnerung an die reine Dominanz des Aktes, seine unglaubliche Sinnlichkeit, ließ sie erschaudern.

»Schläfst du mit Hawke?« Seine Stimme war ein raues Grollen, als er die Frage stellte.

Die abrupte Frage schockierte sie, und sie fühlte sich mehr als nur beleidigt über die grobe Anschuldigung, die in seinem Tonfall mitschwang.

»Was geht dich das an?«, stieß sie hervor. »Du hast keine Rechte auf mich, Jacob. Nicht einmal Wolfe fragt mich etwas so Persönliches.«

»Wolfe hat nicht mit dir geschlafen, also geht es ihn auch nichts an«, sagte Jacob. »Alles, was ich will, ist eine Antwort.«

»Wieso? Und es ist ja nicht so, als hättest du wirklich mit mir geschlafen, Jacob«, erinnerte sie ihn und fragte sich dabei, ob der Akt, den sie vor so langer Zeit gemeinsam vollzogen hatten, wirklich als Sex zählte.

»Damit ich weiß, ob ich ihn umbringen muss oder nicht.«

Faith blinzelte. Sie war nicht ganz sicher, ob sie recht gehört hatte. Ob der Hauch von Gewaltbereitschaft und Erregung in seiner Stimme real oder nur ein Produkt ihrer Einbildung war. Nicht, dass sie sich oft Dinge einbildete, aber da konnte sie ihn doch nicht richtig verstanden haben.

»Ihn umbringen?«, fragte sie, um sicherzugehen. »Weswegen genau?«

Sie sah, wie seine Hände das Lenkrad fester packten und hob den Blick, um zu sehen, wie sich die Muskeln seines Kiefers vor Zorn anspannten.

»Weil er mit dir schläft.« Da war eindeutig ein Unterton von kalter Gewalt in seiner Stimme, entschied Faith.

Sie schüttelte verblüfft den Kopf.

»Willst du meine Vibratoren auch vernichten?«, fragte sie gespielt unschuldig.

Schweigen im Auto. Erregung, heiß und pulsierend, umhüllte sie. Ihre eigene und seine. Inzwischen konnte sie die Hitze fühlen, die von ihm ausging.

»Du hast einen Vibrator?« Seine Stimme wurde leiser, erstickter. Faith musterte ihn sorgfältig mit schmalen Augen.

»Mehrere«, versicherte sie ihm spöttisch. »Hübsch und sicher verpackt zu Hause. Also lass uns die Sache hier zu Ende bringen, damit ich zu ihnen zurückkann, denn sonst muss ich vielleicht doch noch mit Hawke schlafen. Du weißt ja, wie es ist, Jacob: Eine Frau braucht ihren Schuss.«

Er presste die Lippen zu einem schmalen Schlitz zusammen, und Faith wandte sich ab. Sie wollte seine Lippen nicht ansehen und sich an das Gefühl ihrer Berührung erinnern. Doch ihr Schoß erinnerte sich daran, und zwar deutlich. Er pochte pulsierend, und ihr Höschen war bereits feucht. Verdammt, sie wünschte, sie hätte letzte Woche nicht ihren Rucksack in diesem vermaledeiten Höllenloch verloren, in das Hawke sie beim letzten Mal geschleppt hatte. Wahrscheinlich vergnügte sich jetzt gerade irgendeine dumme Tusse mit ihrem kleinen ABEL. Das Leben war einfach nicht fair.

»Du hast mir nicht geantwortet«, beharrte er.

»Die Frage stört mich.« Faith zuckte mit den Schultern und versuchte, lässig zu wirken. »Stell sie anders.«

Sein Grollen war dunkel und tief. Ein animalischer, wilder Laut. Er war ein Alpha, und er hatte soeben seine Forderung, dass sie ihm antworten solle, zum Ausdruck gebracht.

»Nein, ich schlafe nicht mit Hawke«, stieß sie hervor, empört, dass er eine derartige Forderung an sie richtete. »Aber das geht dich trotzdem nichts an, Jacob.«

Er warf ihr wieder einen Blick unter halb gesenkten Lidern zu, und in seinen hellen Augen spiegelte sich nackte Lust. Faith spürte, wie ihr Körper reagierte – mit einer feuchten Woge, die sich zwischen ihren Beinen ergoss, und einem verlangenden Druck in ihren Brustwarzen. So hatte er sie noch nie angesehen. Als sei er hungrig, ausgehungert nach ihr, und als sei es ihm egal, ob sie es sah.

Und dann, genauso schnell, war es wieder vorbei. Sein Blick wurde verschlossen und abwägend.

»Dann ist alles okay mit Wolfe und Hope?«, fragte er schließlich sinnend und richtete den Blick wieder auf die Straße.

»Sie lieben und sie streiten sich, und dann lieben sie sich noch mal, nach dem, was ich so höre.« Sie zuckte lässig die Schultern. »Ich habe sie beide nicht mehr gesehen seit dem Tag, an dem er Bainesmith getötet hat. Übrigens, vielen Dank noch dafür, dass du dageblieben bist, um uns beim Aufräumen zu helfen.«

Wieder warf er ihr einen dieser heißen Blicke zu, die ihr direkt in den Unterleib fuhren. Der Schmerz zwischen ihren Beinen war eine Warnung, ein Auftakt zu der brennenden Lust, die ihren Körper manchmal quälte. Doch statt sich mit unerträglichen Zurschaustellungen männlicher Lust, die ihr bisher untergekommen waren, abzugeben, nutzte sie lieber den kalten Trost ihrer Vibratoren. Bald würde sie sich noch einen gehörigen Vorrat an Batterien zulegen müssen, um nicht im entscheidenden Augenblick auf ihre kleinen Liebeshelfer verzichten zu müssen.

Schweigen herrschte im Wagen, während er durch enge Gassen und über holprige Straßen fuhr, bis er auf einen unwegsamen Pfad einbog, der in den Dschungel führte, der die Stadt umgab.

»Wo fahren wir hin?«, fragte sie schließlich ungeduldig. »Ich muss nach Hause, sobald ich dir die Dokumente übergeben habe, die Wolfe geschickt hat. Ich habe nämlich durchaus ein eigenes Leben, wie ich unserem geschätzten Anführer immer mal wieder ins Gedächtnis rufen muss.«

»Wir fahren zu einem Haus, das ich mir gemietet habe. Dort lese ich dann Wolfes Dokumente.« Seine Stimme klang tief, dunkel und sexy. Umgeben vom Dschungel, der sinnlichen Hitze und den wilden Geräuschen der Nacht, verspürte Faith eine beunruhigende Mischung aus Lust und animalischen Bedürfnissen. Und ihr war klar, dass sie nicht länger die Kraft hatte, gegen diese Bedürfnisse anzukämpfen.

Minuten später kamen sie zu einer kleinen Lichtung, umgeben von einer hohen Steinmauer. Jacob öffnete die Mittelkonsole, holte eine Fernbedienung heraus, legte einen Schalter um, und die schweren Eisentore öffneten sich.

»Nettes Örtchen«, meinte sie spöttisch, als er die gepflasterte Auffahrt entlangfuhr und vor einer zweistöckigen Hazienda mit rundum verlaufendem Balkon hielt.

»Komm mit.« Er öffnete die Tür, stieg geschmeidig aus und ging um den Wagen herum.

Faith folgte ihm, steckte die Hände in die leichte Lederjacke und spürte die Hitze in ihrem Körper. Ihr Unterleib zuckte, ihre Haut fühlte sich übersensibel an, ihre Brüste schwollen unter dem leichten Baumwollhemd. Es war eine Reaktion, ähnlich der auf die Drogen, mit denen man sie im Labor vollgepumpt hatte. Die Drogen, die durch ihren Körper gerast waren und wegen denen sie Jacob für immer verloren hatte.

Faith betrat das Haus und sah sich um: weitläufige Eingangshalle, gewundene Treppe und große, offene Räume. Das Haus war innen kühler als die Luft draußen, aber nicht viel. Sie zog die Jacke aus, als sie eintraten, und hielt sie unbehaglich vor sich, als sie Jacob durch den langen Flur in eine geräumige, gut beleuchtete Küche folgte.

»Bier?« Er holte zwei Dosen aus dem modernen Kühlschrank und stellte sie auf den Tresen.

Faith nahm die kalte Dose, öffnete sie und trank dankbar. Das Bier in der Bar war lauwarm und bitter gewesen. Das hier rann leicht und kühl die Kehle hinab, konnte aber die Hitze zwischen ihren Beinen nur wenig lindern.

Sie hielt das Bier sorgfältig in der einen Hand, griff mit der anderen in die Innentasche ihrer Jacke und holte den versiegelten Umschlag heraus, den Wolfe ihr vor Monaten gegeben hatte. Er war zerknittert, staubig, aber immer noch in einigermaßen gutem Zustand. Faith warf ihn auf den Tisch und sah Jacob erwartungsvoll an, während er sie vom Spülbecken aus musterte.

»Hast du's eilig?« Er hob spöttisch eine Augenbraue.

»Ich habe tatsächlich ein Leben, zu dem ich zurück will«, erinnerte sie ihn ausdruckslos.

»Ganz zu schweigen von deinen Vibratoren«, knurrte er. Der Gedanke an ihre Spielzeuge brachte ihn eindeutig auf die Palme.

»Ja, ganz zu schweigen von meinen ABELn. Sie fehlen mir schon.«

»ABEL?«, fragte er und runzelte warnend die Stirn.

»Akku-Betriebene-Liebhaber.« Sie lächelte angespannt. »ABEL.«

Jacob schnaubte. Er ging vom Spülbecken zum Küchentisch und warf ihr einen grüblerischen Blick zu. Dann zog er einen Stuhl heran und bedeutete ihr mit einer Handbewegung, sich zu setzen, bevor er zur anderen Seite ging und sich selbst niederließ. Faith nahm den angebotenen Stuhl und trank noch einen tiefen Schluck von ihrem Bier. Die Flüssigkeit war kühl, aber noch mehr als das schien sie die Enge in ihrer Brust zu lindern.

Jacob hatte sie schon immer nervös gemacht. Seit ihrer Jugend hatte sie zu ihm aufgesehen, ihn angehimmelt, und danach hatte sie sich nach seiner Berührung gesehnt. Was das anging, hatte sie mehr bekommen, als sie erwartet hatte.

Als er den Umschlag aufriss und zu lesen begann, trank Faith ihr Bier aus und legte den Kopf auf den Tisch. Sie war müde. In den letzten beiden Monaten war ihr nur wenig Zeit für Schlaf geblieben, während sie nach Jacob gesucht hatte. Nicht, dass sie davor viel geschlafen hätte. Und der Kampf heute hatte sie natürlich auch erschöpft. Ihr tat alles weh. Und unglücklicherweise hatten nicht alle Schmerzen ihre Ursache in dem Kampf.

Jacob warf einen Blick auf Faith, während er die letzte Seite des Briefes las, und seufzte müde. Er hatte sich schon gefragt, wieso Wolfe nicht einfach das verdammte Handy benutzt hatte, um ihn zu kontaktieren. Jetzt wusste er, wieso: Faith. Zierlich und zerbrechlich wirkend wie immer.

In den vergangenen Jahren war sie weiblicher geworden, ihre Brüste und Hüften waren voller und runder, ihre Beine sexy ohne Ende. Aber sie war nicht mehr das Mädchen, das er vor sechs Jahren gekannt hatte. Das Mädchen von damals wäre vor sechs Gorillas, die es vergewaltigen wollten, zurückgewichen. Damals hätte sie sich nicht so bereitwillig in einen Kampf gestürzt. Sie war eine Vermittlerin, und zwar eine verdammt gute, aber kein Killer.

Als Kontaktperson hatte Faith die bekannten Rudel koordiniert, mit den jeweiligen Anführern zusammengearbeitet und dabei geholfen, in einigen Fällen Frieden zwischen ihnen zu stiften und einen offenen Kampf zu verhindern, nachdem viele der Rudel eher auf Blutvergießen als auf Frieden aus waren. Außerdem fungierte sie als Kurier zwischen Informanten innerhalb des Councils und Wolfe. Aber Faith war keine Kämpferin. Bis jetzt.

Jacob fuhr sich mit den Händen gereizt durch die Haare. Zum Teufel mit diesem Leben; es versuchte, ihm bei jeder sich bietenden Gelegenheit in den Hintern zu treten. Und dieses Mal konnte es der Todesstoß sein. Was in aller Welt sollte er jetzt bloß tun? Er richtete den Blick wieder auf den Brief und las ihn noch einmal.

Informationen, die ich gesammelt habe, deuten darauf hin, dass Faith in Hitze ist, ein Auftakt zu dem gewaltigen sexuellen Rauschzustand, der die genetische Veränderung der Eierstöcke in Gang setzt. Du hast sie markiert, und da sie offenbar keine Berührung eines anderen ertragen kann, ist es an dir, dich mit ihr zu paaren. Ich habe genug davon, die Rechnungen für ihre verdammten Vibratoren zu bezahlen. Kümmere dich darum.

Durch die Zeit, die ich mit Hope verbracht habe, weiß ich inzwischen, dass das Mal, das du bei Faith hinterlassen hast, dasselbe ist wie das meine bei Hope. Sie ist deine Gefährtin und an dich und deinen Körper gebunden. Wir sind noch nicht sicher, wie es funktioniert oder was dieser Paarungsrausch in Bezug auf unsere Rasse bedeutet, aber es ist ein Zustand, der ernst genug ist, um Anlass zur Sorge zu geben. Erwarte ein gewisses Maß an Zorn und Wut. Sie wird heftige Stimmungsschwankungen durchmachen, und ich habe keinen Zweifel, dass Faith ebenso wütend darüber ist, dass du sie verlassen hast, wie Hope es in meinem Fall war und immer noch ist.

Das Mal hat eine viel größere Bedeutung, als wir vor sechs Jahren angenommen hatten. Seine Auswirkungen sind unmittelbar und werden nie restlos aus dem Organismus verschwinden. Ich sammle immer noch Informationen, aber in Faiths Fall scheinen die Symptome stärker zu sein als bei Hope. Faith wird zunehmend impulsiver, temperamentvoller und unversöhnlicher. Das macht mir täglich mehr Sorgen, weil es mit jedem Tag schlimmer zu werden scheint.

Offenbar bewirken Koffein und Alkohol eine Überstimulierung des Körpers und verstärken die Auswirkungen damit noch. Faiths Konsum von beidem ist in letzter Zeit übermäßig hoch. Dadurch steigert sich die Erregung noch mehr. Vertrau mir, Jacob, falls du nicht die Ausdauer eines Karnickels besitzt, wirst du ihr Erregungslevel so niedrig wie möglich halten wollen.

Wie du weißt, hatte ich die Absicht, mich aus deiner Beziehung zu Faith herauszuhalten. Mir ist mehr als deutlich bewusst, dass du die Paarung, wie sie im Labor geschah, quasi als Vergewaltigung empfindest. Ich war da immer anderer Meinung, aber es schien sich nie die Gelegenheit zu ergeben, das Thema anzusprechen. Doch jetzt, als Rudelführer, bin ich auf jeden Fall gezwungen, darüber zu reden. Aiden und ich sind hier einer Meinung. Es ist Zeit, dass du deinen Frieden mit jener Nacht machst – und mit Faith, bevor sie ernsthaft Schaden nimmt. Ich erwarte deinen Bericht in Kürze.

Der Brief war wesentlich länger, die Erklärungen viel detaillierter, als Jacob angenehm war, aber ihm war absolut klar, warum sein Anführer Faith mit einem Narrenjob betraut hatte. Oder war es ein Job, um einen Narren zu finden? Konnte er sich geirrt haben? War sie stärker, als sie aussah? In der Lage, nicht nur seinem Lebensstil, sondern auch seinen Lüsten standzuhalten?

Zumindest nicht so, wie sie gerade aussah, schlafend wie ein Baby, den Kopf auf ihre Jacke gebettet. Ein Teil von Wolfes Brief drückte dessen Sorge um sie aus. Seine Sorge wegen ihrer nächtlichen Gewohnheiten und ihres Schlafmangels. Sie umgab eine Aura von Müdigkeit, die ihre dunklen Augen trübte und ihrer cremigen Haut einen blassen Teint verlieh. Doch noch immer war sie die schönste Frau, die er je erblickt hatte. Und seine heißen Lenden erinnerten ihn energisch daran, wie sehr Frau sie war.

Jahrelang war er nachts schweißgebadet aufgewacht und hatte sich ergossen, während er davon geträumt hatte, wie ihr Po ihn in feuchter Hitze umfangen hatte, ihre Muskeln ihn umklammert hielten, während sie jeden Zentimeter seines Schaftes in sich aufgenommen und sich ihm nach mehr entgegengedrängt hatte. Was Jacob jedes Mal verwirrt hatte, war der Umstand, dass es kein Samenerguss war. Es war dickflüssig und nicht besonders viel, aber doch genug, um ihm Sorgen zu bereiten. Leider lieferte der Brief dafür keine Erklärung.

Müde atmete er aus und verzog das Gesicht, als sein Blick auf die leere Bierdose fiel. Kein Alkohol mehr für Faith. Die Nebenwirkungen klangen zwar angenehm, aber er bezweifelte, dass ihr Organismus die zusätzliche Belastung gebrauchen konnte. Bei diesem Abschnitt des Briefes hatte sein Schaft vor Vorfreude gezuckt, doch den Gebrauch eines solchen Mittels, um ihre Lust zu kontrollieren, verwarf er augenblicklich. Als er sie zum ersten Mal berührt, sie genommen hatte, war es wegen der hochwirksamen Drogen geschehen, die man ihr in den Leib gepumpt hatte. Wenn er sie das nächste Mal nahm, wollte er keine Einflüsse von außen, keine Nebenwirkungen – und keine Drogen.

Er stand vom Tisch auf und ging zu ihr, ging neben ihr in die Hocke und musterte ihre feinen Gesichtszüge. Ihre Lippen waren leicht geöffnet, feucht und verlockend. Die rotbraunen Wimpern lagen dicht und lang auf ihren Wangen. Die hohen Wangenknochen und die schrägen Augen verliehen ihr ein mysteriöses und verführerisches Aussehen.

»Faith?« Er gestattete sich das Vergnügen, ihr zärtlich eine Strähne seidigen Haares von der Wange zu streichen und ihre weiche Haut mit den Fingern zu streicheln.

Er fragte sich, ob sie wohl immer noch diese Lotion benutzte, die er für sie gekauft hatte, als sie gerade ein Teenager war. Wolfe hatte es geschafft, sich in der Angelegenheit um die Details zu kümmern, aber das Geld dafür war von dem kostbaren Vorrat gekommen, den Jacob insgeheim gehortet hatte. Teuer, ohne Duftstoffe, aber mit genug feuchtigkeitsspendenden Substanzen, damit ihre Haut seidig weich blieb.

Er hatte den Cremeton ihrer Haut immer bewundert. Sie war nicht dunkelhäutig wie die Männer des Rudels, sondern hatte einen perfekt pfirsich-cremigen Teint, wunderschön und so verdammt verführerisch, dass sie ihm den Atem raubte. Ihre weiche Haut nun unter den Fingern zu spüren, warm und nachgiebig, brachte sein Blut zum Wallen bei dem Gedanken, sie zu kosten.

»Faith?«, flüsterte er noch einmal.

Sie gab keine Antwort, sondern holte nur tief Luft, als würde seine Stimme sie irgendwie befriedigen.

»Wach auf, Baby«, flüsterte er. »Wenn du mich dazu bringst,

dich ins Bett zu tragen, endet es noch damit, dass ich dich flachlege, während du schläfst.«

Sie fuhr sich mit der Zunge über die Lippen und holte leise Luft, wachte aber nicht auf. Er konnte die Erschöpfung spüren, die sie erfüllte. Sie war todmüde. Erschöpfung, Alkohol und blank liegende Nerven. Jacob schüttelte den Kopf. Wenigstens war sie zu müde für den Lustrausch, der nach Wolfes Warnung mit dem Alkohol einhergehen konnte. Augenscheinlich hatten die Katzen-Breeds die Anomalien bei der Paarung in ihrem Rudel studiert, während die Wolf-Breeds einfach nur ums Überleben gekämpft hatten.

Verdammte Katzen, grollte er im Stillen. Vor mehreren Jahren war er einmal mit deren Kontaktmann Tanner zusammengetroffen. Ein großspuriger, eingebildeter Kater mit nichts anderem im Sinn, als Ärger zu machen. Als er die Tochter eines einflussreichen Mitglieds des Councils entführt hatte, war es beinahe zu einem internationalen Zwischenfall gekommen. Seine Paarung mit der Frau hatte sowohl das Katzen- als auch die Wolfsrudel in Schwierigkeiten gebracht.

Müde seufzend stand Jacob auf und hob sie vom Stuhl hoch. Sie grummelte ein wenig, schmiegte sich dann aber an seine Brust und seufzte wieder. Sie war zu leicht, zu einfach zu tragen. Wolfe hatte gesagt, sie hätte in letzter Zeit an Gewicht verloren, und wie es schien, waren das Pfunde, die zu verlieren sie sich kaum leisten konnte.

Er hielt sie sicher in seinen Armen und stieg die breite Treppe zu dem Schlafzimmer hinauf, das neben seinem eigenen lag. Das große Bett, umhüllt von Moskitonetzen, war perfekt für den Fall ausgerichtet, dass man nicht allein war. Das Personal kam täglich vorbei und hielt alles in Schuss.

Er zog die leichte Daunendecke und die Seidenlaken von den Kissen zurück und legte sie aufs Bett. Eigentlich hatte er vorgehabt, sie angezogen schlafen zu lassen, oder sie sich selbst ausziehen zu lassen – alles, nur nicht das, wovon er wusste, dass er es jetzt tun würde.

Jacob musste gewaltsam seine zitternden Finger beruhigen, als er damit fertig war, das Hemd aus dem Hosenbund ihrer Jeans zu ziehen. Die kleinen Knöpfe ließen sich leicht öffnen, der weiche Stoff teilte sich, rutschte über ihren Bauch, blieb aber an ihren Brüsten hängen, als der letzte Knopf aufging.

Mit den Fingerknöcheln streichelte er über ihre Haut, so weich wie feinste Seide, mit einem sanften Schimmer cremiger Perfektion. Er hob sie kurz an und ließ das Hemd von ihrem Körper gleiten, während ein gedämpftes Seufzen über ihre Lippen drang. Sie regte sich in seinen Armen, sodass die harten Knospen ihrer Brüste über sein Shirt strichen und sich durch den Stoff bis in seine Haut brannten.

Er legte sie wieder aufs Bett und starrte auf ihre vollen, reifen Brüste hinab. Sie waren prall und fest, mit harten, aufgerichteten Brustwarzen. Jacob atmete tief durch und ließ die Hände an ihre Jeans gleiten. Der Verschluss ging leicht auf, und darunter kam die zarte Haut ihres Unterleibs zum Vorschein. Jacob versuchte, ihn zu ignorieren, machte bei den Stiefeln weiter und schaffte es, sie aufzuschnüren, ohne die Schnürsenkel dabei allzu sehr zu verknoten. Dann widmete er sich wieder den Jeans, die ihr mühelos von den Beinen glitt, sodass sie nur noch ein Dreieck aus feuchter, pfirsichfarbener Seide trug. Sie bewegte die Beine, und im Dämmerlicht sah er deutlich ihre prallen Schamlippen und die Feuchte, die den Stoff tränkte.

Jacob schluckte schwer. Er konnte ihre Erregung wittern, so wie schon während der letzten Stunden. Sie ließ seinen Schaft anschwellen und machte ihn schier trunken vor Sehnsucht nach ihr. Er wusste, wenn er jetzt nicht auf Abstand ging, würde er sie berühren. Und wenn er sie berührte, dann würde er mit ihr schlafen, das war ihm klar. Er griff neben sie und zog die Daunendecke über ihren perfekten Körper.

»Verdammt«, brummte er vor sich hin und wandte sich ab, »verdammte Hölle.«

Sie war erschöpft bis auf die Knochen, und er wusste das. So erschöpft, dass sie im Sitzen einschlief, den Kopf auf den Armen, als sie versuchte, sich etwas auszuruhen, und alles, woran er denken konnte, war, mit ihr zu schlafen.

Faith hörte ihn fluchen und beobachtete ihn durch gesenkte Lider, als er aus dem Zimmer ging, und leise die Tür hinter sich schloss. Eine Träne stahl sich aus ihrem Augenwinkel, bevor es ihr gelang, die anderen wegzublinzeln.

Sie drehte sich auf die Seite, rollte sich zu einer Kugel zusammen und kämpfte gegen die Erregung an, die in ihr pulsierte. Ihr war so heiß, dass sie die Decke von sich schob und sich nichts mehr wünschte als eine Klimaanlage, vorzugsweise auf die niedrigste Temperatur eingestellt.

Verdammter Kerl. Hätte es ihm wohl wehgetan, sie zu berühren und die Qualen zu lindern, in die sein Anblick sie stürzte? Sie grinste spöttisch über sich selbst. Als würde sie ihn noch einmal anflehen wollen. Seit sechs Jahren überlebte sie nun schon ohne seine Berührung, ohne seinen mächtigen Penis, und sie würde auch den Rest ihres Lebens ohne das alles überstehen.

Noch immer hatte sie die Hände zornig zu Fäusten geballt, und noch immer pulsierte das lebhafte Verlangen durch ihren Leib. Ihr Schoß sehnte sich nach ihm, eine physische, fast schmerzhafte Leere, die sie nicht losließ. Sie musste weg von Jacob, und das schnell, bevor sie sich noch mehr zum Narren machte, als es ohnehin schon passiert war.

Morgen früh würde sie verschwinden, beschloss sie. Sie hatte Jacob gefunden und ihm gegeben, was auch immer Wolfe ihm geschickt hatte. Jetzt war es Zeit, zu gehen.

Faith unterdrückte ein sehnsüchtiges Wimmern. Inzwischen tat es weh. Die Augen fest geschlossen, rollte sie sich auf den Rücken und starrte an die Decke. Sie lauschte nach Jacob im Zimmer nebenan. Schubladen, die zugingen, eine Tür, die Dusche. Sie stellte sich vor, wie er sich auszog, malte sich seinen Körper aus, hart und muskulös, breit und hochgewachsen. Und sie wusste, der Anblick seiner Erektion wäre mehr als beeindruckend.

Das lange dunkelbraune Haar würde ihm über die Schultern fallen und unter dem Wasser der Dusche so dunkel werden, dass es schwarz aussah. Er würde die hellblauen Augen schließen, der Duft von Seife und Mann würden sich mit dem Dampf mischen, ihre Sinne überwältigen und sie vor Verlangen, ihn zu kosten, ganz benommen machen.

Sie flüsterte seinen Namen; ein Laut der Begierde, der ihr das Herz schwer werden ließ vor Sehnsucht, ihn zu berühren und von ihm berührt zu werden. Dann hörte das Geräusch der laufenden Dusche auf. Lange Minuten später ging die Tür zu, und sie hörte, wie er wieder nach unten ging. Faith seufzte müde, biss die Zähne zusammen und fand sich mit einer weiteren langen, schlaflosen Nacht ab.

5

Die Frau machte ihn noch wahnsinnig. Da bestand kein Zweifel. Jacob war Zeuge, als sie am nächsten Morgen im Wohnzimmer hin und her tigerte, das Headset ihres Handys am Ohr, und Wolfe zuhörte. Er hatte gewusst, dass der Rudelführer sie anrufen würde, aber den langsam wachsenden Zorn, den er in ihr brennen sah, hatte er nicht erwartet.

Sie trug diese verdammten Jeans, die sie vorhin zu waschen versucht hatte. Sie waren voll mit Blut – ihrem und dem von anderen, das wusste er. Die Hose hatte einen Riss am Knie, aber sie modellierte Faiths Hintern perfekt. Jacob lehnte sich an den Türrahmen und beobachtete, wie sie vor den großen Fenstern mit Blick auf den Garten stehen blieb und sich anhörte, was Wolfe zu sagen hatte.

Verdammt, dieser Hintern war echt süß. Er kam einfach nicht davon los. Hübsch und rund, ohne dabei zu sehr herauszustechen. Einfach eine perfekte Handvoll. Sein Penis erinnerte ihn daran, dass es dort auch noch eine hübsche enge Passage gab, in die er genau hineinpasste. Er hatte sich die ganze Nacht im Bett hin und her gewälzt, gequält von den Erinnerungen daran, wie eng.

»Das ist Blödsinn!« Der Zorn in ihrer Stimme ließ Jacob zusammenzucken. Sie hörte Wolfe nicht länger zu. »Verdammt, Wolfe, ich habe keine Woche Zeit, um hier herumzuhängen und mich mit ihm abzugeben …«

Jacob hob eine Augenbraue und musterte sie, während sie sich ungeduldig mit der Hand durchs Haar fuhr. *Sich mit ihm abzugeben?* Welch angenehme Art zu umschreiben, wie sie mit seinen Absichten in Bezug auf sie wohl umgehen könnte.

»Wen interessiert das? Ich habe Dinge zu erledigen …«

Dinge? Eigentümliche Umschreibung für ihre Zuneigung zu ihren Vibratoren. Er sollte Wolfe selbst anrufen, damit der diese vermaledeiten Dinger für ihn in die Luft jagte.

»Er ist ein großer Junge …«, knurrte sie, und Jacob zuckte zusammen. Mist, langsam wurde sie echt sauer.

»Wolfe. Nein. Wolfe. Das ist mein verdammtes Zuhause. Hast du irgendeine Ahnung, wie schwer es war, das zu finden? Es zu diesem Preis zu sichern? Wage es ja nicht …«

Jetzt klang sie eindeutig alarmiert. Jacob konnte praktisch fühlen, wie ihre Antenne für Gefahren hochfuhr. Ihr Körper spannte sich an, sie ballte die Fäuste und rang um Beherrschung.

Dann hörte sie lange Momente zu, aber Jacob konnte spüren, wie ihr Zorn mit jedem Wort von Wolfe wuchs.

»Ich werde das Rudel verlassen, Wolfe.«

Stirnrunzelnd registrierte Jacob die harte Entschlossenheit in ihrer Stimme, und ihre nächsten Worte schockierten ihn vollends.

»Nein. Offensichtlich hast du ein Problem mit der Effizienz, mit der ich meinen Job erledige. Das ist in Ordnung. Damit kann ich umgehen. Aber niemand, Wolfe, nicht einmal du als Rudelführer, kann mir vorschreiben, wann und mit wem ich Sex haben muss – darüber diskutiere ich nicht, Wolfe! Der dreckige Bastard hat mich vor sechs Jahren einfach verlassen, und du verlangst, dass ich mal eben die Beine für ihn breit mache?«, zischte sie. »Such ihm eine andere Nutte. Oder noch besser, lass ihn in Ruhe, nach dem, was ich gehört habe, ist er ganz gut darin, selbst welche zu finden.« Ihre Stimme wurde mit jedem Wort lauter, bis sie vor Wut vibrierte.

Sie war wütend, weil er gegangen war? Nicht wegen der Nacht, in der er sie genommen hatte, sondern weil er sich von ihr ferngehalten hatte? Das ergab keinen Sinn für ihn. Sie sollte ihn hassen, ihn verachten für die Art, wie er sie genommen hatte, für die Gewaltsamkeit seiner Lüste, aber sie sollte nicht fuchsteufelswild klingen, weil er gegangen war, nachdem er sie verletzt hatte.

Jacob sah, wie sie zitterte, konnte den Schmerz in ihrer Stimme hören, und er beschloss, dass es jetzt reichte. Ihre Stimme klang tränenerstickt, und damit war es Zeit, sich einzumischen. Zur Hölle mit Wolfe, nun da er Faith zu Jacob geschickt hatte, hatte er nicht länger irgendwelche Rechte in Bezug auf sie. Jacob war jetzt ihr Blutgefährte und ihr Alpha. Wolfe hatte keine Rechte, was sie anging.

Er ging zu Faith und überrumpelte sie, indem er sich das Handy von ihrem Gürtel schnappte, ihr das Headset abnahm und sich den Empfänger selbst ans Ohr hielt.

»Verpiss dich, Wolfe!«, stieß er hervor.

Schweigen am anderen Ende der Leitung.

»Hope glaubt, sie wird eher an dem Apartment und ihren Spielzeugen festhalten, als dir nachzugeben.« Wolfes Stimme klang hart und befehlend. »Und wir brauchen die Wohnung für eine andere Kontaktperson. Wir haben nicht die Zeit, um ihre Befindlichkeiten zu hätscheln.«

Jacob runzelte die Stirn. Im Augenblick hielt er nichts für wichtiger als eben das. Eine überraschende Erkenntnis.

»Du vergisst, dass die Wohnung nicht dem Rudel gehört. Ich werde die Miete für ein anderes Apartment übernehmen«, knurrte er. Zur Hölle, er zahlte ja auch die Miete für die Wohnung, die Faith jetzt hatte. »Nimm das Geld von meinem Konto und gut. Aber lass ihr Zuhause in Ruhe. Punkt.«

»Ich kann meine Schlachten allein schlagen, Jacob«, zischte Faith, die Hände in die Hüften gestemmt, von Kopf bis Fuß voll Zorn. »Ich brauche deine Hilfe nicht. Lass ihn doch jemand anderen in mein Apartment stecken; dann wird er schon sehen, wie gut ich kämpfen kann.«

»Was zum Henker ist los mit ihr?« Verwirrung lag in Wolfes Stimme, als er ihre wütende Ankündigung hörte. »Sie weiß es doch besser, als mich herauszufordern. Ich verstehe diese Frau nicht mehr.«

»Sie kann dich nicht herausfordern, Wolfe, aber ich schon.« Jacob bemühte sich, nicht lauter zu werden, und ließ den Blick nicht von Faith, während er das Feuer in ihren dunklen Augen sah. »Lass ihre Sachen in Ruhe. Dafür besitzt du nicht die Autorität.« Da Wolfe der Leitwolf war, wurde seinen Anweisungen bis zu einem gewissen Punkt automatisch Folge geleistet, doch Jacob hatte nicht die Absicht, zuzulassen, dass er Faith derart aufbrachte.

Die Rangfolge im Rudel war unverrückbar. Wolfe war der Alpha, doch Jacob war nur am Rande ein Mitglied. Er war der Alpha der Enforcer, der Kopf der gesamten Sicherheitstruppe und besaß damit ebenso viel Autorität wie Wolfe selbst.

Erneutes Schweigen. »Wir könnten sie verlieren, Jacob.« Wolfes Stimme klang hart. »Ich kann es mir nicht leisten, irgendwen aus dem Rudel zu verlieren. Besonders keine Frau.«

»Ich trete dir in den Hintern, Jacob«, tobte Faith, und Jacob kniff die Augen zusammen, während sein Zorn auf Wolfe und seine Ungeduld immer größer wurden.

»Wenn du Hirn hättest, wärst du eine Gefahr für dich selbst«, erklang da Hopes Stimme im Hintergrund. »Was hat denn die Tatsache, dass sie eine Frau ist, damit zu tun? Sie ist Teil der Familie, Wolfe, kein verdammtes Zuchttier.«

Jacob verdrehte die Augen und hörte Wolfe verzweifelt knurren.

»Lass gut sein, Wolfe«, mahnte Jacob. »Das ist den Kampf nicht wert. Und ich will Faith nicht so aufgebracht sehen.«

»Dann brauche ich jetzt also dich, um meine Kämpfe auszufechten?«, fragte sie ihn wütend, mit gerötetem Gesicht und bebenden Brüsten unter dem T-Shirt. Kein BH. Oh verdammt, und ihre Nippel waren auch hart.

Am anderen Ende der Leitung tobte Hope ebenso. Offenbar hatte sie jetzt erst mitbekommen, was Wolfe getan hatte. Er wollte Mitleid für seinen Rudelführer empfinden, aber in diesem Fall hatte Wolfe sich das selbst eingebrockt. Außerdem hatte er im Augenblick offenbar selbst alle Hände voll mit einer wütenden Frau zu tun.

»Lass die Hände vom Apartment, Wolfe. Faith kann selbst entscheiden, was sie damit tut. Und mit wem sie Sex hat, nehme ich an?« Die Frage ging mehr an sie als an Wolfe.

»Du bist ein tapferer Mann«, seufzte Wolfe. »Ich wollte es nur einfacher machen. Sie schien mir ziemlich wütend auf dich zu sein. Ich dachte, vielleicht, wenn ich eine Anweisung daraus mache …« Jacob konnte das Schulterzucken in Wolfes Stimme hören. Und dann Hopes sarkastischen Kommentar im Hintergrund. Das schien nicht gerade die Woche für »wie gefalle ich meinem Gefährten« zu sein. Jacob fragte sich, ob das eine Art Stimmungsphase war oder eine merkwürdige Form von prämenstruellem Syndrom.

»Als ob ich dich bräuchte, um ihm das zu sagen«, schnaubte Faith. »Wer hat dich denn zum Sir Galahad gemacht, Blödmann? Ich habe dich sechs Jahre lang nicht gebraucht, und ich will verdammt sein, wenn ich dich jetzt brauche. Und gib mir das verdammte Telefon wieder.« Sie hatte es ihm aus der Hand gerissen, bevor ihm mehr als ein Schnauben auf ihren Sarkasmus einfiel.

Faith schwor sich, sie würde Jacob und Wolfe umbringen. Verdammte Mannsbilder. Erst hatte ihr Rudelführer die Frechheit besessen, ihr zu befehlen, sie solle mit Jacob ins Bett steigen, und dann bedrohte er auch noch ihr Apartment. Ihr wunderschönes, helles Zuhause, wo all ihre Schätze lagerten. Wo ihre Vibratoren auf Samt ruhten, ihre Kaffeemühle Kaffee in Perfektion für sie mahlte und ihr Kühlschrank, ein Traum der Moderne, sie daran erinnerte, wann ihr Vorrat an Bier und Cola zur Neige ging. Sie würde ihm das Herz herausschneiden.

»Allerliebster Wolfe?« Ihre Stimme klang zuckersüß, aber in ihrem Herzen tobte mörderische Wut. »Könnte ich bitte mit Hope sprechen? Frauensachen, du weißt schon.«

Wolfe zögerte. »Faith, fürs Erste lasse ich alles so, wie es ist. Es ist sinnlos, Hope noch weiter zu verärgern.«

»Warum sollte ich meinem Leitwolf das antun?« Sie wäre gern spöttischer gewesen, aber sie beschränkte sich darauf, Jacob die Zähne zu zeigen, als sie seinem belustigten Blick begegnete. Verdammte Kerle. Machotrottel.

Wolfe seufzte.

»Faith?« Hope klang fuchsteufelswild.

Faith wandte sich von Jacob ab, zitternd vor Zorn und Schmerz. Sie hatte gedacht, Wolfe verstünde, wie sie all die Jahre gelitten hatte. Sie hatte gedacht, er kenne die Hölle, die das Leben ohne Jacob für sie darstellte.

»Er hat mir befohlen, mit Jacob ins Bett zu steigen, Hope«, knurrte sie mit halblauter Stimme, sodass nur die Frau, deren nächtliche Telefongespräche mit ihr sie in den letzten Monaten bei Verstand gehalten hatten, ihren Schmerz erkennen konnte. »Er hat mir befohlen, mein Zuhause jemand anderem zu überlassen. Lass nicht zu, dass er mir mein Zuhause wegnimmt, Hope.« Es war das Einzige, was sie hatte, das nur ihr allein gehörte. Bis in den letzten Winkel nach ihrem Geschmack eingerichtet, liebevoll sauber gehalten und von ihr ganz allein gepflegt.

»Keine Sorge, Faith.« Auch Hopes Stimme zitterte vor Wut. »Kümmere dich um dich selbst und deine Bedürfnisse. Ich kümmere mich um meinen Gefährten.« Der entschlossene Zorn in Hopes Stimme löste den Knoten der Angst in Faiths Brust, der immer größer geworden war, seit Wolfe seine kleine Privatdiskussion mit ihr angefangen hatte. Sie holte tief Luft, um sich zu beruhigen.

»Danke«, flüsterte sie.

»Keine Ursache, Faith. Wir reden später. Im Moment gibt es da einen Gefährten, mit dem ich mich befassen muss.«

Hope legte auf, und Faith stand schweigend da, mit dem Rücken zu Jacob und kämpfte gegen Wut und Schmerz an, die immer stärker in ihr tobten.

»Seit wann hast du denn beschlossen, meinen Beschützer zu spielen?«, fragte sie ihn, und bemühte sich dabei, nicht zu schreien, sondern einen ruhigen Tonfall anzuschlagen, auch wenn ein Zittern in ihrer Stimme lag.

Sie steckte das Handy zurück in die kleine Halterung an ihrem Gürtel und drehte sich zu ihm um, die Fäuste geballt, um ihm nicht in seine verwirrte Miene zu schlagen.

»Er hatte unrecht.« Jacob zuckte mit den Schultern. »Ich habe lediglich versucht zu helfen, Faith.«

»Ich brauche deine Hilfe nicht.« Sie bemühte sich, normal zu atmen und ihren heftigen, wütenden Herzschlag zu beruhigen. »Ich habe dich sechs Jahre lang nicht gebraucht, und auch wenn Wolfe das Gegenteil glaubt, ich brauche dich auch jetzt nicht.«

Er verschränkte die Arme vor der Brust und starrte mit arrogant-belustigtem Blick auf sie hinab, die Lippen zu diesem kleinen schiefen Lächeln verzogen, das sie so hasste.

»Dein Körper schon«, antwortete er derart selbstsicher, dass sie vor Zorn mit den Zähnen knirschte. »Aber ich denke nicht, dass Wolfe das Recht hat, dich in mein Bett abzukommandieren. Ich will dich dort haben, weil du dich mir nicht verweigern kannst, nicht weil man es dir befiehlt.«

Faith machte große Augen.

»Du glaubst, ich kann mich dir nicht verweigern?«, rief sie, so wütend, so voll Zorn auf seine belustigte Langmut, dass sie sich kaum noch davon abhalten konnte, auf ihn loszugehen. »Du denkst, Sex mit mir ist beschlossene Sache?«

Er schmunzelte. Bastard. Der Kerl lachte sie aus. »Meine liebste Gefährtin, daran habe ich keinen Zweifel. Aber das war es schon immer. Inzwischen bist du ein großes Mädchen, ich denke, du kannst mich nehmen.«

Geschockte Wut erfüllte sie. So groß, so selbstsicher stand er vor ihr. Als wüsste er über alles Bescheid, allgewaltig in seinem Wissen. Sie wünschte, sie könnte seinen Anspruch widerlegen, aber sie wusste, an dieser Lüge würde sie ersticken.

»Wenn ich mich recht erinnere, so hatte ich auch damals kein Problem damit, dich zu nehmen«, sagte sie drohend, und ihr Drang, gewalttätig zu werden, wurde langsam, aber sicher immer stärker. »Ich denke, in deinem Fall ist die beschlossene Sache mehr eine juckende Stelle, die gekratzt werden will«, meinte sie spöttisch. »Was ist, hast du etwa gestern Nacht deine wöchentliche Dosis nicht gekriegt?«

Er sah sie aus schmalen Augen an, und die Belustigung in seinem Blick wurde um einiges geringer.

»Du hast ein flinkes Mundwerk entwickelt, Faith, das könnte dich noch in Schwierigkeiten bringen«, warnte er sie in halblautem, ärgerlichem Tonfall.

»Und du hast eine herrische Art entwickelt, mit der du irgendwann noch auf die Nase fallen wirst«, versicherte Faith ihm wütend. »Misch dich nicht in meine Angelegenheiten ein, Jacob.«

Genug davon! Sturköpfiger, verdammter Kerl; keine Chance, ihn zur Vernunft zu bringen und ihm klarzumachen, dass sie seine Hilfe bei Wolfe nicht brauchte. Und sie brauchte Wolfe nicht, damit er ihr befahl, mit ihrem Gefährten ins Bett zu gehen. Verdammung über ihn. Und über Jacob. Was gab den beiden das Recht, auf einmal zu beschließen, dass sie es besser wussten als sie, nach sechs langen Jahren?

»Du bist meine Angelegenheit«, knurrte Jacob zunehmend verärgert und sah sie an.

»Ach, bin ich das?«, fragte sie. »Und wieso hat er dann mir befohlen, mit dir zu schlafen, statt andersherum? Du bist derjenige, der gegangen ist, du erinnerst dich?«

Er wurde rot, und für einen Augenblick, nur eine Sekunde lang, wurde sein Blick unsicher. Faith kniff die Augen zusammen, und Schmerz machte sich in ihrem Herzen breit.

»Keine Sorge, Jacob. Du bist vom Haken. Du und Wolfe, ihr könnt beide zur Hölle fahren.« Sie wollte aus dem Zimmer rennen, weg von ihm und dem unerträglichen Schmerz, der plötzlich ihren ganzen Körper erfasste.

Jacob hielt sie auf, als sie an ihm vorbeiwollte. Er zog sie an sich, und seine Hände fuhren langsam und zärtlich an ihren Armen entlang. Seine Hände berührten sie. Faith holte scharf Luft, als seine Finger weiter an ihre Hüften glitten und sie an sich drückten, bis sie die harte Länge seiner Erektion an ihrem Rücken spürte. Hitze versengte ihren Leib, breitete sich in ihren Adern aus wie ein Lauffeuer. Sie keuchte auf und zuckte zusammen, als ihre Muskeln sich sehnsüchtig zusammenzogen und ihre Klitoris fordernd zu pochen begann. Du lieber Gott, nur eine Berührung, und sie war so weit, sich von ihm besteigen zu lassen.

Die Sehnsüchte ihres Körpers raubten ihr den Atem. Sie konnte kaum die quälende Spannung ertragen, das alles übertreffende Verlangen, körperlich und emotional, das sich in ihr ausbreitete.

»Du spürst es«, grollte er und hielt sie noch fester an den Hüften. »Du kannst es nicht ewig leugnen, Faith. Ich weiß es. Ich habe sechs Jahre lang verzweifelt versucht, davor zu fliehen. Ich habe auf Wolfes Ruf gewartet, gebetet, jeden Tag, dass dein Körper endlich reif genug und bereit für mich ist. Glaubst du denn, das war einfach für mich? Glaubst du, mein Verlangen hat mich nicht beinahe zerstört?«

»Du hattest andere«, rief sie und griff seine Hände, die noch immer an ihren Hüften lagen, auch wenn ihr Kopf zugleich nach hinten an seine Brust sank.

Sein Atem an ihrem Nacken machte ganz böse Dinge mit ihr, jagte ihr Schauer der Wonne durch den Leib. Wie ein warmes Flüstern strich er über das Mal, das er hinterlassen hatte, als sie noch Gefangene in diesem verfluchten Labor gewesen waren. Und sie brannte für ihn. So lange hatte sie von seiner Berührung geträumt. So lange.

»Ich konnte nicht früher zu dir kommen«, flüsterte er, und seine Lippen strichen über das kleine Mal. »Ich konnte mir selbst nicht trauen, Faith. Ich erinnerte mich zu gut an das Aroma deines Honigs in meinem Mund, als ich meine Zunge in dich schob, an deiner Klitoris saugte und deine Schreie hörte, als du kamst, dein Flehen nach mehr. Du warst noch so jung. Noch nicht bereit für die Paarung, die unsere Natur verlangt. Zu jung, um zu erleben, wie brutal meine Leidenschaft war. Ich musste gehen, sonst hätte ich dich genommen und dich noch weit mehr verletzt, als ich es ohnehin schon getan hatte.«

Wie kam er denn auf die Idee, er hätte sie verletzt? Sie wollte seinen Gefühlen widersprechen, doch die Wonne, die sie plötzlich durchflutete, hielt sie davon ab.

»Nein.« Sie wusste nicht, ob das Wort seiner Entscheidung galt oder der Hand, die sich langsam in den Bund ihrer Hose schob, während die andere langsam unter das locker fallende Hemd glitt.

»Doch.« Seine Zähne schrammten über ihren Nacken. »Ich hätte nicht warten können. Ich hätte es nicht geschafft, dir die Zeit zu geben, die du brauchtest, um erwachsen zu werden und zu lernen. Hast du irgendeine Ahnung von der Hölle, die ich ertragen habe, um mich fernzuhalten, um zu warten, bis du bereit für mich bist?«

Seine Stimme klang gequält und voll wilder Begierde. Und während er sprach, umfasste er mit einer Hand ihre pralle Brust, ließ die andere Hand aber an ihrem Bauch ruhen, statt tiefer an ihren pochenden Schoß zu gleiten. Faith stand in Flammen. Sie musste seine Hand spüren, die sie berührte, sie streichelte. Die Blitze qualvoller Erregung waren den Drogen, die man ihr vor so langer Zeit injiziert hatte, nicht unähnlich.

»Ich habe dich nicht gebeten, dich zurückzuhalten.« Sie schloss die Augen und stöhnte verlangend auf. Sie hatte ganz vergessen, wie stark das Begehren werden konnte, wie es sie überfiel, sich durch ihren Organismus brannte, allein schon bei der Aussicht, dass Jacob sie berühren konnte.

»Ich hätte dich verletzt, Faith. Ich hatte keine andere Wahl, als zu gehen.« Seine Zunge strich über das Mal.

Faith schrie auf und neigte den Kopf weiter, damit er ihren Nacken besser erreichte, während sie seine Hand von ihrem Bauch tiefer nach unten schieben wollte.

»Doch, du hattest eine Wahl«, flüsterte sie, obwohl sie kaum sprechen konnte. Sie atmete schwer, stand in Flammen und sehnte sich fast schmerzhaft nach ihm.

Die überwältigende Lust löste ihren Zorn in Nichts auf. Sie zitterte, sehnte sich so verzweifelt nach ihm, dass sie nicht wusste, ob sie den Schmerz überleben konnte.

»Gott, Faith, du fühlst dich so gut an. Du schmeckst so gut«, flüsterte er. Auch er atmete schwer. Sein Brustkorb hob und senkte sich unter ihrem Kopf, seine Zunge strich über die kleine empfindsame Narbe, die er unterhalb ihres Nackens hinterlassen hatte. »Ich will dich noch einmal markieren. Ich muss, Faith.«

Seine Stimme klang so verzweifelt, so heiß und dunkel, dass sie nur in seinen Armen dahinschmelzen konnte, eine Gefangene ihrer körperlichen Sehnsüchte, einer Erregung, so stark wie Ketten, die sie festhielten, so heiß, dass sie beinah verbrannte.

Sie spürte das Kratzen der scharfen Reißzähne, die über ihre Haut schrammten und sinnliche Impulse wie Dolche durch ihren Leib jagten. Sie wusste, was kam, erinnerte sich in vollkommener Klarheit an die alles verzehrende, tobende Lust, die sie erfüllen würde. Schärfer, intensiver noch als die Lust, die sie jetzt schon quälte.

Gefühle, die sie so lange verleugnet hatte, brandeten nun über sie hinweg. Ihr wurde eng in der Brust, und ihre Haut prickelte vor Wonne über seine Berührung. Sie war schwach, zu schwach, um gegen ihn anzukämpfen, gegen ihn und ihren eigenen Körper, der im Moment ein Eigenleben entwickelte.

»Nein«, flüsterte sie ihren Protest gegen die quälenden Gefühle, während sie den Nacken noch weiter für seine Reißzähne bog und seine Hand noch näher an ihren sehnsüchtigen Schoß führte.

Seine Hand glitt tiefer, unter den Rand ihres Seidenhöschens, und streifte über ihre honigfeucht glatten Schamlippen.

Faith hob sich auf die Zehenspitzen, um seiner Hand noch näher zu kommen, und fühlte seine Finger über ihre Klitoris streichen.

»Mehr«, flüsterte sie.

Er knurrte schwer atmend, rang wie sie um Luft inmitten der immer stärker werdenden schmerzhaften Erregung, die sich zwischen ihnen aufbaute.

»Ich werde mit dir schlafen. Ich werde dich nehmen, Faith, und dir all die Dinge zeigen, die ich dir vorher nicht zeigen konnte«, versprach er leidenschaftlich und ließ seine Finger durch die Feuchte zwischen ihren Beinen gleiten. »Du bist so heiß«, keuchte er, knabberte an ihrem Ohrläppchen, als sie sich an seine Handfläche drückte. »So heiß und süß, dass du mich bei lebendigem Leib verbrennst.«

»Es ist zu viel«, rief sie aus. Sie konnte kaum noch atmen, ihr Körper gehörte nicht länger ihr selbst, war nicht mehr unter Kontrolle, sondern strebte einem Gipfel entgegen, der ihr Angst machte.

Sie spürte, wie ihre Muskeln sich krampfartig zusammenzogen und sie zwischen den Beinen immer feuchter wurde, seine Finger benetzte und ihr Höschen durchtränkte. Sie wollte mehr. Sie brauchte Erleichterung für die überwältigende Begierde, die sie inzwischen beherrschte.

Seine Finger bewegten sich weiter. Faith stockte der Atem, als sie spürte, wie einer seiner Finger ihre zarte Öffnung umkreiste, ihren Nektar verteilte und sie reizte.

»Bitte …« Ihre geflüsterte Bitte wurde zu einem Aufkeuchen brennender Leidenschaft, als sein Finger durch die kleine Öffnung in sie drang.

Jacob stöhnte an ihrem Ohr auf. Sie fühlte, wie sein Finger sie massierte, sich hart und heiß in sie schob. Sie zitterte, ihre Knie wurden weich, ihre Atmung lauter und schwerer in der

Stille des Zimmers. Oh Gott, das war besser, als sie es sich je vorgestellt hatte. Heißer, intensiver, und es verbrannte sie innerlich. Oh verdammt, Kontrolle. Wo war bloß ihre Kontrolle geblieben?

»Meins«, knurrte er an ihrem Ohr und fuhr langsam und sinnlich mit der Zunge über ihr Ohrläppchen. »Meine Frau. Meine Gefährtin.«

Langsam drangen die Worte durch die Benommenheit zu ihr durch, als seine Hand an ihr Höschen glitt, um es nach unten zu schieben.

»Nein.« Noch immer benommen, schüttelte sie den Kopf und wies seinen Anspruch zurück. Wenn er den jetzt geltend machte und sie nahm, dann würde sie es nicht überstehen, wenn er sie noch einmal verließ, das war ihr klar.

»Doch«, knurrte er und ignorierte ihre schwachen Versuche, ihn davon abzuhalten, das Höschen über ihre Hüften nach unten zu schieben.

Er erhob Anspruch auf sie. Wollte sie in Besitz nehmen. Erneut stieg Zorn in ihr auf. Das durfte sie nicht erlauben. Wenn sie seinen Anspruch auf sie zuließ, würde er glauben, sie müsse sich ihm unterordnen, und dem würde sie nie mehr entkommen.

»Hör auf.« Sie nahm all ihre Kraft zusammen und machte sich grob von ihm los, wobei sie nicht nur gegen Jacob und sein Verlangen ankämpfte, sondern auch gegen sich selbst.

Faiths eigener Körper protestierte lautstark gegen die Trennung von Jacob, als sie hastig einige Schritte zurückwich und ihn eindringlich musterte. Er wirkte entschlossen, gefährlich. Düstere Sinnlichkeit breitete sich auf seinen Zügen aus und verlieh ihm einen finster-erotischen Anblick. Und dieser Anblick brannte sich direkt in ihren Unterleib, der sich fast schmerzhaft zusammenzog.

»Faith, du gehörst mir«, sagte er schwer atmend. »Das weißt du …«

»Ich gehöre niemandem, Jacob!« Fassungslosigkeit und Zorn durchdrangen sie. »Ihr könnt das nicht einfach mal so bestimmen, du und Wolfe. Du kommst nach sechs Jahren, stinkst nach anderen Frauen und beanspruchst deine Rechte als Gefährte. Das lasse ich nicht zu.«

Sie schüttelte den Kopf, nicht willens, und vielleicht auch nicht in der Lage, seine Zuversicht, dass er sie sich einfach nehmen konnte, zu verstehen.

»Du willst mich doch genau so sehr, Faith. Du kannst es nicht leugnen.« Er kam auf sie zu, sein Körper angespannt, bereit, loszujagen.

Faith musterte ihn misstrauisch, schwer atmend. Wenn er sie noch einmal berühren, wenn er sie an sich drücken würde, würde sie ihm nicht länger widerstehen können.

»Jacob, ich lasse mich nicht dazu zwingen«, erklärte sie wütend. »Du kannst mich nicht in dein Bett kommandieren, und ich werde nicht zulassen, dass du es auch nur versuchst.«

Jacob kam noch näher, und die Entschlossenheit, sie zu überreden, dass sie ihm nachgab, stand in seinen blauen Augen.

»Du willst mich, Faith, genau so sehr, wie ich dich will«, knurrte er. »Ich habe es ertragen müssen, sechs Jahre lang darauf zu warten, dass du heranreifst …«

»Och, armer Jacob«, bedauerte sie ihn, wich weiter vor ihm zurück und ignorierte seine wütende Miene. »Also hat er sich einfach mal durch die Gegend gevögelt, weil er doch darauf gewartet hat, dass die arme kleine Faith erwachsen wird. Tja, Riesenneuigkeit, großer Junge: Faith ist vor langer Zeit erwachsen geworden. Ohne dich und ohne deine Hilfe.«

Einen Augenblick lang blitzte Verblüffung in seinen Augen auf.

»Faith, ich bin um deinetwillen gegangen«, wandte er verärgert ein …

»Um meinetwillen?«, fragte sie wütend zurück. »Habe ich dich etwa gebeten zu gehen, Jacob?«

»Du warst zu jung.«

»Das weißt du doch gar nicht«, stieß sie hervor. »Und wie kommt Wolfe darauf, dass er es wüsste? Ihr und euer verdammtes Getue, von wegen ihr habt den vollen Durchblick. Die Entscheidung, ob ich bereit war, Sex zu haben, lag nicht bei euch. Tja, ich sag dir was, Jacob. Vor sechs Jahren war ich bereit. Aber ich bin nicht bereit, jetzt mit dir ins Bett zu steigen.«

Mordslüge. Faith schickte ein kurzes, sehnliches Stoßgebet um Vergebung gen Himmel. Manche Lügen waren einfach zu groß.

»Dein Körper sagt etwas anderes.« Wieder wollte er sich ihr nähern.

Faith wich nicht zurück. Sie würde nicht vor ihm weglaufen. Sie hatte keine Angst vor ihm, und sie wollte verdammt sein, wenn sie unter ihm liegen würde, während der Gestank vergangener Lust immer noch an ihm haftete.

»Mein Körper beherrscht mich nicht, Jacob«, schoss sie zurück. »Du beherrschst mich nicht. Das solltest du dir besser hier und jetzt klarmachen.«

Jacob streckte die Hand aus, um sie zu berühren, und Faith schlug sie augenblicklich weg. Sie konnte es sich nicht leisten, dass das Verlangen in ihr noch stärker wurde. Jacob verzog die Lippen zu einem schiefen Grinsen und senkte die Lider über seine strahlenden Augen.

»Willst du jetzt gegen mich ankämpfen?« Belustigung schwang in seinem Ton mit. »Ich kann dich nehmen, Faith. Du weißt, dass ich das kann.«

»Du kannst es ja mal versuchen«, meinte sie sanft, während sie ihre Muskeln entspannte und sich auf seinen nächsten Zug vorbereitete.

»Ich kriege dich, und dann besteige ich dich, Gefährtin«, versicherte er ihr. »Du entkommst mir nicht.«

»Na, dann los«, flüsterte sie mit einem Lächeln.

Adrenalin jagte durch ihren Leib. Feurige, heiße Lust pulsierte in ihrer Vagina. Sie sah ihn aus schmalen Augen an, und ihr Körper bereitete sich auf ihn vor.

Er wäre nicht gefasst auf sie. Sie wusste es. Als er sich bewegte, schlang er in einer einzigen geschmeidigen Bewegung den Arm um ihre Taille. Faith duckte sich unter dem Arm hindurch und schlang blitzschnell ihren Fuß um seinen Knöchel. Als sie sich gegen seinen Rücken warf, seiner anderen Schulter einen schnellen, harten Stoß versetzte und dann rasch außer Reichweite sprang, brachte ihn das aus dem Gleichgewicht.

»Scheiße.« Er ging zu Boden. Sie hatte es gewusst.

Sie wirbelte herum und sah zu, wie er wieder auf die Füße kam und sie aus lauernden Augen ansah. Sein mächtiger Körper war anmutig und gefährlich, als er zum Gegenschlag überging.

»Guter Zug«, lobte er. »Daran werde ich denken.«

Faith akzeptierte sein Kompliment, indem sie spöttisch den Kopf schief legte.

»Du hättest weglaufen sollen, als du die Chance dazu hattest«, warnte er sie, und das leise Knurren in seiner Stimme beschleunigte sofort ihren Herzschlag. »Denn wenn ich dich zu fassen kriege, Faith, lasse ich dich für diese kleine Übung büßen.«

»Vergewaltigung ist ein schmutziges Wort, Jacob«, antwortete sie mit beißendem Spott. »Ich habe ›Nein‹ gesagt, und das habe ich auch so gemeint.«

Er blieb stehen und wirkte plötzlich unsicher. »Du willst mich, Faith.«

»Mein Körper reagiert auf dich«, korrigierte sie hitzig. »Du bist mein biologischer Gefährte, Jacob. Weder mein Geliebter noch meine große Liebe oder mein Freund. Und ich weise deinen Anspruch auf mich zurück. Du bist gegangen, hast dein Leben gelebt und Erfahrungen gesammelt, wie es dir passte. Ich glaube, jetzt bin ich an der Reihe damit, mein Leben zu leben, wie es mir passt. Ich verlange, dass du mich freigibst.«

6

Jacob erstarrte völlig geschockt. Sie klang wütend und absolut ernst. Sofort schüttelte er den Kopf. Sie freigeben? Das war das Einzige, was er in all den Jahren, die sie getrennt gewesen waren, nie in Betracht gezogen hatte. In diesem Moment wurde Jacob klar, dass er immer gehofft hatte, sie würde ihm vergeben, dass er sie verletzt hatte. Nie war ihm der Gedanke gekommen, dass sie wütend auf ihn sein könnte, weil er ihr die Zeit gegeben hatte, die Gewaltsamkeit seiner Tat zu überwinden.

Selbst jetzt noch krümmte er sich innerlich, wenn er daran dachte, wie grob er mit ihr umgegangen war. Er hatte sie nicht beruhigt, ihr nicht gezeigt, welche Wärme er für sie empfand. Er war nicht in der Lage dazu gewesen. Wären sie nicht befreit worden, hätte Bainesmith das benutzt, um sie damit zu quälen und zu verletzen.

»Ich gebe dich nicht frei, Faith.« Er schüttelte energisch den Kopf und begegnete ihrem wütenden Blick. »Ich kann dich nicht freigeben. Ich wüsste gar nicht, wie.«

»Wieso?« Rastlos fuhr sie sich mit den Fingern durchs Haar, sodass die seidigen Strähnen in alle Richtungen fielen. »Du willst mich doch nicht, Jacob. Nicht wirklich. Denn dann wärst du zu mir gekommen.«

»Ich wollte dich nicht verletzen«, stieß er hervor. »Ist das denn so schwer zu verstehen, Faith? Ich hatte keine Ahnung, dass du gar keine Angst vor mir hattest. Dass du nicht allein gelassen werden willst. Ich habe dich doch praktisch vergewaltigt …«

»Ach du lieber Himmel.« Abscheu klang in ihrer Stimme mit, und Missbilligung war in ihrer Miene zu lesen. »Willst du mich zum Narren halten, Jacob?«

Er verschränkte die Arme vor seiner Brust, sah, wie der Zorn in ihr aufstieg, und zugleich fühlte er, wie ihre Erregung wuchs. Er konnte es wittern, genauso wie letzte Nacht im Jeep. Und trotz Wolfes Brief verwirrte es ihn immer noch, dass sie ihn wollen, ihn begehren könnte, obwohl er so grob zu ihr gewesen war. Aber es war so, und er wollte verdammt sein, wenn er sich noch länger zurückhielt.

Als er gedacht hatte, sie hätte Angst vor ihm, war es anders gewesen. Doch jetzt, da er es besser wusste, würde er todsicher nicht mehr auf sie verzichten.

»Ich halte dich nicht zum Narren, Faith«, versicherte er. »Aber du mich auch nicht. Ich mag mich geirrt haben, was meine Gründe anging, dir Zeit zu geben, aber das heißt nicht, dass ich meine Fehler noch größer mache, indem ich dir noch mehr Zeit gebe. Betrachte dich als Gefährtin, Faith. Ich werde dich nicht gehen lassen.«

Er sah, wie ihre Augen sich weiteten, die Überraschung in ihrer Miene. Sie hatte tatsächlich erwartet, dass er sie irgendwie freigeben würde. Jacob ignorierte den scharfen Schmerz in seiner Brust bei dem Gedanken. Mutter Natur hatte sie ihm gegeben, hatte ein Geschöpf von Menschenhand genommen, es perfekt, zart, weich und sanft gemacht und es ihm gegeben. Er mochte den Anfang vermasselt haben, aber er wollte verdammt sein, wenn er ihr dabei half, einen Weg zu finden, wie sie ihm entkommen konnte.

Jacob musste zugeben, dass sie es wohl besser hinbekommen hatte als er. Er war ein Killer, ein Enforcer. Es war sein Job, noch gefangene Breeds ausfindig zu machen, sie zu befreien und die Monster, die sie erschaffen hatten, zu vernichten.

Auf seiner Seele lastete mehr Blut, als er je wieder abwaschen konnte. Aber der Duft ihres Verlangens, die Hitze ihres Körpers wischten die Erinnerung an das Blutvergießen beiseite.

»Du kannst mich nicht zwingen, Jacob«, zischte sie und sah ihn wütend an.

Noch nie hatte er sie so wütend gesehen, noch nie diese Röte auf ihren Wangen, das Blitzen in ihren Augen, vor Zorn und vor Erregung. Ihr Körper war angespannt, kampfbereit – oder sexbereit – und er war mehr als willens, ihr beides zu geben. Nur nicht zur selben Zeit. Denn auf keinen Fall wollte er, dass seine eigene ungezähmte Natur ihn beherrschte.

»Ich werde dich nicht vergewaltigen«, verbesserte er sie. »Aber ich lasse dich auch nicht gehen. Ich habe hier einen Job zu erledigen, bevor wir zum Rudel zurückkehren können. Aber wenn wir zurückkehren, Faith, dann als Gefährten.«

Faith kniff ihre Augen zu schmalen Schlitzen zusammen. Er konnte sehen, wie es in ihrem Kopf arbeitete, wie sie die Argumente zusammensuchte, die sie anführen wollte.

»Und wenn ich nicht einwillige, das Bett mit dir zu teilen?«, fragte sie ihn angriffslustig.

Dann würde er langsam zu einem Vollidioten mutieren, stöhnte er innerlich auf.

»Kannst du allen Ernstes abstreiten, dass du mich willst?«, fragte er stattdessen. »Und bevor du antwortest, lass es mich dir gleich sagen, Faith. Ich kann dein Verlangen wittern, das Begehren, das dich sogar jetzt in diesem Augenblick erfüllt. Willst du mich belügen, nur um dir selbst die Peinlichkeit zu ersparen?«

Ihr Auflachen war bitter und zornig.

»Ich habe nie abgestritten, dass ich es mit dir treiben will«, erklärte sie in aller Deutlichkeit, sodass er ob ihrer ordinären

Ausdrucksweise zusammenzuckte. »Das heißt aber nicht, dass ich es tun muss.«

Jacob runzelte die Stirn. Mit dieser neuen, aggressiven Faith umzugehen, war schwieriger, als er zuerst gedacht hatte. Wolfes Brief hatte nicht genug Erklärungen geliefert, um ihn auf sie vorzubereiten.

»Das stimmt. Es ist nichts, was du tun musst.« Er zuckte mit den Schultern. Zum Geier, was erwartete sie denn, was er sagen sollte? Er würde es ihr nicht befehlen.

Faith presste die Lippen aufeinander, und ihre Augen wurden noch schmaler. Sie wirkte nach wie vor nicht erfreut. Und er versuchte einfach nur, einen sicheren Halt zu finden in dem Wirbelsturm, den sie gerade darstellte. Er konnte sie nicht zwingen, das Bett mit ihm zu teilen. Auch wenn dieser Gedanke seinen eigenen Reiz hatte.

»Nichts, was ich tun muss?«, fragte sie langsam, stemmte die Hände in die Hüften und beobachtete ihn. »Sag mir, Jacob, was genau wird während meines erzwungenen Aufenthalts bei dir von mir erwartet? Oder bin ich nur hier, damit du mich quälen kannst?«

»Quälen?« Jacob schüttelte heftig den Kopf. Er war verwirrt, und empfand es als zunehmend schwierig, ihren Gedankengängen zu folgen. »Faith, ich habe nicht das Bedürfnis, dich zu quälen. Habe ich mich denn nicht gerade erst von dir auf die Bretter schicken lassen? Habe ich zurückgeschlagen? Oder mich dir aufgezwungen? Verdammt, du bist meine Gefährtin, nicht meine Sklavin. Tu, was immer dir gefällt, aber du bleibst hier.« Seine Stimme wurde lauter, als sein eigener Frust langsam die Oberhand gewann.

Er kam so nahe, dass ihre Nasen sich beinahe berührten. Er musste sich mit aller Gewalt davon abhalten, sie zu berühren, die Hitze zu kosten, die in Wellen von ihr ausging. Noch nie in seinem ganzen Leben war seine Beherrschung derart strapaziert und auf die Probe gestellt worden. Er konnte sich nicht erinnern, dass er jemals derart widerstreitende Sehnsüchte und Bedürfnisse in sich gespürt hätte, dass sein Körper beinahe zitterte.

»Du bist zu herrschsüchtig, Jacob«, brüllte sie ihn hitzig an. »Du bist arrogant, überheblich und ein Arsch noch dazu. Ich habe keine Lust, auch nur einen Tag lang unter deiner Fuchtel zu stehen, geschweige denn sieben.«

»Was ist dir lieber: meine Fuchtel oder mein Körper?«, grollte er zurück. »Treib es nicht zu weit, Faith. Wenn es um dich geht, war meine Selbstbeherrschung noch nie die beste, und wenn du mich auf die Art und Weise wütend machst, ist das keine Hilfe.«

»Ach, dann ist es jetzt meine Schuld?«, schoss sie zurück, und ihre dunklen Augen wirkten unendlich, heiß und aufgeregt. Himmel noch mal, sie versuchte nicht einmal zu verbergen, dass sein Zorn sie erregte. »Armer Jacob, kann sich nicht beherrschen, also ist Faith an allem schuld. Komm schon, Jacob, du erwartest doch nicht wirklich, dass ich dir das abkaufe?«

»Faith, du gehst zu weit.« Seine Stimme wurde leiser, und das raue Grollen in seiner Brust überraschte ihn. Dieses animalische Knurren ließ sich nur bei extremem Stress oder Zorn hören.

Faith machte große Augen, und verdammt, er konnte die flüssige Hitze, die sich in ihr Höschen ergoss, förmlich schmecken. Der Duft ihrer Erregung umhüllte ihn mit einer Begierde, die er nur schwer beherrschen konnte.

»Jacob, du bist der, der zu weit geht.« Ein zarter Finger bohrte sich in seine Brust. »Diese große böse Alpha-Masche wird langsam langweilig.«

»Langweilig?«, knurrte er. Immerhin war er ein großer böser Alpha-Enforcer. Und das machte ihn jetzt also langweilig? Da war er aber ganz anderer Meinung. »Ich bin drauf und dran, dir zu zeigen, Faith, dass ich das ganze Gegenteil von langweilig sein kann, wenn du diesen hübschen kleinen Finger nicht von mir wegnimmst.«

Sie sah auf ihren Finger hinab, dann wieder zu ihm auf. Eine dünne rotbraune Augenbraue hob sich herausfordernd, ihr Finger drückte stärker, und ein Ausdruck der Herausforderung huschte über ihre Züge.

»Was willst du denn tun, großer böser Alpha-Enforcer? Ich habe dich schon einmal auf den Hintern plumpsen lassen. Bist du scharf auf eine Wiederholung?«, fragte sie leise und belustigt.

Bevor sie reagieren konnte und bevor er überhaupt selbst wusste, was er eigentlich vorhatte, streckte er die Arme nach ihr aus. Blitzschnell versuchte sie, ihm auszuweichen und ihn mit einem weiteren ihrer Tricks aus dem Gleichgewicht zu bringen. Doch bevor sie die Beine in Position bringen konnte, hatte er ihr schon die Arme auf den Rücken gedreht, und sie landete der Länge nach unter ihm, als er sie auf die Couch hinter ihr drückte.

Sofort glitt er zwischen ihre Beine und drückte seine kräftige Erektion an ihren heißen Schoß unter den Jeans, der ihn in den Wahnsinn trieb. Er sah in ihr geschocktes Gesicht, sah die Leidenschaft in ihren Augen aufblitzen, das Aufwallen wütender Erregung auf ihren Wangen.

»Sei ganz vorsichtig, Faith«, flüsterte er warnend, als er ihre prallen Brüste an sich drückte und das Gefühl ihrer harten Brustwarzen genoss. »Ich weiß noch gut, wie heiß und feucht du für mich wirst, und wie eng dein Hintern sich um meinen Schaft schmiegt. Du hast die Wahl, wer dich nimmt, wenn die

Zeit kommt, der Mann oder das Tier. Treibe das Tier noch weiter, und du hast gute Chancen, den Akt, der dir vor sechs Jahren in diesem verdammten Labor aufgezwungen wurde, bis zum Ende zu erleben. Hör auf, Faith, mein Verlangen nach dir derart in die Höhe zu treiben.«

Sie starrte zu ihm auf, schwer atmend und mit leicht geöffneten Lippen. Dann fuhr sie sich mit der Zunge über die Lippen. Ein langsames, feuchtes Wischen ihrer Zunge, bewusst herausfordernd.

Da gab es nichts weiter zu sagen. Mit einem Aufstöhnen aus tiefster Kehle drückten sich Jacobs Lippen auf ihren Mund. Seine Zunge drang in sie und linderte den plötzlichen Schmerz, als ihre Lippen sich darum schlossen. Er küsste sie leidenschaftlich, drückte sie mit der Hand, die ihre Hände hinter ihrem Rücken festhielt, enger an sich, umfasste mit der anderen unbarmherzig ihre Brust und kniff mit den Fingern in die kleine harte Knospe, die sich gegen den Stoff ihres Hemdes reckte.

Sie stöhnte auf, ein Laut voller Sehnsucht und Erregung, als sie seinen Kuss mit derselben Leidenschaft erwiderte. Ihre Beine spannten sich um ihn an, ihre Hüften hoben sich ihm entgegen und drückten seinen harten Schaft fester an ihren Schoß. Sie war wie eine lodernde Flamme in seinen Armen, verbrannte ihn, versengte seinen Körper, während er verzweifelt versuchte, genug von ihren Lippen zu bekommen.

Und er hätte alles bekommen. Ihren Körper, all ihr Verlangen. Doch in dem Augenblick, als seine Hand unter ihr Hemd wanderte, schrillte plötzlich die Alarmanlage des Hauses.

Jacob war augenblicklich auf den Beinen, zog Faith hinter sich hoch und eilte zu dem Wandschrank aus Nussholz in der Ecke.

»Besuch«, stieß er hervor, als sie ihn überrascht ansah.

Er holte zwei Revolver und passende Headsets aus dem Schrank und schob ihr jeweils eins von beiden zu.

Sie sagte kein Wort, aber ein kurzer Blick auf sie versicherte ihm, dass sie seiner Führung mit Effizienz folgte. Der Revolver befand sich in schussbereiter Position an ihrer Schulter und das Headset am Kopf.

»Erwartest du jemanden?«, fragte sie leise, als sie sich in die Eingangshalle bewegten und an den Wänden entlang zu den schmalen getönten Doppelfenstern glitten, aus denen man auf das Eingangstor blicken konnte.

Jacob schnaubte sarkastisch und stellte sein Headset auf einen privaten Kanal ein. Er wollte nicht, dass Faith mitbekam, dass das gesamte Anwesen überwacht wurde. Er wollte sie ungezwungen, entspannt und geschützt.

Er musste nichts sagen. Er wusste, wenn er den Kanal wechselte, würden die anderen es mitbekommen und ihm berichten.

»Absolut nichts zu sehen, Boss.« Stygian klang empört und sauer. »Ich habe den Alarm lokalisiert, sobald er losging, aber da draußen ist nichts.«

Unmöglich. Die Alarmeinheiten deckten das gesamte Gebiet um die Grenzen der Hazienda ab und waren so eingestellt, dass sie nur in bestimmten Fällen losgingen.

»Keine Tiere, gar nichts. Wir haben die fragliche Einheit gefunden, und sie wurde eindeutig ausgelöst, aber ich will verdammt sein, wenn da draußen irgendwas ist«, fuhr Stygian fort. »Wenn es Kojoten-Breeds sind, dann werden sie langsam schlauer, oder die Alarme haben eine Fehlfunktion.«

Die Kojoten-Breeds waren schon schlau genug, dachte Jacob wütend, die mussten nicht noch schlauer werden.

»Finde es raus«, befahl er leise mit gebieterischer Stimme, während er sich weiter durchs Haus bewegte und dabei sicher war, dass Faith ihm den Rücken deckte. »Sofort!«

»Wir sind dran.« Die Verbindung wurde unterbrochen, als Jacob wieder zu dem Kanal mit Faith wechselte.

»Was ist los, Jacob?« Ihre Stimme klang misstrauisch, als sie durch das untere Stockwerk des Hauses schlichen.

»Ich weiß es noch nicht«, schnaubte er. »Bleib einfach hinter mir, und halt dich bereit. Ich weiß nicht, was den Alarm ausgelöst hat, aber ich will sichergehen, dass niemand ins Haus gekommen ist. Wir überprüfen jedes Zimmer.«

Das Haus war sauber. Keine zerbrochenen Fensterscheiben, kein Anzeichen von Eindringlingen. Faith blieb vorsichtig hinter Jacob, Rücken an Rücken zu ihm, und suchte mit den Augen jeden Zentimeter der Zimmer ab, die sie durchquerten. Als sie schließlich das Wohnzimmer erreichten, ließ Jacob die Rollläden herunter und das Innere des Zimmer wurde in intimes Dämmerlicht getaucht.

»Also.« Faith drehte sich zu ihm um. Jetzt wollte sie Antworten. »Auf welcher Mission genau bist du gerade, Jacob, und mit wem zur Hölle hast du geredet, als du dein Headset umgeschaltet hast?«

7

Jacob seufzte hörbar.

»Das Problem ist nicht die Mission, sondern die Gefahr, auf Kojoten-Breeds zu treffen.« Er fuhr sich mit der Hand durchs Haar und sah sie an. »Es gibt hier irgendwo ein Labor, wir haben es nur noch nicht gefunden. Offenbar sind die Breeds, die dort festgehalten werden, auch ziemlich wichtig, denn jeder, der irgendwelche Informationen hätte haben können, wurde getötet, bevor ich Kontakt aufnehmen konnte.«

Ein kurzes, nachdenkliches Stirnrunzeln huschte über ihr Gesicht. »Wie viele Enforcer hast du hier?«

»Die Eliteeinheit arbeitet mit mir zusammen und Danson«, erklärte er. Damit war das Team, bestehend aus elf anderen Breeds, gemeint, die bekannt waren für ihre Intelligenz und Brutalität. »Wir arbeiten schon seit einem Jahr daran, ausgenommen nur die Zeit, in der wir Wolfe zu Hilfe kamen. Aber ich denke, das gab denen die Zeit, die sie brauchten, um effektiver unterzutauchen.«

Faith nahm das Headset ab, steckte den Revolver aber hinten in den Bund ihrer Jeans. Eigentlich sollte das Ding fehl am Platze wirken, unpassend an ihr, aber die Geste zeugte von einer stillen Zuversicht, einer Stärke, die er nie bei ihr vermutet hatte. Er hatte immer das Gefühl gehabt, dass Faith jemanden brauchte, der sie beschützte, dass sie sich nicht selbst schützen könne. Nun etwas anderes zu sehen, erschütterte ihn ein wenig, wie er zugeben musste. Sie sollte sich nicht verteidigen müssen. Und sie sollte kein Leben führen müssen, in dem das notwendig war.

»Letzten Endes werden sie dich ins Visier nehmen. Hast du dich denn als Zielscheibe präsentiert?«, fragte sie ihn. Ihm war klar gewesen, dass sie schnell darauf kommen würde, und wie erwartet gefiel es ihr nicht.

»Sämtliche Sicherheitsmaßnahmen sind an Ort und Stelle, Faith«, versicherte er ihr. »Wir sind immer Zielscheiben, egal, wo wir sind. Aber so haben wir wenigstens ein gewisses Maß an Kontrolle.«

Das wusste sie so gut wie er. Sie verschränkte die Arme und rieb mit den Händen darüber, als wolle sie sich wärmen.

»Dieses Anwesen ist ein sicherheitstechnischer Albtraum, Jacob«, meinte sie kühl und ging zu den geschlossenen Rollläden des größten Fensters. »Wem gehört es eigentlich?« Wieder rieb sie über ihre Arme.

Jacob kniff die Augen zusammen und fragte sich, ob ihre Haut vielleicht gereizt war. Bei dem Geld, das er für ihre verdammte Lotion hinlegte, sollte ihre Haut weder jucken noch sich wundscheuern oder Ausschlag entwickeln. Das Zeug war unverschämt teuer.

»Einem Freund.« Er zuckte mit den Schultern und gab ihr dieselbe Antwort wie schon einmal. »Er nutzt das Haus nur selten, und er gehört zu den Unterstützern des Rudels.«

Tatsächlich war Calebs Vater ein höherrangiges Mitglied des Genetics Council gewesen. Caleb war außer sich vor Zorn gewesen, als er nach dessen Tod von der Schlechtigkeit seiner Eltern erfahren hatte. Seitdem war er zu einem der treuesten Verbündeten der Breeds geworden.

»Wie viel Ärger erwartest du?«

Jacob schnaubte. »Nicht viel. Offensichtlich sind sie sich ihrer Fähigkeit, im Verborgenen zu bleiben, ziemlich sicher. Bisher haben wir keine Anzeichen für Kojoten-Breeds gefunden, und der Alarm könnte alle möglichen Ursachen haben, fehlerhafte Ausrüstung eingeschlossen. Aber es ist das Beste, was wir im Moment haben.«

Faith nickte langsam und nachdenklich. Dass er sich auf einer Mission befand, hatte sie nicht überrascht. Das war sein Leben als Enforcer. Es würde auch ihr Leben werden, und das wiederum machte ihm eine Heidenangst. Schließlich seufzte sie tief und rieb sich erneut über die Arme.

»Was ist los, Faith?« Jacob beugte sich auf dem Stuhl vor und runzelte die Stirn. Irgendetwas schien mit ihren Armen nicht zu stimmen. »Hast du dir vorhin wehgetan?«

»Wann?« Sie sah sich zu ihm um, erst verwirrt, und dann verzogen sich ihre Lippen zu einem kleinen Grinsen. »Als ich dich auf den Hintern habe plumpsen lassen? Nein. Das hat mir nicht wehgetan.« Nervös schob sie eine kurze Haarsträhne hinters Ohr, bevor sie wieder nach draußen sah.

Und wieder über ihre Arme rieb.

»Faith, was ist los mit deinen Armen?« Er stand auf und ging zu ihr, um herauszufinden, was los war.

»Nichts ist los.« Sie drehte sich um und runzelte die Stirn, als er auf sie zukam.

Und da traf es ihn. Frontal. Süß, heiß und so verdammt verlockend, dass er es kaum aushielt. Ihr Verlangen war beinahe in der Luft um ihn herum zu schmecken.

Er hob ihren Arm und fuhr mit den Fingern über ihre weiche Haut. Gott, diese Lotion war jeden Penny wert, die er all die Jahre dafür ausgegeben hatte. Ihre Haut war weich wie Satin, warm und schimmerte leicht. Sie fühlte sich anders an als alles, was er je kennengelernt hatte.

»Du reibst sie ständig.« Er räusperte sich – er konnte sie nicht loslassen.

Sie entzog sich ihm, fuhr wieder mit der Hand über den Arm und ließ ihn dann sinken.

»Unruhe, vermute ich. Ich muss nach Hause«, erklärte sie und klang dabei inzwischen fast verzweifelt. »Es gibt dort Dinge, die ich erledigen muss. Ich habe wirklich nicht die Zeit, eine ganze Woche hierzubleiben, Jacob.«

»Das sind Dinge, um die man sich bis zu deiner Rückkehr kümmern kann«, versicherte er ihr und sah, wie ihre Atmung immer schneller wurde, bis sie sich vorsichtig von ihm entfernte. »Niemand wird in dein Zuhause eindringen, Faith. Das verspreche ich dir.«

Sie fuhr sich mit der Hand durch die kurzen Strähnen. Jacob musste zugeben, dass ihm das kürzere Haar gefiel. Es gefiel ihm, wie es um ihr Gesicht fiel. Stufige Strähnen, die ihre elfenhaften Züge perfekt einrahmten, jedoch nichts von ihrer Zerbrechlichkeit nahmen.

»Wieso zwingst du mich, hierzubleiben?«, fragte sie, und ihre vorherige Verärgerung drohte wieder aufzusteigen. »Wieso hat Wolfe dir nicht befohlen, nach Hause zu kommen? Warum solltest nicht du zu mir kommen?«

»Es ist nur eine Woche, Faith«, erinnerte er sie. »Wir waren sechs Jahre getrennt. Verschwendete Jahre, wie ich langsam ahne. Gib uns die Zeit, uns neu kennenzulernen.«

Er sah sie an, und sie atmete tief durch. Dann wandte sie den Blick ab und fuhr sich nervös mit der Zunge über die feuchten, einladenden Lippen.

»Ich brauche etwas zum Anziehen«, erklärte sie bestimmt und ging zu dem großen Bücherregal an der Wand auf der anderen Seite des Zimmers. »Hawke war so nett, vor fast einer Woche meinen Rucksack zu verlieren. Alles, was ich an Wechselkleidung dabeihatte, war da drin. Und du hast ihn weggeschickt.«

Kleidung war ein Muss, aber etwas, das sich leicht erledigen ließ, dachte Jacob.

»Ich kümmere mich darum«, versprach er. »Brauchst du sonst noch etwas?«

Faith seufzte wieder. »Lotion, aber ich habe keine Hoffnung, dass meine Marke sich hier finden lässt. Ich könnte Hawke dafür umbringen, dass er meinen Rucksack verloren hat. Ich hätte es besser wissen müssen, als ihm zu vertrauen.«

Jacob runzelte die Stirn. Sie wirkte wehmütig. War das eine dieser Stimmungsschwankungen, die Wolfe gemeint hatte? Verdammt, sie machte ihn fix und fertig.

»Ich glaube, ich habe in den Badezimmern verschiedene Marken gesehen«, meinte er schulterzuckend. Er wusste, dass ihre Marke dabei war. Calebs Schwester bevorzugte sie auch. »Sieh dort nach, wenn du heute Abend duschst, was alles da ist. Mein Freund nutzt das Haus für Meetings und große Zusammenkünfte, wenn er hier ist, daher bin ich sicher, dass für jeden etwas dabei ist.«

Faith drehte sich um. Ihr Blick, düster und traurig, brach ihm das Herz.

»Faith?« Langsam ging er auf sie zu. »Kannst du mir nicht sagen, was los ist?«

Ein bitteres Lächeln umspielte ihre Lippen, als sie sich mit der Hand über den Nacken und den Arm fuhr. Sie sah aus, als wolle sie schaudern, hielt sich aber zurück.

»Ich habe sechs Jahre lang auf dich gewartet«, sagte sie leise. »Sechs lange Jahre, Jacob. Und ich schätze, mir wird erst jetzt klar, was für ein Narr ich gewesen bin. Wie viele Frauen hattest du, während ich gewartet habe, Gefährte? Wie oft hast du mit einer anderen Frau geschlafen, während ich wie ein Dummkopf auf dich gewartet habe?«

Jacob fragte sich, ob die Wahrheit sie überraschen würde. Es stimmte, an dem Abend, als sie in der Bar aufgetaucht war, hatte er beschlossen, dass er das Warten satthatte. Dass er es leid war, sich zu wünschen, dass er anders sei und sie nicht so weich und zierlich wäre, wie sie eben war, und dass er beschlossen hatte, eine Nacht mit schmutzigem Sex wäre die Lösung. Doch um ehrlich zu sein – in den sechs Jahren hatte es keine anderen Frauen gegeben.

Als sie aus dem Labor geflohen waren, hatten die Männer unter ihnen bereits zur Genüge das Gefühl der Leere beim Sex gekannt, wenn er zum reinen Vergnügen derer, die zusahen, geschah, oder auch nur zum »Abreagieren«, je nachdem.

Vom frühesten Mannesalter bis zum Erwachsenendasein war Sex ein täglicher Bestandteil seines Lebens gewesen. Sich nicht damit befassen zu müssen, war eine Erleichterung gewesen. Bis er Faith wiedergesehen und das Verlangen ihn sofort wieder in seinen scharfen, bitteren Klauen gehalten hatte.

»Würdest du mir glauben, wenn ich dir sage, dass es keine anderen Frauen gegeben hat?«, fragte er leise.

Faiths Augen weiteten sich. »Willst du mir das sagen?«

In ihrem Blick lag ein Funken Hoffnung, und ein Aufblitzen von Furcht.

»Hölle, Faith, du weißt doch noch, wie es im Labor war«, knurrte er und fuhr sich mit den Fingern ungeduldig durchs Haar. »Es hat Jahre gedauert, bis ich den Gestank von dort aus dem Kopf hatte. Sex war eine verdammte Trainingsübung, so wie Liegestütze. Zur Hölle, nein, es gab keine anderen Frauen. Keine Zeit. Ich bin viel zu beschäftigt damit, zu kämpfen und all die Höllenlöcher zu finden, die diese Wissenschaftler Labore nennen. Wer hat da Zeit für Sex?«

Ihm war klar, dass er nur wütend war, weil er Schuldgefühle wegen seiner Pläne der letzten Nacht hatte. Aber verflucht, es war auch ihre Schuld. Aus einer wütenden Frau, die scharf darauf war, Knochen zu brechen, war eine Frau geworden, so weich und zerbrechlich, dass ihre Träume wie ein Flüstern in der Luft um sie herum schwebten. Wie eine verdammte Märchenprinzessin. Wie vögelte man eine Märchenprinzessin? Er wollte sie heiß und verschwitzt, feucht und lustvoll, und sie sollte ihn anflehen, sie auszufüllen. Von Prinzessinnen erwartete man so etwas eher nicht. Oder doch?

»Was das Labor angeht, erinnere ich mich an viele Dinge.« Schmale Lippen und angespanntes Schulterzucken. »Ich bin müde. Ich gehe schlafen.«

»Noch nicht, Faith.« Ungeduld rang mit Sehnsucht, als er Anstalten machte, sie aufzuhalten. Er wollte sie jetzt nicht so gehen lassen.

Als sie das Zimmer verlassen wollte, fing er sie ab, schlang den Arm um ihre Taille, drehte sie um und drückte ihren angespannten Körper an die Wand neben dem Türrahmen. Verblüfft starrte sie ihn an, stemmte die Hände gegen seinen breiten Brustkorb, und ihre schlanken, anmutigen Finger zitterten auf seinem Hemd.

»Es gibt auch Dinge, an die ich mich erinnere«, sagte er, überrascht von dem rauen Klang seiner eigenen Stimme. »Dinge, die mich in finsterster Nacht aus dem Schlaf reißen, voll Sehnsucht nach meiner Gefährtin. Wenn meine Annahme, dass du erst reifer werden musst, ein Irrtum war, kann ich das akzeptieren. Aber ich lasse nicht zu, dass du mich dafür hasst, weil ich das Bedürfnis hatte, dich zu beschützen.«

»Wo hast du mich denn beschützt, Jacob?«, stieß sie hervor, doch er konnte spüren, wie ihre Anspannung nachließ, witterte, wie ihre Sehnsucht nach ihm stärker wurde. »Ich habe dich gebraucht. Ich brauchte dich bei mir, aber du bist nie zu mir gekommen. Hast mich nie gebeten, zu dir zu kommen. Und wenn Wolfe es nicht verlangt hätte, dann wäre ich auch jetzt nicht hier.«

»Aber du bist hier.« Seine Finger griffen in ihr kurzes Haar, als er fordernd ihren Kopf nach hinten bog. »Und ich will verdammt sein, wenn ich dich gehen lasse.«

Lust, drängend und heiß, lag in der Luft. Der Duft ihres süßen weiblichen Verlangens war wie ein Aphrodisiakum, das ihn um den Verstand brachte. Jacob drückte seine Lippen auf ihre, ließ seine Zunge in ihren Mund dringen, um sie fordernd in Besitz zu nehmen. Sie stöhnte auf, ein begehrendes Wimmern, das seinen Körper in Brand setzte.

Er fühlte, wie ihr Körper sich seinem anpasste, so zierlich und schmal, während sie die Hände in seine Schultern grub und ihre Fingernägel sich durch den Stoff in seine Haut bohrten. Feuer breitete sich über sämtliche Nervenenden in seinem Körper aus, als er sie enger an sich zog und mit seinen Lippen verschlang. Er konnte nicht genug von ihr bekommen, von ihrem süßen Aroma, ihrer hitzigen Leidenschaft.

Ihre Lippen waren feurig, ihre Zunge elektrisierend, und als sie an seiner Zunge sog und so das Pochen in den geschwollenen Drüsen linderte, ergoss er sich beinahe in seine Jeans. Seine Erektion pochte, bis er Faith an den Hüften packte, sie höher hob und seine Erektion zwischen ihre Beine drückte.

Er hielt sie gefangen, zwischen der Tür und seinem Körper, drückte sich an sie, bewegte die Hüften und rieb durch die Jeans hindurch über ihre empfindsamen Schamlippen. Er wollte ihr die Hose vom Leib reißen, sie noch enger an sich drücken und tief und hart in den heißen Schoß dringen, der auf ihn wartete. Er wollte sie verschlingen, mit Haut und Haaren. Er wollte seine Hände und seine Lippen überall gleichzeitig an ihr haben.

»Verdammt«, fluchte er und riss sich von ihrem Mund los, um seine Lippen über ihre Wange und ihren Hals wandern zu lassen. »Du bist wie Feuer, Faith. Feuer und Blitz, und du verbrennst mich bei lebendigem Leib.«

Inzwischen rangen sie beide um Luft, drängten sich aneinander, rieben sich aneinander.

»Jacob.« Der Klang ihrer bebenden Stimme, voll Furcht und Sehnsucht zugleich, jagte ihm einen Schauer durch den Leib, der ihm den Atem raubte.

Er spürte, wie seine Muskeln zitterten, als er sich an seine Selbstbeherrschung klammerte und fühlte, wie sein Verlangen nach ihr einen Punkt erreichte, von dem er nie gewusst hatte, dass es ihn gab. Sie war heiß und süß, und sie gehörte ihm. Sie war seine Gefährtin. Seine Frau.

Jacob ließ seine Lippen mit hungrigen Küssen und kurzen Strichen seiner Zunge über ihren Hals wandern und in den Ausschnitt ihres Hemdes gleiten, während sie sich ihm entgegenwand. Er liebte es, wie ihr Körper sich an seinen schmiegte, wie sie den Kopf neigte und ihm damit den Hals darbot, wie ihre Brüste sich gegen seinen Oberkörper drängten, während sie um Atem rang. Er konnte ihre harten Brustwarzen spüren, die sich in seine Haut brannten und ihm den Mund wässrig machten.

Er nahm eine Hand von ihrer Hüfte und zog das Hemd aus dem Bund ihrer Hose. Dann ließ er die Hand unter den Stoff gleiten und streichelte über ihre Haut, so weich und schön, dass er vor Ehrfurcht schauderte.

»Ich will dich«, grollte er an ihrem Hals, ließ die Hand über ihre Seite wandern und streifte mit den Fingern ihre pralle Brust, während seine Lippen sich danach sehnten, sie zu kosten. »Ich will dich jetzt und hier, Faith.«

Er hörte ihr Wimmern, fühlte, wie sie sich anspannte und

um Beherrschung rang. Ihre Hände packten ihn fest an den Schultern, und ihr Atem ging hörbar.

»Jetzt«, flüsterte er wieder. »Du bist mein. Das weißt du so gut wie ich. Meins, Faith.«

Er hatte nicht erwartet, dass sie sich von ihm losreißen würde. Er hatte nicht das plötzliche Aufwallen von Stärke erwartet, das ihr den nötigen Schwung gab, um sich aus seinen Armen zu befreien und einige schwache Schritte von ihm wegzutaumeln.

Jacob kniff die Augen zusammen und ballte die Fäuste, als er ihre prallen Brüste mit den harten Nippeln musterte, die sich schwer unter dem dünnen Hemd hoben und senkten.

»Wieso jetzt?«, rief sie mit dunklen, blitzenden Augen. »Wieso willst du mich jetzt, wenn du mich sechs Jahre lang nicht wolltest?«

Jacob runzelte die Stirn. »Ich habe dich immer gewollt, Faith.« Er schüttelte den Kopf, ratlos über ihren Zorn. »Das war für mich nie eine Frage.«

»Ach wirklich?«, gab sie sarkastisch zurück. »Schon komisch, Jacob, für mich war das jahrelang die Frage. Vielleicht, weil ich nie einen Beweis für die Sehnsucht gesehen habe, die du so plötzlich nach mir hast.«

Jacob wollte am liebsten frustriert knurren. Sein Schaft war hart, verlangte nach Erleichterung, das Blut pulsierte durch seine Adern, sein Körper verlangte nach Erlösung, und es war mehr als offensichtlich, dass sie ebenso erregt war wie er. Und doch stand sie hier und stritt sich mit ihm herum, statt das Verlangen zu stillen?

»Spielt es eine Rolle?« Er fuhr sich gereizt mit den Fingern durchs Haar. »Wir können die Zeit, die wir verloren haben, aufholen, Faith. Wenn du nur endlich aufhören würdest, mit mir zu streiten.«

Er wünschte, er wüsste, wie er sie beruhigen, wie er den Schmerz lindern könnte, den er flüchtig in ihren Augen aufblitzen sah. Doch er hatte das Gefühl, dass seine Bemerkung von eben die Lage nur noch schlimmer gemacht hatte.

8

Faith schüttelte den Kopf. »Manchmal, Jacob«, sagte sie bitter, »sind Männer einfach nur dämlich.« Damit stapfte sie wütend aus dem Zimmer, eilte die Treppe hinauf und ward nicht mehr gesehen.

»Mist!«, fluchte er und fragte sich, ob auch nur ein verdammtes Wort, das er zu sagen hatte, sie zufriedenstellen würde.

Noch lange nachdem sie gegangen war, tigerte er hin und her und kämpfte gegen das Bedürfnis an, zu ihr zu gehen und ihr das Eingeständnis abzuringen, dass sie ihn brauchte. Zweimal machte er Anstalten, ihr nachzujagen, drehte sich dann aber immer wieder im letzten Moment knurrend um. Woher sollte er wissen, wie er mit dieser Frau umgehen sollte? Wann hatte sie bloß diese Sturheit, dieses Temperament entwickelt? Es wirkte hochgradig erregend auf ihn und brachte ihn ohne Ende aus der Fassung. Es machte diesen unbändigen Drang, sie zu dominieren, sie zu besteigen, fast unkontrollierbar.

Sein Glied pochte ungeduldig in den Jeans und erinnerte ihn nachdrücklich daran, dass seine Gefährtin anwesend war. Jetzt war sie hier. Also los, Mann, schmiede das Eisen, solange es heiß ist. Zeig ihr, wer der Boss ist. Gib es ihr.

Jacob schüttelte den Kopf und musste fast über seine eigenen Gedanken lachen. Sie machte ihn irre. Sie war genau das, was er jetzt brauchte, ein durchgeknalltes Frauenzimmer mit ansteckendem Irrsinn. Er war verloren.

Er atmete tief durch und knurrte einen Fluch vor sich hin, bevor er beschloss, dass es das Beste wäre, einfach zu Bett zu gehen. Schlafen. Vergessen, dass sie sich im Haus befand. Ja klar. Als wenn das so einfach wäre.

Er stieg die Stufen hinauf, um genau das zu versuchen. Und er schwor sich, dass er auch genau das getan hätte – hätten ihn nicht die leisen gedämpften Laute und der leichte Duft ihrer Hitze und Erregung getroffen, als er sich ihrer Schlafzimmertür näherte.

Lautlos trat Jacob in das Schlafzimmer, gebannt von dem Anblick, der sich ihm bot.

Sie lag auf dem Rücken, den Kopf ins Kissen gedrückt, mit festen prallen Brüsten, die Schenkel gespreizt, und ihre schlanken Finger bewegten sich anmutig und verzweifelt über ihre feuchten Schamlippen. Sanft glitten ihre Finger durch die enge Öffnung, so langsam, dass er keuchte, als sie in sie drangen. Schwer atmete er aus, als ihre Finger sich wieder zurückzogen und an ihre Klitoris glitten, während sie lustvoll stöhnte.

Feuchter Honigtau glitzerte zwischen ihren Beinen, so reich, dass er an ihren Fingern und den Innenseiten ihrer Schenkel schimmerte, und der süße Duft versetzte seinen Schwanz in rasendes Begehren. Jacob fuhr sich mit der Zunge über die Lippen, beobachtete aus schmalen Augen ihre Hand, und sein Körper spannte sich an bei ihren keuchenden, beinahe lautlosen Aufschreien. Er biss die Zähne zusammen, verfluchte seinen Schwanz und ging zu ihr.

Mit geschlossenen Augen und der Unterlippe zwischen den Zähnen, um ihre Lustschreie zu unterdrücken, bewegte Faith ihre Finger über die geschwollene Klitoris. Ihr Körper schauderte bei dem wundervollen Gefühl und ihre Beine spannten sich an, als sie die Spannung fühlte, die sich dort und in ihrer Vagina aufbaute. Hitze flammte in ihrem Schoß auf, in ihrem Bauch, in ihren Adern. Das Blut rauschte glühend heiß durch ihren Leib, pochte hart und laut in ihrem Kopf, als sie die empfindsame Knospe streichelte und nach Erlösung suchte.

Mit den Fingern der anderen Hand kniff sie in eine ihrer Brustwarzen. Das erregende Aufflackern der Wonne ließ sie beinahe die Kontrolle verlieren. Sie konnte das Stöhnen in ihrer Kehle aufsteigen fühlen, und der Impuls, Jacobs Namen zu rufen, war fast überwältigend.

Mit geschlossenen Augen stellte sie sich ihn so vor, wie sie ihn sich ersehnte. Sein Gesicht hart und wild, Ekstase in seinen Zügen. Sie stellte sich vor, dass nicht ihre Finger über ihre feuchten Schamlippen streichelten, sondern seine Lippen. Seine Zunge, die sie hingebungsvoll liebkoste. Der Gedanke ließ ihre Hüften zucken, und ein Lustblitz jagte durch ihren Leib, als ihre Muskeln sich zusammenzogen.

Sie atmete schwer, ihr Verlangen wurde mit jeder Sekunde größer, und noch immer konnte sie keine Erlösung finden. Am liebsten wollte sie vor Schmerz aufheulen. Wie sollte sie die lustvolle Qual solcher Erregung nur ertragen? Ihre Brüste waren geschwollen, ihre Brustwarzen fühlten sich wie feurige Nadelspitzen an, ihre Haut war hochempfindsam und ihr Körper schweißfeucht. Ihre Vagina pochte, pulsierte, feucht von ihrem Nektar, während ihre Finger sich schneller über ihre sehnsuchtsvolle Klitoris bewegten.

Faith stöhnte auf, sie konnte nicht anders. Verzweiflung durchdrang ihren Leib wie noch nie zuvor. Ihre Erregung war wie ein ausgehungertes Tier, das direkt unter der Oberfläche lauerte und brüllend nach Freiheit verlangte. Erlösung, wie geringfügig auch immer, war jetzt das Wichtigste.

Faith bog sich ihren eigenen Fingern entgegen, und schließlich drang Jacobs Name doch keuchend über ihre Lippen, während Tränen in ihren geschlossenen Augen brannten. Sie brauchte ihn, sie brauchte ihn so sehr.

»Faith.« Sie hörte seine Stimme, so wie es in jener Nacht im Labor gewesen war, tief und dunkel, mit einem Unterton von Kraft und Erregung. Ein Produkt ihrer Einbildung. Wie oft hatte sie sie schon gehört? Wie oft hatte der Klang seiner Stimme sie schon in den Abgrund gestürzt, in einen Orgasmus, der zwar nicht vollkommen befriedigend war, aber immerhin ausreichte, um das Verlangen erträglich zu machen?

»Jetzt«, flüsterte sie, warf den Kopf auf dem Kissen hin und her, und ihre Hüften wölbten sich, als das Verlangen in ihrem Blut hämmerte, mit der Kraft einer Flutwelle.

Und dann wurden ihre Finger aufgehalten. Nicht von ihr selbst, sondern von der Kraft einer großen Männerhand, die ihre Finger sanft umschloss.

Entsetzt riss Faith die Augen auf und sah Jacob über sich stehen, Leidenschaft in seinen Augen, und sein Schaft erhob sich hart und schwer von seinem Körper wie die reine Versuchung. Er war kräftig, aufgerichtet, mit einer breiten, geröteten Eichel. Er würde sie ausfüllen. Faith stöhnte auf, biss sich vor Qual auf die Lippe, zog voller Beschämung ihre Hand aus seinem Griff und wollte wie der Teufel vom Bett aufspringen. Sie musste weg von ihm. Das Mitgefühl in seinem Blick konnte sie nicht ertragen.

Lautlos brüllte sie dem Schicksal ihre Wut entgegen, den grausamen Umständen, die sie ihrem eigenen Körper und den unerträglichen Sehnsüchten, die ihren Unterleib in ein Inferno der Lust verwandelten, auf Gedeih und Verderb auslieferten.

»Nein, Faith.« Seine Stimme klang hart und erstickt, als er mit dem Arm ihre Taille umfing und sie an sich drückte, während er sich auf das Bett kniete.

Wie ein Rohr aus feurigem Stahl drückte sich seine Erektion an ihren Rücken.

»Lass mich los.« Sie fühlte sich wie stranguliert, schnappte nach Luft, als seine Berührung eine derart unglaublich heiße Wonne durch ihren Leib jagte, dass ihr das Atmen schwerfiel.

Mit den Händen packte sie sein kräftiges Handgelenk an ihrer Seite und zerrte daran, damit er sie losließ. Sie musste weg von ihm. Sich vor ihm zu erniedrigen, zweimal in einem Leben, das war zu viel, um es zu ertragen. Ihre Nägel gruben sich in sein Handgelenk, sie fühlte die Tränen, die ihr über die Wangen liefen, und sie hasste sich selbst dafür. Sie hasste die Schwäche, die sich ihres Körpers bemächtigte, das verzweifelte Sehnen, sich nach vorn sinken zu lassen, sich ihm anzubieten und ihn anzuflehen, sie zu nehmen, mit den kräftigen Stößen, nach denen ihr Körper schrie.

»Loslassen?«, flüsterte er an ihrem Ohr, und der Hauch von Belustigung in seiner Stimme erniedrigte sie erneut. »Ich denke nicht daran, Baby. Wann hast du angefangen, mich für einen Narren zu halten?«

»Tut mir leid«, keuchte sie und ließ den Kopf nach hinten an seine Brust fallen, als er mit der anderen Hand ihre Brust umfasste und mit den Fingern leicht in die aufgerichtete Brustwarze kniff.

Schwäche überkam sie. Sie bog sich dem winzigen Schmerz entgegen, sie brauchte mehr, aber sie war entschlossen, nicht zu betteln. Wütende Scham und quälende Lust kämpften in ihr. Sie wollte ihn anflehen, sie loszulassen, und zugleich wollte sie verlangen, dass er sie bis zur Besinnungslosigkeit vögelte.

»Was tut dir leid?«, flüsterte er ihr ins Ohr und ließ den Mund dann zu dem kleinen Mal gleiten, das er vor Jahren an ihrem Nacken hinterlassen hatte.

Er leckte über die Wunde, die er ihr vor so langer Zeit zugefügt hatte. Faith zitterte. Oh, war das gut. Ihre Haut prickelte elektrisiert, als seine Zunge über die raue Stelle fuhr.

Faith bebte in seinem Griff, und sie hasste die Schwäche ihres eigenen Körpers, seine immer kontrollierte Stärke hinter ihr.

»Jacob.« Ihre Stimme klang erstickt, und sie fühlte Schweiß, der ihre Haut noch schlüpfriger machte.

Hitze tobte durch ihren Körper und strich über den Vulkan, der in ihrem Unterleib brodelte.

»Du solltest sehen, wie schön du jetzt aussiehst, Faith«, flüsterte er an ihrem Nacken. »Den Kopf nach hinten geworfen, und deine Brüste so fest und prall. All der süße Saft, der zwischen deinen Beinen glitzert.«

Wie konnte er das sehen? Blinzelnd öffnete sie die Augen und versuchte mühsam, den Kopf von seiner Schulter zu heben. Unvermittelt erblickte sie die matte Reflexion in dem großen Standspiegel gegenüber. Sie sah die Verzweiflung in ihren eigenen Zügen und kämpfte gegen die Aufschreie an, die in ihrer Brust aufstiegen. Sie wollte das nicht. Sie wollte Jacob nicht noch einmal, denn er bemitleidete sie für die unkontrollierte Erregung, gegen die sie nicht ankam.

»Weißt du, was ich jetzt tun werde?« Sein schimmernder Blick begegnete ihrem im Spiegel, und seine stahlblauen Augen blitzten feurig. »Ich werde all den süßen Sirup von dir schlecken, Faith. Ich weiß noch, wie gut du schmeckst, wie heiß dein hübscher Schoß wird.«

Faith zitterte wie Espenlaub. Sie konnte nur noch um Atem ringen, eine zusammenhängende Artikulation war nicht mehr möglich.

Im Spiegel, mit nur dem Licht des Vollmonds, der das Schlafzimmer erhellte, sah sie, wie seine Hand von ihrer Taille abwärtsglitt, über ihren Bauch, wie die kräftigen dunklen Finger zielstrebig zu ihren glitzernden Schamlippen wanderten.

Als sie seine Berührung spürte, war Faith sicher, dass sie es nicht aushalten würde. Seine Finger glitten flüsterleicht über ihre Klitoris und bescherten ihr beinahe einen Orgasmus. Hätte sie sprechen können, hätte sie vor Erleichterung aufgeschrien. Doch sie konnte nur verzweifelt wimmern und sich an seine Finger drücken.

Sie sah in den Spiegel, unfähig, nicht hinzuschauen, unfähig, es zu glauben, als sie zusah, wie seine Finger sie teilten und durch die kleine Öffnung glitten, der zu ihrer Vagina führte.

Faith stockte der Atem. Sie wollte es nicht sehen, nicht ihre eigene beschämende Ekstase, die sich in ihrem Gesicht widerspiegelte, aber sie war hilflos gefangen in dem Anblick, erotisch und sinnlicher als alles, was sie je kennengelernt hatte.

»Sieh nur, wie sehr du meine Berührung genießt, Faith«, flüsterte er ihr zu, und seine Stimme klang heiser, seine Atmung rauer als zuvor. »Wie hart deine Nippel sind, wie weich und feucht dein Schoß ist. Fühle es, Faith. Das ist alles, was du tun musst.«

Es war alles, was sie tun konnte. Sie wand sich in seinen Armen, wimmerte, als er eine ihrer Brustwarzen zwischen die Finger nahm und leicht hineinkniff. Und dann schrie sie auf, als er die andere Hand zurückzog und die Finger quälend langsam über ihrer geschwollenen Klitoris kreisen ließ.

»Kann dein Vibrator das auch für dich tun, Faith?«, fragte er mit verführerischer Stimme, als er die Finger auf ihren Lustknopf drückte und zärtlich rieb.

Ihr ersticktes Stöhnen klang laut in der sinnlichen Stille des Zimmers, als sie die Fingernägel in die Außenseiten seiner Oberschenkel grub. Sie bog sich ihm entgegen und fühlte das Feuer seiner Berührung, das sich in ihr aufbaute und dann über sie hinwegbrandete.

»Bitte. Jacob, bitte.« Sie hasste das erstickte Flehen, das aus ihrer Kehle drang. Sie verabscheute ihre Schwäche und ihren Körper, noch während sie um Erlösung kämpfte.

»Noch nicht, Baby.« Seine Finger bewegten sich weiter, glitten durch die Feuchte zwischen ihren Beinen, bis sie an der Pforte zu ihrer Vagina innehielten.

Alles verschwamm vor Faiths Augen, als sie spürte, wie zwei kräftige Finger sich den Weg in sie bahnten. Sie spürte, wie ihre Muskeln nachgaben, sich dehnten, spürte die brennende Qual einer Erregung, die so intensiv war, dass sie nur noch aufschreien konnte.

Sie drückte sich an seine Hand, seine Finger, in drängendem Verlangen, dass er tiefer und härter in sie eindrang. Sie brauchte mehr, und das sofort. Sie fühlte, wie sie immer feuchter wurde und ihr Nektar seine Hand benetzte, während ihr Körper nach mehr verlangte.

»Brenn für mich, Faith.« In seiner Stimme lag ein raues Grollen, ein Befehl, und er war entschlossen, dafür zu sorgen, dass sie ihm Folge leisten würde. »Du musst das nicht kontrollieren, Baby. Lass es geschehen.«

Faith zitterte in seinen Armen. Sie konnte es nicht einfach geschehen lassen. Sie hatte sich schon genug erniedrigt, und sie würde das bisschen Kontrolle, das sie noch über ihren Körper hatte, nicht auch noch freiwillig aufgeben. Dann zogen sich seine Finger zurück, nur um erneut in sie einzudringen, nicht tief, aber nachdrücklich. Zugleich drückte sich seine Hand gegen ihre Klitoris und rieb an ihr mit sanften Bewegungen, die sie vernichteten.

Faith wusste, dass es ihr Aufschrei war, der die Nacht erschütterte, ihr Flehen, als ihr Körper sich einer Ekstase ergab, die sie nie zuvor erfahren hatte. Sie wand sich an seinen Fingern, im Drängen nach mehr, trotz des Höhepunkts, der in Wogen durch ihren Leib brandete. Sie brauchte seinen Schaft, der sie ausfüllte, sie dehnte.

Sie keuchte auf, als er sie nach vorn schob und mit rauer Stimme befahl, welche Stellung sie einnehmen sollte.

»Sieh in den Spiegel«, befahl er ihr hart. »Sieh es dir an, Faith. Sieh den Mann, der dich besitzt.«

Faith hob den Blick und ihre Augen weiteten sich. Sie war wild, schamlos auf Händen und Knien vor ihm, die Pobacken ihm entgegengereckt, sodass sie offen war, einladend, ihn anflehend, sie zu besitzen, wie immer er wollte.

Faith konnte ihre Erregung fühlen wie ein Tier, das in ihr aufbrüllte und sie in eine andere Sphäre entführte. Sie lockte ihn mit ihrem Blick, mit langsamen Bewegungen, in dem sehnsüchtigen Verlangen, dass er sie nahm. Sie wollte besitzen und in Besitz genommen werden. Sie wollte die Hitze und die Kraft seiner Inbesitznahme, sein Glied, das in sie stieß.

Jacob hatte die Hand um seinen Schaft gelegt, und dessen ungewöhnliche Dicke wirkte bedrohlich und vielversprechend zugleich. Dann beugte er sich zu ihr vor, bedeckte sie mit seinem Körper, als er seine Eichel an ihrer Öffnung positionierte.

»Jacob. Tu es.« Sie drückte sich nach hinten, ihm entgegen und kämpfte gegen den plötzlichen Griff seiner Hände an ihren Hüften an, als sein viel größerer und breiterer Körper über sie kam.

Seine Lippen strichen federleicht über ihre Schulter.

»Bist du immer noch Jungfrau, Faith?«, knurrte er. »Hast du dir selbst mit diesen verdammten Vibratoren die Unschuld geraubt, oder ist das Häutchen noch da, wo es sein soll?«

»Ist es.« Sie atmete angestrengt, und ihre Stimme klang schwach und drängend. »Ist es, Jacob, ich schwöre.«

Sie spürte seine Zähne, die an ihrem Nacken knabberten, als er den Kopf senkte, bis sein Mund das Mal an ihrer Schulter bedeckte. Seine scharfen Reißzähne fuhren darüber, kratzten über die Haut, und dann biss er zu, kräftig genug, um ihr einen Schrei zu entlocken. Gleichzeitig drang er in ihre Enge ein, sodass sie jetzt vor Lustschmerz aufschrie.

Ein muskulöser Arm schlang sich um ihre Hüften, um sie festzuhalten, als sein Schaft sich in sie schob, vorbei an festen Muskeln, die sich anspannten, brannten bei dem wundervollen Gefühl, das durch ihren Körper tobte. Immer wieder drang sein kräftiger Schaft in sie, und seine Hüften bewegten sich vor und zurück, während er immer tiefer in sie stieß.

Sie fühlte, wie die geschmeidige Eichel sie teilte, sie öffnete für den kräftigen Schaft. Sein Schwanz war heißes Feuer, als er durch die cremige Feuchte ihrer Vagina glitt. Mit leichten, sanften Bewegungen, schob er sich immer tiefer in sie hinein. Er stieß zu, zog sich zurück und drang wieder mit einem langsamen, heißen Stoß in sie, bis er auf den Beweis ihrer Unschuld traf.

Faith schrie flehend auf. Sie drängte sich an ihn, um sein hartes Glied tiefer in sich zu zwingen. Sie brauchte ihn, jetzt. Sie wollte fühlen, wie er sich in ihr bewegte, kraftvoll und heiß, während ihre Muskeln ihn umklammert hielten.

Sie spürte, wie er innehielt, als er ihr Jungfernhäutchen spürte. Im Spiegel begegneten sich ihre Blicke, und sie sah einen Ausdruck wilder Befriedigung über sein Gesicht huschen.

»Meins«, knurrte er, und dann drang er mit einem harten Stoß vorwärts.

Faith fühlte keinen Schmerz, sondern ein Aufflammen von Hitze, so intensiv, dass sie sich fühlte, als würde ihr das Herz stehen bleiben. Es pulsierte von ihrer Vagina aus, lief durch ihren Körper und versengte sie von innen heraus. Ihr Schoß war gedehnt, ausgefüllt, so eng um seine Erektion, dass sie das harte Pochen seines Pulses in seinem kräftigen Schaft spürte. Seine Reißzähne hatten sich in ihren Nacken gebohrt, und Faith spürte, wie sie in einen Strudel geriet, den sie sich nie hätte vorstellen können.

Hitze versengte sie, als seine Zähne sie freigaben. Sie zitterte am ganzen Körper, das Blut rauschte durch ihre Adern und der letzte Rest ihrer Beherrschung erlosch unter der unglaublichen Erregung, die sie durchdrang. Jacob erging es ebenso. Er knurrte tief und rau auf und stieß dann in einem wollüstigen Rhythmus in sie hinein, der sie nach mehr schreien ließ.

Schweiß tropfte von Jacobs Stirn, von ihrem Körper, als sie beide nach Erleichterung strebten. Seine Hüften trafen rhythmisch auf ihre Pobacken, trieben seinen Schaft immer wieder in ihren feuchten Schoß, strichen über das empfindsame Gewebe und steigerten das Feuer, das sich in ihrem ganzen Leib ausbreitete. Sie spannte die Muskeln um ihn herum an, hörte sein Stöhnen, spürte einen heißen Schwall in sich, dann noch einen, bis Faith fühlte, wie ihr Körper sich auflöste. Der Orgasmus durchfuhr sie, jagte durch ihren Unterleib und pflügte einen Pfad der Vernichtung durch den Rest ihres Körpers.

Ihr blieb die Luft weg, und sie konnte nur noch keuchen und sich in seinen Armen anspannen. Und dann spürte sie noch mehr … Alarmiert riss sie die Augen auf, als sie Jacob fluchen hörte. Sein Glied schob sich in sie, und dann wurde es dicker, immer mehr, bis die ungewöhnliche Schwellung, die genau dort zu sein schien, wo sie am engsten war, ihn mit jedem Zucken seiner Hüften nur noch tiefer in ihr festhielt. Ein Schwall nach dem anderen ergoss sich in sie, als er ihren Namen rief, sein Körper sich zuckend an ihren drängte und eine Serie von Orgasmen über sie kam, während die harte Schwellung ihn in ihr festhielt, enger und heißer als zuvor.

Die Realität bestand nur noch aus Jacobs Glied, das fest in ihr verankert war. Nur noch aus den harten, tiefen Schüben des Höhepunktes, der sie immer wieder durchfuhr. Die Hitze, die Härte, die Mischung aus Lust und Schmerz, bis sie nur noch unter ihm zusammenbrechen und nach Luft schnappen konnte und er ihr folgte, sein Gewicht mit seinen Armen abfing, während seine Hüften sich zuckend an ihren Po drängten und die stahlharte Schwellung in seinem Schaft nur noch tiefer in sie trieben.

Zeit war bedeutungslos. Sie lag unter ihm, erbebte, wann immer er in ihr pulsierte, und jedes Mal zuckten seine Hüften und sein Schaft in ihr.

»Jacob«, flüsterte sie immer wieder, so leise, so atemlos, dass sie bezweifelte, dass er es überhaupt hörte.

Schließlich, mit einem letzten bebenden Stöhnen, spürte sie, wie er sich nach hinten lehnte und sich zurückzog. Sie erwartete, er ließe sich neben ihr aufs Bett fallen. Sie dachte, er würde sie in seinen Armen halten. Sie hatte nicht erwartet, dass er sich ruckartig erhob und durch das Zimmer stapfte. Als sie sich überrascht umdrehte, sah sie nur noch seinen schweißfeuchten Rücken, als die Tür wütend hinter ihm zuschlug.

9

Flammender Zorn stieg in Faith auf. Heiß wie Leidenschaft, vernichtend wie ein Orgasmus, jagte er durch ihren Leib, noch während die letzten Vibrationen der zuschlagenden Tür verklangen. Der Schock hatte sie erstarren lassen, schweigend, doch der Schmerz, der sie durchfuhr, riss sie aus ihrer starren, wortlosen Ungläubigkeit.

»Du Bastard!«, schrie sie auf und kam mit geballten Fäusten auf die Knie. Tränen liefen ihr über die Wangen, als sie spürte, wie ihre eigene Feuchte und sein Samen ihre Schenkel nässten.

Noch immer klang der Orgasmus in ihr nach, und Jacob ging einfach? Er hatte nicht einmal eine Umarmung oder wenigstens ein verdammtes Dankeschön für sie übrig? In ihrem Herzen zerbrach etwas. Ein Fünkchen Hoffnung, das sie immer festgehalten, immer gepflegt hatte. Dunkle, lebhafte Träume von Jacob, der sie in den Armen hielt, sie berührte, mit Leidenschaft und Sanftmut, der ihr den Schmerz ihrer Einsamkeit und ihres Elends nahm. All das fühlte sie zerbrechen, und an seine Stelle trat kalte Wut.

Sie wusste nicht, was passiert war und wie sie damit umgehen sollte, dass er sie verlassen hatte. Er war einfach gegangen. Als sei sie ein Nichts, als bedeute sie nichts mehr für ihn. Wieder einmal hatten ihre eigene Verzweiflung, ihre widerwärtigen Bedürfnisse und ihre Liebe zu ihm ihn von ihr fortgetrieben.

Ein Schluchzen stieg aus ihrer Kehle, als sie aus dem Bett sprang und eilig ins Badezimmer lief, um den Beweis ihres

Mangels an Selbstbeherrschung abzuwaschen. Es war nicht das erste Mal, dass er sie so verlassen hatte, rief sie sich in Erinnerung, aber Hölle und Verdammnis, es sollte das letzte Mal sein!

Sie biss die Zähne zusammen, um die wütenden und schmerzerfüllten Aufschreie zu unterdrücken, die sich in ihrer Brust aufbauten.

Darauf hatte sie nun sechs Jahre lang gewartet, tobte sie im Stillen. Das war es, wovon sie geträumt hatte? Wohl kaum! Und sie wollte verdammt sein, wenn sie es einfach so hinnahm.

Vibrierend vor Zorn und hilflosem Schmerz zog sie sich an. Noch einmal würde Jacob sie nicht zurückweisen, schwor sie sich. Wenn sie es schaffte, von diesem verdammten Ort zu verschwinden und nach Hause zurückzukehren, würde sie dafür sorgen, dass Jacob nie wieder eine Chance bekam, ihr wehzutun.

Als sie an seinem Zimmer vorbeischlich, hörte sie Glas zersplittern und ein heftiges Fluchen. Sie zog eine spöttische Grimasse. Oh, das arme Baby war aufgebracht? Wieso denn bloß? Ein Glas auf seinem Schädel zu zerdeppern, das würde sie jetzt richtig toll finden.

Faith holte ihre Jacke aus der Küche, eilte zur Haustür und kramte ihr Handy aus der Tasche. Jacobs SUV stand immer noch in der Auffahrt und wartete auf sie, Schlüssel im Zündschloss. Zur Hölle mit ihm. Sie würde auf keinen Fall zurück zur Stadt laufen oder per Anhalter aus diesem kleinen Dreckloch verschwinden. Sie würde mit Stil abfahren, und er konnte hier festsitzen, bis er ein anderes Transportmittel gefunden hatte.

Sie sprang auf den Fahrersitz und tippte Hawkes Handynummer ein. Dann klemmte sie das Telefon zwischen Ohr und Schulter, startete den Motor und zählte dabei jedes Klingeln, während sie den Gang einlegte und aufs Tor zusteuerte.

Fernbedienung. Sie griff hinüber und öffnete das Handschuhfach. Zum Glück hatte sie aufgepasst, als Jacob vorhin den Code eingegeben hatte. Das Tor schwang auf, und sie gestattete sich ein triumphierendes Knurren.

»Was ist?«, meldete sich Hawke endlich. Seine Stimme klang verschlafen und unleidlich.

»Wir treffen uns auf dem Parkplatz dieser verdammten Bar«, stieß sie hervor. »Ich werde dich nicht suchen. Wenn du nicht da bist, fahre ich allein nach Hause.«

»Faith?« Er klang geschockt. »Was zum Henker tust du da? Bleib bei Jacob.«

»Du hast mich gehört, Hawke«, antwortete sie. »Ich bin bald da. Du hast eine Stunde, um mich zu treffen, danach bin ich weg. Verstanden?«

Ohne ihm Gelegenheit für eine Antwort zu geben, legte sie auf. Sie wischte sich die Tränen aus dem Gesicht und konnte kaum fassen, dass sie noch immer Tränen hatte. Wieso weinte sie denn? Sie hätte doch wissen müssen, was sie zu erwarten hatte. Hatte sie auch, sie hatte es sich nur nicht eingestehen wollen. Jacob war der klassische einsame Wolf, er brauchte sie nicht. Er hatte sie nie gebraucht. Ihr Atem stockte, und das machte sie wütend. Verdammter Kerl, er hatte sie zum Weinen gebracht. Er hatte sie tatsächlich zum Weinen gebracht, wo doch all die langen, verzweifelt schmerzvollen Nächte voller Sehnsucht nach ihm sie nie bis an diesen Punkt getrieben hatten.

Sie steuerte den SUV über den holprigen Pfad, der zurück in die Stadt führte und fand sich dann hoffnungslos verloren inmitten all der Nebenstraßen und engen Gassen. Sie verfluchte Jacob, Wolfe und das verdammte Handy, das sich neben ihr sein kleines akkubetriebenes Hirn aus dem Gehäuse bimmelte.

»Was?«, knurrte sie hinein und bog in eine weitere Nebenstraße ein.

Kurzes Schweigen am anderen Ende; genug, um sie die Stirn runzeln zu lassen, während sie schniefend die Tränen unterdrückte.

»Entweder du kommst schleunigst zurück zum Haus, oder du hast nicht viel Freude an mir, sobald ich dich zu fassen kriege, Faith.« Noch nie hatte sie eine derart kalte Wut in Jacobs Stimme gehört.

»Ich habe jetzt schon nicht viel Freude an dir«, gab sie zurück. »Ich habe meinen Job erledigt, du hast deine Dokumente, und jetzt fahre ich nach Hause.«

»Faith, ich kriege dich, noch bevor du es aus der Stadt schaffst, Baby«, knurrte er. »Und ich verspreche dir, dass du es bereuen wirst, so abgehauen zu sein.«

»Dann fang mich doch ein, Hurensohn«, antwortete sie wütend. »Na los, Jacob, komm und hol mich. Ich verspreche dir, du wirst derjenige sein, der nicht erfreut sein wird.«

Faith legte auf, gab Gas und bog auf die Hauptstraße ab, die direkt in die Stadt führte. Sie beschleunigte und raste zur Bar. Wenn Hawke nicht da war, schwor sie sich, dann würde sie ihn hier verschimmeln lassen.

Er war da und stand zusammen mit Danson neben einem Fahrzeug, das mit dem, das sie fuhr, identisch war. Mit quietschenden Reifen kam sie neben den beiden zum Stehen und wartete ungeduldig, als Hawke rasch zur Tür kam. Noch bevor sie ihn daran hindern konnte, hatte er schon die Tür geöffnet, zog den Schlüssel aus dem Zündschloss und sah sie wütend an.

Faith war völlig überrascht.

»Was machst du da?« Sie wollte nach dem Schlüssel greifen und sprang aus dem Wagen, als er rasch zurückwich. »Verdammt, gib mir die Schlüssel. Wieso machst du das?«

»Verdammt, Faith, du kannst nicht abhauen«, sagte er zornig. »Glaubst du, ich habe mir zwei Monate lang den Arsch aufgerissen, um dich in Form zu bringen, sodass du Jacob treffen kannst, nur damit du jetzt den Schwanz einziehst und wegrennst? Ich habe dich nie für einen Feigling gehalten.«

Faith erstarrte. Ein kalter Schauer lief ihr über den Rücken, als sie den Enforcer ansah und die stahlharte Entschlossenheit in seinen dunkelblauen Augen erkannte. Das war nicht der freundliche, charmante Soldat, mit dem sie zwei Monate lang gekämpft hatte. Nicht ihr Freund oder ihr Partner. Er war ein Enforcer, und vor allem anderen unterstand er Wolfe und Jacob.

»Du hast ihn angerufen«, flüsterte sie hoffnungslos.

»Zur Hölle, ja, ich habe ihn angerufen.« Er fuhr mit den Fingern durch sein kurzes schwarzes Haar und starrte sie an. »Faith, Süße, du kannst ihn noch nicht verlassen. Das weißt du doch. Verdammt, du bist so verflucht heiß, dass dich jeder Breed im Umkreis von zwei Meilen wittern kann. Du wirst zu einer Gefahr für dich selbst und das Rudel.«

Verzweifelt schüttelte Faith den Kopf. »Ich lebe nicht im Rudel.« Sie sollte es wissen, schließlich ertrug sie die Isolation jeden Tag ihres Lebens. »Ich bin allein, Hawke. Ganz allein und zwar aus gutem Grund, verdammt.« Weil der Mann, der sie markiert hatte, sie verlassen hatte.

»Und bald bist du nicht nur allein, sondern auch tot, Mädchen«, knurrte Hawke. »Du weißt genauso gut wie ich, dass es da draußen immer noch Breed-Soldaten gibt, die den Befehlen ihrer Herrn und Meister folgen. Herrgott noch mal, der Duft deiner Lust führt noch dazu, dass du vergewaltigt wirst, bevor sie überhaupt dazu kommen, dich umzubringen. Ist es das, was du willst, Faith? Glaubst du wirklich, diese Vibratoren lindern dein Verlangen genug, um den Duft zu verscheuchen? Ich kann dir versichern, so ist es nicht.«

Faith schnappte nach Luft. Sie wollte aufschreien, auf ihn

losgehen, ihn verletzen. Doch noch hatte sie sich unter Kontrolle, so weit, um zu erkennen, dass ihr das nichts nützen würde.

»Bitte gib mir die Schlüssel, Hawke«, flüsterte sie verzweifelt, als sie ein Fahrzeug in Richtung Parkplatz rasen hörte. »Lass mich einfach nach Hause fahren. Bitte, Hawke, bevor er mich ganz kaputt macht.«

Sie spürte die Angst, die sich in ihren Eingeweiden breitmachte. Sie fürchtete nicht Jacob – sie hatte Angst vor sich selbst. Die Sehnsüchte ihres Körpers, das Aufwallen ihrer Gefühle zerrissen sie innerlich.

»Faith, wenn ich dich gehen lasse, dann lastet dein Tod auf meinem Gewissen«, antwortete Hawke sanft. »Fechte das mit Jacob aus. Es wird alles gut.«

»Er will mich nicht!«, schrie sie auf, während zugleich der Scheinwerfer eines Motorrads sichtbar wurde. »Wieso tust du mir das an? Wenn ich schon eine Mitleidsnummer brauchen soll, dann mach du es doch. Gottverdammt, das würde nicht halb so wehtun.«

Betroffenes Schweigen zweier Männer auf ihre Worte. Jacob, der gerade anhielt und den Motor des schwarzen Motorrads abstellte, und Hawke, der sie geschockt anstarrte.

»Wenn er dich anrührt, Faith, dann bringe ich ihn um.« Todernst und ebenso finster schnitt Jacobs Stimme durch die Spannung, die sich auf dem Parkplatz aufbaute.

Faith drehte sich zu ihm um. Sie sah den wilden Zorn in seinem Gesicht, als er vom Motorrad stieg und langsam auf sie zukam. Sie knurrte ihn an, und Wut erfüllte jede Zelle ihres Körpers, als sie sich anspannte für den Kampf, den sie in seinen Zügen auf sich zukommen sah.

»Noch nicht, Baby«, versprach er. »Es sei denn, du willst, dass ich dich hier auf dem Parkplatz flachlege, mit Hawke und Danson als Zeugen.«

»Vorher töte ich dich«, zischte sie ihn an.

Er schüttelte den Kopf, einen Ausdruck spöttischer Belustigung im Gesicht.

»Steig in den Jeep, Faith. Sofort.«

»Zwing mich dazu.« Sie wich zurück und suchte verzweifelt nach einem Schwachpunkt in seiner Haltung. Doch vergeblich.

Er blieb vor Hawke stehen, streckte die Hand aus, und der verräterische Bastard legte ihm die Schlüssel des SUV in die Pranke. Jacob ließ sie in seine Tasche gleiten, ohne den Blick von ihr zu wenden.

»Siehst du das Motorrad, Hawke?«, fragte er bedächtig.

»Nettes Dingelchen.« Faith verzog spöttisch das Gesicht, als sie Hawkes ehrfürchtigen Tonfall vernahm.

»Ich erwarte, es bis zum Nachmittag vor den Toren der Hazienda wiederzusehen. Bis dahin will ich, dass der Job, den ich dir gegeben habe, erledigt ist.«

»Hawke, lass mich hier mit diesem sadistischen Hurensohn allein, und ich mach dich kalt, wenn ich dich das nächste Mal sehe«, stieß Faith wütend hervor. Sie atmete schwer, und zur Hölle noch mal, das Pochen in ihrem Unterleib war noch verzweifelter als das ihres Herzens.

Sie konnte fühlen, wie ihre Klitoris anschwoll und nicht zu bremsende Erregung in ihr aufstieg.

Sie sah, wie Jacob Luft holte und die Lippen zu einem Lächeln verzog.

»Ich hasse dich«, knurrte sie stinksauer und ballte die Hände zu Fäusten, als Danson und Hawke davonfuhren. »Du hast soeben sein Todesurteil unterschrieben, Jacob. Wenn ich diesen verräterischen Bastard zu fassen kriege, mache ich ihn kalt.«

Er legte den Kopf schief, Neugier im Gesicht.

»Faith«, tadelte er sie, eine Spur zu liebenswürdig. »Aber

Schätzchen, so blutdürstig habe ich dich ja noch nie erlebt. Wie erregend.«

Der starke Impuls reiner Wut, der sie durchfuhr, ließ sie heftig erzittern.

»Erregend?«, fragte sie mit spöttischem Grinsen. »Tut mir leid, Baby, aber mir gefällt deine Art Sex nicht. Such dir jemand anderen.«

»Tja, Schätzchen, ich vermute, dann muss ich einfach zusehen, dass ich es beim nächsten Mal besser mache.« Mit schmalen Augen kam er auf sie zu.

Faith wich erneut zurück. Sie konnte keinen Vorteil für sich, kein Anzeichen von Schwäche bei ihm ausmachen. Er trug gut sitzende schwarze Hosen, Stiefel und ein ärmelloses weißes T-Shirt, das in den Bund seiner Hose gesteckt war. Kein einziges Härchen verunstaltete seinen perfekten, muskulösen Körper. Nichts, was den sonnengebräunten Schimmer spielender Muskeln und einen Körper, der auf jede ihrer Bewegungen vorbereitet war, trüben konnte.

»Ich will dich nicht«, erklärte sie hitzig.

»Dein Körper sehnt sich nach mir«, hielt er dagegen. »Ich kann es wittern, Faith, süß und heiß, so verdammt süchtig machend, dass mir das Wasser im Mund zusammenläuft vor Verlangen, dich zu kosten.«

»Und du glaubst, ich bin verzweifelt genug, um mich von dir noch einmal anfassen zu lassen«, zischte sie. »Ich denke nicht, Jacob. Da leide ich lieber.«

Sie starrte zu ihm auf, als er vor ihr stehen blieb, rührte sich nicht vom Fleck und zwang sich, sich zu entspannen. Er musterte sie einen Augenblick lang, und sie verbarg nichts von der Wut oder dem dröhnenden Schmerz in ihren Zügen.

»Faith«, sein Tonfall wurde sanfter, und er streckte die Hand aus, um ihr Gesicht zu streicheln.

Instinktiv rammte sie ihm die flache Hand in den Bauch, drehte sich dabei, duckte sich unter seinem Arm hindurch und hieb ihm den Fuß in die Kniekehle, zusammen mit einem harten Schlag gegen seine Schulter.

Sie hörte ihn fluchen, drehte sich aber nicht um, um zu sehen, ob er wieder auf die Beine kam. Mit einem blitzschnellen, verzweifelten Spurt hielt sie auf den Rand des Dschungels zu. Wenn sie ihm schon nicht im Kampf beikommen konnte, dann konnte sie ihn ja vielleicht – nur vielleicht – austricksen.

Er erwischte sie direkt an der Grenze zum Dschungel. Er legte den Arm um ihre Taille, zog sie rücklings an seinen harten Körper und blieb breitbeinig stehen, sodass ihre verzweifelten Tritte keinen Schaden anrichten konnten. Er fing ihre Hände ab und drehte sie nach unten an ihre Seite, während er sie fest an seine Brust gedrückt hielt und ihre Anstrengungen ignorierte.

»Ich sollte dich hier an Ort und Stelle flachlegen«, zischte er ihr ins Ohr. »Ich sollte dich auf die Knie drücken, dir diese Hose vom Hintern reißen und dich auf der Stelle nehmen. Und ich würde es tun, Faith. Ich schwöre dir, ich würde es tun, wenn ich nicht fürchten würde, dass wir beide getötet werden könnten, während ich in dir festhänge.«

Inzwischen atmeten sie beide schwer. Sie konnte seinen hämmernden Herzschlag an ihrem Rücken spüren, ebenso wie sie ihr eigenes Herz verzweifelt pochen hörte. Ihre Brüste hoben und senkten sich in kurzen, keuchenden Atemzügen, aber das lag nicht an der Kraftanstrengung. Sie spürte, wie die Lust durch ihren Leib tobte und ihren Unterleib in flüssiges Feuer verwandelte.

Sie spürte seine Erektion, die sich an ihren Po drückte, heiß und pochend, noch durch sämtliche Kleidungsschichten hindurch.

»Noch eine kleine Nummer, nach der du dann angewidert verschwinden kannst«, rief sie verzweifelt und anklagend, wehrte sich gegen seinen Griff und gegen die Hitze, die seine Berührung hervorrief. »Nein danke, Jacob, zweimal in einem Leben ist genug.«

Und dann schrie sie vor Zorn auf, als er sie unvermittelt herumdrehte, in seine Arme riss und sie über seine Schulter legte, ihre Beine fest gegen seine Brust gedrückt. Sie öffnete den Mund, um ihn am Rücken zu beißen, als er ihr einen schallenden Schlag auf die Kehrseite verpasste, sodass sie vor Wut aufschrie.

»Beiß mich, und ich versohle dir den Hintern, sobald ich dich zurück ins Haus geschafft habe«, warnte er. »Und beruhige dich, zur Hölle noch mal.«

Rasch marschierte er über den Parkplatz. Seine langen Beine bewegten sich zielstrebig, und sein fester Hintern wölbte sich verlockend unter ihrem nach unten baumelnden Kopf. Verdammter Kerl, im Augenblick sollte sie eigentlich nichts an ihm attraktiv finden.

»Steig ein.« Vor der Beifahrertür stellte er sie auf die Füße und riss die Tür auf. »Und ich verspreche dir, Faith, wenn du aussteigst, wirst du es bereuen.«

Ein nachdrücklicher Schubs ließ sie wütend auf den Beifahrersitz steigen. Sie tobte vor Zorn. Ihr Körper zitterte vor Wut und dem Drang, um sich zu schlagen und Jacob Schmerz zuzufügen. Er schlug die Tür zu, marschierte dann rasch zur Fahrerseite und holte dabei die Schlüssel aus der Hosentasche.

Dann öffnete er die Tür und stieg ein. Eine Sekunde später erwachte der Motor lautstark zum Leben, und der Jeep fuhr mit quietschenden Reifen vom Parkplatz, in die sanfte Morgendämmerung hinein.

10

Als Jacob später am Morgen in ihr Schlafzimmer kam, lagen die schwarze Jacke, die Hose und das Shirt in einem unordentlichen Haufen auf dem Boden. Nebenan hörte er einlaufendes Badewasser und Faiths wütendes Gemurmel.

Oje, so wütend hatte er sie noch nie gesehen. Gerötete Wangen, Augen, die vor Wut fast glänzten, und die Lippen mit einem Knurren zurückgezogen, sodass ihre vorwitzigen kleinen Reißzähne zu sehen waren. Der Anblick hatte sein Glied so unvermittelt steif werden lassen, dass er ganz geschockt war. Am liebsten hätte er sie noch auf dem schmutzigen Parkplatz zu Boden geworfen und unverzüglich bestiegen, um sie zu unterwerfen. Und je wütender sie wurde, umso heißer wurde sie. Der Duft ihrer Erregung hatte sich um ihn gelegt, so schwül und heiß wie der Dschungel selbst.

»Hundesohn, zerrt mich durch die Gegend, kommandiert mich herum, legt mich flach, und dann haut er einfach ab …« Spritzendes Wasser begleitete ihre wütende Stimme.

Leise hob Jacob die Kleidungsstücke vom Boden auf und legte das kurze Sommerkleid aufs Bett, das er von Calebs Schwester ausgeborgt hatte. Faith schien in etwa dieselbe Größe zu haben, daher war er sicher, dass es passen würde.

Caleb Sanchez gehörte das Haus, aber er nutzte es nur selten. Seine Schwester Catherine wohnte vor allem während der milderen Monate hier und hatte immer Kleidung im Haus. Jacob hatte mehrere Outfits sowie passende Unterwäsche ausgesucht, an der noch das Preisschild hing. Er vermutete, dass Catherine die Sachen nicht einmal vermissen würde.

»Sturer Bastard!« Faiths unterdrückte Wut entlockte ihm ein Grinsen.

Sie wollte sich ganz und gar nicht beruhigen. Verdammt, wenn Wolfe mal nicht recht hatte. Im Augenblick bestand sie mehr aus Hormonen und Verlangen als aus gesundem Menschenverstand. Und er selbst hatte nicht gerade dazu beigetragen, dass die Lage sich besserte.

Gereizt fuhr er sich mit den Fingern durchs Haar. Er hatte unter Schock gestanden. Anders ließ es sich nicht beschreiben und nicht entschuldigen. Die blinde, sengende Lust, die ihn überkommen hatte, als sein Schaft immer weiter angeschwollen war, der Orgasmus, der in ihm explodierte, als er in ihr verankert gewesen war, das alles war mehr gewesen, als er verarbeiten konnte. Es hatte ihn schlichtweg in Angst und Panik versetzt. Noch nie hatte er etwas Ähnliches erlebt.

Und noch dazu hatte er seine Beherrschung bei Faith verloren. Jacob war nicht sicher, wie es dazu gekommen war. Als er sie in diesem verdammten Spiegel betrachtet hatte, ihr Gesicht eine Maske aus Verzweiflung und Verlangen, als er sie gespürt hatte, heiß und feucht zwischen den Beinen, ihre Erregung gewittert hatte, die ihn wie eine starke Droge eingehüllt hatte, waren die Pferde mit ihm durchgegangen.

Er warf die Kleidungsstücke in den Wäscheschacht im begehbaren Kleiderschrank und nahm sich vor, nicht zu vergessen, die verdammten Klamotten wegzuwerfen. Sie waren zerrissen und schmutzig, und sie hatten Spuren von Hawkes Geruch an sich. Er wollte keinerlei Geruch eines anderen Mannes an Faith haften haben. Wenn er fertig war, wäre ihr Körper so von seinem Duft durchdrungen, von seinem Verlangen, seinem Besitzanspruch auf sie, dass kein anderer Mann es wagen würde, sie anzurühren.

Als er hörte, wie sie aus der Wanne stieg, verließ er das Schlafzimmer. Er war nicht bereit für eine neue Konfrontation mit ihr. Seine Instinkte drängten ihn ohnehin schon, ihre Unterordnung zu erzwingen, sie auf Knien vor sich zu sehen, ohne dass sie sich weiter gegen ihn wehrte. Sein Glied zuckte bei dem Gedanken. Er erinnerte sich an die Nacht im Labor, wie ihre Kehrseite sich für ihn geöffnet und ihm gestattet hatte, sich in ihr zu versenken, sie auf primitivste Weise in Besitz zu nehmen.

Bis gestern Nacht war Jacob nicht bewusst gewesen, wie nahe sie alle tatsächlich der animalischen Seite ihrer DNA waren. Der sexuelle Drill im Labor, die Frauen, die Drogen – nichts von alledem hatte eine solche Reaktion in ihm hervorgerufen. Er musste unbedingt noch Wolfe dafür danken, dass er dieses kleine Phänomen erwähnt hatte.

»Was zur Hölle hast du mit meinen Sachen gemacht?« Auf ihre Frage hin drehte Jacob sich um – und ihm entglitt jeder Gedanke, der ihm als Antwort in den Sinn hätte kommen können.

Das weiche weiße Seidenkleid schmiegte sich um ihre vollen Brüste, betonte die schmale Taille und die runden Hüften und fiel dann reizend über ihre Oberschenkel. Es war aus dehnbarer, hautenger Seide, die ihre Brüste verführerisch in zierlichen Körbchen hielt, die oberen Rundungen verlockend freiließ und den zarten Teint ihrer satinweichen Haut schimmern ließ. Doch was ihn am meisten überraschte, waren die High Heels dazu, die sie irgendwo aufgetrieben hatte.

Ein passendes Paar weißer Pumps mit Zehn-Zentimeter-Absätzen, in denen sie sich ganz natürlich und anmutig bewegte. Das war nicht seine kleine Faith, sondern eine lockende Verführerin.

»Ich habe dir keine Schuhe gebracht.« Irgendwie war ihm die Feststellung ein Bedürfnis. Und ganz bestimmt hätte er keine Schuhe ausgesucht, die ihre Beine in ein Kunstwerk verwandelten, das er am liebsten spreizen wollte, um dazwischenzugleiten. Und seit wann war das überhaupt das Kleid, das er für sie herausgelegt hatte? Er war sicher, dass es nicht dasselbe war. »Wo hast du sie gefunden?«

»Da, wo ich auch das Kleid herhabe«, gab sie unwirsch zurück. »Ich bin kein Kind, Jacob, und ich weigere mich, etwas anzuziehen, in dem ich wie eine verdammte Teenie-Göre aussehe. Und jetzt antworte: Wo sind meine Jeans? Ich weiß nicht, wer hier wohnt, aber die dumme Nuss besitzt nicht ein einziges Paar.«

Jacob wollte den Kopf schütteln, um den Nebel der Lust, der in ihm aufstieg, zu verscheuchen. Diese Brüste machten ihn fertig. Und er betete zu Gott, dass sie sich nicht umdrehte, denn er vermutete, dass dieses Kleid ihren hübschen Hintern genauso reizend umspielte.

»Das Kleid, das ich dir hingelegt habe, war in Ordnung«, schnaubte er und drehte sich wieder zu der Suppe auf dem Herd um, um nicht noch mehr von ihrem Anblick verwirrt zu werden.

»Es war mindestens zwanzig Jahre alt und so altmodisch, dass es schon stinkt«, knurrte sie. »Wenn du schon Klamotten für mich ausborgst, dann nimm wenigstens etwas Anständiges.«

»Du trägst solche Sachen nicht«, gab er zurück. »Du trägst Jeans.« Verdammt, der Gedanke, dass andere Männer sie in so etwas sehen könnten, ließ ihn augenblicklich wütend werden.

»Ja, klar, sicher, Jacob, was immer du glauben willst«, schnaubte sie hinter ihm. »Also, wo ist meine Jeans?«

»Im Müll«, knurrte er und rührte die Suppe um. »Sie war eklig, zerrissen, und ihr Gestank hat meine Nase beleidigt.«

Als sie nichts darauf erwiderte, drehte er sich zu ihr um. Du lieber Himmel, es würde noch damit enden, dass er auf dem Küchentisch über sie herfiel. Ein Stirnrunzeln hatte ihre dunklen Augenbrauen über wütende Augen gesenkt, ihre Arme waren unter den Brüsten verschränkt, sodass diese sich auf eine verführerische Weise wölbten, die er nur schwer ignorieren konnte. Und dann diese Beine. Er wollte, dass sie sich um seine Taille schlangen und ihn festhielten, während er ihr einen Orgasmus bescherte, der sie schreien ließ.

»Langsam machst du mich sauer.« Ihre Stimme klang ruhig und gleichmäßig, trotz des Feuers in ihren Augen und der offensichtlichen Erregung ihres Körpers. Und ihm war klar, wie erregt er seinerseits war.

»Setz dich und iss. Du bist erschöpft und hungrig, deshalb bist du auch so gereizt. Nach dem Essen kannst du dich ausruhen.«

Er verteilte die Suppe in Schüsseln und stellte sie mit zwei dick belegten Schinkensandwiches auf den Tisch in der Mitte des Zimmers.

»Ich bin gereizt, weil du dich wie ein typisch herrischer, irrationaler, männlicher Breed benimmst«, knurrte sie, setzte sich aber trotzdem.

»Du bist gereizt, weil du hungrig, geil und müde bist, und ich werde mich um jedes dieser Probleme kümmern, in dieser Reihenfolge.« Auch er setzte sich, ebenfalls voller Zorn.

Sie starrte ihn an und kniff die Augen zusammen. In ihrer Miene stand eine Sturheit, die sofort den Wunsch in ihm weckte, sie dazu zu zwingen, dass sie jeden einzelnen Punkt eingestand.

»Du hast nicht unrecht«, sagte sie plötzlich. Das überraschte ihn. »Sieht für mich so aus, als könntest du dich ebenso gut daran gewöhnen, solange du mich zwingst, hierzubleiben. Ich habe kein Problem damit, dein Essen zu verputzen oder in diesem Haus zu schlafen. Aber wenn du es wagst, mich anzufassen, reiße ich dir dein Ding ab.«

Jacob musste sich mit aller Gewalt das Lachen verkneifen, ebenso wie den augenblicklichen Impuls, ihr das Gegenteil zu beweisen. Sie wartete seine Antwort gar nicht erst ab, sondern nahm das Sandwich und biss hungrig hinein. Jacob beschäftigte sich mit seiner eigenen Mahlzeit, beobachtete sie dabei allerdings sorgsam, um sicherzugehen, dass sie auch aufaß. Eine von Wolfes größten Sorgen war, dass sie in den letzten Monaten an Gewicht verloren hatte. Und zwar einiges. Sie bestand nicht gerade aus Haut und Knochen, aber sie wirkte zu zierlich, zu zerbrechlich für die wilden Bedürfnisse, die in ihm pulsierten.

Glücklicherweise aß sie alles auf. Nach dem letzten Bissen trug sie ihre Untertasse, die Schüssel und das leere Milchglas zum Spülbecken und fing an, die Schränke zu durchstöbern.

Er sah ihr einige Momente lang zu, neugierig, was sie wohl vorhatte.

»Wonach suchst du?« Er lehnte sich auf seinem Stuhl zurück und konnte den Blick einfach nicht von den Rundungen ihres verlockenden Hinterns losreißen. Das Spielen ihrer Muskeln ließ ihn die Hände zu Fäusten ballen, um sich davon abzuhalten, sie zu berühren.

»Kaffee«, brummelte sie. »Wo zum Henker bewahrst du den eigentlich auf?«

»Keiner da.« Er zuckte mit den Schultern. Natürlich hatte Caleb Kaffee vorrätig, aber der war nicht in den Schränken, sondern in der Vorratskammer.

Sie drehte sich um, mit großen, schockierten Augen. »Du trinkst keinen Kaffee? Was bist du, ein Alien? Besorg mir welchen. Auf der Stelle.«

Wie liebenswürdig. Ihre Augen waren groß vor Bestürzung, und er hätte schwören können, dass sie tatsächlich leicht blass wurde. Du liebe Zeit, sie war eindeutig süchtig.

»Koffein ist im Augenblick nicht gut für deinen Körper, Faith«, erklärte er geduldig. »Und Alkohol auch nicht, wenn ich es recht bedenke. In den kommenden paar Wochen musst du darauf achten, was du isst und trinkst.«

Faith richtete sich zu voller Größe auf, ging stirnrunzelnd zur Kühlschranktür und öffnete sie. Er wusste, dass dort kein Bier mehr lagerte. Das hatte er schon vor Stunden entsorgt. Langsam schloss sie die Tür wieder.

»Du hast fünf Minuten, um jemanden anzurufen, irgendwen, mir egal wen, und mir die beste Sorte Kaffee zu bestellen, die dieses Rattenloch von einer Stadt zu bieten hat, und zwei Sixpack Bier. Alles zusammen auf diesem Tisch …«, ein schlanker Finger deutete wütend auf den fraglichen Tisch, »… in einer Stunde, oder du bist tot.«

Sie wirkte absolut ernst. Jacob lehnte sich zurück und musterte sie misstrauisch.

»Faith, ich werde in nächster Zeit weder Kaffee noch Alkohol hierherbringen, und du auch nicht. Ich sage dir, im Augenblick kann dein Organismus damit nicht umgehen.« Er verschränkte die Arme und wartete ab, was sie jetzt tun würde.

Sie presste die Lippen zusammen, und ihr Gesicht rötete sich, als Zorn in ihr aufstieg. Zorn und Lust. So als würde die Hitze ihrer Wut auch ihr Verlangen steigern. Verdammt, er liebte diesen Duft.

Ihre Brüste wölbten sich über den tiefen Ausschnitt, als sie lautstark Luft holte. Sie hob den Kopf, straffte die Schultern, und dann marschierte sie zielstrebig aus der Küche. Das war kein gutes Zeichen.

»Verdammt noch mal, Faith«, knurrte er, sprang vom Tisch auf und folgte ihr, als sie die große Eingangshalle betrat und auf die Haustür zusteuerte. »Komm zurück.«

Er erreichte sie auf halbem Weg durch die Eingangshalle und hielt sie auf, indem er nach ihrem Arm griff. Sie blieb einfach stehen, lange genug, um ihn zu beißen.

»Heilige Scheiße«, brüllte er, wich zurück und starrte erst seinen Arm und dann die Frau an, die sich während der Ausbildung immer geweigert hatte, irgendwen zu beißen. Er blutete! Zwei perfekte Bissstellen, aus denen ein wenig Blut quoll, zierten seine Haut. Verflucht, zu seinem eigenen Blut hatte er ein besonderes Verhältnis, und vorzugsweise behielt er es innerhalb seines Körpers.

Faith wirkte weder überrascht noch schockiert über ihr eigenes Verhalten. Sie starrte ihn an, und ihre dunklen Augen und geröteten Wangen verrieten ihren Zorn.

»Ich will meinen Kaffee und mein Bier! Du kannst dich wie ein Arsch benehmen, so viel du willst, und du kannst mich hier festhalten, bis die Hölle zufriert, aber es gibt einige Dinge, ohne die zu leben ich mich weigere. Und wenn du schon mit der Bestellung beschäftigt bist, dann aktiviere die Internetverbindung, die dieser stinkende Dschungel auch immer hat, und bestell mir einen Vibrator. Ich will siebzehn Zentimeter Länge, acht Zentimeter Umfang, Monobatterie. Benutz dein ineffektives Männerhirn und treib dazu ein Vibrator-Ei auf. Vorzugsweise weiß. Ich weigere mich, ohne meine nötigen Annehmlichkeiten hierzubleiben.«

Jacob starrte sie ungläubig an. Er sah seinen Arm an und dann wieder sie.

»Du hast mich gebissen, Faith«, knurrte er und ignorierte ihre Forderungen.

»Und ich werde es wieder tun«, versicherte sie grimmig.

»Hör auf, mich zu gängeln, Jacob. Das hier ist nicht das Rudel, und im Gegensatz zu dem, was du denkst, weigere ich mich, dich als meinen Gefährten anzuerkennen. Gefährten verlassen einander nicht. Sie gehen nicht einfach nach dem Sex, und sie verweigern ihrer Gefährtin nicht die wenigen Annehmlichkeiten, die ihr Leben zu bieten hat. Als da wären mein Koffein und mein Bier. Aber da du ja ein typischer Mistkerl von einem Breed bist, kannst du mir auch gleich meine Vibratoren besorgen, denn ich weigere mich, mit dir zu schlafen.« Ihre Stimme wurde mit jedem Satz lauter und hysterischer.

Ihre Brüste wogten, ihre Augen blitzten, und er wusste, zwischen den Beinen war sie so feucht, dass er sich ohne Probleme auf der Stelle in ihr verankern könnte.

»Du bist in Hitze, Faith. Koffein hat darauf eine ungünstige Wirkung, und Alkohol auch. Und du brauchst auch keinen verdammten Vibrator, sondern mich«, brüllte er zurück, wütend, weil sie glaubte, sie könne sich ihm entziehen.

Sie schwankte, gerade so sehr, dass er sich sicher war, dass er ihr einen wirksamen Schock versetzt hatte. Sie starrte ihn an, und Furcht und Entsetzen blitzten in ihren Augen auf, bevor ihre Züge zu einer Maske aus kalter harter Wut erstarrten.

»Dann bin ich schon seit sechs verdammten Jahren in Hitze«, knurrte sie. »Du wirst es nicht glauben, Jacob, aber das habe ich damals ohne dich überlebt, und das werde ich auch jetzt. Also, besorgst du mir nun, was ich brauche, oder soll ich dieses gemütliche kleine Gefängnis, das du hier für mich eingerichtet hast, verlassen und mich selbst darum kümmern?«

»Hast du gehört, was ich dir gerade gesagt habe, Gefährtin?«, fragte er knurrend. »Du bist in Hitze. Du brauchst Sex. Meinen Samen, der in dich strömt. Meine Berührung, meinen Geschmack. Ein Vibrator wird dir nicht helfen, und Koffein und Alkohol verstärken die körperlichen Symptome nur noch mehr. Ich werde deine Kinderei nicht dulden. Das Mindeste, was du tun kannst, ist, auf dich achtzugeben.«

»Meine Kinderei?«, fragte sie wütend zurück. »Soll ich dir mal Kinderei zeigen, Jacob? Soll ich dir mal zeigen, wie kindisch ich tatsächlich sein kann? Dann solltest du besser nie schlafen gehen. Du solltest mir nie den Rücken zudrehen, denn sobald du das tust, bin ich weg von hier. Wenn ich kein Auto stehlen kann, werde ich laufen, per Anhalter fahren, was immer nötig ist, um irgendwohin zu kommen, wo ich das bekomme, was ich brauche. Und da ich verdammt sicher weiß, dass es in dieser flohverseuchten Stadt, in der du dich eingerichtet hast, keine Läden für Erwachsene gibt, könnte es eine Weile dauern, bis ich zurück bin. Denn ich kriege meinen verdammten Vibrator!« Den letzten Satz brüllte sie.

Blinzelnd starrte Jacob die Miniaturerscheinung an, die offenbar von einem niederträchtigen, entsetzlichen Dämon besessen war. Wie trieb man einer solchen kleinen Kratzbürste ihre Koffeinsucht aus? Verdammung über Wolfe, er hätte Jacob wenigstens angemessen vorwarnen können, was ihn erwartete.

»Es kommt kein Vibrator ins Haus«, knurrte er. »Wenn du Erleichterung brauchst, dann kannst du dafür zu mir kommen, Gefährtin. Kein Vibrator, kein Kaffee und kein Bier.«

Jacob hatte das Gefühl, wenn er jetzt auch nur die kleinste Schwäche zeigen würde, dann nähmen ihre Forderungen kein Ende mehr. Sie knurrte und zeigte ihre niedlichen, aber bösartigen kleinen Reißzähne, als sie erneut zur Tür wollte.

»Nein, Faith.« Er legte die Arme um sie, nahm ihre Arme und legte sie um ihre Taille. Auf keinen Fall würde er sich jetzt in die Nähe ihres Mundes begeben. Blutrünstige kleine Kratzbürste.

Er drückte seinen Penis gegen ihre Pobacken, hob sie hoch, drehte sich um und marschierte mit ihr ins Wohnzimmer. Dort warf er sie auf die Couch und schubste sie wieder zurück, als sie aufspringen wollte. Er stand über ihr, sah sie mit gerunzelter Stirn an und fühlte sich zunehmend benebelt von ihrem süßen Duft. Er hatte für Nahrung gesorgt, und jetzt würde er sie vögeln. Und das so lange, bis sie nicht mehr kämpfen oder streiten konnte – und ganz bestimmt keine Energie mehr hatte, um sich auf die Suche nach Kaffee, Bier oder einem verfluchten Vibrator zu machen.

11

Jacob kam über sie, lag lang ausgestreckt und heiß auf ihr, ganz Mann, und versetzte ihre Sinne in Aufruhr. Sie fühlte seine heiße Erektion, als er sich über sie schob und sie unter sich gefangen hielt, die Beine links und rechts von ihr, sein Gewicht auf die Arme gestützt. Sein harter Oberkörper drückte sich gegen ihre Brüste, sein Haar fiel nach vorn und rahmte seine Gesichtszüge ein.

»Dann mach schon, tu es, und dann runter von mir«, zischte sie wütend. Sie hasste die Reaktion ihres Körpers, das Verlangen, seinen Schaft zu spüren, der in sie eindrang, nur damit er sie Sekunden nach dem Orgasmus verließ.

Sie brauchte mehr als nur den Sex. Faith hatte immer gewusst, dass er das, was sie von ihm brauchte, wahrscheinlich nicht geben konnte, das war ihr immer klar gewesen. Sie brauchte seine Arme, die sie hielten, seine Berührungen. Mehr als einen harten Ritt, um danach verlassen zu werden. Sie brauchte die Wärme seines Körpers, während sie im Orgasmus erbebte, seine Stimme, sanft und zärtlich, während er sie in den Armen hielt.

Als er auf ihr lag, trieben sechs Jahre der Fantasien und liebevollen Tagträume durch ihren Kopf und ihr Herz. Sie pulsierten in ihrer Seele, so strahlend und heiß wie die Lust, die in ihrem Unterleib pochte.

»Es tut mir leid wegen letzter Nacht«, flüsterte er und betrachtete sie mit düsterem Blick unter halb geschlossenen Lidern. »Ist dir überhaupt klar gewesen, was da passiert ist,

Faith? Was ich dir angetan habe, als ich in deinem süßen, heißen Körper kam?«

Schwer atmend runzelte Faith die Stirn. Sie wollte nicht, dass er redete. Sie wollte, dass er sie nahm, dass er sie liebte und in seinen Armen hielt. Erklärungen konnte er ihr auch später noch geben.

Sie sah ihn verwirrt an. »Spielt es eine Rolle? Tu es einfach noch einmal.«

Sie brauchte jetzt keine Erklärungen, sondern Erleichterung. Sie brauchte ihn, um die tobende Erregung, den Schmerz über die Einsamkeit und die Träume, die über die Jahre zerbrochen waren, zu lindern.

Er ließ ein angestrengtes Lachen hören. Seine Hände umfassten ihr Gesicht, und er fuhr langsam mit einem Daumen über ihre Lippen.

»Faith, ich war in dir verankert«, erklärte er, und sein Körper spannte sich an, als sie zu ihm aufsah und sich fragte, ob das etwas Schlechtes sein sollte.

»Du bist eben groß …«

»Ich bin in dir hängen geblieben, Faith«, fuhr er fort. »Mein Schaft ist immer weiter angeschwollen, bis er in der Mitte so dick war wie deine Faust oder noch größer, Baby. Ich konnte mich nicht zurückziehen. Wie ein Tier, Faith.«

Sie atmete schwer. Er klang wütend und aufgebracht deswegen. Faith schluckte. Sie hatte gewusst, dass das passieren würde, falls Jacob sie nahm. Hope hatte sie vorgewarnt.

»Hope kommt damit klar«, flüsterte sie. »Wolfe ist nicht wütend auf sie geworden …«

Er spannte sich noch weiter an.

»Du hast gewusst, dass das passieren würde?«, fragte er vorsichtig.

Faith sah zu ihm auf, voll pochender Vorahnung. Von den

Schenkeln bis zur Brust lag er an sie gedrückt, und die Hitze seines Körpers machte sie verrückt.

»Ich dachte, du wüsstest es«, antwortete sie atemlos. »Hope hat mir davon erzählt, als sie herausfand, dass Wolfe mich auf die Suche nach dir schickte. Sie sagte, ich müsse es erfahren. Ich dachte, du wüsstest Bescheid. Es gab ja auch andere Frauen …«

»Das ist nie zuvor passiert, Faith«, knurrte er. Verdammt, dieses raue Grollen aus seiner Kehle ließ sie am ganzen Leib zittern.

Ihr Herz raste unkontrolliert, und sie fühlte, wie ihre Säfte sich langsam zwischen ihren Beinen verteilten, sie bereit machten, sie anflehten, sich zu öffnen, ihn dazu zu bringen, dass er sie wieder nahm, sie ausfüllte und sie mit seiner Hitze und seiner Härte verbrannte.

Sie fuhr sich mit der Zunge über die Lippen, um die Trockenheit zu lindern. Zögernd sah sie zu ihm auf, begegnete seinem hungrigen Blick und sehnte sich nach seinem Kuss.

»Es hat mir gefallen, Jacob«, flüsterte sie und ließ die Hände unter sein Hemd gleiten, fuhr über die harten Muskeln an seinem Bauch. »Du hast mir nicht wehgetan.«

Sie fühlte und hörte, wie er tief Luft holte, als sie ihn berührte. Sie hielt inne und fragte sich, ob sie das sollte. Wie sie immer davon geträumt hatte, ihn zu berühren, Oder war das so wie das Kuscheln danach – verboten?

»Hör nicht auf«, flüsterte er, als sie zögerte.

Er stemmte sich hoch, sodass sie die Hand unter seinem Hemd bewegen konnte. Stattdessen zog sie sie zurück, krallte die Finger in den Stoff und zerriss ihn. Erregung flammte in ihr auf, als sie den Stoff reißen hörte und die harten Muskeln an Brust und Bauch endlich entblößt sah. Dieser kleine Akt der Barbarei schien das Rauschen des Blutes durch ihre Adern befriedigt zu haben. Das Verlangen, sich und ihre Sehnsucht deutlich zu machen, tobte in ihr.

Er lächelte. Ein kleines schiefes Lächeln, das sexy und einladend aussah, als er die Überreste des Hemdes zu Boden warf, sich dann auf die Knie erhob und mit den Beinen ihre Hüften umfangen hielt, während er sie betrachtete.

»Bist du fertig?« Die finstere Andeutung in seiner Stimme beschleunigte ihren Atem, und die Neugier überwältigte sie.

»Nein.« Sie legte die Hände flach auf seinen Bauch und sah, wie sich seine Muskeln anspannten, als er hörbar Luft holte. »Ich will dich berühren, Jacob.« Sie hörte die pochende Sehnsucht in ihrer eigenen Stimme, das Sehnen in ihr, noch stärker als das Verlangen in ihrem Unterleib.

»Dann tu es richtig«, gab er erhitzt zurück und rutschte nach hinten. Er zog sie mit sich in die Höhe, bis sie vor ihm kniete.

Jacob packte das Kleid und zog es ihr grob über den Kopf. Der Tanga wurde von ihren Hüften gerissen, sodass sie in Minutenschnelle nackt war. Dann betrachtete er sie mit hungrigem Blick und ließ die Hände sinken.

Faith musterte ihn, skeptisch und unsicher, was sie tun sollte. Sein Brustkorb hob und senkte sich unter schweren Atemzügen, so wie bei ihr. Spannung lag dicht und heiß um sie herum in der Luft und zog sie in einen Strudel aus Gefühlen, die sie von innen und außen bedrängten.

Er nahm ihre Hände und legte sie wieder an seinen Bauch. Faith hörte ihr eigenes sehnsüchtiges Aufseufzen, und war erschrocken, wie verzweifelt es klang.

Ihre Hände glitten an seine Brust, und ihre Handflächen kribbelten, als sie harte, glatte Muskeln spürte. Aber so sehr sie ihn auch berühren wollte, sie musste ihn kosten. Sie beugte sich vor, drückte die Lippen auf eine seiner Brustwarzen und strich mit der Zunge darüber. Dabei fragte sie sich, ob ihm die

Berührung ebenso viel Wonne bereiten würde wie ihr, als er ihre Brustwarze mit seinen Fingern berührt hatte.

Er stöhnte auf, und sein Körper spannte sich weiter an, während er die Hände in ihr Haar schob. Dann ließ sie ihre Zähne über die harte Brustwarze schrammen, bevor sie verführerisch daran knabberte. Er atmete hörbar ein.

Dann widmete sie der anderen Brustwarze dieselbe Aufmerksamkeit, fasziniert davon, dass Jacob ihr die Freiheit ließ, ihn zu berühren, wie es ihr gefiel. Aber darüber würde sie jetzt auch nicht debattieren. Ihr Mund glitt an seinen Hals, ihre Zunge fuhr langsam über seine Haut, und dann schrammte sie mit den Zähnen darüber und brachte ihn zum Schaudern. Danach ließ sie ihre Lippen über sein Kinn wandern und fuhr mit der Hand zaghaft an seinen Kopf. Sie brauchte seinen Kuss.

»Faith, du machst mich fertig«, flüsterte er, als ihre Lippen seine streiften.

Sie öffnete die Lippen und flehte nach seinem Kuss. Sie brauchte ihn so unbedingt, sie brauchte den Hunger und die Hitze, die sie als Teil von ihm kannte.

Als ihre Zunge ihn berührte, drang ein Grollen, rau und tief, aus seiner Brust. Er packte ihr Haar noch fester, während seine Lippen sich sanft um ihre Zunge schlossen und sie tiefer in seinen Mund sogen, sie streichelten, daran saugten, bis sie an seinem Mund stöhnte, mehr wollte und nicht genug von der erotischen und sinnlichen Liebkosung bekommen konnte.

Seine Muskeln waren angespannt vor unterdrückter Kraft. Seine Lippen strichen über ihre, und seine Zunge drang in ihren Mund, während sie ihre weichen Brüste an ihn drückte. Ihre harten, erhitzten Nippel waren in Aufruhr, als er seine festen Muskeln an sie presste. Ihr Körper vibrierte vor Erregung. Blitze der Lust zuckten über ihre Haut, als sie mit einem verzweifelten Laut ihrer eigenen Begierde seine Zunge mit den Lippen umschloss. Ihre Zunge strich über die anschwellenden Drüsen an der Seite, und sie wusste, dass deren Hormon sie noch mehr in Ekstase versetzen würde.

Sein Aroma war dunkel und reichhaltig – wie die Erde, wie ein Sommergewitter, wie alles, was in den letzten sechs Jahren an Hitze und Irrsinn in ihr gebrannt hatte. Faith konnte gar nicht genug davon bekommen. Sie streichelte seine Zunge, die immer wieder in sie drang, saugte daran, wollte mehr und sehnte sich noch immer nach ihm.

Ihre Hände an seiner Brust blieben nicht untätig, ihre Begierde ließ sich nicht zähmen. Sie streichelte seinen Oberkörper, seinen harten Bauch und glitt dann an den Verschluss seiner Jeans, als das Verlangen sie schließlich überwältigte.

Leise rief er ihren Namen, als der letzte metallene Druckknopf aufging und ihre Hände hektisch den Stoff über seine Hüften nach unten schoben, bis seine kräftige Erektion zum Vorschein kam.

Sein Glied war riesig. Zu kräftig, um es mit einer Hand zu umfassen, schwer und heiß pulsierend. Seine Eichel war kräftig und gerötet, perfekt für ein langsames, müheloses Eindringen. Faith erinnerte sich an das Gefühl, wie er sich in sie versenkt, sie gedehnt hatte, mit einem sinnlichen Schmerz, der sie um mehr hatte flehen lassen.

Ihre Hände streichelten den Schaft, ihre Finger erforschten die dicken Adern, die stahlharte Wärme, und sie fühlte, wie ihr Schoß vor Vorfreude feucht wurde und ihr das Wasser im Mund zusammenlief, vor Verlangen, diesen kräftigen Schaft zu kosten und zu streicheln.

Sie löste sich von ihm und hob den Kopf, um ihm in die Augen zu sehen. Er sah sie an mit halb geschlossenen Lidern, schwer atmend, mit sinnlich vollen Lippen.

»Ich will …«, flüsterte sie, beinahe unter Tränen ob ihrer Unfähigkeit, auszudrücken, was sie brauchte. Sie wollte ihn nicht mit Abscheu erfüllen, wollte sich nicht blamieren, aber sie brauchte …

»Faith.« Seine Hüften bewegten sich und schoben sein Glied weiter in ihre Hand, und seine Hände gruben sich in ihr Haar. »Du machst mich fertig, Baby.«

Dann drückten seine Hände ihren Kopf nach unten, zu der aufragenden, fordernden Erektion unter ihr. Faith fuhr sich mit der Zunge über die Lippen und leckte dann über die pulsierende Eichel, die sich ihr entgegenreckte.

Er zuckte an ihren Lippen. Sein Griff in ihr Haar wurde stärker, und sie hörte seine schroffe, dunkle Stimme, die ihr ganz eindeutige Ermunterungen zuflüsterte. Sie öffnete den Mund, ließ die Lippen, die sich öffneten, wie ihr Schoß sich in der Nacht zuvor geöffnet hatte, über die Eichel gleiten, nahm ihn ganz in den Mund und saugte hungrig daran.

Er schmeckte männlich, reich und berauschend, stark und heiß. Ihre Zunge strich über die Stelle direkt unter der Eichel, und sie spürte, wie er zuckte.

»Ja, Baby«, stöhnte er, als sie zurückweichen wollte, aus Furcht, dass sie etwas falsch gemacht hatte. »Es ist okay, Faith. So ist es gut, Baby. Berühre mich dort. Oh Hölle …«

Sein Körper bog sich durch, als sie seinen Penis wieder in den Mund nahm, während sie mit den Händen seine weichen, unbehaarten Hoden liebkoste. Sie leckte und saugte an ihm, und ihr Hunger wurde immer stärker. Sie wollte das harte Pochen in ihm spüren, wenn er sich kurz vor dem Orgasmus anspannte. Sie wollte ihn schmecken, wollte sein Aroma in ihrem Mund erfahren, wenn er kam.

Immer wieder flüsterte er ihren Namen, die Muskeln seiner Oberschenkel spannten sich, und sie spürte sein Zucken.

»Faith.« Er klang geschockt und wollte ihren Kopf wegschieben.

Faith rührte sich nicht vom Fleck. Mit den Fingern streichelte sie seinen harten Schaft, ihr Mund saugte drängend an seiner glühenden Eichel, und sie stöhnte protestierend auf, als er sie wegdrücken wollte.

»Baby, bitte«, grollte er und zitterte dabei.

Dann pulsierte sein Glied, und ein kleiner Schwall schoss in ihren Mund, ein wenig salzig und ein wenig süß. Faith knurrte, als sich sein Griff in ihr Haar verstärkte, und sie schrammte mit den Zähnen warnend über seine Haut. Sie wollte mehr. Sie brauchte mehr.

»Verdammt«, rief er in sinnlichem Zorn aus. »Du willst es, Baby? So dringend? Dann nimm es.«

Damit hielt er sie fest und stieß zu, schob seine dicke Eichel rhythmisch in ihren Mund und vögelte ihn mit harten Stößen. Noch ein Schwall Flüssigkeit, der in ihren Mund drang. Sie umschloss ihn noch fester mit den Lippen und schluckte begierig, streichelte ihn mit der Zunge, und ihre Hände wurden feucht von ihrem eigenen Speichel, während sein Glied immer wieder in ihren Mund drang.

Vier kleine Schübe, süße Sucht, und dann knurrte er auf, als sein harter Körper erschauerte. Es war kein Orgasmus. Faith wusste, dass diese Schübe von Flüssigkeit lediglich ein Wegbereiter waren. Sie nahm seine Eichel tiefer in den Mund, saugte an ihr, hörte sein Stöhnen und seine flüsternden Anweisungen, während sie ihn dem Höhepunkt immer näher brachte.

Als er schließlich kam, genoss sie seinen rauen Aufschrei, streichelte ihn mit der Zunge und saugte an seiner nun pulsierenden Eichel. Als die harten Schübe seines salzig-erdigen Aromas in ihren Mund drangen, konnte sie weder ihren eigenen

Aufschrei noch ihre Begierde zurückhalten. Sie brauchte mehr, alles, was er ihr geben konnte. Er schrie unter ihr auf, sein Körper spannte sich an und seine Hüften bogen sich ihr entgegen, als weitere Schübe explosionsartig ihre Zunge trafen, die sie begierig schluckte.

»Genug«, stöhnte er.

Die Hände an ihren Schultern, schob er sie mit einem Ruck von sich, und ließ sich mit ihr auf die Couch fallen. Seine Hände waren hart, als er ihre Schenkel öffnete. Sie erwartete, dass nun sein noch immer harter Schwanz tief in sie dringen und sie ausfüllen würde.

Stattdessen umfasste er ihr Gesicht mit den Händen und senkte den Kopf, bis seine Lippen ihren Mund berührten, eine sanfte Inbesitznahme, die sie tief in ihrer Seele berührte. Er strich über ihre Lippen, ließ seine Zunge in ihren Mund dringen, und sie stöhnte in seinem Kuss auf. Mit einer Hand fuhr er in ihr Haar und hielt sie an sich gedrückt, während die andere Hand über ihre Schulter glitt und dann ihre pralle Brust umfasste.

Faith spürte Gefühle in sich aufsteigen wie noch nie zuvor. Sie stand in Flammen, brannte von Kopf bis Fuß. Seine Lippen strichen über ihre, und dann ließ er Küsse auf ihre Wangen, ihren Hals regnen und wanderte zielstrebig auf den weichen Hügel in seiner Hand zu.

Faith wand sich unter seiner Berührung, entflammt, so erfüllt von verzweifeltem Sehnen, ihn in sich zu spüren, dass sie nur noch flehend wimmern konnte. Als seine Lippen ihre Brustwarze umschlossen und leidenschaftlich daran saugten und seine Zunge ihr Feuer und Blitze der Lust durch den Leib jagte, schrie sie nach mehr.

Sie fühlte sein Saugen bis in ihren Unterleib, wo ihre Vagina sich zusammenzog in dem immer heftigeren Verlangen, ihn in sich zu spüren. Sie brauchte es, und zwar jetzt. Sie war feucht vor Verlangen, und ihre inneren Muskeln spannten sich begehrend an. Ihre Klitoris fühlte sich wie eine Nadel aus quälender Sehnsucht an, als sie sich an seinem Oberschenkel rieb. Sie war so kurz davor. Oh Gott. So nahe am Orgasmus, und sie musste das Tier in sich, das nach Erlösung brüllte, befriedigen.

»Jacob, bitte, quäl mich nicht länger«, rief sie verzweifelt aus, als seine Lippen von ihrer Brust ließen und seine Zunge abwärts über ihre gespannten Bauchmuskeln glitt.

»Du bist so süß, Faith. So süß und weich …«, flüsterte er und senkte den Kopf zwischen ihre Beine, ließ seine Lippen zielstrebig an ihren begierigen Schoß wandern.

Seine Zunge schob sich tief in sie hinein, und seine Hände hoben ihre Schenkel an seine Schultern und öffneten sie weiter für seine leidenschaftlichen Stöße. Er knurrte an ihrer Haut, als sie sich an ihn drängte. Sie fühlte die Vibrationen seines Knurrens in ihrem Innersten, an ihrer Klitoris. Ihr Schoß war nur noch feuriges, qualvolles Sehnen, das nach Befriedigung verlangte.

Sie packte sein Haar, als er an ihr leckte, an ihre harte, pralle Lustperle wanderte, sie umkreiste und dann in seinen Mund sog. Sie ballte die Hände in seinem Haar zu Fäusten, und ihre Oberschenkel spannten sich um seinen Kopf an. Sie spürte, wie ihr Körper zitterte, schweißfeucht wurde und sie langsam die Kontrolle verlor.

»Jacob«, hörte sie sich selbst aufschreien, als sie fühlte, dass ihre Klitoris kurz davor war zu explodieren.

Seine Hände lagen hart an ihren Schenkeln, seine Zunge nahm sie unbarmherzig in Besitz, als er sie immer höher trieb und ihr verzweifeltes Verlangen nach Erlösung sie schier vernichtete, bevor er sich endlich auf die Knie erhob, ihre Beine festhielt und sie spreizte, als er zu ihr kam.

»Meins.« Er sah sie an, besitzergreifend, gefährlich.

Sie streckte die Hände nach seinem stahlharten Schaft aus. Sie musste ihn in sich spüren, wollte ihn nur noch darin bestärken, dass er sie in Besitz nahm. Doch er packte ihre Hände und zwang sie auf die Polster der Couch, als er mit einem Knurren über sie kam.

»Meins. Sag es, Faith«, stieß er hervor, und seine Reißzähne über ihr glitzerten bösartig.

»Beweise es«, knurrte sie zurück. »Mach mich zur Deinen, Jacob, und dann sehen wir weiter.«

»Du wirst für deinen Trotz bezahlen«, gab er zurück. »Jetzt sag es mir, Faith. Gib mir, was ich brauche, oder ich verspreche dir, ich bringe dich dazu, dass du es hinausschreist, bevor ich dir deine Erlösung schenke.«

Er hatte ja keine Ahnung, wie kurz davor sie schon war. Nur noch ein einziger Stoß seiner Zunge in ihre Vagina, und sie käme, das war ihr klar. Und wenn sein Glied in sie drang, dann gäbe es keine Chance mehr, es zurückzuhalten.

Langsam leckte sie sich über die Lippen, sah ihm in die Augen und hob die Hüften, ließ ihre feuchten Schamlippen wie in einem langen Kuss über seinen harten Schaft gleiten. Sie spürte, wie er zitterte und sein Körper sich noch weiter anspannte.

»Dann bring mich zum Schreien«, flüsterte sie.

12

Jacob sah sie mit schmalen Augen an, und Faith spürte einen Schauer freudiger Erregung, als er ihre Herausforderung annahm. Jacob war größer und stärker als sie. Seine Instinkte waren tiefer verwurzelt und brutaler, als ihre je sein würden. Aber hier hatte sie ebenso viel Macht wie er. Sie spürte seine Eichel, die an ihre Pforte drückte, fordernd pochte, erhitzt von ihrer Feuchte und geküsst von den Muskeln, die sich am Eingang zu ihrer Vagina zusammenzogen.

»Gefährlich, Baby.« Sein Lächeln war sinnlich und verwegen, als er sich noch enger an sie drückte und sie ganz leicht dehnte.

Keuchend atmete sie aus. Er war so heiß, so hart. Sie drängte sich an ihn, wollte ihn tiefer locken und den Orgasmus erleben, der am Rande der Ekstase in ihr schwelte.

»Gierig, Baby«, flüsterte er, während er ihre Hände auf der Couch festhielt und ihren sich windenden Hüften widerstand. »Nein, Baby. Langsam und entspannt. Ich will, dass du jeden Zentimeter spürst, wenn mein Schaft dich dehnt. Ich will, dass du danach schreist, mich anflehst zu beweisen, dass du mir gehörst.«

Er würde sie fertigmachen. Faith hatte ganz vergessen, dass er die sinnliche Folterkunst, erotische Unterwerfung zu erzwingen, unter Ausbildern gelernt hatte, die auf Unschuld keine Rücksicht nahmen. Und sie bezweifelte, dass ihr Trotz mehr bewirkte, als seine eigene Vorfreude zu steigern.

Sie fuhr sich mit der Zunge über die Lippen und sah zu ihm auf, als er tiefer in sie drang. Nur ein klein wenig, sodass ihr

Unterleib sich drängend, flehend zusammenzog und danach verlangte, dass sie ihm nachgab.

Er kniff die Augen zusammen, verfolgte die Bewegung ihrer Zunge, und seine Hüften zuckten, bevor er die Reaktion unterdrücken konnte. Mit verführerischem Schlafzimmerblick hob Faith den Kopf und strich mit der Zunge über die harte männliche Brustwarze über ihr. Er stöhnte auf, und sie spürte, wie seine Muskeln zitterten, als er um Beherrschung rang. Ihre Zähne kratzten über seine feste Haut.

Das Verlangen, die Zähne hineinzubohren, an ihm zu lecken, seine Haut zu kosten, entlockte ihr ein Wimmern.

Jacobs Knurren klang tief und animalisch, als sein Penis sich winzige ein bis zwei Zentimeter tiefer in sie hineinschob. Beinahe. Oh Gott. Sie wollte den Kopf in den Nacken werfen und nach mehr schreien, sie wollte hinausschreien, dass sie seine Dominanz anerkannte, und sie wollte darum betteln, seinen harten Schaft in sich zu spüren.

Er hob sich wieder auf die Knie und richtete den Blick zwischen ihre Beine. Faith senkte den Blick und sah seinen Schaft, so kräftig, dass er bedrohlich aussah, dessen Eichel sich in ihren Unterleib geschoben hatte.

»Du schummelst«, stöhnte sie, sank zurück auf die Polster und umfing seine Hüften mit den Beinen.

Sie wollte ihre Hände aus seinem Griff befreien.

»Ich habe gewonnen«, verkündete sie. »Egal, was du erzwingst …« Sie biss sich auf die Lippe und versuchte schwer atmend, ihn tiefer zu treiben. »Egal, was du mich zu sagen zwingst. Ich habe gewonnen.« Sie warf den Kopf hin und her, während der verzweifelte Aufschrei aus ihrer Kehle über ihre Lippen drang. »Oh Gott, Jacob …«

Süße Qual. Sie konnte das tiefe Pochen spüren, die Hitze, die sich in sie fraß, das rauschende Blut, das in ihrem Schoß pulsierte, sie anspannte, und sie anflehte, ihm zu geben, was er wollte, damit er ihr gab, was sie brauchte.

»Spielt es eine Rolle, wie ich gewinne?«, fragte er, und auch seine Stimme klang tief und rau vor Erregung.

Faith öffnete die Augen, kaum in der Lage, ihm ins Gesicht zu sehen, in dem wilde Erotik stand.

»Wo ist denn dein Sieg?«, fragte sie, atemlos und zitternd vor Verlangen. »Es gibt keinen Sieg ohne Widerstand, Jacob.«

Seine Augen wurden noch schmaler. Seine Hüften zuckten, sodass er zwar nicht tiefer eindrang, aber die gedehnten Muskeln streichelte.

»Der Sieg liegt in der Errungenschaft«, versicherte er.

»Ist das so?« Sie drängte ihm die Hüften entgegen. Damit quälte sie zwar nur sich selbst, doch auch die Röte auf seinen Wangen wurde tiefer, und das Feuer in seinen Augen loderte auf. »Könnte ich dich besiegen, Jacob?«, rief sie und konnte nicht länger das Drängen unterdrücken, das fordernd in ihrem Leib um Erlösung flehte.

Sie musste ihn berühren, ihn kosten. Gott helfe ihr, allein dafür würde sie ihm geben, was immer er verlangte.

Sein Atem ging schwer, und seine eigene Beherrschung schwand. Tränen stiegen ihr in die Augen, und sie bäumte sich auf, wohl wissend, dass er sie in diesem Augenblick dominierte. Seine Erfahrung war mehr, als sie bekämpfen, mehr als sie verleugnen konnte.

»Lass mich dich berühren«, schrie sie schließlich auf. »Sechs Jahre lang habe ich auf dich gewartet. Verdammt, lass mich dich berühren. Ich gehöre dir. Im Augenblick, Jacob, gehöre ich dir.«

Sein Schaft pulsierte und drang noch ein kleines Stück tiefer. Er stöhnte rau auf, und ein flüchtiger Ausdruck der Verwirrung huschte über sein Gesicht.

»Für immer meins«, flüsterte er rau.

»Nein.« Sie schüttelte den Kopf und kämpfte gegen den Impuls zu lügen und ihm zu geben, was immer er verlangte, und sei es nur für den Augenblick. »In diesem Moment. Dein im Augenblick, Jacob. Du kannst nicht besiegen, was sich nicht wehren kann. Wo ist dein Sieg? Wo ist Zugehörigkeit, wenn sie erzwungen wird?«

Sie wand sich unter dem Griff seiner Hände, schlang die Beine um seine Taille und versuchte verzweifelt, seinen Schaft tiefer in sich zu drängen, um zu spüren, wie er sich in sie schob und sie ausfüllte.

»Verdammt«, stieß er rau aus, und seine Stimme klang dunkel, voll Verbitterung und einer Erregung, die so heiß war wie ihre eigene.

Aber er ließ ihre Hände los, fuhr mit den Handflächen ihre Arme hinauf, dann unter ihre Schultern und hielt sie sanft fest. Er ließ sich auf sie sinken, und in seinen Zügen stand eine Skepsis, ein Zögern, als sei der Gedanke, sie loszulassen, etwas vollkommen Fremdartiges für ihn. Fremdartig und nicht wirklich angenehm.

Faith hatte nicht vor, ihm die Zeit zu lassen, seine Entscheidung zu überdenken. Als er sie an sich drücken wollte, presste sie die Handflächen flach an seinen Bauch.

»Ich will dich berühren«, rief sie aus. »So wie du mich berührst, Jacob.«

Ihre Hand glitt über seine schweißfeuchte Haut, ihre Hüften bewegten sich unter ihm, und ein gequältes Stöhnen drang aus seiner Kehle. Ihre inneren Muskeln zogen sich um die wenigen Zentimeter seines Schafts in ihr zusammen, und auch wenn er nicht weiter in sie eindringen wollte, so ließ er doch zu, dass ihre Hände abwärtsglitten, über seine angespannten Bauchmuskeln und tiefer an seine kräftige Erektion.

Ihre Finger streichelten über den pulsierenden Schaft, seine Hand glitt an ihre Brust, und er kniff in einen schmerzhaft harten Nippel. Faith bog den Rücken durch und stöhnte nach mehr.

»Gib nach«, forderte er. »Ich habe nicht vergessen, welchen Preis du für dein Vergnügen bezahlen musst, Faith.«

Seine Worte waren eine weit entfernte Warnung, eine grollende Drohung, die sie ignorierte. Indem er sie losgelassen hatte, waren nicht nur ihre Hände freigekommen. Auch die qualvolle, brüllende Lust in ihr, die sechs Jahre lang in Ketten gelegen hatte, war nun befreit. Ihr Mund glitt an die glatten Muskeln seines Brustkorbs, direkt über die Brustwarze, der sie zuvor ihre Aufmerksamkeit gewidmet hatte.

Sie öffnete den Mund, fuhr mit den Lippen darüber, ließ die Zunge über salzige Männerhaut gleiten, während er den Kopf senkte und mit der Zunge über das Mal an ihrem Hals strich. Unendliche Wonne. Sie wurde immer feuchter zwischen den Beinen, und sie dachte, ihre Klitoris würde jeden Augenblick explodieren, als sie sich an ihn drückte. Und dann konnte sie sich nicht länger zurückhalten und ließ ihre Reißzähne über seine Haut schrammen, während er das Gleiche an ihrem Hals tat.

Bevor Faith darüber nachdenken, sich davon abhalten oder auch nur den Drang erklären konnte, bohrte sie ihre scharfen Reißzähne in seine Haut, hielt die Wunde mit den Lippen umschlossen, als er zusammenzuckte und dann mit einem Aufschrei selbst die Stelle an ihrem Hals mit Zähnen und Mund in Besitz nahm. Sie spürte das Aufflammen der Erregung in jeder Zelle ihres Körpers, wie ein kollektiver Aufschrei, so vernichtend, dass es ihr vorkam, als würde ihr Kopf bersten. Sie fuhr mit der Zunge über die Wunde, saugte mit dem Mund daran, und die Drüsen seitlich an ihrer Zunge pulsierten und schütteten ihr Hormon aus.

Hitze baute sich um sie herum auf, als Jacob ihren Hals mit dem Mund liebkoste, seine Zunge mal kühl, mal heiß, als er an ihr saugte, während sie die Hände an seinen Rücken gleiten ließ und die Nägel in seine glatte, feste Haut grub, als er plötzlich heiser aufschrie.

Er bäumte sich auf, packte sie an den Hüften, und dann drang er hart und heiß in sie ein. Ihr Körper bog sich durch, ein lautloser Schrei in der Kehle, und ihr Kopf sank nach hinten, während sie nach Luft schnappte.

Er hielt nicht mehr inne. Alle Beherrschung war verschwunden, und ein Inferno tobte zwischen ihnen. Nur noch das Geräusch war zu hören, als sein explodierender Schaft immer wieder in ihren feuchten Schoß stieß, während sie um Luft rang. Und dann mischte sich sein erhitztes Stöhnen mit ihrem verzweifelten Aufschrei, als er über ihre geschwollene Klitoris rieb und ihren Körper in einen so intensiven Orgasmus stürzte, dass sie die Zähne in seine Schulter grub. Beim ersten Pulsieren ihres Höhepunktes spürte sie, wie sich auch seine Zähne in ihre Schulter bohrten und sein Schaft begann, in ihr anzuschwellen.

Die unerträgliche Spannung wurde immer stärker, dehnte ihre Vagina und ließ ihren Orgasmus immer intensiver, immer heißer werden, bis sie glaubte, ihr Körper stünde in Flammen, versengt von der Woge des Lustschmerzes, der durch sie hindurchjagte. Ihre Augen waren weit aufgerissen, aber sie sah nichts als die hellen Flammen der Lust, die sie explosionsartig in Brand setzten, als das harte Pulsieren seines Schafts in ihr vibrierte. Immer wieder zuckten seine Hüften ihr entgegen und verankerten die Schwellung seines Gliedes tiefer in ihr, während die heißen Schübe seines Samens sich tief in sie ergossen.

Er hielt ihre Hüften fest, während sie bebte und sich unter ihm wand. Sie kam gar nicht mehr zu Atem, fand keinen Halt mehr in der Realität und geriet vollkommen außer Kontrolle. Tiefe harte Eruptionen erschütterten ihren Körper, kappten ihre letzte Verbindung zur Realität, als er ihren Namen rief und in ihren Armen ebenso sehr bebte, wie sie in seinen.

Dann, mit einem letzten Pulsieren seines Schafts, mit einem letzten heftigen Zittern ihres eigenen Höhepunktes, der noch in ihr vibrierte, gab Faith sich der Erschöpfung hin und, endlich, der Befriedigung ihrer tiefen Lust.

Die Couch war zwar breit, aber mit Jacob zusammen war es recht eng darauf. Er drehte sich auf die Seite, hielt Faith fest in seinen Armen und lehnte sich mit einem müden Seufzen gegen die Rückenlehne der Couch. Er war ausgelaugt. So verdammt erschöpft, dass er nicht einmal mehr atmen wollte.

Sie hatte ihn bis zum bitteren Ende erschöpft. Er musste grinsen, und das Gefühl der Leichtigkeit, das er verspürte, überraschte ihn. Er fühlte sich frei – verwirrend für ihn. Selbst nach der Flucht aus dem Labor hatte Jacob sich nie vollkommen frei gefühlt. Bis jetzt.

Er betrachtete ihr Gesicht im Schlaf und hob die Hand, um über die sanfte Röte auf ihrer Wange zu streicheln. Ihre Haut war so weich. Feinste Seide, mit einem weichen Schimmer, der ihn immer wieder faszinierte. Er liebte es, sie zu berühren, ihren Körper an seinem zu spüren.

Zärtlich strich er ihr einige Haarsträhnen aus dem Gesicht. Ihr Haar war weich, dick und seidig, und alles daran bezauberte ihn. Für ihn war sie das perfekteste Geschöpf, das Gott je erschaffen hatte. Und sie war sein. Ein kleines Kraftpaket aus Feuer und Hitze, das jeden Teil seines Körpers wärmte, innen und außen.

Er drückte sie enger an sich, zog die leichte Decke, die über die Lehne der Couch geworfen war, heran, und breitete sie über ihnen beiden aus. Dann gestattete er es sich zu entspannen und die Augen zu schließen, als die Erschöpfung ihren Tribut forderte. Nun gehörte sie ihm. Er lächelte, als er langsam in den Schlaf hinüberglitt. *Er sollte keine weiteren Schwierigkeiten mehr mit ihr haben*, dachte er befriedigt. Sicher war ihr seine Dominanz über sie inzwischen klar. Und so wie sie sich in dieser Angelegenheit ihm unterworfen hatte, so einfach würde sie es in allen anderen Dingen auch tun.

Doch dann runzelte er die Stirn. Sie hatte sich doch unterworfen – oder?

13

Das permanente Klingeln des Telefons holte Jacob schließlich aus dem Tiefschlaf. Er drehte sich auf der Couch um, und sofort vermisste er Faiths Wärme, die Hitze ihres Körpers, der sich an ihn schmiegte. Stirnrunzelnd sah er sich im dunkel gewordenen Zimmer um und knurrte dann, als das Telefon einfach nicht aufhören wollte zu klingeln.

Seine Schulter prickelte immer noch, ein genüssliches Wärmegefühl, das ihn an Faiths neue blutdürstige Neigungen erinnerte. Diese niedlichen kleinen Reißzähne waren schärfer, als sie aussahen. Aber außer dem Prickeln spürte er auch noch, wie sein Penis hart wurde, bei dem Gedanken, sie wieder unter sich zu haben und fest in ihrem heißen Schoß verankert zu sein. Doch zuerst musste er sie finden. Er sah sich um und runzelte die Stirn.

Das Kleid lag immer noch unordentlich im Flur, der zerrissene Tanga nicht weit davon. Jacobs Jeans waren über den Beistelltisch geworfen, sein zerrissenes Shirt lag halb unter der Couch. Alles da, außer Faith. Und dieses verdammte Telefon machte ihn noch irre.

Er taumelte zu dem hohen Wandschrank aus Walnussholz, riss die Tür auf und nahm das Telefon vom Haken.

»Hallo?«, bellte er hinein, während er weiter mit den Augen das Zimmer absuchte und sich fragte, ob Faith zu Bett gegangen war, ohne ihn zu wecken. Sie hätte ihn doch sicher geweckt, damit er mitging.

Raues Gelächter drang gedämpft durch den Hörer.

»Jake, Hawke hier«, erklang Hawkes Stimme, müde und auf der Hut.

Jacob schüttelte den Kopf. Eigentlich sollte Hawke meilenweit im Dschungel sein, aber nicht in einer verdammten Bar.

»Wieso zum Henker rufst du an? Und wieso ziehst du durch die Kneipen? Du solltest dich nicht einmal in der Nähe einer Stadt aufhalten.« Ärger stieg in ihm auf.

»Und ich war auch gerade dabei, zu verschwinden, ganz ehrlich«, meinte Hawke unbekümmert. »Wir mussten auf ein paar Vorräte und zusätzliche Munition warten und waren schon auf dem Weg aus der Stadt, als ich gerade etwas ganz Erstaunliches zu sehen bekam.«

Jacob sank das Herz in die Kniekehlen, und gleichzeitig ging sein Problembarometer durch die Decke.

»Nämlich?«, fragte er vorsichtig.

»Na ja, dieser hübsche kleine Hitzkopf mit den rotbraunen Haaren kam zur Bar gefahren, und zwar auf einer Schönheit von einem schwarzen Motorrad, genauso eins wie deines. Aufgedonnert ohne Ende und so fröhlich wie nur was, ist sie direkt reinmarschiert, als ob ihr der Laden gehöre.«

»Was?« Tobende Wut pulsierte in ihm. Sie hatte sich davongeschlichen, verdammt noch mal. Dafür würde er ihr auf jeden Fall den Hintern versohlen.

»Im Moment hat sie einen Pott von Columbias Bestem vor sich stehen, und sie konnte dem Barkeeper noch einen Krug von seinem besten Bier abschwatzen. Und ich sage dir, alter Junge, so hübsch wie sie ihren Hintern heute Abend in weiche Seide verpackt hat, kriegt sie jeden Kerl dazu, ihr ein gutes Bier zu spendieren. Sie hat das Beste des Hauses, auf Kosten des Hauses, und ihr Tisch ist belagert von jeder Menge männlicher Bewunderer.«

Jacob wartete nicht ab, um noch mehr zu hören, sondern

legte wutentbrannt auf. In Windeseile zog er seine Jeans an, rannte nach oben, um ein frisches Hemd aus dem Schrank zu holen und zog es hastig an. Ohne Socken schob er die Füße in Ledersneaker und rannte aus dem Haus. Die Garage stand offen, das Motorrad war verschwunden. Er stöhnte auf. Keine Chance, dass dieses Baby den Dieben entging, die regelmäßig genau in dieser Bar herumhingen. Saldora war ein Tummelplatz für den übelsten Abschaum, den eine Gesellschaft zu bieten hatte.

Er kramte die Schlüssel des SUV aus der Hosentasche, und nur Sekunden später donnerte er aus der Ausfahrt, während die Tore hinter ihm langsam wieder zuglitten. So schnell, wie er es wagte, jagte er den Wagen über die gefährliche Straße und verfluchte Faith jeden holprigen, halsbrecherischen Zentimeter des Weges. Laut und ausgiebig. Verdammtes, stures Weib. Hielt sie das alles für ein Spiel?

Mehr Hormone als Verstand, die Worte gingen ihm durch den Kopf. Er würde ihr Verstand geben, und zwar in Form seiner Hand, die auf ihren wohlgerundeten Hintern klatschte. Oder noch besser, in Form seines Glieds, das sich hart in sie schob, bis sie schrie, dass sie seine Dominanz anerkannte. Er wollte verdammt sein, wenn er sie damit davonkommen ließ.

Was zur Hölle war passiert? Er hatte sie über Stunden bis zur Erschöpfung gevögelt. Sie war beinahe ohnmächtig geworden, als er sich ein zweites Mal in ihr verankert hatte, in einem Orgasmus, der ihn am ganzen Körper hatte zittern lassen. Wie hatte sie nur die Energie aufgebracht, sich so davonzuschleichen?

Rudelführer hin oder her, Wolfe hätte eine Menge zu erklären, wenn Jacob ihn das nächste Mal sah. Zum Beispiel, wieso er es versäumt hatte, ihm mitzuteilen, dass aus der einst so friedlichen, fast schüchternen Faith eine verdammte Furie geworden war, ein Wandel, der ihn und seine Selbstbeherrschung vernichtete.

Jacob kam im Parkverbot vor der Bar zum Stehen, zog den Schlüssel aus dem Zündschloss und sprang aus dem Wagen. Zorn brodelte gefährlich in seinen Adern. Sein Herz raste, seine Muskeln waren zum Zerreißen angespannt, und er war kampfbereit.

In der Tür blieb er stehen und knurrte. Der Laut klang so animalisch, so tödlich, dass die Stammgäste, die nahe genug waren, um ihn zu hören, eilig durch die Schwingtüren verschwanden, durch die er gerade gekommen war. Und da war seine Faith. In einer Bermudahose aus eng anliegender Seide und einer gelben ärmellosen Bluse. Eine Granate. Und sie trug Sandalen. Sandalen, die ihre zarten Füße zeigten, die hübschen perfekten Zehen mit den runden Nägeln, lackiert in heißem Feuerwehrrot. Wann in aller Welt hatte sie angefangen, sich die Zehennägel zu lackieren? Verflucht, das war nicht die Faith, die er kannte.

Andererseits, die Faith, an die er sich erinnerte, hatte auch nie hochhackige Schuhe, Nagellack oder Seide gekannt. Trotzdem, einige Dinge sollten so bleiben, wie sie waren. Und Faiths Anhimmelei und ihre sanfte Schüchternheit waren zwei der Dinge, von denen er gedacht hatte, dass sie sich nie ändern würden.

Hawke und Danson standen hinter ihr an der Wand und sahen stoisch zu, wie Männer sich um sie drängten und sie mit gierigen Blicken musterten, während Faith abwechselnd aus einer Tasse mit dampfendem Kaffee und einem Gefäß, das aussah wie ein gekühlter Krug, Bier trank. Merkwürdig, Ramirez schenkte doch nie gekühltes Bier aus. Jacob warf dem Barkeeper einen finsteren, zornigen Blick zu und verspürte ein Gefühl der Befriedigung, als der Mann leicht blass wurde.

Mit dem würde er sich auseinandersetzen, wenn keine Gefahr mehr drohte, dass er ihm dabei die Kehle herausreißen könnte. Aber Jacob war klar, wenn er sich jetzt mit dem Mann beschäftigte, würde er ihn umbringen.

Das Einzige, was den Bastarden, die um Faiths Tisch herumlungerten, das Leben rettete, war die Tatsache, dass sie sie alle ignorierte. Sie lehnte sich träge auf ihrem Stuhl zurück, die Beine an den Knöcheln gekreuzt, und stürzte den Rest des dunklen, kräftigen Gebräus hinunter. Danach atmete sie tief durch und unterdrückte die Grimasse, die über ihr Gesicht huschen wollte.

»Wurde langsam Zeit, dass du kommst«, meinte Hawke und ging zu Jacob. »Sie hat einen ganzen Eimer von diesem verdammten Kaffee und fast einen Krug Bier leer gemacht. Was zum Henker hast du gemacht, sie auf null gesetzt?«

Jacob warf ihm einen düsteren Blick zu.

Hawke seufzte, kniff sich mit den Fingern in den Nasenrücken und stöhnte dann rau auf. »Mann, hast du überhaupt eine Vorstellung, durch welche Hölle ich gegangen bin, als Wolfe mir befohlen hat, ihren verdammten Vibrator zu ›verlieren‹? Sie hat nun mal ihre Bedürfnisse, und die Dinge, die sie dafür braucht, enthält man ihr nicht einfach vor. Ich habe die Sache mit dem Vibrator nur knapp überlebt. Die Narben dafür, dass ich diesen verdammten Rucksack verloren habe, habe ich immer noch. So einen Scheiß kannst du einfach nicht machen.«

»Sie ist in Hitze«, stieß Jacob hervor. »Die Auswirkungen sind zu stark für sie.«

»Tja, sag mir doch etwas, was nicht sogar diese ignoranten Vollmenschen da drüben herausfinden können?«, gab Hawke spöttisch zurück. »Die schnüffeln schon die ganze Zeit um sie herum wie Hunde an einem Knochen. Schaff sie schnellstmöglich hier raus. Ich bringe die Sachen, die sie braucht, am Morgen raus, bevor ich mit Danson verschwinde. Das heißt, falls wir sie ohne einen Kampf hier rausbekommen. Gib ihr den Kaffee und sieh einfach zu, dass du ihr koffeinfreien untermischst. Der Alkohol scheint sie nicht so hart zu treffen wie das Koffein.«

Jacob knurrte. Er freute sich auf den Kampf, und er betete, dass einer dieser angeberischen, gierigen Trottel mutig genug war, um ihm zu geben, was er brauchte. Er ließ Hawke stehen und marschierte schnellen und wütenden Schrittes an ihren Tisch, als sie gerade den letzten Schluck Bier austrank.

Schweiß glänzte auf ihrem Gesicht. Ihre Atmung ging schnell, und ihre Augen im bleichen Gesicht glitzerten. Sie war so erregt, dass er die Hitze förmlich sehen konnte, die von ihrem Körper ausging.

»Bist du irre?«, fragte er, und seine Stimme klang so dunkel, mit so viel Zorn darin, dass die Kerle um sie herum sich hastig zurückzogen. »Hast du nicht ein verdammtes Wort von dem gehört, das ich dir vorhin gesagt habe?«

»Ich habe jedes Wort gehört, das du gesagt hast. Doch offensichtlich hast du mich nicht gehört.« Sie zuckte mit den Schultern, als sei ihr Zustand nichts Ungewöhnliches.

Jacob konnte das Blut durch die Ader an ihrem Hals rauschen sehen, mit dem sich das Koffein in einem Organismus verteilte, der ohnehin schon mit Adrenalin und Lust überlastet war.

»Du ruinierst damit deine Gesundheit«, zischte er. »Wieso tust du das, Faith? Bist du so stur, dass dir egal ist, ob du dich umbringst?«

Faith schüttelte den Kopf und lachte überrascht auf. »Ich bin nicht krank, Jacob, und ich habe nicht vor, es zu werden. Du überreagierst auf die Tatsache, dass ich mich weigere, dir zu gehorchen. Ich habe dir schon vorher gesagt, du besitzt mich nicht, auch wenn du das Gegenteil annimmst.«

Faith stand auf, und er sah überrascht, wie anmutig sie das tat, ohne zu stolpern. »Ich habe dafür gesorgt, dass ich morgen früh meine Lieferungen bekomme. Wie ich vermutet habe, sind Geschäfte für Erwachsenenspielzeug hier so selten wie weiße Raben, aber ich dachte mir, solange du willig bist, na gut, dann kannst du auch den Platz meiner ABEL einnehmen. Können wir jetzt gehen?«

Die Gelassenheit in ihrer Miene ließ ihn die Fäuste ballen, damit er sie nicht entweder erwürgte oder mit einem Kuss zum Schweigen brachte. Er fürchtete, wenn er sie berührte, dann würde er der Bar am Ende eine Show liefern, die man dort nie wieder vergessen würde.

»Mein Motorrad?«, fragte er wütend.

Sie winkte zum Barkeeper hinüber.

»Oh, Ramirez hat es in seine Garage gesperrt. Hawke oder Danson können es dir morgen früh zurückbringen. Sie haben die Schlüssel.« Dabei zuckte sie lässig mit den Schultern, als hätte sie nicht gerade seine wertvolle Maschine dem größten Dieb der ganzen Gegend übergeben.

»Hawke«, rief er.

»Ja, Jake.« Hawkes Tonfall war vorsichtig.

»Hol mein verdammtes Motorrad. Sofort!«

»Ähm, klar, Jake.« Hawkes Stimme klang sorgfältig beherrscht, aber Jacob hörte das Lachen darin.

»Gehen wir.« Er griff Faith am Arm und behielt sie dabei sorgfältig im Auge. Er würde es ihr zutrauen, dass sie noch einmal zubiss.

Widerstandslos, mit einem kleinen Lächeln, das eher besorgniserregend als beruhigend wirkte, folgte sie ihm hinaus zum SUV. Er öffnete ihr die Tür und sah mit brodelndem Zorn zu, wie sie kess auf den Sitz sprang. Mit geballten Fäusten starrte er sie an.

»Bereit, jetzt für dein Vergnügen zu bezahlen, Faith?«, fragte er mühsam beherrscht.

Sie sah zu ihm auf, mit einem sexy Schlafzimmerblick.

»Jacob, ich bezahle immer für mein Vergnügen, auf die eine oder andere Art. Diese Lektion habe ich in der letzten Nacht im Labor gelernt.«

Ihre rauchige, sinnliche Stimme und der Zynismus ihrer Worte waren wie ein zweischneidiges Schwert, das direkt in seine Lenden fuhr. Sein Schaft pochte und erinnerte ihn an die Erektion in seiner Hose, die kurz vorm Bersten war. Wie in aller Welt konnte er schon wieder so steif werden? Wenn er nicht etwas unternahm, um Faith und ihre verdammten Impulse unter Kontrolle zu bekommen, musste er wohl mit einer Dauererektion rechnen.

Er beugte sich vor und registrierte, dass sie kein bisschen vor ihm zurückschreckte. Sie kniff die Augen zu schmalen Schlitzen zusammen und fuhr sich ganz langsam mit der Zunge über die Lippen, sodass er beinahe in seiner Hose kam.

Hart und ungezähmt drückte er seine Lippen auf ihren Mund, knabberte mit den Zähnen daran, als sie die Lippen nicht sofort den harten Stößen seiner Zunge öffnete. Als sie es schließlich doch tat, drang er vorwärts, ließ die Hände an ihre Schultern gleiten und zog sie knurrend und küssend an sich.

Zögernd streichelte sie seine Zunge mit ihrer, glitt über die fiebrigen Drüsen, die seitlich an seiner Zunge pochten. Sie wusste, was er wollte, und sie wusste, was es mit ihr anstellen würde. Besitzergreifend bog er ihren Kopf nach hinten, und sie ließ ein stöhnendes Wimmern hören.

»Du weißt, was ich will«, stieß er hervor und knabberte wieder an ihren Lippen. »Tu es, Faith.«

»Noch nicht, Jacob.« In ihrer Stimme lag ein Flehen, und ein Hunger, der seinen eigenen noch steigerte.

»Jetzt«, befahl er an ihren Lippen mit harter, unnachgiebiger Stimme. »Jetzt, Faith, oder ich kann für nichts garantieren, was genau hier, direkt vor dieser verdammten Bar passieren wird. Und jetzt tu es.«

Erneut drang seine Zunge in ihren Mund. Seine Zunge pochte beinahe so hart wie sein Schaft, und die Drüsen an der Seite schmerzten vor Verlangen, ihr wirkungsvolles Rauschmittel in ihren Organismus zu ergießen.

Ihre Zunge strich über seine und entfachte eine unbändige Lust. Dann begann sie, vorsichtig zu saugen, sodass sein ganzer Körper sich anspannte und Verlangen und Lust so unerträglich in ihm tobten, dass es ihm mit jeder Sekunde schwerer fiel, seine Beherrschung nicht zu verlieren.

Er fühlte das Pulsieren der Drüsen, als sie das Hormon ausschütteten, das ihren Körper in solche Hitze, solche Lust versetzen würde, dass er wusste, sie würde sich ihm nie verweigern können. Sie stöhnte in seinen Mund, ließ die Hände von seinen Armen an seinen Kopf wandern und grub die Finger in sein dichtes Haar, um ihn enger an sich zu drücken und mehr von seinem Aroma, seiner Essenz, in sich zu ziehen.

»Mann, Jacob, du zettelst hier noch eine Massenvergewaltigung an, wenn du sie nicht wegschaffst.« Hawke klang wütend. Widerstrebend löste Jacob sich von Faith und warf einen Blick über die Schulter auf die Menge, die sich versammelt hatte.

Er schlug Faiths Tür zu und ging zur Fahrerseite. Als er losfuhr, sah er zu Faith hinüber. Er biss die Zähne zusammen und krampfte die Finger um das Lenkrad, als er sah, wie sich ihre Brüste, fest und prall, unter dem Shirt hoben und senkten. Ihre Nippel waren hart, und der Duft ihrer Erregung ließ ihn in Lust baden.

»Bastard«, flüsterte sie.

»Hättest du die Finger von Alkohol und Kaffee gelassen, hättest du damit umgehen können«, gab er zurück. Er war wütend auf sie und auf sich selbst, wegen seines eigenen Mangels an Selbstbeherrschung und wegen seines Widerwillens, sie früher zur Unterordnung zu zwingen. »Ich habe dir gesagt, Faith, dein Körper kommt damit im Moment nicht klar.«

»Du wärst vielleicht überrascht, was mein Körper alles kann und aushält«, brummelte sie hitzig, verschränkte gereizt die Arme unter den Brüsten und lehnte sich mit einem undamenhaften Schnauben zurück.

Jacob konnte ihren Zorn wittern, beinahe so heiß und deutlich wie ihre Erregung. Er wollte den Kopf schütteln; dieses Geschöpf verwirrte ihn. Diese Frau hier war stolz, stürmisch und so verdammt rücksichtslos, dass es ihm Angst einjagte. Wo war nur die Frau mit der leisen Stimme geblieben, die er einst gekannt hatte?

»Wenn du versuchst, mich zu ignorieren, macht das die Lage auch nicht besser, Faith«, sagte er und fuhr zurück zur Hazienda. »Du weißt, was du heute Abend getan hast, kann nicht toleriert werden. Denkst du denn, du bist kein bisschen in Gefahr? Hast du die Söldner der Kojoten-Breeds vergessen, die uns jagen wie räudige Hunde? Oder die Soldaten des Councils, die nichts lieber tun würden, als eine weibliche Breed in Hitze zu vergewaltigen?«

»Jetzt wäre ein guter Zeitpunkt, dass einer von denen mich herausfordert«, knurrte sie.

Sie knurrte – buchstäblich. Jacob warf ihr einen kurzen Blick zu, und Überraschung und seine eigene Erregung jagten durch seinen Körper. Sie klang, als würde sie es genießen, es jetzt gleich mit einer der beiden Gefahren aufzunehmen. Sie sollte verängstigt sein, nicht kampfeslustig.

Jacob wollte am liebsten mit dem Kopf gegen das Lenkrad

donnern und vor Verzweiflung aufheulen. Die Frau interessierte sich kein Stück für ihre eigene Sicherheit. Was sollte er bloß tun? Wie sollte er sie schützen? Noch besser, wie sollte er sie lange genug bei Verstand halten, damit sie am Leben blieb, bis die Auswirkungen des Paarungsrausches abklangen? Verdammte Frau. Ihr Gefährte zu sein würde ihn noch umbringen.

»Faith«, brummte er, »du stellst meine Beherrschung gerade sehr auf die Probe.«

»Oh, wirklich?«, fragte sie zuckersüß. »Ich liebe es einfach, Grenzen auszutesten, Jacob. Wollen wir doch einmal sehen, ob ich nicht noch ein wenig näher rankomme.« Und dann legte sie los.

14

Jacob ließ zu, dass sie sich zwischen ihn und das Lenkrad schob. Ihr Schoß, heiß vor Erregung, drückte sich angenehm gegen den harten Schaft in seiner Jeans. Unbarmherzig unterdrückte er die Sehnsucht, seine Erektion in Freiheit zu entlassen, denn er wusste, wenn er das tat, dann würde er ihr die Hose vom Leib reißen und sie zwingen, ihn zum Orgasmus zu reiten, bevor sie es zurück zum Haus schafften. Das wäre nicht gut. Nein, er hatte andere Pläne für Faith, und die Erregung zu befriedigen, die sie in diesem Augenblick beherrschte, gehörte nicht dazu.

Sie jagte ihm Angst ein, mit ihrem Eigensinn und der impulsiven Rücksichtslosigkeit, mit der sie ihm trotzte. Sie kontrollierte den Mann, den Teil seiner selbst, der nur ihre Befriedigung wollte, die Hitze ihrer Leidenschaft und ihre Sehnsucht. Doch nichts kontrollierte das Tier, das direkt unter der Haut lauerte. Das männliche Raubtier, das ihre Unterwerfung und vor allen anderen Dingen ihren Schutz forderte. Sie war seine Frau, seine Gefährtin, und solange sie in Hitze war, war sie am gefährdetsten.

Faith konnte nicht wissen, wie betörend und verlockend der Duft ihrer Lust war. Ein Duft, der Verstand und Triebe eines jeden Mannes beherrschen konnte, der nicht stark genug war, das Mal zu achten, das ihren Nacken zierte. Es war ein Duft, der eine fast gewalttätige Lust entfachte.

Außerdem machte der Duft sie zu einer leicht aufzuspürenden Beute. Es gab immer noch Breeds dort draußen, die ihren

Schöpfern gehorchten. Diejenigen, die gebrochen worden waren, die den Grausamkeiten und dem Drill ihrer gnadenlosen Herrn und Meister nicht standgehalten hatten. Den Gedanken, Faith an solche tollwütigen Kreaturen zu verlieren, konnte Jacob nicht ertragen.

Nun lag ihr Kopf an seiner Schulter, und sie schob mit den Fingern sein Shirt beiseite. Er machte sich gefasst auf die weiche Zunge, die über das Mal strich, das sie an seiner breiten Schulter hinterlassen hatte.

»Meins«, flüsterte sie und fuhr mit den Händen durch sein Haar, während sie über die Wunde leckte.

Jacob steuerte den SUV durch schmale Straßen und Seitengassen, gequält von der Sanftmut der Frau auf seinem Schoß. Doch er weigerte sich, sich in ihrer Berührung, ihren Zärtlichkeiten, zu verlieren. Er lächelte angespannt. Ihm war klar, was sie da tat, so sanft und verführerisch auf seinem Schoß, und er wusste, dass es nicht funktionieren würde. Nicht dieses Mal.

»Bin ich das, Faith?«, fragte er sie verführerisch und bog auf den holprigen Weg ein, der zum Haus führte. Seine Zunge strich über ihren Nacken, über das Mal auf ihrer Haut.

»Du bist es jetzt.« In ihrer Stimme lag ein Hauch von belustigter Selbstsicherheit.

»Und dessen bist du dir sicher, weil?«, fragte er trocken. Dass sie, natürlich, recht hatte, wollte er mal lieber nicht bestätigen.

»Mein Mal, Jacob.« Der Griff seiner Hand an ihrer Hüfte verstärkte sich, als er die Hoffnung, die wehmütige Sehnsucht in ihrer Stimme hörte. »Du trägst mein Mal.«

Jacob spürte, wie sein Herz sich zusammenkrampfte. In ihrer Stimme lag ein Nachhall von Einsamkeit und Schmerz, der ihn beunruhigte.

»Ich bin dein Gefährte.« Seine Tonfall blieb sanft und gleichmäßig. »Natürlich trage ich dein Mal, Faith. So wie du meines.«

Er fühlte ihr Seufzen, das Flüstern ihres Atems über der Wunde. Es war ein Seufzen des Bedauerns und der Sehnsucht. Und plötzlich traf ihn die Erkenntnis, dass er sie die letzten sechs Jahre wahrhaftig allein gelassen hatte, ohne sich darüber im Klaren zu sein, welche Auswirkungen das für sie hatte, durch welche Hölle ihr Körper sie gejagt hatte, während sie auf ihn wartete. Und doch kam sie immer noch zu ihm. Sie hatte zugelassen, dass er sie erneut berührte, nur damit er sie wieder verließ, wenn er sie doch hätte trösten und danach für sie hätte da sein müssen, anstatt seine eigenen Dämonen zu bekämpfen.

Und doch war sie zu ihm gekommen. Vielleicht nicht voll Anmut und Not, doch voll Lust und Begehren, dass er sie nicht hätte zurückweisen können, selbst wenn er es gewollt hätte.

»Ich habe dich vermisst, Jacob, als du weg warst.« Sie war weich, erregt und so sexy, dass die Hitze zwischen ihren Schenkeln sich durch seine Jeans hindurch bis an seine Erektion brannte. Er presste seinen Schaft fester an sie und hielt sie mit einer Hand an der Hüfte an sich gedrückt.

»Ich versohle dir trotzdem den Hintern, Faith«, versprach er und musste grinsen, als ihr Lachen über seinen Nacken hauchte.

Sie nahm ihn nicht ernst. Und obwohl Jacob keinerlei Absicht hatte, sie zu verletzen, wusste er, dass die erotische Bestrafung, die bevorstand, dafür sorgen würde, dass sie es sich zweimal überlegen würde, bevor sie sich ihm noch einmal derart widersetzte.

Bei dem Gedanken spannte sich sein ganzer Körper an. Die Erinnerung daran, wie er sie genommen, sie dominiert hatte, in dieser verdammten Laborzelle, verfolgte ihn seit sechs Jahren. Er erinnerte sich deutlich an den Impuls, der ihn über alle Vernunft hinausgetrieben und ihn gezwungen hatte, sie auf unzivilisierteste Weise zu nehmen. Unterordnung. Sie war seine

Gefährtin, seine Schwachstelle und seine Stärke zugleich. Er war entschlossen, dafür zu sorgen, dass sie seine Stärke und seine sexuelle Dominanz über sie anerkannte. Dieser Drang war es, der ihn dazu getrieben hatte. Und dieselben Impulse trieben ihn auch jetzt. Sie würde erfahren, dass er solchen Trotz nicht dulden würde.

»Versprochen?«, fragte sie lockend.

»Oh, ich verspreche dir das und noch mehr.« Seine Hand glitt über ihre runden Pobacken, und er biss die Zähne zusammen, als er daran dachte, seinen Schwanz zwischen diese runden Backen zu versenken.

Er konnte die feuchte Hitze ihrer Vagina spüren, als sie sich an ihm rieb. Seide über Satin und heißer, erregter Frau. Gab es denn eine verführerischere Kombination für Mann oder Tier als diese? Doch das stillte nicht die alles beherrschende Welle von Besitzgier, die durch seine Adern strömte. Ah, süße Faith. Sie dachte, sie könnte ihn reizen, ihn noch einmal dazu verleiten, ihre Unterordnung nicht zu erzwingen? Da hatte sie aber noch viel über ihren Gefährten zu lernen.

»Oh, das verspreche ich dir definitiv«, versicherte er ihr noch einmal und hauchte einen Kuss auf ihre Stirn.

Daraufhin knabberte sie an seiner Schulter und fuhr eine Sekunde später mit der Zunge darüber. Er konnte das Lächeln spüren, das um ihre Lippen spielte.

»Du forderst dein Glück heraus, Gefährtin«, erklärte er sanft und wich dabei mühsam den Bodenwellen und Schlaglöchern auf seinem Weg aus.

»Noch nicht.« Eine schmale Hand glitt an die Knöpfe seines Hemdes und öffnete ein paar davon, und er schnappte nach Luft. Ihre Lippen glitten über sein Schlüsselbein und ihre Zunge schickte kleine sinnliche Blitze über seine Haut.

Es fiel ihm nicht leicht, dem betörenden Reiz ihres Körpers

zu widerstehen. Der dominante Teil von ihm war stinksauer, dass sie solche Winkelzüge versuchte, um ihre Bestrafung abzuwenden, doch der Mann, der sie kannte, der endlich die Jahre von Verlust und Begehren in Einsamkeit begriff, verkrampfte sich vor Zorn auf sich selbst. Wie konnte er sie bestrafen, wenn er die Jahre, die sie ihn gebraucht hatte, nicht überwinden konnte? Jahre, die er damit verbracht hatte, seinen Hunger nach ihr zu bekämpfen und damit zu stillen, dass er dessen Existenz überhaupt verleugnete.

Er hatte seine Gefährtin verlassen. Dabei spielte es keine Rolle, dass ihm die Auswirkungen des Mals, das er ihr zugefügt hatte, nicht bewusst gewesen waren. Es spielte auch keine Rolle, dass er zu ihr gekommen wäre, hätte er von ihrer Sehnsucht nach ihm, körperlich wie emotional, gewusst. Er hatte es nicht getan, das war das Entscheidende. Und jetzt würde sein naturgegebener Besitzanspruch sie zwingen, sich einem weiteren Teil des Tieres zu stellen, das sie vögelte, das sich in ihr verankerte und ihren Körper zwang, seinen Samen aufzunehmen und zu behalten in der Hoffnung, dass er fruchtbar werde.

Jacob seufzte, als er am geschlossenen Tor der Hazienda ankam. Er griff ins Handschuhfach, nahm die Fernbedienung heraus und sah zu, wie sich das Tor langsam öffnete. Er fuhr hindurch, drückte auf den Schließknopf und reaktivierte das Sicherheitssystem. Dabei behielt er den Rückspiegel sorgfältig im Auge, um sicherzugehen, dass niemand hinter ihnen durchs Tor geschlüpft war.

Sein inneres Problembarometer meldete sich zwar warnend zu Wort, aber es war nichts allzu Ernstes. Er war dankbar, dass es nicht zu beharrlich war, nachdem er alle Hände voll zu tun hatte mit Faith, die sich an seiner Erektion rieb, heiß und sexy in seinen Armen. Da war es verflucht schwer, sich auf etwas anderes zu konzentrieren.

»Sag mir, Jacob«, flüsterte sie sinnlich, rauchige Erregung in der sanften Stimme. »Hattest du schon einmal Sex in diesem SUV?«

Faith spürte, wie Jacobs Schaft zwischen ihren Schenkeln zuckte, als er tief einatmete. Sie unterdrückte ein kleines Triumphlächeln, als er sie an den Hüften packte und ein grollendes Knurren aus seiner Kehle drang. Mit den Fingern streichelte sie seinen Hinterkopf, glitt durch die feinen Haarsträhnen, während sie mit den Lippen die empfindsame Haut unter seinem Ohr verwöhnte.

Sie fühlte sich wagemutig und abenteuerlustig. Im Ernst, die stille kleine Faith war verschwunden, und an ihre Stelle war die Frau getreten, die sie immer hatte sein wollen. Eine Verführerin. Wie weit konnte sie Jacob locken? Konnte sie ihn so weit bringen, dass er seine ihm so kostbare Selbstbeherrschung verlor? So, dass er sie noch einmal so nahm wie damals, in jener Nacht im Labor?

Sie war eine Verführerin. Und sie würde ihn verführen, würde ihn in Brand setzen, so, wie sie verdammt lange gebrannt hatte. Konnte sie das Blut in seinen Adern zum Kochen bringen, ihn alle Gedanken an Zorn oder Bestrafung vergessen lassen und stattdessen dafür sorgen, dass in seinen Gedanken nichts mehr Platz hatte außer ihr?

Nun ja, das vielleicht nicht. Aber sie konnte ihn auf jeden Fall scharfmachen ohne Ende, und genau das hatte sie vor. Und es sah so aus, als ob ihr das auch gelingen würde. Sie spürte, wie die Knöpfe an der Seite ihrer Hose aufgingen und Jacobs Hände ihre bloßen Hüften streichelten. Er atmete schwer, den Kopf nach hinten an den Sitz gelehnt, während ihre Lippen über seinen Hals hauchten.

»Das Bett wäre gemütlicher«, meinte er rau, fuhr mit den

Händen ihren Rücken hinauf, schob sie unter ihr Shirt und streichelte mit den Fingerspitzen über ihr Rückgrat.

»Macht aber nicht annähernd so viel Spaß«, flüsterte sie verwegen an seinem Kinn und ließ ihre Zunge kurz vorschnellen, um über seine rauen Bartstoppeln zu gleiten.

Er schmeckte wild und würzig, mit einem Anflug von Gewitter, Blitz und Feuer. Sie wollte mehr. Ihre Zähne kratzten über sein Kinn, und sie hob den Kopf und fuhr mit ihrer Zunge über seine Lippen. Faith öffnete die Augen, und ihr stockte der Atem, als sie den Ausdruck auf seinem Gesicht sah. Was sie da sah, war Lust, rein und unverhüllt, und Ehrfurcht. Er betrachtete sie, als hätte sie ihm irgendein Geschenk gemacht, einen seltenen und kostbaren Schatz.

»Jacob?«, fragte sie bebend. Was konnte sie ihm denn nur so Besonderes gegeben haben?

Er sah sie an mit beinahe schimmernden Augen, unter halb geschlossenen Lidern, voller Wonne.

»Küss mich, Gefährtin.« In seiner Stimme lag ein Anflug von Verzweiflung. »Küss mich, Faith, bevor ich sterbe vor Sehnsucht nach dir.«

Er ließ ihr keine Zeit, zu reagieren. Faith wimmerte vor Begierde auf, als seine Lippen ihre berührten, seine Zunge sich in ihren Mund schob und er begierig aufstöhnte. Seine Hüften drängten sich vorwärts, und seine Hände glitten wieder an ihre Hüften und hielten sie fest, während seine Erektion sich an ihrem Schoß rieb.

Faith schlang die Arme um seinen Nacken und ließ ihre Finger wandern, erforschte jede Kontur seines Halses, seiner Schultern. Sie liebte die Kraft, die sie in ihm spürte, war fasziniert von der Wärme und Härte des Mannes, der sie festhielt. Seine Haut war vollkommen unbehaart, aber nicht so glatt und weich wie ihre eigene. Sie war verwittert, robust, und sie fühlte sich noch weiblicher dadurch, erobert und beschützt. Er machte sie mehr an als alles andere.

Seine Zunge spielte mit ihrer. Sie schloss die Lippen um seine Zunge, um daran zu saugen und ließ dabei die Finger über seine Brust gleiten, bis sie seine harten Brustwarzen unter dem Hemd spürte. Sie griff zu und massierte sie, während sie seine Zunge liebkoste.

Er bäumte sich krampfartig auf. Sein Körper zitterte vor Erregung, als er bei ihrer Berührung aufschrie. Und doch packte er mit einer blitzschnellen Bewegung ihre Hände und schob ihre Finger weg.

Schwer atmend lehnte Faith sich zurück und sah ihn an, verwirrt über seine Reaktion.

»Wieso?« Sie wollte ihre Hände aus seinem Griff befreien und musterte ihn, während er mühsam um Atem rang.

Sein Gesicht war gerötet, und in seinen Augen glitzerte eine Empfindung, die ihr Herz tief berührte. Verletzlichkeit? Begierde? Sie sah ihn an und versuchte dabei, ihr Erstaunen zu verbergen. Sollte sie ihn denn nicht anfassen und ihm Lust bereiten?

»Lass mich dich berühren«, grollte er und ließ die Hände an den Saum ihres Shirts gleiten.

»Nein.« Jetzt hielt sie seine Hände fest. »Warum willst du nicht, dass ich dich berühre, Jacob? Gefällt dir meine Berührung nicht?«

Schon zuvor, auf der Couch, hatte er sich dagegen gewehrt. Er hatte sie gezwungen, ihn unter Druck zu setzen, seine Stärke herauszufordern, um ihr die Freiheit zu gestatten, dass sie ihn verwöhnte. Vielleicht war sie zu ungebildet, zu unwissend …

»Du könntest mir beibringen, wie ich es richtig machen kann.« Sie hasste das Zittern ihrer Stimme, das ihre Schwäche verriet, ihr Bedürfnis, ihn zu berühren. »Habe ich es falsch gemacht, Jacob?«

Er schluckte schwer und schloss kurz die Augen.

»Faith, wäre es noch besser, würde ich auf der Stelle in meiner Jeans kommen«, stieß er hervor, drückte seine Stirn an ihre und sah ihr in die Augen. »Noch nie habe ich erlebt, dass ich so wenig Selbstbeherrschung habe.«

Sie hörte die Verwirrung in seiner Stimme. Das Bedürfnis, zu verstehen, was nicht zu verstehen war.

»Ich will dich auch berühren, Jacob«, erklärte sie bestimmt. »Ich habe das Recht dazu. Und das Bedürfnis.«

»Ich werde dich nicht auf dem Fahrersitz in diesem verdammten Wagen hier vergewaltigen, Faith.« Er krallte die Hände in ihre Oberschenkel, so fest, dass er ihr beinahe blaue Flecken damit zufügte.

»Dann kannst du mich also nur in einem Bett vergewaltigen?«, stichelte sie.

»Wie es aussieht, kann ich dich nur da kontrollieren.« Sie hörte den Frust, der sich in seiner Stimme aufbaute.

Faith biss sich auf die Unterlippe und musterte ihn mit einer Mischung aus Überraschung und Verwirrung. War er wütend auf sie? Und falls ja, wen zum Teufel interessierte das? Auch sie hatte Bedürfnisse. Und als ihr Gefährte war es seine Pflicht, diese Bedürfnisse zu befriedigen, und sie hatte genug davon, auf ihn zu warten.

»Bist du dir sicher, dass du mich da kontrollieren kannst, Jacob?«, fragte sie sanft und sah ihn an, erfüllt von einem Gefühl von Macht, von Gewissheit. Ihre Finger strichen über seinen festen Bauch, und ihre weibliche Seele genoss sein raues Luftholen.

»Ich könnte dich daran festbinden.« Seine Stimme klang heiser und drängend.

»Hmm«, hauchte sie und fuhr sich mit der Zunge langsam über die Lippen. »Das klingt ja interessant. Aber wo bliebe da dein Sinn für Herausforderungen?«

Er schnaubte und hielt ihre Hände fest, als ihre Nägel über eine empfindsame Stelle schrammten.

»Sollte es denn eine Herausforderung geben?«, fragte er, während ihre Finger unter seiner Hand flink ein paar Knöpfe seines Hemdes öffneten.

Seine Muskeln zuckten, als sie mit den Fingern zärtlich über seine Haut strich.

»Gott, Faith. Hab Erbarmen«, stöhnte er, und der Griff seiner Hand wurde stärker.

»Erbarmen?«, fragte sie und bewegte sich auf seinen Hüften, rieb sich durch die Kleidung an seinem Glied. »Was ist Erbarmen, Jacob?«

Wer hatte denn in den letzten sechs Jahren mit ihr Erbarmen gehabt? Ihre Augen wurden schmal, als sie an die Nächte dachte, in denen sie sich nach ihm gesehnt hatte, feucht zwischen den Beinen und auf der verzweifelten Suche nach ein wenig Befriedigung.

Jacob stöhnte und ließ den Kopf wieder nach hinten sinken, als er die Wärme ihres Körpers spürte, der sich an seinem rieb. Unbeschreibliche Minuten lang drängte er sich ihr entgegen und rieb seinen pochenden Schaft härter an ihrem Schoß.

»Faith, du spielst mit dem falschen Mann«, erklärte er, und seine Stimme wurde tiefer. »Deine Macht reicht nur bis an die Grenzen meiner Selbstbeherrschung.«

»Und du glaubst, wenn du deine Selbstbeherrschung verlierst, kann ich damit nicht umgehen?«, fragte sie und öffnete noch einige Knöpfe mehr, sodass sie das Hemd zur Seite schieben und die kräftigen Muskeln seines Oberkörpers entblößen konnte.

Außerstande, sich zurückzuhalten, senkte Faith den Kopf. Ihr Sehnen, ihn zu kosten, zu streicheln, war überwältigend. Sanft hauchte sie über die glatte Haut und fuhr dann mit der Zunge um seine Brustwarze herum.

Sie spürte, wie sein Körper sich anspannte, hörte das tiefe Grollen in seiner Kehle, als er um Beherrschung rang. Seine Hände an ihren Oberschenkeln verkrampften sich, glitten dann höher, zogen ihr Shirt nach oben und wanderten weiter zu ihren Brüsten.

»Ich werde mich rächen, Faith«, versprach er stöhnend. »Ich werde mich nicht einfach zurücklehnen und zulassen, dass meine Selbstbeherrschung deinen Entdeckungsreisen zum Opfer fällt.«

Faith lächelte und liebkoste weiter seine Brustwarze. Er war beinahe aus dem Sitz gesprungen, als sie ihn berührt hatte. Was würde er erst tun, wenn sie sie mit dem Mund umschloss, so wie er es bei ihr tat?

»Faith, tu das nicht.« Seine Stimme klang warnend, als sie sich immer näher wagte und die Zunge um die Brustwarze spielen ließ.

»Warum?«, flüsterte sie an seiner Brust, die Hände flach auf seinen Bauch gedrückt. »Sag mir, Jacob, warum sollte ich Erbarmen mit dir haben, wenn du auch keins mit mir hattest?«

Sein Blick suchte den ihren, und sie hielt ihm stand. Sie sah einen wahren Strudel aus Emotionen, widerstreitenden Sehnsüchten und Bedauern in seinen Zügen. Er hob die Hände und umfasste ihr Gesicht mit einer Zärtlichkeit, zu der sie ihn nie für fähig gehalten hätte.

»Hätte ich je gewusst, wie sehr du leiden musstest, hätte ich es nur geahnt, Faith, ich hätte alle Gebote meines Gewissens und unseres Rudelführers ignoriert, um dich bei mir zu haben. Aber die reine Wahrheit ist, ich danke Gott, dass ich es nicht wusste. Denn die Schrecken, die du dann gesehen hättest, hätten deine Seele zerstört.«

So wie sie seine Seele in Stücke gerissen hatten. Faith erstarrte, als sie den Schmerz und die Schrecken seiner Erinnerungen sah, die seine Augen umwölkten und seine Züge verdüsterten.

»Vielleicht, Jacob«, antwortete sie traurig und voll Schmerz, »vielleicht war dein Fehler dein mangelndes Vertrauen in mich. Um meine Seele zu zerstören, hättest du mir meinen Rettungsanker nehmen müssen. Wäre ich bei dir gewesen, wäre dieser Rettungsanker sicher gewesen.«

Sie glitt von seinem Schoß, schwer atmend, und ihr war bewusst, dass der Schmerz ihrer beider Vergangenheit zwischen ihnen stand und die Lust mit Bitterkeit erfüllte. »Doch so wie es war, gab es keinen Rettungsanker, keinen Gefährten, nichts als eine Erinnerung oder einen Traum. Ich war nie sicher, was von beiden es war.« Mit zitternden Fingern knöpfte sie ihre Hose wieder zu, bebend vor Verlangen und dem Sturm der Gefühle, der zwischen ihnen tobte.

Er wollte etwas sagen. Sie sah ihn an, sah seine Unentschlossenheit, spürte die Worte, die seine Lippen formen wollten, und sie wusste, dass sie fliehen musste. Gott helfe ihr, wenn er sich jetzt für jene Nacht im Labor entschuldigte oder sein Bedauern darüber ausdrückte. Über die Jahre hatte es so wenig für sie gegeben, woran sie sich klammern konnte. Sie wusste nicht, ob sie den Schlag verkraften konnte, wenn ihr das auch noch genommen würde.

Faith riss die Tür auf und rannte zum Haus. Sie ignorierte sein Fluchen, den Zorn in seiner Stimme. Und sie ignorierte das Verlangen, die Sehnsucht und die Tränen, die ihr übers Gesicht liefen.

15

»Faith.« Jacob erwischte sie, als sie gerade das Haus betrat, schlang den Arm um ihre Taille und drückte sie fest an sich. »Baby, bitte. Ich wollte dich nicht verletzen. Bitte, Faith …«

Ihre Nägel bohrten sich in seinen Arm, und Schmerz und Zorn schnitten ihr ins Herz, als sie sich aus seinem Griff winden wollte. Seinen Körper zu spüren, so warm und hart, ließ das Blut durch ihre Adern rauschen und ihren Unterleib pochen. Sie bestand nur noch aus brodelnder Lust und war verdammt kurz davor, ihn anzuflehen, dass er sie nahm. Doch noch stärker als ihr Verlangen war ihre Sehnsucht nach Jacob selbst. Nach seinem Herzen, seiner Liebe. Er hielt die tiefen Gefühle zurück, von denen sie wusste, dass er sie in sich trug, sie aber verbarg, um sich und sein Herz zu schützen.

»Es war an mir«, rief sie. »An mir, für dich da zu sein. Die Schrecken, die du erleben musstest, zu lindern, Jacob. Dich zu trösten. Das hast du mir weggenommen.«

Und das hatte sie all die Jahre gequält. Die ständige Frage, ob er sie brauchte, ob er einsam war oder verletzt, ob die Dinge, die er tun musste, das Blut, das er gezwungen war zu vergießen, seine Seele noch mehr verletzten.

»Nein, Faith, ich habe dich beschützt«, widersprach er heiser. In seiner Stimme hörte sie ihre schlimmsten Ängste bestätigt. »Denkst du, ich wollte dich an das erinnern, wovor wir geflohen waren? An die Schrecken, die du bereits kanntest?«

Er drehte sie zu sich herum und starrte sie an, mit inzwischen wütendem Blick und Augen, die dunkel waren von all den starken Empfindungen.

»Es ist an mir, dich zu beschützen.«

»Und es war an mir, dich ebenso zu beschützen«, schoss sie zurück. »Dein Herz zu beschützen, Jacob, und deine Seele. Um dich zu trösten und zu heilen. Das war meine Aufgabe. Und die hast du mir genommen. Stattdessen bist du voller Narben, so hart im Inneren, dass du dich nicht einmal mir öffnen kannst.«

»Dir öffnen?«, fragte er mit belegter Stimme, ließ sie los und fuhr sich aufgewühlt mit den Fingern durchs Haar. »Was verberge ich denn vor dir, Faith? Du musst mich nur fragen, und ich gebe dir alles, was du brauchst.«

Faith starrte ihn an und sah seine Verwirrung, seinen Versuch, zu verstehen, was er ihrer Ansicht nach längst hätte verstehen müssen.

»Dann gib mir dein Herz«, forderte sie. »Kannst du das, Jacob?«

Darauf erstarrte er. Reglos, fassungslos stand er vor ihr, dass Faith eine Welle reiner Angst durch den Körper lief. Seine Augen verloren den hitzigen Zorn und wurden immer kälter, bis sie bis auf die Knochen fror.

»Das hat Bainesmith herausgeschnitten, Faith«, sagte er schließlich leise. »Vor langer Zeit, weit weg. Hast du das denn nicht gewusst, Baby? Da ist kein Herz mehr übrig.«

Faith würgte an dem Schrei, der sich aus ihrer Kehle befreien wollte, als er an ihr vorbeiging, durch die Eingangshalle und die Treppe hinauf. Kein Bedauern in ihm. Kein Zorn. Er hatte sich von ihr abgewandt, als würde sie nicht mehr existieren.

Schmerzerfüllt ballte sie die Fäuste. Sie hatte es doch besser gewusst. Sie hatte gewusst, dass es besser war, ihn nicht zu bedrängen und nicht von seinem Herzen oder seiner Liebe zu reden. Wie bei Wolfe und Aiden, so war auch Jacobs Leben viel härter gewesen als das ihre als jüngeres Rudelmitglied. Als die ältesten und stärksten Rudelmitglieder hatten sie die Aufgabe übernommen, die anderen zu beschützen. Faith schauderte, als sie an die Grausamkeiten der Wissenschaftler und Soldaten dachte. Dann kniff sie die Augen zusammen und starrte mit zusammengepressten Lippen zum oberen Stockwerk hinauf. Er irrte sich. Er hatte noch ein Herz; sie konnte es schlagen hören, konnte seinen Schmerz fühlen. Sie konnte den Schmerz in seinen Augen sehen, wenn er an das Labor dachte, die hilflose Wut, die sich selbst nach sechs Jahren nicht gelegt hatte.

Er hielt sein Herz vor ihr verborgen. Er verbarg seine Gefühle und seine Seele. Es war ihm so sehr zur Gewohnheit geworden, dass er nicht einmal mehr erkannte, was er da eigentlich tat.

Faith seufzte traurig und erschöpft, wischte sich die Tränen aus dem Gesicht und überlegte, wie sie nun am besten damit umging. Sie liebte Jacob. Sie hatte ihn immer geliebt. Aber sie brauchte auch seine Liebe, und sie wusste, dass er den Schutzschild, der seine Gefühle abschirmte, nicht kampflos aufgeben würde. Sie verstand sein Bedürfnis, sich so zu verhalten, denn nachdem er sie nach ihrer Flucht verlassen hatte, hatte sie dasselbe getan. Doch das hieß nicht, dass sie zulassen würde, dass er sich noch länger versteckte.

Faith wusste, wenn sie nicht handelte und seine Berührungsangst überwand, würde er sie am Ende wieder verlassen. Er war ein Enforcer, ein Kämpfer, ein Krieger. Dieser Teil von ihm würde sich niemals niederlassen und ein Leben im Rudel führen, und Faith wusste, dass sie das auch nicht von ihm verlangen würde. Es gab zu viele Breeds dort draußen, die nach Freiheit riefen. Doch sie wollte, unbedingt, auch ein Teil davon sein.

Sie biss die Zähne zusammen, knurrte lautlos und marschierte durch die große Eingangshalle in die Küche. Sie war erregt und hungrig, und offenbar hatte Jacob gerade wenig Lust, das erste Bedürfnis zu stillen, also würde sie sich um das zweite kümmern. Sie würde ohnehin all ihre Kraft brauchen, um mit seiner Sturheit fertig zu werden.

Breed-Kerle waren einfach nur unmöglich. Und Alpha-Breed-Kerle waren – natürlich – die Schlimmsten. Tyrannisch. Eigensinnig. Viel zu sexy, um es in Worte zu fassen. Faith seufzte. Sie hoffte, dass er gerade einen höllischen Ständer hatte und nicht in der Lage war, Erleichterung zu finden. Würde ihm recht geschehen, dafür dass er sie einfach so stehen ließ.

16

Er war ein Feigling. Jacob starrte an die Decke über seinem Bett und gestand sich die seelenvernichtende Erkenntnis ein, während er hörte, wie Faith sich nebenan in ihrem Bett hin und her wälzte. Die Frau jagte ihm Angst ein. Sie war Aggression und weibliche Sanftmut zugleich, und diese Kombination verunsicherte ihn. Zur Hölle, er konnte nicht glauben, dass er sie einfach stehen gelassen hatte. Sie war heiß auf ihn, feucht, und sie verkörperte jede sexuelle Fantasie, die er je im Leben gehabt hatte, und er war einfach gegangen, weil ihre Bedürfnisse ihm Angst gemacht hatten.

Liebe war ein Gedanke, den er nicht akzeptieren konnte, nicht einmal mit Faith. Sie war ihm zutiefst wichtig. Er respektierte ihre Fähigkeiten, ihren Mut und ihre Hartnäckigkeit. Er begehrte sie, bis sein Schaft so hart war, dass er es nicht für möglich hielt, er könnte so stark oder oft genug kommen, um das Gefühl zu lindern.

Doch Liebe erschreckte ihn, gestand er sich ein. Allein der Gedanke, Faith zu lieben, versetzte ihn in Panik. Wenn er sie liebte, konnte er dann überleben, falls er sie verlor? Konnte er überhaupt versuchen weiterzuleben? Und die Gefahr, sie zu verlieren, würde größer werden, wenn bekannt würde, dass der unverwundbare Alpha-Enforcer eine Schwäche hatte. Wie sollte er sie dann beschützen?

Er runzelte die Stirn, und bei dem Gedanken, sie jetzt zu verlieren, fuhr ihm ein plötzlicher scharfer Schmerz in die Brust. Er ballte die Hände zu Fäusten und schob das Gefühl beiseite, drängte die Furcht zurück. In ihm war keine Liebe mehr übrig. Die war ihm schon vor Jahren entrissen worden, redete er sich ein. Denn falls da noch das geringste bisschen Liebe übrig wäre, dann wäre Faith ganz sicher diejenige, die darunter zu leiden hätte. Sie hatte ja schon beinahe darunter leiden müssen. Jene Nacht im Labor hätte sie tief verletzen und sie dazu bringen können, ihn für immer zu hassen, statt sich so schmerzhaft nach ihm zu sehnen.

Er hatte die Kontrolle verloren. Und derart die Kontrolle zu verlieren, war nicht akzeptabel. Doch die immer heißer werdende Sehnsucht, die mit seinen Erinnerungen kam, konnte er nicht aufhalten. Er hatte sie dominiert, und doch hatte ihre Bereitwilligkeit, ihr Bedürfnis, sich seiner Sehnsucht zu unterwerfen, den Hunger nach mehr nicht gelindert.

War es Instinkt? Hatte die DNA des wilden Wolfs ihm Bedürfnisse und Begierden gegeben, die ihm nicht bewusst gewesen waren? Jacob dachte zurück an die Jahre sexuellen Drills, auf dem die Wissenschaftler bestanden hatten. Die verschiedenen Partnerinnen, die Vielfalt der Szenerien. Frauen, die man angeheuert hatte wegen ihrer Fähigkeit, Männer zu dominieren, andere Frauen wegen ihrer Fähigkeit, sich zu unterwerfen, und einige, die sich gewehrt hatten. Er schob die Erinnerungen beiseite. Er hatte getan, was er tun musste in seinem Kampf, sein Leben und das der anderen zu schützen. So wie Wolfe und Aiden auch. Jeder Tag dort war die Hölle gewesen. Und jede einzelne Entscheidung eine Frage von Leben und Tod.

Doch diese Entscheidungen hatten ihn geprägt. Diese Erfahrungen hatten ihm das Herz aus der Brust geschnitten und ihn auf eine Weise ausgeblutet, die er sich noch immer nicht eingestehen wollte. Und jetzt würde er damit Faith verletzen, ihr Narben zufügen, weil gerade das, was sie von ihm brauchte, vor Jahren vernichtet worden war.

Er unterdrückte den Fluch, der ihm über die Lippen kommen wollte. Zwang das qualvolle Aufheulen nieder, das sich aus seiner Brust befreien wollte. Er konnte sie nicht beschützen. Egal, wie sehr er es versuchte oder wie sehr er kämpfte, er wäre nie in der Lage, sie ganz und gar zu beschützen. Und gehen lassen konnte er sie auch nicht. Es war nicht Liebe, versicherte er sich. Es war der Paarungsrausch, die sexuelle Hitze, die ihn verrückt machte. Irgendwie hatte sie es geschafft, auch ihn zu infizieren. Noch nie war sein Schaft so hart gewesen, hatte so quälend darauf gedrängt, sich in sie zu versenken. Nie in seinem Leben hatte ihm etwas so sehr Angst gemacht wie ihre Bedürfnisse – und seine Bedürfnisse, die in Bezug auf sie immer stärker wurden. Jacob hatte das Gefühl, als kämpfe er jetzt nicht nur um sein Leben, sondern auch um seine Seele.

Faiths Schmerz, ihr Leid auszuhalten, war schwerer, als er gedacht hatte. Am nächsten Tag sah er zu, als sie im Hof stand und die Trainingsübungen absolvierte, auf denen Wolfe nach der Flucht aus dem Labor immer bestanden hatte. Sonnenlicht schimmerte auf ihrem rotbraunen Haar, als sie sich dehnte, überzog ihre goldene Haut mit einem feuchten Film und weckte die Begierde in ihm, sie zu kosten. Stattdessen stand er lautlos im Schatten einiger Bäume mit tief hängenden Ästen und sah nur zu. Sie bewegte sich wie ein Traum, ein Seufzen der Wonne. Anmutig und ausdauernd führte sie die komplizierten Drehungen und Karateübungen aus, als sei sie dafür geboren.

Das geliehene Sporttop und die Lycrashorts passten sich ihrem Körper an, und die dunkelblaue Farbe schmeichelte ihrer cremigen Haut. Er atmete rau aus und hielt nur mit Mühe und Not seine schwindende Selbstbeherrschung aufrecht.

Endlich atmete sie langsam aus und blieb stehen, als sie ihre Übungen beendete. Sie bückte sich, hob das Handtuch auf, das sie auf dem Boden hatte liegen lassen, und wischte sich damit über das schweißfeuchte Gesicht. Dann öffnete sie die Augen und durchbohrte ihn mit ihrem Blick. Jacob erstarrte, und Zorn wallte in ihm auf, als er die stille Empfindung in ihren Augen las. Liebe und Forderung. Sie verbarg nicht eine einzige verdammte Empfindung, die sie für ihn hatte, und sie verlangte dasselbe von ihm.

Er ballte die Fäuste und kämpfte gegen den Schmerz in seiner Brust an. Und sie lächelte. Ein langsames, beinahe siegessicheres Lächeln, das ihm Angst machte. Kopfschüttelnd zwang er sich, sich von ihr abzuwenden. Zwang sich zum Rückzug. Verdammt sollte sie sein. Sie machte ihn fertig.

Faith war heiß, und sie war erregt. Sie hatte es satt, im Bett zu liegen, auf den Sonnenaufgang zu warten und eine weitere schlaflose Nacht zu ertragen. Sie hasste schlaflose Nächte, und sie hasste es, wenn sie innerlich brannte und das Verlangen sie quälte.

Sie drehte sich im Bett um, immer noch hellwach. Das war nicht ungewöhnlich. In den vergangenen Jahren hatte sie mehr Zeit damit verbracht, um Schlaf zu kämpfen, als tatsächlich zu schlafen.

Letzte Nacht hätte sie schlafen können, rief sie sich ins Gedächtnis, hätte sie sich nicht von Zorn und Entschlossenheit überwältigen und zu dieser Fahrt in die Stadt hinreißen lassen. Faith grinste. Das Bier und der Kaffee – der Geschmack war es fast wert gewesen. Entzug war eine üble Sache. Nicht, dass sie ernsthaft abhängig war. Es war nur eines ihrer wenigen Vergnügen. Ihr Kaffee am Morgen, ihr Bier am Abend. Ersteres, um sie durch den Tag zu bringen, Letzteres, um ihre Nerven zu beruhigen, nachdem sie sich mit sturen Breeds und misstrauischen Informanten herumgeplagt hatte.

Faith rollte sich auf den Rücken und seufzte hörbar. Die Morgendämmerung spähte durchs Fenster herein, und sie hatte nicht viel mehr als ein Nickerchen gemacht, seit sie letzte Nacht auf ihr Zimmer gegangen war. Ihre Nerven waren in Aufruhr, ihre Haut empfindsam. Sie würde ja versuchen, sich selbst Linderung zu verschaffen, aber ihr war klar, dass sie niemals echte Befriedigung finden würde. Und Schlaf würde sie todsicher auch keinen finden.

Mit einem ärgerlichen Seufzer stand sie auf und marschierte unter die Dusche. Fünfzehn Minuten später, die sie bibbernd unter kaltem Wasser verbracht hatte, trocknete sie sich ab und cremte sich zügig mit Lotion ein, bevor sie ein geliehenes Kleid aus federleichter blassgrüner Baumwolle anzog und dazu passende Sandalen.

Sonnenlicht verscheuchte hell und kräftig die Schatten ihres Schlafzimmers, und sie fragte sich, ob Jacob es wohl schon geschafft hatte, sich aus seinem Bau zu schleppen. Sie hatte gehört, dass auch er sich den größten Teil der Nacht über im Bett hin und her gewälzt hatte. Eine Weile hatte sie darüber nachgedacht, zu ihm zu gehen, mit ihm zu schlafen, bis sie ihre Befriedigung hatte und dann wieder zu verschwinden, so als seien seine Sehnsüchte und Bedürfnisse unwichtig. Doch leider hatte Jacob genug Kraft, um sie festzuhalten, und ihre Reaktion auf ihn hätte dafür gesorgt, dass sie mehr als willig gewesen wäre, ihn zu befriedigen.

Bei dem Gedanken verzog sie das Gesicht, als sie aus dem Schlafzimmer schlüpfte und dabei argwöhnisch nach ihm Ausschau hielt. Diese ganze Gefährtensache war richtig krass. Faith nahm sich vor, die anderen Frauen des Rudels davor zu warnen. Kein Mann verdiente es, derart die Kontrolle über eine Frau zu haben, die ihn liebte. Besonders kein Mann, der sechs Jahre getrennt von seiner Gefährtin verbracht hatte.

Sechs lange Jahre voller Begierde, wie sie sich ins Gedächtnis rief.

Ihre oberste Priorität war jetzt Kaffee. Danson hatte gegenüber Hawke eine Bemerkung in der Bar gemacht, wieso sie denn gezwungen gewesen sei, außerhalb Kaffee aufzutreiben, da der Besitzer der Hazienda doch genügend vorrätig hätte. Das bedeutete, sie musste ihn nur finden. Offensichtlich versteckte Jacob den Kaffee vor ihr. Und dieser koffeinfreie Pseudokaffee, den Hawke ihr ständig unterjubeln wollte, wurde ihr langsam lästig.

Zwanzig Minuten später und praktisch summend vor Vergnügen gab Faith frisch gemahlenen Kaffee in die Maschine, goss Wasser in den Behälter und wartete mit gieriger Vorfreude auf das herrliche Gebräu.

Mit vor Ekstase geschlossenen Augen beugte sie sich zur Kanne und inhalierte das berauschende Aroma.

»Es ist kein Sex.« Jacobs Stimme schreckte sie auf, sodass sie zusammenzuckte und sich überrascht umdrehte.

Seine Miene war missmutig, sein nackter Oberkörper war ein Angriff auf ihre überschäumenden Hormone, er war barfuß und trug nur eine Jeans, deren oberster Knopf offen war. Ihr lief das Wasser im Mund zusammen, und diesmal lag es nicht am Kaffee.

»Tja, da der Sex nicht verfügbar ist, ist es das Zweitbeste«, versicherte sie ihm und warf noch einen kurzen Blick auf die eindrucksvolle Beule in seiner Jeans.

Bei dem Gedanken an die kräftige Erektion zog sich ihre Vagina zusammen. Musste er denn so sexy sein?

»Wer sagt denn, dass Sex nicht verfügbar ist?«, grollte er, tappte ins Zimmer und nahm sich eine Tasse vom Regal über der Kaffeemaschine, während sie sich einschenkte und von der Maschine entfernte.

Faith zuckte mit den Schultern und drehte sich um, um ihm neugierig zuzusehen, als er sich ebenfalls eine Tasse Kaffee einschenkte und zögernd daran nippte. Er verzog das Gesicht, trank aber weiter.

»Mit Milch und Zucker soll er recht gut schmecken«, schlug sie vor und unterdrückte ein Grinsen.

»Katzen trinken Milch. Ich bin keine verdammte Katze.« Er trug seine Tasse zum Tisch.

Faith verdrehte die Augen. »Man muss keine Katze sein, um Milch zu mögen. Sogar Vollmenschen mögen sie.«

»Das sollte dir etwas sagen«, grummelte er und trank noch einen Schluck.

Faith konnte nur den Kopf schütteln. Sie ging zum Kühlschrank und holte zwei Steaks heraus, die sie gestern Abend zum Auftauen hineingelegt hatte, dazu Eier, eine Dose Kekse und Milch.

»Ich mache Frühstück. Willst du auch was?«, meinte sie und warf ihm einen fragenden Blick über die Schulter zu. Dabei ignorierte sie das lustvolle Ziehen in ihrem Unterleib und das Kribbeln in ihren Händen, das sie anflehte, die glatte Haut seiner Schultern zu berühren.

Sie nahm sein Schnauben als Zustimmung und machte sich daran, ihn satt zu bekommen.

»Du bist ein ganz schöner Morgenmuffel«, erklärte sie, machte den Herd an und suchte dann nach einer ordentlichen Pfanne. »Bist du immer so, oder bist du nur sauer auf mich?«

»Du bist unvernünftig«, knurrte er.

»Das sagtest du schon.« Sie verdrehte die Augen und wandte sich von ihm ab. »Vielleicht bist du ja derjenige, der unvernünftig ist, und bemerkst es nur nicht.«

Das ergab eher einen Sinn für sie. Sie hielt es nicht für unvernünftig, das Herz des Mannes zu wollen, der sie als seine

Gefährtin genommen hatte. Zum Teufel mit Natur und chemischen Reaktionen. Sie hatte Jacob schon geliebt, seit sie ein Kind war, und sie hatte genug davon, nur dazusitzen und darauf zu warten, dass er irgendwann einmal beschloss, es sei an der Zeit, ihre Liebe zu erwidern. Da konnte er so mufflig sein, wie er wollte.

Sie brauchte den Sex, aber ebenso brauchte sie Liebe. Wenn sie seine Liebe nicht haben konnte, dann war sein Schwanz so gut wie nutzlos für sie. Nun ja, beinahe. Immerhin befand sie sich im Paarungsrausch.

»Ich bin niemals unvernünftig«, versicherte er ihr überheblich. »Ich bin ein Enforcer, Faith. Ich wurde dazu ausgebildet, jederzeit logisch zu sein. Vorbereitet zu sein. Ein unvernünftiger Enforcer ist ein toter Enforcer.«

Faith drehte sich zu ihm um und kniff die Augen zusammen. Vorsichtig ging sie auf ihn zu, musterte ihn und ignorierte sein Stirnrunzeln, als sie sich beinahe an ihn lehnte.

»Du siehst wirklich lebendig aus, Jacob«, versicherte sie. »Vielleicht bist du ja eine dieser Anomalien, von denen man immer wieder hört. Du weißt schon, diese Breeds, die mehr Menschen als Breeds sein könnten. Oder, in deinem Fall, mehr lebendig als tot, trotz deiner Anfälle unvernünftigen Verhaltens.«

Auflachend sprang sie zurück, bevor er sie zu fassen bekam. Sein Blick war gefährlich finster geworden, und der Muskel in seinem Kiefer spannte sich an – ob vor Zorn oder Erregung, konnte sie nicht sagen.

Ihr Körper brannte für ihn, aber ausnahmsweise entsprang daraus keine Wut, kein Zorn über seine anmaßende Haltung oder über die Jahre, die er fern von ihr verbracht hatte. Allerdings war sie fest entschlossen, dass es keine weiteren Trennungen mehr geben würde. Entweder sie bekam in der Zeit, die sie mit ihm hatte, was sie brauchte, oder sie würde sich für immer von ihm trennen.

Faith runzelte die Stirn und fragte sich, ob es denn möglich war, sich zu »entpaaren«. Es war ja nicht wie eine Ehe oder ein Vertrag. Die chemischen und psychologischen Bande waren ein Mysterium für Wissenschaftler und Breeds gleichermaßen. Bisher gab es keinerlei Berichte, dass irgendein Paar sich nach Vollzug der kompletten körperlichen Paarung getrennt hätte.

»Was ist los mit dir heute Morgen?« Er knurrte schon beinahe, als sie Minuten später summend Steaks und Eier auf zwei Teller verteilte und leichte, luftige Kekse in eine große Schüssel gab.

Sie stellte ihm seinen Teller hin, goss ihnen beiden Kaffee nach und ließ sich auf ihrem Platz nieder.

»Sollte denn etwas mit mir los sein?«, fragte sie stirnrunzelnd. »Klingt eher, als wäre bei dir etwas nicht in Ordnung.«

»Du benimmst dich zwei Tage lang durchgehend wie eine Kratzbürste, lädst das Council regelrecht dazu ein, dich in dieser verdammten Bar ins Visier zu nehmen, und jetzt spielst du auf einmal Fräulein Sonnenschein, machst Frühstück und gibst dich als Gefährtin. Du musst mal konsequent bleiben, Faith. Dieses Hin und Her macht mich ganz irre.«

Mit schnellen, ärgerlichen Bewegungen schnitt er sein Steak an. Faith unterdrückte ein Lächeln und tat ihr Bestes, um die reine Unschuld zu geben. Sie hatte nicht vor, ihn wissen zu lassen, dass ihm die Überraschung seines Lebens noch bevorstand, wenn er sie bisher für sprunghaft gehalten hatte. Der beste Weg, einen Alpha zu schlagen, bestand darin, ihn zu verwirren. Das hatte Hope ihr versichert. Nach dem, was sie sagte, war Wolfe immer noch mehr als unsicher, wie er mit ihr umgehen sollte. Und er hatte ohne Umstände eingestanden, dass er Hope liebte.

Sie aß ihr Frühstück und kämpfte dabei gegen die Mutlosigkeit an, die sie niederdrücken wollte. Das hier war ihre letzte Chance, das war ihr klar. Sie wusste nicht, ob sie den Schmerz überleben würde, falls er sie noch einmal verließ.

Das Frühstück verlief relativ schweigend. Nachdem Faith den Tisch abgeräumt und das Geschirr in die Spülmaschine gestellt hatte, setzte sie noch eine Kanne Kaffee auf und ging ins Wohnzimmer, wo sie ihre Mappe hingelegt hatte, die sie bei dem Pseudokaffee gefunden hatte, mit dem Hawke glaubte, er könne sie täuschen.

Er hatte das Motorrad gestern wie versprochen zurückgebracht und dabei die Vorräte abgeliefert, die Faith bestellt hatte. Eine Kiste Bier und etwas, das er ihr als eine Dose Kaffee verkaufen wollte. Als könnte sie koffeinfreien Kaffee nicht von richtigem unterscheiden, dachte sie mit einem innerlichen Schnauben.

Als sie wieder in die Küche kam, Dokumentenmappe und Handy in der Hand, erwischte sie Jacob dabei, wie er den Beutel mit Kaffeebohnen aus der Speisekammer schmuggeln wollte. Er erstarrte, als sie stehen blieb und ihn aus schmalen Augen eindringlich musterte.

»Jacob.« Sie legte ihre Mappe hin, verschränkte die Arme und seufzte resigniert. »Was wäre nötig, um dich dazu zu bringen, dass du die Finger von meinem Kaffee und meinem Bier lässt?«

Er presste die Lippen aufeinander und sah sie aus schmalen Augen an. Faith hatte den Eindruck, er klammerte sich verzweifelt an den verqueren Gedanken, dass er sie doch tatsächlich kontrollieren könnte.

»Das Zeug ist zu viel für dich. Die Tests beweisen es.« Er

sah sie an. »Bis der Paarungsrausch abklingt, musst du auf den Kaffee verzichten.«

»Das wird nicht passieren«, versicherte sie kühl. »Also, dann lass uns darüber verhandeln. Du versprichst, meinen Kaffee nicht anzurühren, im Austausch wofür?«

17

Faith sah, wie er stutzte. Er erstarrte, einfach so, und richtete den Blick in einer Weise auf sie, die sofort ihren Puls in die Höhe trieb.

»Verhandlungen«, dachte er laut nach. Er stellte die Tüte mit Kaffeebohnen auf den Tisch zwischen ihnen. »Das kriege ich hin.«

»Hm, darauf möchte ich wetten«, murmelte sie. »Also sag, was du willst, und lass uns weitermachen.«

Bisher hatte es noch nie einen Enforcer gegeben, dem es gelungen war, sie beim Verhandeln auszumanövrieren. Sogar Wolfe hatte schwer zu kämpfen gehabt.

Jacob musterte sie sorgfältig und argwöhnisch.

»Nicht mehr als eine Tasse pro Tag«, erklärte er.

Faith verdrehte die Augen. »Wenn du unseren Deal nicht ernst nehmen willst, Jacob, werde ich mir diese verdammte Kaffeetüte einfach um den Hals hängen.«

Jacob runzelte die Stirn. »Eine Tasse ist mehr, als du brauchst.«

»Und viel weniger, als ich normalerweise trinke. Das Mindeste, worauf ich mich einigen könnte, sind vier Kannen bis zum späten Nachmittag, falls wir den ganzen Tag im Haus verbringen. Also lass uns da anfangen.«

Er presste die Lippen aufeinander. »Vier Kannen? Faith, kein Wunder, dass du nie schläfst. Allein das Koffein bringt dich noch um.«

Dabei wirkte er so herrisch, dass sie am liebsten loskichern wollte. Doch stattdessen behielt sie ihre gleichmütige Miene bei. Wenn er jetzt auch nur die geringste Schwäche in ihrer Haltung ausmachte, wäre alles vorbei.

»Ich schlafe nie, weil ich zu scharf bin, um einzuschlafen«, versicherte sie ihm und zielte damit auf seine empfindlichste Stelle. »Also kümmere dich um deine Pflichten als mein Gefährte, und vielleicht erledigt sich das Kaffeeproblem damit ganz von selbst.«

Überraschung stand in seinen Zügen. »Nicht, dass es mir etwas ausmachen würde, mit dir zu schlafen, Baby, aber ich bin nicht dein verdammter Deckhengst«, stieß er hervor, und sein Tonfall klang leicht wütend.

Sie hatte gewusst, dass er genau so reagieren würde, dachte Faith triumphierend.

Sie zuckte mit den Schultern. »Mir will scheinen, dass wir hier vielleicht ein Problem haben. Aber das ist nicht der Punkt. Wir sprechen hier über Kaffee, nicht über Sex.«

Er presste die Lippen noch weiter zusammen, und sein Blick wurde finster. Nicht vor Zorn, sondern er war völlig überrascht. Wäre sie jetzt nicht besorgt gewesen wegen der Gefühle, die plötzlich in seinen Augen standen, hätte sie über seinen Gesichtsausdruck herzhaft gelacht.

»Du glaubst, das Problem liegt bei mir?«, fragte er ungläubig. »Du glaubst, ich begehre dich nicht?«

»Jacob, ich denke, die Frage ist nicht, ob du mich begehrst, sondern eher, ob du mithalten kannst. Ob mit Kaffee oder ohne, ich denke, das klappt einfach nicht. Ich habe es ohne versucht. Aber es wird nur schlimmer«, gestand sie schulterzuckend. »Aber wir reden gerade über meinen Kaffee …«

»Faith, ich kann jederzeit mit dir mithalten«, grollte Jacob gereizt. »Versuchst du gerade, mich zu beleidigen?«

»Wenn ich das versuchen würde, Jacob, würdest du es merken«, versicherte sie ihm stirnrunzelnd. »Können wir jetzt wieder auf den Kaffee zurückkommen?«

Faith versuchte, die unvermittelt auflodernde Hitze in ihrem Unterleib zu ignorieren, als er sie ansah. Ihr ganzer Körper erhitzte sich und machte sich bereit für ihn. Sie konnte die Entschlossenheit, sie zu beherrschen, in seiner Miene sehen.

»Vergiss den verdammten Kaffee.« Er machte eine Handbewegung und musterte sie mit einem Ausdruck männlicher Herausforderung. »Ich will über den Sex reden.«

Faith stemmte die Hände in die Hüften. »Vergiss den Sex, Jacob. Neulich Nacht wollte ich Sex, und du bist einfach abgedampft wie ein beleidigtes Kind. Ich will keinen Sex, ich will Kaffee.«

Er stutzte und musterte sie eindringlich aus schmalen Augen.

»Wenn du Kaffee willst, dann musst du ihn dir einteilen«, erklärte er selbstgefällig. »Er steigert die Erregung, du erinnerst dich?«

»Und ich bin sechs Jahre ohne Sex klargekommen, du erinnerst dich?«, erwiderte sie sarkastisch. »Ich schaffe auch noch mal sechs, wenn ich will.«

Jacob runzelte die Stirn und legte seine Hand an die Kaffeetüte. Aber die Beule in seiner Hose war das, was ihr im Moment den Mund wässrig machte.

»Kein Sex, kein Kaffee. Das ist nicht verhandelbar.« Seine Miene drückte reine männliche Sturheit aus.

Faith unterdrückte den Drang, zu lachen. Als würde sie den Sex ablehnen.

»Dann ist der Sex verhandelbar?«, fragte sie, neigte den Kopf und musterte ihn abschätzend.

Jacob runzelte die Stirn und kniff die Augen zusammen. »Musst du denn um alles feilschen, Faith?«

Sie schnaubte. »Wenn es um dich geht, habe ich noch nicht einmal annähernd genug verhandelt. Denn in dem Falle hätte ich nicht die letzten sechs Jahre mit Erregung im Endstadium verbracht. Ich kriege meinen Kaffee, du kriegst deinen Sex. Keine Einschränkungen erlaubt. Und kein Jammern, wenn du nicht mithalten kannst.«

»Wie viel Kaffee schaffst du denn so?«, fragte er argwöhnisch.

Faith gab sich Mühe, ihr Lächeln unschuldig aussehen zu lassen. »Die Frage ist, Jacob: Wie viel Sex schaffst du denn so?«

Wie oft er mit ihr schlafen konnte? Als ob er nicht die Ausdauer hätte, mit einer Frau mitzuhalten, die bis vor Kurzem noch Jungfrau gewesen war? Jacob musterte Faith, als sie sich unbekümmert Kaffee nachschenkte. Sie hatte ihm den Rücken zugewandt, und dieses Kleid schmiegte sich perfekt um ihren Hintern. Dann drehte sie sich wieder zu ihm um, die Tasse in der Hand, und musterte ihn mit diesem verdammten, neugierig interessierten Ausdruck. Als erwarte sie von ihm, dass er seine Fähigkeit, mit ihr mitzuhalten, anzweifle. Er schnaubte beinahe angewidert, und am liebsten hätte er frustriert geknurrt. Er nahm sich vor, Wolfe in Hinblick auf die wechselnden Persönlichkeiten, die sie offenbar zur Schau stellte, zu befragen. In einem Moment war sie das temperamentvolle Biest und im nächsten war sie die Nymphomanin mit Mission. Sie würde ihn noch in den Wahnsinn treiben.

Er schuldete seinem Rudelführer noch ein kräftiges »Dankeschön« dafür, dass er ihn nicht angemessen vorgewarnt hatte, was ihn erwartete. Jacob hatte keinen Zweifel, dass Wolfe Bescheid wusste. Und als seien die Offenbarungen in sexueller Hinsicht noch nicht genug, um damit fertig zu werden, war er jetzt auch noch gezwungen, mit einer gesteigerten Aggressivität der einst so stillen und scheuen Faith klarzukommen, die ihn völlig aus der Bahn warf.

»Weißt du, Faith, es kommt mir so vor, als hättest du in deiner Funktion als Verhandlungsführerin und Kontaktperson zum Rudel vielleicht den Eindruck gewonnen, du wärst nicht an dieselben Regeln gebunden wie der Rest von uns sterblichen Wesen.« Er verschränkte die Arme und warf einen demonstrativen Blick auf den Kaffeebecher.

Ihre zarten Brauen verzogen sich zu einem Stirnrunzeln. »Wieso das?« Sie nippte an ihrem Kaffee, und Jacob unterdrückte den Drang, selbstzufrieden zu grinsen.

Es war eine bewiesene Tatsache, dass Koffein die Erregung, den Adrenalinspiegel während des weiblichen Hitzezyklus steigerte. Die Aggression und die sexuelle Begierde ließen sich zügeln und kontrollieren, wenn sie denn nur auf die Stimme der Vernunft hören würde.

»Du vergisst etwas, Gefährtin. Die Männer unserer Spezies sind von Natur aus kräftiger und haben einen starken Sexualtrieb. Du wirst mich noch um Gnade anflehen, bevor du heute Nacht einschläfst.« Und er hatte keinerlei Zweifel, dass er sie mürbe machen konnte, Koffein hin oder her.

Ihm war klar, dass sie ihm eine Falle stellte. Sie nahm ihm übel, dass er während der letzten sechs Jahre ihren Zustand nicht erkannt hatte, sie war enttäuscht über seine emotionale Reaktion, und sie war entschlossen, ihn auf die eine oder andere Art dafür büßen zu lassen. Ihre belustigte Annahme, ihre Erregung sei stärker als seine Fähigkeit, dieselbe zu lindern, machte ihn mehr als entschlossen, ihr das Gegenteil zu beweisen.

Dieses bedächtige, selbstgefällige Lächeln, das sie hinter ihrem Kaffeebecher versteckte, ließ das Tier in ihm vor Wut aufbrüllen. Und zusätzlich zu ihrer selbstgefälligen Dreistigkeit machte der Duft ihrer Hitze ihn noch verrückt. Das musste der Grund für seine eigene derzeitige emotionale Instabilität sein. Es war die einzige Erklärung dafür, dass er sich von ihr in ein derart idiotisches Spielchen mit hineinziehen ließ.

»Laut deiner Aussage hattest du sechs Jahre lang keinen Sex, bis neulich Nacht«, forderte sie ihn heraus. »Es ist bewiesene Tatsache, dass Männer, sogar Breeds, sich nicht beherrschen können, wenn sie lange Zeit ohne Sex auskommen müssen. Und ich denke, ich habe einmal gelesen, dass ein Mann nur für ein- oder zweimal pro Nacht gut ist, und das auch nur ein paarmal die Woche. Kein guter Durchschnitt.« Sie zuckte mit den Schultern. »Vielleicht wäre es doch sinnvoll, diese Vibratoren zu bestellen, für den Fall, dass du müde wirst.«

Oh, wie unschuldig sie aussah, als sie ihn so reizte. Als hätte sie keine Ahnung, was ihre Herausforderung bewirken würde. Jacob war klar, dass sie, als Kontaktperson und weibliche Breed, genau wusste, was sie da tat. Oder es zumindest wissen sollte. Konnten ihre Unschuld und ihre Bedürfnisse dafür sorgen, dass sie diese Tatsache übersah?

Er kniff die Augen zusammen und versuchte, hinter die Fassade ihrer zarten Gesichtszüge zu sehen, um irgendwelche verborgenen Motive zu finden, die sie haben mochte. Doch als er nichts als ihren völligen Glauben an ihre eigenen Worte sah, spürte er, wie der Ärger in ihm wieder hochstieg. Er würde ihr definitiv zeigen, dass er mehr als fähig war, mit jeglichen Sehnsüchten, die sie vielleicht hatte, Schritt zu halten.

»Trink deinen Kaffee aus, und zwar sofort.« Er sah sie finster an.

Faith erstarrte. Ihm gefiel dieses kleine Aufblitzen von Vorahnung, das er plötzlich in ihren Augen sah, die Art, wie sich jeder Muskel ihres Körpers anspannte und der süße Duft ihrer Erregung stärker wurde.

»Wie bitte?« Sie zog eine Augenbraue hoch. Charmante Geste, doch seine deutliche Erektion war gerade nicht in der Stimmung, sich bezirzen zu lassen, und der Rest von ihm auch nicht.

Das Prickeln in ihm wurde nur noch schlimmer. Die Empfindsamkeit seiner Haut, das Bedürfnis, sie zu berühren, sie zu kosten, machte ihn wahnsinnig. Die ganze Nacht hatte er sich im Bett gewälzt, hatte sich selbst verleugnet und sich von ihr ferngehalten, in der Absicht, sie zu beschützen. Sie brauchte Liebe und ein »Glücklich bis ans Lebensende«, und das existierte in seiner Welt nun einmal nicht. Er wollte ein ehrenhafter Mann sein, wollte sie vor der Welt schützen, in der er lebte, und zum Teil auch vor sich selbst. Aber er wollte verdammt sein, wenn er sich noch länger zurückhielt. Sie war zu ihm gekommen, mit diesem süßen Hintern, der vor seiner Nase herumwackelte, mit ihrer weichen und rauchigen Stimme und ihrem Verlangen, das die Luft mit seinem Duft erfüllte.

Und jetzt besaß sie die absolute Frechheit, seine Männlichkeit anzuzweifeln. Zum Teufel mit süß und unschuldig. Er würde ihr zeigen, was es bedeutete, seine Gefährtin zu sein, und wenn ihr das nicht gefiel, dann durfte die Schuld dafür gern auf ihren Schultern lasten und nicht länger seine Seele mit Schuldgefühlen beschmutzen.

»Trink endlich den Kaffee aus, Faith«, knurrte er wieder. »Ich glaube, es ist Zeit, dir zu zeigen, wer hier mithalten kann und wer nicht.«

Er sah, wie ihr Puls am Hals schneller wurde, wie ihre Brüste sich mit ihren schweren Atemzügen bewegten. Sie war fasziniert und, ein klein wenig, erschrocken. Er vermutete, dass sie ihre Herausforderung noch einmal überdachte und verbarg ein kurzes Triumphlächeln. Zu spät für sie, um irgendetwas zu überdenken.

Wieder nippte sie an ihrem Kaffee, und er konnte praktisch fühlen, wie sie hektisch nach einem Weg suchte, die Situation unter Kontrolle zu halten. Sie musste noch viel lernen, über männliche Breeds im Allgemeinen und ihren Gefährten im Besonderen. Jetzt würde er ihr nur noch sehr wenig Kontrolle zugestehen.

»Ich habe noch Arbeit zu erledigen. Sex ist ein Sport für die Nacht, glaube ich.« Sie hatte sich wieder gefasst und zuckte nun elegant mit den Schultern. Sie stellte einen Ausdruck von Unbekümmertheit zur Schau, der jedoch durch die Röte auf ihren Wangen und das Glitzern von Erregung in ihren dunklen Augen zunichtegemacht wurde.

»Sex ist gerade zu deiner Berufung geworden, Gefährtin«, stellte er fest und kam auf sie zu, nahm ihr mühelos die Kaffeetasse aus der Hand und stellte sie auf den Tresen.

Sie öffnete den Mund, um eine weitere Beleidigung loszuwerden. Das war ihm klar, und er hatte keinen Bedarf, noch mehr über ihre Ansichten bezüglich männlicher Ausdauer zu hören und küsste sie kurzerhand. Überrascht schnappte sie nach Luft. Er ließ ihr aber keine Zeit für Protest. Er würde sein Bestes tun, um ihren Mund beschäftigt zu halten, wenn nicht mit seiner Zunge, dann mit seinem Schaft.

Sein Vorstoß wurde damit belohnt, dass ihre Lippen sich um seine Zunge schlossen, daran sogen und so den Schmerz der geschwollenen Drüsen linderten. Ein berauschendes Aroma von Würze erfüllte sie beide, als das starke Hormon ausgeschüttet wurde.

Jacobs Hand glitt an ihre Taille und weiter an die festen Rundungen ihres Pos, als er sie an sich zog und ihre Hüften hob, bis ihr heißer Schoß sich an seiner Erektion rieb. Jetzt war sie wie Feuer in seinen Armen, und ihr kehliges Stöhnen streichelte seine Lippen, während ihre Zunge mit seiner spielte und dann wieder in seinen Mund drang. Er antwortete ihr, indem er seine Lippen um ihre Zunge schloss und daran sog, so wie sie es zuvor bei ihm getan hatte.

Sie spannte sich an und drängte sich an ihn, wimmernd unter seiner Liebkosung. Auch ihre Hände blieben nicht untätig, sondern streichelten seine Schultern, wanderten in sein Haar, und ihre Nägel gruben sich in seine Kopfhaut, als sie sich noch näher an ihn drängen wollte. Jacob umfasste ihren Po und drückte sie enger an sich.

Dann stöhnte er überrascht auf, als sie die Beine hob, mit ihren glatten Schenkeln seine Hüften umklammerte, während sie sich an ihm bewegte und höher glitt, ihn enger an ihren heißen Schoß presste. Und wie heiß sie war. Flüssiges Feuer brannte sich durch seine Jeans und versengte ihn, so verlockend, dass er die Zähne zusammenbeißen musste, um nicht auf der Stelle seinen Schaft aus seinem Gefängnis zu befreien und ihn mit aller Kraft in sie zu stoßen.

Kleines Biest. Sie musste wissen, was sie mit ihm gemacht hatte. Sie musste wissen, wie sehr er sich nach ihrem Geschmack, ihrer Berührung verzehrte, als sei er besessen.

»Oh ja«, flüsterte er an ihren Lippen und knabberte daran, während sie sich auf seiner Erektion auf und ab bewegte.

Seine Hände stützten sie, drückten sie an sich, während sie sich an ihm rieb.

»Das ist gut, Faith. So verdammt gut«, stöhnte er, nicht fähig, seine eigenen Laute der Lust zu unterdrücken, als er die Feuchte ihres Höschens durch den Stoff seiner Jeans spürte.

»Ich kann noch besser werden.« Ihre Lippen glitten an seinen Hals, zogen eine Spur von Küssen zu seiner Schulter, und dann schrammten ihre Reißzähne über das Mal, das sie ihm zugefügt hatte, sodass er vor Wonne zusammenzuckte.

»Lass mir noch etwas Vernunft übrig«, stöhnte er und erwiderte ihre Liebkosung, indem er an der duftenden Haut an ihrem Hals knabberte.

Jacob fühlte, wie das Verlangen wie winzige Nadelstiche durch seinen Körper jagte. Seine Muskeln spannten sich an, und seine Selbstbeherrschung schwand spürbar, als sie sich auf ihm bewegte und ihre Lust stöhnend kundtat Er ließ eine Hand von ihrem Po nach unten über ihren Schenkel gleiten.

Faith erstarrte, und ihr Atem ging schwer und hörbar in der erhitzten Atmosphäre der Lust, die sich zwischen ihnen aufbaute. Jacob ließ seine Hand außen an ihrem Oberschenkel entlangwandern, weiter über die seidig weiche Haut ihrer nackten Pobacken und dann tiefer, dorthin, wo weiche, flüssige Seide die Berührung seiner Finger erwartete.

Als er die Finger unter ihren Tanga bis zu der feuchten Öffnung ihrer Vagina schob, schrie sie auf. Zitternd drückte sie sich seinen Fingern entgegen, und erhitzte Aufschreie drangen aus ihrer Kehle, als er sie mit den Fingern reizte.

»Jacob«, rief sie flehend.

»Noch nicht, Baby«, knurrte er und ließ den Finger um ihre zarte Öffnung kreisen.

»Jacob«, wimmerte sie bebend. »Bitte, Jacob. Es tut weh. Es tut so weh.«

Er fühlte das Pulsieren ihrer inneren Muskeln, ihren Nektar an seinen Fingerspitzen. Sie war so heiß, dass sie ihn versengte. Und sie litt. Er biss die Zähne zusammen und klammerte sich mühsam an seine Selbstbeherrschung. Er war so kurz davor, über sie herzufallen, sie zu nehmen, wenn er es ihr doch leichter machen sollte. Er wusste, dass sie Schmerzen litt. Ihr Verlangen würde so stark werden, dass der Schmerz zur Qual würde. Der Bericht, den Wolf ihm geschickt hatte, war in diesem Teil sehr ausführlich gewesen.

Und Jacob gestand sich ein, dass es ihm kaum anders erging. Er spürte, wie sich jeder Muskel in seinem Körper anspannte, beinahe verkrampfte, in dem übermächtigen Verlangen nach Erlösung.

Er hielt sie eng an sich gedrückt, als er sie umdrehte, zum Tisch hinüberging und sie dort niederließ. Faith keuchte auf, als ihre erhitzte Haut auf das kühle Holz traf. Dann machte Jacob sich an den Knöpfen ihres Kleides zu schaffen und schluckte ein Stöhnen hinunter, als ihre Finger an die Knöpfe seiner Jeans wanderten.

In seiner Eile, sie aus dem Kleid zu bekommen, zerriss er den Stoff, doch endlich warf er es zu Boden, und beim Anblick ihrer festen Brüste und der dunklen Nippel lief ihm das Wasser im Mund zusammen.

Faith schob ihm die Jeans über die Hüften und befreite seinen kräftigen Schaft, während er ihr das Höschen vom Leib riss. Er wollte Vorspiel. Er wollte sie kosten, jeden Tropfen Nektar zwischen ihren Beinen ablecken. Er wollte an ihren Brüsten saugen, an ihren Brustwarzen knabbern.

»Langsam, Baby«, stöhnte er, als sie seinen Schaft mit den Fingern umfassen wollte. »Mach langsamer, Faith. Lass es mich gut für dich machen, Baby.«

Er wollte, dass sie wusste, wie sehr er ihren Körper, ihr Begehren, schätzte. Er wollte ihre Haut streicheln, einfach weil sie so warm und so verdammt weich war, dass er dabei immer an Märchenfeen denken musste. Er wollte sie küssen und streicheln. Und er wollte, dass sie so feucht für ihn war, dass er in ihr ertrinken konnte.

»Hmm, vielleicht bin ich diejenige, die es gut für dich machen muss«, keuchte sie und streichelte seinen quälend harten Schaft. »Ich bin nicht diejenige, die in der Hinsicht Probleme hat.«

Seine Hände lagen an ihren Brüsten, und er konnte kaum einen Sinn in ihren Worten entdecken, so begierig war er, die vollen, prallen Rundungen zu berühren, die ihn lockten. Er fühlte, wie sie vor Wonne aufkeuchte, als er sie mit den Händen umfasste. Er musste das Zittern seines Körpers und seine Gier nach ihr stillen, denn er fühlte sich wie verhungernd, wie beraubt im Angesicht eines wahren Festmahls, und voller Angst, es könnte ihm entrissen werden, bevor er seinen Hunger stillen konnte.

»Keine Angst«, knurrte er und senkte den Kopf an die verlockenden Knospen ihrer dunklen Nippel. »Dein Vergnügen ist alles, was ich brauche, Faith …« Stöhnend packte er ihre Brüste fester und leckte über ihre steife Brustwarze.

Jacob hörte ihr verlangendes Wimmern, fühlte die Hitze ihres Körpers und konnte das Zucken seiner Hüften nicht unterdrücken, das seinen Schaft gegen ihre Finger drängte. Sie bog den Rücken durch, drückte ihre harten Nippel an seine Lippen, und Jacob war gar nicht in der Verfassung, sie zurückzuweisen. Mit einem hungrigen Seufzen der Lust umschloss er eine mit den Lippen und stillte seine Begierde.

18

Verbissen versuchte Faith, ihre Beherrschung lange genug zu wahren, um Jacob zu locken und ihn mit ihrer Leidenschaft und seinen eigenen Bedürfnissen zu reizen. Doch mit seinen Lippen an ihren Brüsten und seinen Zähnen, die an ihren Brustwarzen knabberten, war das ein fast unmögliches Unterfangen. Sie drängte sich an ihn, und seine Erektion wog schwer in ihrer Hand, als sie ihn streichelte und näher an ihre Scham führte. Dort brauchte sie ihn, und zwar jetzt. Nicht erst später. Sie wollte kein Vorspiel, noch nicht. Später vielleicht, wenn die scharfen Ausbrüche schmerzhaften Verlangens, die ihren Unterleib durchfuhren, verklungen waren.

Doch jetzt sah sie Jacob an, sah zu, wie seine Züge sich in sinnlicher Wonne entspannten, wie er an ihrer Brust saugte und mit Zähnen und Zunge darüberstrich, und ihr war, als würde ein Inferno in ihr aufsteigen.

Blitze zuckten in ihrer Brust, jagten durch ihren Bauch und trafen ihre Vagina wie Explosionen. Hitziges Verlangen ließ ihre Muskeln krampfartig zucken. Mit einer Hand fuhr sie in sein Haar, um ihn festzuhalten, als sie sich enger an ihn drückte, und ihre Schenkel umfingen seine Hüften, während seine Eichel neckend gegen ihre Öffnung drückte. Sie war so feucht, so heiß für ihn, dass sie schier verzweifelte. Sie konnte die Aufschreie nicht zurückhalten, ihr Verlangen nach den harten Stößen, die sie dehnten und innerlich verbrennen würden bis zum flammenden Orgasmus.

»Jacob, bitte«, stöhnte sie, als er neckend an ihre Pforte stupste und sich dann wieder zurückzog.

Er war so heiß und so kräftig. Sie spannte die Schenkel um ihn an und drückte sich an ihn, drängte ihn, sie in Besitz zu nehmen.

»Noch nicht«, knurrte er an ihrer Brust, strich mit den Lippen über ihre empfindsame Brustwarze und knetete mit den Händen sanft ihre prallen Brüste. »Noch nicht, Faith. Ich muss dich kosten, dich berühren.«

Seine Hände glitten an ihre Hüften, er packte sie und hielt sie fest, als er sich von ihr löste.

Er würde sie vernichten. Faith wimmerte, als er tiefer glitt, mit den Lippen dabei über ihren Bauch fuhr, eine Spur aus glühend heißer Lust.

»Du schmeckst wie Feuer und Seide«, flüsterte er und bedeutete ihr mit leichtem Druck, dass sie sich nach hinten lehnen sollte.

»Jacob, hier auf dem Tisch?«, keuchte sie schockiert. Aber das warme Pulsieren ihrer feuchten Vagina versicherte ihr, dass ihr Körper mehr als willig war.

»Gibt es einen besseren Ort, um dich zu vernaschen?«, murmelte er und glitt mit den Lippen näher an ihre feuchten Schamlippen. »Verdammt, Faith, ich bin ganz ausgehungert nach dir.«

Faith spürte, wie er ihre Beine mit den Händen weiter spreizte und mit den Fingern über ihre Schamlippen strich. Ihre Hüften zuckten und drängten sich näher an seine warmen Atemzüge, die ihre empfindsame Haut streichelten.

»So süß.« Seine Zunge fuhr über ihre begierig zuckende Klitoris.

»Oh Gott!«, schrie sie auf und bog ihre bebenden Hüften seinen qualvoll langsamen Liebkosungen entgegen.

»Du schmeckst köstlich. Nach Nektar und Träumen, Faith«, stöhnte er leise und strich mit der Zunge an ihren prallen Schamlippen entlang. »So heiß und süß, und du gehörst mir. Nur mir, Faith. Jeder süße, köstliche Zentimeter von dir gehört mir.«

Sie hätte protestiert. Sie wollte wirklich. Und sie hätte es auch getan, wenn seine Zunge nicht ganz langsam über ihre schmerzhaft sehnsüchtige Öffnung gestrichen, die Pforte zu ihrer Vagina umkreist und sich dann zurückgezogen hätte, damit seine Lippen ihre pralle Klitoris bedecken und daran saugen konnten.

Faith konnte kaum noch atmen. Sie konnte nur noch kehlige, qualvolle Wimmerlaute von sich geben, als ihr Orgasmus immer näher kam und sie sich seiner Berührung entgegenwand. Seine Zunge war wie ein Streicheln federleichter Lust, sinnlich, erhitzt, als er den üppigen Nektar ihrer Leidenschaft naschte und flüsternd sein Wohlgefallen kundtat, während er sie kostete wie eine ganz besondere Süßigkeit.

Faith wand sich in seinem Griff, wollte ihm näher sein. Sie wollte seine Zunge tief in sich spüren. Wollte fühlen, wie sie sich in ihr Innerstes schob und die schmerzvolle Leere dort füllte. Sie wollte, dass er sie füllte, sie vögelte, sie hielt und sie in den Wahnsinn der Erlösung trieb.

»Langsam, Baby.« Er verwöhnte sie weiter mit seiner Zunge und trank von ihrem Nektar.

Wie ein begieriger Mann. Wie ein Mann, der ausgehungert nach ihr war. Ein Mann, der verzweifelt nach ihrem Geschmack und ihrer Leidenschaft verlangte, und er ließ nicht von ihr ab. Er legte ihre Beine über seine breiten Schultern, sodass ihre Schenkel sich nun um seinen Kopf spreizten, als er sie weiter kostete und verwöhnte.

Auch seine Hände blieben nicht untätig. Er umfasste ihre Pobacken und zog sie näher an seinen Mund, hielt sie fest, als sie sich wand und vor Verlangen aufschrie, während er behutsam an ihrer Klitoris saugte.

Faith spürte, wie ihr Körper sich bis zum Zerbersten anspannte. Sie warf den Kopf hin und her, ihr Körper bäumte sich auf, und sie hörte sich selbst flehen. Gebrochene, wimmernde Aufschreie, als er zwischen ihren Beinen stöhnte und nur eine Sekunde später seine Zunge tief in sie hineinschob.

Faith erschauerte krampfartig, ihre Hüften wanden sich, und ihr Schoß stand in Flammen, als er sie mit geschickter Zunge vögelte, hart und schnell. Sie hörte sich selbst flehend aufschreien. Oh Gott, das war einfach zu gut. Zu heiß. Sie würde sterben. Und als dann auch noch sein Daumen über ihre Klitoris strich, explodierte sie. Reine Verzückung erfasste ihren Körper, brachte ihr Blut zum Kochen, bis sie nicht mehr atmen, nicht mehr kämpfen, sondern nur noch zerschmelzen konnte, in flüssige Fragmente der Ekstase, als er jeden Tropfen ihrer Erlösung mit seiner Zunge auffing.

Der Höhepunkt breitete sich in ihrem ganzen Körper aus, vibrierte in jeder Zelle. Das Pulsieren in ihrem Schoß war unendlich, ließ ihren Körper immer wieder zucken, während er weiter von ihrem Nektar naschte.

Faith hatte die Hände in sein Haar gekrallt, auch wenn ihr nicht ganz klar war, wie sie dorthin gekommen waren. Ihr Körper war angespannt, reines brodelndes Verlangen, das mehr von seiner Berührung verlangte, und die begierige Sehnsucht ihres Körpers wurde nur noch stärker.

»Mehr«, flehte sie schamlos. Sie kannte keine Scham mehr. Sie kannte nur noch das Brennen, die schmerzende Leere in ihr.

Er erhob sich zwischen ihren Beinen, löste ihre Finger aus seinem Haar, hob ihre Beine von seinen Schultern und legte sie stattdessen um seine Taille. Seine gewaltige Erektion drückte sich gegen ihre Öffnung, und er sah sie an.

Seine Augen schimmerten. Strahlend helles Blau im erhitzten Gesicht, und die dunklen Wimpern seiner gesenkten Augenlider zeichneten erotische Schatten auf seine Wangen.

»Ich brauche dich«, rief sie und spannte die Beine um seine Taille an, als sie sich an ihn drängte in dem verzweifelten Verlangen zu spüren, wie sein hartes Glied in sie stieß. Tief und hart. Sie wollte ihn, alles von ihm, und zwar jetzt.

»Gott, du bist so schön«, flüsterte er erstickt, während seine Hand an ihrer Hüfte sich anspannte und sein Schaft, nur ein klein wenig, in ihren hungrigen Schoß drang. »So erhitzt und feucht, so dunkle Augen. Du entfachst in mir einen Hunger nach dir, wie ich ihn nie gekannt habe.«

Seine Stimme klang erstickt und so tief, dass sie in seiner Brust vibrierte und wie ein Streicheln ihre Sinne liebkoste. Langsam schob er sich tiefer in sie, und seine kräftige, gerötete Eichel teilte die Muskeln ihrer Pforte, während seine Finger sich an ihren Hüften anspannten.

»Oh ja.« Sie erbebte und wollte mehr.

Die Mischung aus Schmerz und Lust seines langsamen Eindringens war nicht genug. Niemals. Sie brauchte mehr. Sie brauchte alles von ihm.

»Du bist so heiß. So eng«, stöhnte er und ließ seinen kräftigen Schaft noch ein paar Zentimeter tiefer dringen.

Er verbrannte sie, dehnte sie. Sie wand sich in seinem Griff und flehte mit rauen und hungrigen Schreien nach mehr. Sie konnte spüren, wie ihre Muskeln seine Eichel umschlossen, sie massierten und ihn unbedingt tiefer in sich haben wollten. Sie wollte ihn, tief, hart und heiß in sich.

»Verdammt«, schrie sie auf, als er wieder nur ein klein wenig tiefer glitt.

Sie fühlte sich, als würde sie bei lebendigem Leib von innen heraus verbrennen. Ihre Muskeln krampften sich in rasendem

Verlangen zusammen, und ihre Vagina war feucht vor lustvoller Verzweiflung. Wonne durchdrang sie von Kopf bis Fuß, machte ihre Haut empfindsam und quälte sie mit dem unbändigen Drang nach Erlösung.

Jacobs Züge waren angespannt. Sie waren beide schweißnass, und ihre Lust brannte dadurch nur noch heißer.

»Oh, Faith.« Er verzog das Gesicht und fletschte die Zähne, konnte sich kaum noch zurückhalten. »Du bist so eng. So wunderbar eng und heiß.«

Er drang wieder ein wenig tiefer, und sie schrie vor Frust auf. Sie packte seine Hände an ihren Hüften und zog ihn mit seinen Beinen um seinen Rücken noch näher an sich heran, um seinen heißen Schaft tiefer in sie zu versenken. Seine Eichel drang tiefer, und ihre Muskeln zogen sich zusammen, um ihn in ihr festzuhalten. Sie umschloss ihn und genoss das lustvolle Stechen seiner Inbesitznahme.

Doch das war zu viel für Jacob. Mit einem rauen, aufstöhnenden Fluch drang er in sie ein, mit einem Stoß, der ihr den Atem raubte. Sie spürte seinen harten Schaft, der sich in sie schob, mühelos durch die Feuchte ihres Verlangens und brennend mit der Lust, die wie ein Inferno zwischen ihnen aufbrandete.

Und er hörte nicht mehr auf. Er gab ihren angespannten Muskeln keine Zeit, sich zu lockern, sich an seine kräftige Erektion zu gewöhnen. Als hätte dieser Stoß die Grenze seiner Belastbarkeit durchbrochen, hielt er sie fest und begann, sich in ihr zu bewegen, in harten, schweren Stößen, die sie beide um Atem ringen ließen.

Ihr reicher Nektar glitt zwischen ihnen und erhitzte sie beide immer mehr, während er immer wieder in sie drang. Sein Penis bewegte sich in ihr, mit langen rhythmischen Stößen, die die Lust immer weiter steigerten und das Feuer außer Kontrolle geraten ließen. Immer wieder erzitterte Faith, während sich die Spannung in ihrem Unterleib immer weiter aufbaute, bis es schmerzte. Ihre Hüften hoben und senkten sich, nahmen ihn tiefer in sich auf, und sie fühlte, wie er sie teilte, sie dehnte, mit jedem seiner Stöße.

Ihr war heiß und kalt, ihre inneren Muskeln zogen sich zusammen, bebten um seinen Schaft, als seine Stöße noch schneller und tiefer wurden. Er beugte sich über sie, hielt sie an sich gedrückt, schob ihre Beine noch enger um seine Taille und bedeckte mit einem hungrigen Aufstöhnen ihre Lippen.

Lippen und Zungen rangen miteinander, und sie stöhnten beide auf, als Jacob die Hand an ihre Brust gleiten ließ, mit den Lippen über ihr Kinn, an ihrem Hals hinabstrich, bis zu dem sinnlichen Mal an ihrer Schulter. Er leckte über die Stelle, stöhnte auf und stieß noch härter in sie.

Faith spürte, wie ihr Körper zerschmetterte. Ein Sturm der Lust wogte durch ihr Blut und über alle Nervenenden, als alles in ihr zusammenbrach. Prickelndes Feuer jagte über ihre Haut, Blitze der Lust explodierten in ihrem Unterleib, als sie sich um seinen immer wieder zustoßenden Schwanz anspannte und in seinen Armen unterging.

Nur undeutlich registrierte sie seinen Aufschrei, der an ihrem Hals vibrierte, doch umso deutlicher nahm sie die Schwellung seines Schaftes wahr, der sie immer weiter dehnte, ihren Orgasmus noch höher trieb und sein Glied in ihr verankerte. Genau da, wo sie ihn haben wollte. Tief, hart, direkt an der Pforte zu ihrer Gebärmutter, als sie die harten, heißen Schübe seines Samens in sich spürte.

Seine Hüften zuckten, die Schwellung zerrte an den Muskeln, in denen sie verankert war, und Faith keuchte auf, als ihr eigener Höhepunkt von Neuem in ihr vibrierte. Jacob hatte die Hände unter sie geschoben, hielt sie fest, und sein Stöhnen klang beinahe wie ein Schluchzen, während sein Penis zuckte, pulsierte, mit jedem Schub seines Samens.

Faith spannte ihre Muskeln noch fester um die Schwellung an und erbebte bei dem Gefühl. Die brennende Lust, die schon an Schmerz grenzte, das tiefe Erzittern eines weiteren Schubes im Nachklang des Orgasmus. Doch Jacobs Reaktion war noch intensiver. Mit den Händen an ihrem Rücken drückte er sie noch enger an sich und presste knurrend die Lippen auf das Mal. Sein Atem war stockend, seine Hüften zuckten und sein Samen ergoss sich erneut in sie.

Es schien nie zu enden, eine Wonne, die sie bis ins Innerste erschütterte und sie an ihn band, mit Körper, Herz und Seele. Ohne ihn würde sie nie überleben. Ohne seine Berührung, ohne die tiefe, seelenerfüllende Befriedigung, ihn in ihren Armen zu halten, ihn tief in ihr verankert zu fühlen, auf eine Weise, die er mit keiner anderen Frau je erfahren würde. Nur mit Faith. Mit seiner wahren Gefährtin.

19

Langsam befreite Jacob sich aus der heißen, feuchten Umklammerung von Faiths Schoß. Sein Schaft war so empfindsam, dass die sanfte Reibung seines Rückzugs ihn vor Wonne erzittern ließ. Noch nie hatte er solche Lust erfahren, nie solche Befriedigung gekannt.

Sie lag auf dem Tisch ausgestreckt und versuchte, wieder zu Atem zu kommen. Ihr Haar war feucht und die Lippen geschwollen, als sie Luft holte. Und immer noch brauchte er sie. Sein Glied war immer noch steif und voll Begehren. Die wiederholten Schübe seines Samens in sie hatten nicht mehr bewirkt, als den schlimmsten Hunger nach ihr zu lindern.

Er zog sie hoch, bis er sie an sich drücken konnte, und sie lehnte den Kopf an ihn und gab ihm einen sanften Kuss auf die Brust. Er spürte, wie seine Muskeln sich an der Stelle anspannten, fühlte, wie sein Herz hämmerte bei der unglaublichen Zärtlichkeit ihrer Liebkosung. Sie ließ ihn Dinge fühlen, die er noch nie zuvor gefühlt hatte. Dinge, in die er nicht zu tief eintauchen wollte.

»Ich will dich noch einmal«, flüsterte sie und ließ ihre Hände über seinen festen Bauch, seine harten Oberschenkel wandern. »Ich will dich für immer in mir, Jacob.«

Ihm wurde die Kehle eng. Ihre Stimme war so sanft, so zögernd, und doch so furchtlos darin, ihre Emotionen auszudrücken. Sie vernichtete ihn mit ihrer Sanftheit, mit ihren seidigen Küssen und ihrer heißen Leidenschaft.

Er hielt sie in seinen Armen, die Wange an ihr Haar gedrückt, streichelte ihren Rücken, ihre Schultern und genoss die Zärtlichkeit ihrer Lippen auf seiner Haut, die Hitze in ihren Händen an seinen Oberschenkeln. Dann holte er tief und hörbar Luft, als ihre Hände sich um seinen Schaft legten, ihre schlanken Finger ihn massierten und über die kräftigen Adern und die große Eichel fuhren.

»Wir haben ein Bett, in dem wir das tun können«, erklärte er mit rauer, belegter Stimme.

»Hm, und?« Sie glitt vom Tisch und zog mit Lippen und Zunge eine Spur aus Feuer um seine Brustwarze.

»Oh Mann, Faith«, stöhnte er auf, als sie daran knabberte und dann mit der Zunge darüberstrich.

»Ich will dich berühren, so wie du mich berührst«, flüsterte sie. »Ich will dir zeigen, wie gut ich mich bei dir fühle, Jacob.«

Er hörte die Sehnsucht in ihrer Stimme, die Erregung und noch mehr. Er hörte ihre Überzeugung, ihren Glauben an ein »Glücklich bis ans Lebensende« und romantische Träume, die einfach wahr werden mussten. Und er wollte daran glauben. Auch wenn er wusste, dass es das alles nicht gab – er wollte es glauben.

Jacob schloss die Augen und kämpfte gegen die Tränen, die er aufsteigen fühlte, den Knoten aus Schmerz in seiner Brust, und konzentrierte sich stattdessen darauf, wie sie seinen Körper erforschte. Sie wog seine schweren Hoden in ihrer Hand, flüsterte, wie sehr sie ihr gefielen und liebkoste mit der Zunge seine Brustwarze. Mit der anderen Hand streichelte sie seine Erektion, während ihre Lippen über seine Brust wanderten und sich nun der anderen Brustwarze widmeten. Jacob war verloren in den Empfindungen, die sie in ihm weckte. Lust flutete in nicht enden wollenden Wogen durch seinen Körper und ließ ihn nach Luft schnappen, während sie ihn verwöhnte.

Er senkte den Blick, als sie anfing, tiefer zu gleiten, und der Ausdruck von Wonne auf ihrem Gesicht faszinierte ihn augenblicklich. Als würde es ihr ebenso viel Lust bereiten, wenn sie ihn berührte, wie seine Berührungen es bei ihr taten.

Weiche, rotbraune Wimpern streiften federleicht über ihre Wangen, als sie mit der Zunge über die zuckenden Muskeln an seinem Bauch fuhr. Sinnlich ließ sie ihre kleinen Reißzähne über seine feste Haut fahren, und er stöhnte vor Wonne auf.

Seine Hände fuhren durch ihr Haar, während sein Körper sich immer weiter anspannte und sein Glied in quälend erotischer Vorfreude pochte, als ihr Mund sich ihm näherte. Ihr Atem streifte sanft über die empfindsame Eichel, während sie mit der Hand zielstrebig seinen harten Schaft massierte.

Jacob spannte die Schenkel an, als die lustvolle Erwartung in seinem Bauch aufwallte und sich in seinen Lenden ausbreitete. Seine Erektion zuckte in ihrem Griff in begieriger Erwartung des Augenblicks, in dem ihr heißer Mund sich um seine pralle Eichel schließen würde.

»Faith«, knurrte er, als sie dann seinem begierigen Schaft auswich und einen Kuss auf seinen Oberschenkel hauchte.

Jacob spürte ihr Lächeln an seiner Haut, und dann, eine Sekunde später, fuhr sie mit der Zunge heiß über seine Hoden. Er konnte das überraschte Aufstöhnen erhitzter Lust aus seiner Kehle nicht unterdrücken. Und noch während er mühsam die Fassung wiederzuerlangen versuchte, wählte sie genau diesen Moment, um seine Eichel mit ihrem heißen, feuchten Mund zu umschließen.

Jacob biss die Zähne zusammen und rang mühsam um Beherrschung. Seine Hände gruben sich in ihr Haar und er bog den Rücken durch und drang tiefer in ihre feuchte Höhle. Ihr Stöhnen, das er an seiner überempfindsamen Haut vibrieren fühlte, verriet ihm, wie sehr ihr seine Reaktion gefiel, und sie ließ die Zunge über seine Eichel spielen und saugte ihn dann fest in ihren Mund.

Er spürte, wie sich seine Muskeln wölbten, als er um Kontrolle kämpfte. Ihr Mund war ein wahres Folterinstrument, ihre Zunge wie eine Peitsche aus sengendem Feuer. Das Saugen ihrer Lippen, ihr liebevolles Stöhnen führten ihn an den Rand des Wahnsinns. Die Laute, als sie an ihm saugte, die Wärme ihrer Hände, das Reiben ihrer Zunge, das alles war zu viel. Zu heiß.

Mit ihren kurzen Fingernägeln fuhr sie an der Innenseite seiner Oberschenkel entlang, ein prickelndes Kribbeln durchlief seinen Körper, bei dem ihm der Atem stockte. Er fühlte, wie sein Schaft pochte, fühlte das erste Pulsieren der Flüssigkeit, die die Muskeln in ihrer Vagina entspannt hätten, würde er sich dort befinden. Begierig nahm sie sie in ihren Mund auf und stöhnte wieder summend an seiner Haut.

Jacob wollte am liebsten wimmern, so tief, so stark war die Lust in ihm. Seine Muskeln zitterten vor Anstrengung, seinen Orgasmus zurückzuhalten und ihren heißen Mund zu genießen, der sich an ihm bewegte und ihn verwöhnte. Ein selbstloses Geben, ohne etwas für sich zu nehmen. Hatte jemals irgendwer so etwas für ihn getan? Mit aller Kraft hielt er seinen Orgasmus zurück, um jeden Augenblick dieser so ungewöhnlichen Erfahrung zu genießen.

»Faith, so gut …« Er konnte sein lustvolles Stöhnen nicht zurückhalten, als ihre Zunge mit kurzen verspielten Strichen über die Unterseite seines Schafts fuhr. »Oh Baby. Oh Hölle. Faith, das ist zu gut.« Sie saugte an seiner kräftigen Eichel und dirigierte seinen Schaft mit sanfter Gewalt bei jeder Bewegung ihrer Lippen in deren enge Umklammerung und wieder zurück.

Noch nie in seinem Leben hatte er so etwas gefühlt. Eine Lust, die durch seinen ganzen Körper, durch seine Seele jagte, ihn in Wärme und Frieden hüllte anstelle des qualvollen Dranges nach Erlösung.

Ein weiterer Schwall Flüssigkeit ergoss sich in ihren Mund, und sie nahm ihn begierig auf. Sein Glied zuckte, Blut hämmerte durch die kräftigen Adern, als er die harten Kontraktionen spürte, die seinen Höhepunkt ankündigten, und die Schwellung, die ihn normalerweise tief in ihrer Vagina verankerten.

»Faith.« Er umfasste ihren Kopf mit den Händen und zwang sich, sich von ihr zu lösen.

Er stöhnte auf, vor Qual und Kummer, als er gezwungen war, ihren enttäuschten Aufschrei zu ignorieren und die feuchte Wärme ihrer Mundhöhle zu verlassen, die ihn fast um den Verstand brachte.

»Komm her.« Er zog sie auf die Füße, und das Verlangen rauschte durch seine Adern, hämmerte durch seinen Körper.

Er musste sanft mit ihr umgehen. Er hielt das Tier in sich zurück, das aufbrüllend forderte, dass er sie auf der Stelle nahm. Er küsste ihre Lippen und stöhnte erneut ihren Namen, dann drehte er sie um, beugte sie über den Tisch und brachte seinen Schaft für sein Eindringen in Position.

»Faith. Baby. Du machst mich fix und fertig«, flüsterte er, als er sich über sie beugte und seine Erektion vorsichtig an die feurig-heiße Öffnung zwischen ihren Beinen drückte.

»Jacob, hör auf, mich noch mal mit deinem Schaft zu reizen, sonst tu ich dir weh«, rief sie grimmig aus, drückte sich an ihn und schockierte ihn mit dem deutlichen Verlangen in ihrer Stimme. »Nimm mich, verdammt noch mal. Bevor ich vor Verlangen sterbe …«

Ihr gemeinsamer Aufschrei hallte durch die Küche, als er bis zum Anschlag in sie stieß. Ein langer, müheloser Stoß bis in ihr Herz, als ihre Muskeln nachgaben und sich dann wie eine samtene Faust um seinen Schaft schlossen. Zurückhaltung war nur noch ein weit entfernter Gedanke, als ihre Hitze und ihre seidig-weiche Feuchte ihn umgaben. Er hielt ihre Hüften fest, stützte sie und hielt sie an Ort und Stelle, als er anfing, sich in ihr zu bewegen.

Die Laute heißer Leidenschaft, feuchter Haut und keuchender Aufschreie hüllten ihn ein, bis er sie im Orgasmus wimmern hörte. Er spürte seine eigenen Aufschreie der Lust, die durch seine Brust drangen, während sein Schaft pochte, pulsierte, so hart und unerbittlich in ihr anschwoll, dass er tief in ihr gefangen und direkt an ihre Seele gebunden war, als sein Samen in sie strömte.

20

In Jeans und dunklem T-Shirt sah Faith am nächsten Morgen im Schutz eines niedrig wachsenden Baumes zu, wie Jacob einmal mehr die Grenze des Hofs überprüfte. Zusammen mit seinen Leuten ging er die überall auf dem Anwesen angebrachten Alarm- und Sicherheitsvorrichtungen durch, um sicherzugehen, dass sie noch funktionierten.

Faith wusste nicht recht, was sie erwarteten. Nach dem, was sie über die aktuelle Mission herausgefunden hatte, befanden sie sich in einer Pattsituation. Wenn sie das Council oder die Soldaten des Labors nicht aus der Reserve locken konnten, um einen von ihnen zu fassen und Details aus ihm herauszuquetschen, dann war's das für sie.

Es war schon riskant genug, in diesem Teil der Welt nach dem kleinen autarken Labor zu suchen. Südamerika war in weiten Landstrichen unbevölkert, die Dschungel waren dicht und boten mehr Verstecke, als selbst der erfahrenste Scout benennen konnte. Zuweilen waren komplette menschliche Expeditionen in den Bergregionen verloren gegangen.

Hier wuchs der Dschungel direkt bis an die hohe Steinmauer, die die Hazienda umgab. An vielen Stellen war er über die Grenze hinausgewachsen und versuchte, das Land, das ihm abgetrotzt worden war, wieder zurückzuerobern. Bäume wuchsen nahe der Mauer, und die kleineren neigten sich darüber oder beschirmten sie mit ihren Ästen. Ein sicherheitstechnischer Albtraum. Aber Faith hatte das Gefühl, dass Jacob sich dessen bewusst war und tatsächlich sogar darauf zählte.

Faith griff nach dem tief hängenden Ast über ihr und zog sich hinauf, um sich dann neugierig umzusehen. Die Enforcer waren mit der Kleinarbeit beschäftigt, die Ausrüstung zu überprüfen und sich auf eine Belagerung vorzubereiten. Sie schnaubte. Es würde nur ein paar wenige einfallsreiche Kojoten-Breeds erfordern, um von hier aus einen Weg ins Haus zu finden.

Sie bewegte sich langsam, als sie sich am hinteren Ende des Gartens umsah und dabei die Augen zusammenkniff, während sie versuchte, sich in den Feind hineinzuversetzen. Ein zweiter passender Baum neben ihr bot ihr einen weiteren Aussichtspunkt. Sie wechselte hinüber, hielt an und dachte über ihren nächsten Zug nach. Keiner der anderen hatte auch nur eine Ahnung, wo sie sich befand, oder erkannte die Gefahr in der Leichtigkeit, mit der sie verborgen blieb.

Vorsichtig balancierend bewegte sie sich von Ast zu Ast, von Baum zu Baum und fühlte sich dabei mehr wie Tarzans Schwester denn wie Jacobs Gefährtin. Sie behielt den Alarm, der letztes Mal ausgelöst worden war, sorgfältig im Auge, arbeitete sich dorthin vor und ließ sich dann in dessen Reichweite fallen. Die Stelle lag auch dem Haus am nächsten.

Augenblicklich ertönte ein schrilles Piepen, woraufhin die Enforcer sich wie ein Mann umdrehten, ihre Waffen zogen und augenblicklich schussbereit waren. Faith zuckte mit keiner Wimper, auch wenn sie mehr als dankbar für das strenge Training war, das die Enforcer durchliefen.

»Gottverdammt, Faith.« Jacobs Stimme klang wütend mit einem Anflug von Furcht. »Pass auf, wo du hintrittst.«

Er kam auf sie zu, und als er sich näherte, schwang sie sich in die Höhe und ließ sich von dem Ast, den sie mit sich nach unten gebogen hatte, hochziehen, um sich in das schützende Laub des Baumes zurückzuziehen.

Vollkommene Stille unter ihr, als sie die Enforcer ignorierte und den Baum eingehender untersuchte. Nur wenige Minuten später hatte sie gefunden, was sie suchte.

»An den Ästen sind überall Schleifspuren und abgebrochene Rinde. Euer Eindringling benutzt Stahlspitzen, um sich entlang der Bäume fortzubewegen«, teilte sie den Männern unten mit.

»Nicht möglich«, stieß Jacob hervor. »Wir hätten etwas gehört.«

»Nicht, wenn der Typ wusste, was er tat.« Faith zuckte mit den Schultern und runzelte dann die Stirn, als sie eine große Adlerfeder hervorzog, die sich zwischen den Zweigen verfangen hatte.

Sorgsam sah sie nach oben in den Baum und suchte nach einem Nest oder irgendeinem Anzeichen eines Vogels, der aufgeschreckt worden sein könnte. Irgendetwas an dieser Feder war anders, doch sie konnte nicht sagen, was. Schulterzuckend steckte sie sie in die hintere Hosentasche, als Jacob sich auf den Baum schwang und vor ihr landete.

Schnell fand er die Stellen, an denen die Rinde abgescheuert war, ein Beweis für den Einsatz von Metallzacken.

»Verdammt will ich sein«, stieß er hervor und hob langsam den Blick zu ihr. »Wie hast du das herausgefunden?«

Faith hob kühl eine Augenbraue. »Als Kontaktperson muss man um die Ecke denken können. Und zwar oft. Alphas trampeln nur vorwärts. Wenn ihr es hier mit Kojoten zu tun habt, dann sind das die schlauesten, von denen ich je gehört habe.«

»Kontaktpersonen können auch ganz schöne Klugscheißer sein«, knurrte er.

Faith fuhr sich mit der Zunge über die Lippen, senkte den Blick und schickte ihm mit Schmollmund einen Kuss durch die Luft.

»Du kannst meinen schlauen Hintern dafür küssen, Jacob. Nicht deine Ausrüstung hat versagt, sondern dein Sicherheitsaufbau.«

»Und wie, schlägst du vor, soll ich das beheben, Fräulein Kontaktperson?«, fragte er schneidend. »Wir sind mitten in einem verfluchten Dschungel. Außerdem will ich nur etwas, um mich vorzuwarnen, kein Großalarmsystem.«

»Was du wahrscheinlich bekommst, ist, dass einer deiner Leute ins Gras beißt«, zischte sie. »Die nutzen die Bäume aus, Jacob. Und sie haben deine Verteidigung schon einmal durchbrochen. Was ist, wenn sie herausfinden, wo die Alarmvorrichtungen sind, nachdem sie schon ausgekundschaftet haben, dass es welche gibt?«

»Denkst du denn, dass ich das nicht in Betracht ziehe?«, fragte er ungeduldig und richtete sich zu voller Größe auf, sodass er über ihr aufragte, als er näher kam. »Du denkst, ich habe sechs Jahre lang gegen diese Bastarde gekämpft, ohne dabei etwas zu lernen, Faith?«

»Tja, offensichtlich hast du nichts darüber gelernt, wie man die Bäume als Deckung nutzt, sonst hättest du daran gedacht«, gab sie zurück. »Ich bin erst seit einer halben Stunde hier draußen und habe es schon herausgefunden.«

»Und was macht das aus dir – eine verdammte Katze?«, knurrte er.

»Was hast du eigentlich gegen Katzen, Jacob?« Faith verdrehte spöttisch die Augen. »Lerne von ihnen. Katzen können deine Freunde sein, Baby.«

Von unten hörte sie rundum Gekicher. Offenbar hörte Jacob es auch, falls sein wütender Gesichtsausdruck ein Anhaltspunkt dafür war.

»Styx, wer am lautesten lacht, kann die Nacht auch in den verdammten Bäumen verbringen und auf die Bastarde warten«, fauchte Jacob kalt. »Ruh dich etwas aus und sieh zu, ob du heute Nacht nicht ein wenig Kater spielen kannst.«

Faith warf einen Blick nach unten auf den riesigen Rotschopf. Falls Wölfe schmollen konnten, dann brachte der hier eine ziemlich gute Imitation zustande, seinem Gesichtsausdruck nach zu urteilen.

»Mensch, Boss. Sie ist pfiffig. Gib nicht uns die Schuld«, lachte Stygian jetzt unverhohlen. »Sie hat dich an den Eiern, und du weißt es.«

»Willst du Styx heute Nacht Gesellschaft leisten, Stygian?«, fragte Jacob barsch, ohne den Blick von Faith zu wenden.

Faith unterdrückte ihr Grinsen, als Stygian augenblicklich zu lachen aufhörte.

»Nie im Leben, Boss«, antwortete er hastig. »Hatte es nie so mit Katzen. Habe die Füße lieber auf dem Boden, wenn es dir nichts ausmacht.«

»Was habt ihr alle nur mit den Katzen?«, fragte Faith überspitzt geduldig. »Sie sind wirklich nett, wisst ihr.«

»Und das weißt du woher?«, knurrte Jacob.

Faith machte große Augen. »Ich sage es dir doch ständig, Gefährte.« Sie sprach deutlich, in der Hoffnung, er würde es dieses Mal verstehen. »Ich bin Kontaktperson zwischen dem Rudel und allen Informanten. Das schließt auch Mitglieder der Katzen-Breeds mit ein. Ich habe direkt mit deren Kontaktmann zu tun, Tanner.«

Daraufhin kam ein wahrhaftes Knurren aus seiner Kehle.

»Fang ja nicht damit an, Jacob«, warnte Faith ihn entschieden. »An Tanner ist absolut nichts auszusetzen.«

»Der Kerl ist ein Perverser«, knurrte Jacob. »Seine Paarung bestätigt das nur. Du hast keinen Grund, dich mit dieser Person abzugeben.«

»Er hat eine vollkommen liebenswerte Gefährtin. Sie hat

letztes Jahr Zwillinge zur Welt gebracht. Absolut hinreißende Babys.« Faith verschränkte die Arme vor der Brust und kniff die Augen zusammen. »Hat eigentlich bisher ein Wolf-Breed schon ein Kind gezeugt? Nicht, dass ich wüsste.«

»Das ist nicht der Punkt. Wenn ein Wolf-Breed tatsächlich ein Kind zeugt, dann wird er dabei keine Hilfe von anderen brauchen, das kann ich dir versichern.«

Faith holte tief Luft, um ihre Geduld zurückzugewinnen. »Du hast den Verstand verloren. Ist das so eine Alpha-Sache, die mit dem männlichen Paarungszyklus zu tun hat? Gott sei Dank muss ich nur mit fortwährender Erregung fertig werden. Und lass mich dir versichern, dass du heute nicht gerade Schritt hältst. Vielleicht brauchst du doch Hilfe.«

Unten stoben die Enforcer unter hilflosem Gelächter auseinander, während sie sich einem mehr als wütendem Gefährten gegenübersah.

»Ich verspreche dir, Gefährtin«, knurrte er und kam langsam auf sie zu, bis sie mit dem Rücken an den dicken Baumstamm gedrückt stand. Seine Körperhaltung war aggressiv, seine Stimme gefährlich sinnlich. »Ich brauche keine Hilfe, um dich zu vögeln. Nicht heute, nicht morgen, niemals. Alles, was ich tun muss, ist, diesen verdammten Kaffee loszuwerden, der dich in eine Nymphomanin mit mehr Temperament als ein räudiger Kojote verwandelt.«

Sie sah ihn aus schmalen Augen an, als er seine Hüften an ihre drückte und seine Erektion gegen ihren weichen Bauch presste.

»Wir haben eine Abmachung«, erinnerte sie ihn hitzig. »Du hast die Finger von meinem Kaffee zu lassen und mich mit Sex zu versorgen. Du musst mich weder anfauchen noch deinen Frust an mir auslassen, weil ich etwas entdeckt habe, woran du nicht gedacht hast.«

Faith griff mit den Händen in die Äste über ihr, um sich zu stützen. Sie sah das Feuer in seinen Augen, seine Wangen, die sich sinnlich dunkler färbten, als ihre Brüste seinen Oberkörper streiften.

Jacobs Hände glitten an ihre Taille, als er sie in die Höhe hob, gerade so weit, um seinen Schaft vielsagend zwischen ihren Beinen zu reiben.

»Hmm.« Sie fuhr sich wieder mit der Zunge über die Lippen und hob die Beine, um seine Oberschenkel zu umklammern. »Wilder-Affen-Sex. Klingt nach Spaß.«

21

»Würde dir recht geschehen, wenn ich dich vor dem ganzen Rudel flachlege«, knurrte er, ließ seine Lippen an ihren Hals wandern und strich mit der Zunge über ihre Haut.

»Exhibitionismus? Klingt abartig, Jacob. Bin dabei, wenn du es bist.« Faith ließ den Kopf nach hinten sinken und schloss die Augen, als eine Woge der Lust sie überflutete, ihren Körper bis ins Innerste erhitzte und die Sehnsucht nach seiner Berührung, seinem Geschmack in ihr weckte.

Dort, im Schatten der riesigen Bäume, abgeschirmt durch den Dschungel und die Nebel der Nacht, die immer noch in der Luft hingen, während die Sonne schon am Morgenhimmel strahlte, dort wollte sie seine Berührung und seine Wärme.

Sie hielt sich an den Ästen fest, als Jacob sich enger an sie drückte und die Hüften fest an sie presste, während er mit den Lippen ihren Hals streichelte und eine Hand unter ihr Shirt gleiten ließ, an die bloßen, prallen Brüste, die ihn dort bereits sehnsüchtig erwarteten.

Bei seiner ersten Berührung spürte Faith, wie ihr ein Schauer nach dem anderen durch den Körper lief und ihren Unterleib streichelte. Ein flüsterleises, begieriges Stöhnen der Erregung entwich ihr, voll Sehnsucht nach mehr.

»Oh, du bist heiß.« Er knabberte an ihrem Ohr und kniff in ihre Brust. »Macht dich das an, Faith, dich mit mir zu messen? Mich zu reizen?«

Oh ja, das tat es. Sie wusste, dass es so war. Ihm die Stirn zu bieten, das Feuer in seinen Augen aufflammen zu sehen, die

Gefühle, die seine Züge veränderten, den verwirrten Zorn, das hitzige Sehnen. Den Drang, sich zu unterwerfen. Das alles brachte ihr Blut in Wallung, mehr als alles andere, wenn sie diese dominante Seite in ihm erwachen sah. Sie hatte nicht den Wunsch, ihn zu übertreffen. Ganz im Gegenteil, Faith wollte von ihm übertroffen werden.

»Macht es dich denn an?«, fragte sie ihn, statt ihre Gefühle, ihre Schwäche für seine Empfindungen zu offenbaren.

Sein Knurren war überraschend überzeugend, als er das Shirt mit einem Ruck über ihre Brüste nach oben schob und auf die Beute niederstarrte, die sich ihm nun bot.

»Ob mich das anmacht?«, fragte er rau. »Verdammt, Faith, du machst mich so heiß, dass ich schon damit rechne, mich in Feuer aufzulösen, sobald ich dich berühre.«

Sie ging davon aus, dass er nun mit dem Mund über ihre Brüste herfallen würde. Dass er sich nahm, was er so gierig anstarrte. Doch stattdessen eroberte er ihre Lippen mit einem Kuss, der sie vernichtete. Seine Zunge glitt in ihren Mund, nahm sie in Besitz, machte sie ganz schwach und erfüllte sie zugleich mit einer Kraft, die sie sich nie hätte vorstellen können.

»Dann nimm mich, Jacob«, flüsterte sie flehend, als er ihre Lippen wieder freigab. »Wir können gemeinsam brennen.«

Sie brauchte ihn, so sehr, wie sie noch nie im Leben etwas gebraucht hatte.

»Nicht hier, wo meine Männer deinen sexy Körper sehen oder deine Schreie hören können«, antwortete er. »Du bist mein, Faith. Das muss dir klar sein. Meins.«

»Deins«, rief sie atemlos aus, als er mit den Händen ihre Brüste umfasste, an ihren Brustwarzen zupfte und sie dabei mit heißer Leidenschaft ansah. »Wenn ich dein bin, Jacob, dann beweise es. Nimm mich.«

Er trat einen Schritt zurück von ihr, schwer atmend, als er ihr mit rauen, zitternden Händen das T-Shirt wieder über die Brüste zog.

»Geh. Sofort.« Seine Stimme klang belegt, dunkler und heiserer, als sie je eine Stimme gehört hatte. »In fünf Minuten bin ich in deinem Schlafzimmer, und bei Gott, dann solltest du für mich bereit sein.«

»Bereit für ihn« beschrieb nicht einmal annähernd, wie begierig sie ihn erwartete, fuhr es Jacob durch den Kopf, als er das Schlafzimmer betrat und ihre schlanke perfekte Gestalt rücklings auf dem Bett liegend vorfand.

Sie sah zu ihm auf, mit Augen so dunkel und sexy, dass ihm noch heißer wurde. Nicht nur sein Schaft oder seine Zunge, nein, sein ganzer Körper bebte. Er sah zu, wie sie sich langsam und bedächtig mit der Zunge über die Lippen fuhr, und ihr feuchtes Glitzern ließ seine Begierde, sie zu kosten, noch stärker werden.

Ihr Blick war wissend; eine brennende Befriedigung lag darin, die ihn verwirrte. Als sei irgendein Bedürfnis in ihr ganz plötzlich erfüllt. Ein Bedürfnis, das nichts mit einer Berührung von ihm zu tun hatte, sondern nur mit dem, was sie in seinem Gesicht sah, in seinem Verlangen nach ihr.

»Was denkst du denn, was ich mit dir gemacht habe?«, fragte sie ihn mit einem reinen Lächeln weiblichen Mysteriums. Verdammt, so wollte er sie nur noch mehr.

»Mich in den Wahnsinn getrieben?«, schlug er mit einer gewissen Belustigung über seine Sehnsüchte vor. Er war fast am Ende seiner Beherrschung, und dabei hatte er sie noch nicht einmal geküsst.

Jacob ließ sich aufs Bett sinken und schob sich über sie. Er brauchte sie. Seine Gefährtin. Sie hob die Hände und legte sie flach auf seinen Bauch, und seine Muskeln zuckten bei der lustvollen Qual ihrer Berührung. Jacob holte tief und hörbar Luft, und seine Erektion zuckte verlangend. Ihre Hände glitten sanft von seinem Bauch an seine Brust und wieder zurück und entzündeten ein Feuer des Begehrens, das ihm ein heiseres Aufstöhnen entlockte. Er wollte sie verschlingen, mit Haut und Haaren. Er wollte sie vögeln, bis sie schrie. Er wollte sie lieben, sie berühren, mit aller Zärtlichkeit und Wärme, die er hatte.

Der Duft ihres Verlangens umhüllte ihn, durchdrang all seine Sinne, so wie sie es tat. Wie sie es immer getan hatte, wurde ihm da klar. War er denn jemals frei von Faith gewesen? Frei von Sehnsucht nach ihr, in irgendeiner Form?

»Du bist so weich.« Er rieb sein Kinn, noch rau mit den Bartstoppeln, die dort über Nacht gewachsen waren, über ihre bloße Schulter. »Deine Haut fasziniert mich.«

Das stimmte. Ihre Haut schimmerte wie eine seltene perfekte Perle. Der Glanz von Satin, die Wärme des Lebens, diese Leidenschaft wachsender Lust, die ihn erstaunte. Er fuhr mit den Lippen über die Rundung ihrer Schulter und genoss den Geschmack nach Wärme und Frau, die taufeuchten Schweißtropfen, die sich langsam auf ihrer Haut bildeten.

Sie bewegte sich unter ihm, bog den Rücken durch, und ihre Nippel, hart und feurig, streiften seinen Oberkörper. Er verzog das Gesicht und drückte die Lippen an ihren Nacken, strich mit der Zunge über das Mal und ließ sich vorsichtig neben ihr nieder. Er zog sie in seine Arme und kämpfte gegen den überwältigenden Drang an, sie schnell und leidenschaftlich zu nehmen. Körper und Verstand waren in ihm im Widerstreit. Er wollte sie weich und langsam, doch zugleich wollte er sie hart und schnell, sodass sie im Orgasmus aufschrie und seinen Namen ausrief.

»Deine Haut ist warm und fest«, flüsterte sie mit einer atemlosen Erregung, die seine Selbstbeherrschung strapazierte, während ihre Hände über seinen Bauch wanderten. »Du machst, dass ich mich warm und hungrig fühle, Jacob.«

Jacob konnte das Verlangen nicht zurückhalten, sie an sich zu drücken, zu fühlen, wie sich ihre Brüste mit den feurigen Knospen in seinen Oberkörper brannten, ihren Oberschenkel auf seinen zu spüren, die feuchte Wärme zwischen ihren Beinen, heiß an seiner Haut. Verdammt, in seinem Verlangen kam er sich vor wie ein ausgehungertes Tier. Nur mit Mühe konnte er sich davon abhalten, sie auf den Rücken zu werfen. Stattdessen nahm er ihren Mund mit seinen Lippen in Besitz. Sie war seine Frau. Seine Gefährtin, und das würde er ihr am heutigen Tag beweisen. Bevor sie sein Bett wieder verließ, würde sie wissen, dass sie ihm gehörte, mit Herz und Seele, mit Leib und Leben.

Er fing ihren Aufschrei ein, als er seine Zunge zwischen ihre samtweichen Lippen schob, über ihre Zunge strich und sie ermutigte, ihn aufzunehmen und das Pulsieren seiner Leidenschaft aus den geschwollenen Drüsen dort zu saugen.

Sie zögerte keinen Augenblick. Ihre Lippen und ihre Zunge spielten mit ihm, und dann umschloss sie ihn, zog seine Zunge in ihren Mund und linderte den leichten Schmerz seines Verlangens. Dann glitt sie zwischen seine Lippen, und ihr eigenes übermächtig werdendes Verlangen entlockte ihr einen Aufschrei. Er spielte mit ihren Lippen, nahm sie in Besitz und sog die Süße ihrer Leidenschaft in sich ein.

Ihr Kuss war seidige Wärme, satinweiche Lust und im Innersten ein Gefühl, so lebendig, dass er davor zurückschrecken wollte, um sich zu schützen. Er, der einsame Wolf, der Enforcer, gefürchtet von allen Rudeln und Menschen, die von ihm wussten. Und mit nur einem Kuss raubte diese Frau ihm die Kraft, den Atem und den Willen, ohne sie zu leben. So als hinge urplötzlich sein reines Überleben davon ab, dass er die finsteren Bedürfnisse, denen er sich nie hatte stellen wollen, akzeptierte und sich eingestand, dass sie alle ihren Ursprung darin hatten, wie sehr er sie brauchte.

Gott helfe ihm, sie hatte seine Seele ganz und gar in Besitz genommen. Je mehr er von ihr kostete, umso mehr brauchte er sie.

Und sie beide rangen um die Oberhand in ihrem Kuss; Lippen, Zungen und gedämpftes Stöhnen der Verzweiflung, als das Feuer der Erregung außer Kontrolle geriet. Jacob spürte, wie seine Selbstbeherrschung sich auflöste, so wie in jener Nacht im Labor, als seine Verzweiflung und sein animalischer Instinkt ihn über die Grenze hinausgetrieben hatten.

Und nun kämpfte er gegen genau dieselben Regungen an. So als würde sein Körper jetzt gerade den ersten Impuls ihres erhitzten, verlangenden Kusses wahrnehmen. Der Griff seiner Hand an ihrer Hüfte wurde stärker, und seine Lippen zogen eine leidenschaftliche Spur aus Küssen über ihr Kinn und ihren Nacken. Er fuhr mit der Zunge über das Mal, sog es in seinen Mund und strich rau darüber. Er wollte sie so heiß und außer Kontrolle, wie er selbst war. Er wollte, dass sie vor Lust schrie. Oder wollte er sanftes Pulsieren? Harte Explosionen der Lust? Er wollte alles, und er brauchte es auf der Stelle. Es spielte keine Rolle, dass eines dem anderen widersprach. Das Verlangen war alles, was in diesem Moment zählte.

Faith konnte nicht anders, als sich so eng wie möglich an Jacob zu drängen. Sie fühlte, wie das Verlangen in ihr immer stärker wurde. Es vibrierte in ihrem ganzen Körper, ließ ihre Vagina, ihren ganzen Unterleib beständig pochen, während sein Kuss ihren Körper in Flammen stehen ließ, mehr als je zuvor. Sie drängte sich an ihn, wollte ihn berühren, ein Teil von ihm sein, mit jedem Zentimeter. Mit einer Hand griff sie in sein

Haar, um ihn an sich zu ziehen, als er sie auf den Rücken drehte und sich über sie schob. Ihre andere Hand wanderte über die Schulter an seinen Rücken, und sie spürte, wie seine Muskeln sich anspannten.

»Dein Geschmack macht mich verrückt.« Er hatte dieses heiße Grollen in der Stimme, rau und sexy, aus tiefster Brust.

Faith erbebte und neigte den Kopf zur Seite, um ihm ihren Hals darzubieten, während sie über das Mal an seiner Schulter leckte. Er schmeckte leicht salzig, ganz dunkel und sehr männlich, als sein Mund von ihrem Hals zu ihren Brüsten wanderte.

Sie stöhnte auf, als sie spürte, wie sein Atem über eine Brustwarze strich, die daraufhin noch härter wurde, noch heißer, bis sie glaubte, vor Verlangen zu brennen. Sie bog sich ihm entgegen und flüsterte ihm ihr Flehen zu, als er mit den Lippen darüberstreifte.

Mit halb offenen Augen, ertrinkend in Gefühlen, sah Faith zu, wie er den Mund öffnete und dann die harte Knospe mit den Lippen bedeckte. Lange Augenblicke stockte ihr der Atem, als die Wonne von ihrer Brust bis in ihren Unterleib jagte, wo ihre Muskeln sich krampfartig zusammenzogen. Ihre Hüften zuckten, ihr Schoß zog sich rhythmisch in der Ekstase zusammen, die durch ihren Körper flammte. Sie schloss die Augen und ein bebendes Stöhnen kam über ihre Lippen.

Ihre Hände wanderten über seine schweißfeuchten Schultern in sein Haar, und sie zog ihn flehend an sich, während sein Mund, der an ihrer Knospe saugte, sie in Flammen stehen ließ. Ihre Schenkel spannten sich an, als ihre Vagina immer fordernder pochte. Ihr Körper wollte sich winden, um Linderung zu finden an den harten männlichen Oberschenkeln, die zwischen ihre Beine glitten, als er sich weiter über sie schob.

»Nicht bewegen«, keuchte er heiser. »Meine Beherrschung hängt an einem seidenen Faden, Faith. Reiz mich jetzt nicht.«

»Ich brauche es, Jacob.« Sie fühlte, wie das Blut durch ihre Adern tobte, in ihrem Unterleib pochte und ihr Körper vor Begierde aufschrie.

Er stöhnte an ihrer Brust, fuhr mit seiner rauen Zunge über ihre Brustwarze, bevor er ganz zwischen ihre Beine glitt. Faith wollte protestierend aufschreien, als ihr klar wurde, dass er keine Anstalten machte, in sie einzudringen, sondern ihre Beine mit seinen Schultern weit gespreizt hielt, um seinen Kopf zwischen ihren Beine zu versenken.

»Ich auch, Faith«, stöhnte er, und sein Atem hauchte über ihre feuchten Schamlippen. »Ich brauche deinen Geschmack, deine Hitze …«

Faith wollte aufschreien, als seine Zunge ihre Klitoris umkreiste und sich dann in ihre enge Öffnung schob, sich wand, zustieß und an ihr leckte, so erotisch, dass ihre Hüften an seinem hungrigen Mund zuckten. Hitze versengte sie, jagte durch ihren Unterleib, und ihre Muskeln zogen sich zusammen, als sie spürte, wie seine Zunge tief in sie eindrang.

Ihre Schenkel auf seinen Schultern spannten sich an, und sie warf den Kopf auf dem Bett hin und her, während sie versuchte, sich näher an ihn zu drängen, ihn dazu zu bringen, dass er noch härter in sie stieß. Dann schrie sie auf, als er sich bewegte und mit seiner Zunge kraftvoll über ihre Pforte aufwärtsstrich, bis über ihre Lustperle. Kurze, rasche Kreisbewegungen und seine saugenden Lippen trieben Faith über alle Vernunft hinaus. Und dann das Gefühl seines Fingers, lang und kräftig, der sich in ihren Po schob, mit brennender Ekstase, das alles stürzte sie in den Abgrund. Sie bäumte sich auf, wand sich dem Finger entgegen, der sie mit sanften, langsamen Bewegungen liebte, und war verloren.

»Verdammt.« So dunkel und sehnsüchtig, wie ihr Körper sich fühlte, klang Jacobs Stimme, als er sie mit einem Ruck hochzog und auf den Bauch drehte. »Knie dich hin!«, befahl er rau, hob mit den Händen ihre Hüften und brachte sie in Stellung.

»Jacob?« Faith wurde ganz still. Sie erinnerte sich deutlich an die Nacht im Labor, das sinnliche Feuer, die Agonie ungestillter Lust.

»Meins«, knurrte er, die Hände fest an ihren Pobacken, während sein Finger zielstrebig die Linie entlangfuhr, die zu der Öffnung dort führte. »Sag es mir, Faith. Sag mir, dass du mein bist.«

»Deins«, wimmerte sie, außerstande, sich ihm zu verweigern, und die völlige Dominanz seiner Stellung zu leugnen, die wilde und animalische Lust, die in ihr tobte.

Sie spürte seine Finger an der engen Öffnung, die sanft drückten und eine gleitende Flüssigkeit verteilten, bevor zwei Finger sich in unglaublich heißer Ekstase in sie schoben. Faith schrie auf und hörte dabei wie aus weiter Ferne sein Aufstöhnen und ihren Namen wie ein heiseres Flehen auf seinen Lippen.

Mühelos bewegten seine Finger sich in ihr, dehnten sie, massierten ihre Muskeln, damit sie nachgaben, während er immer tiefer glitt, so weit, wie er konnte. Dann zog er sich zurück, und sie schrie protestierend auf und folgte seiner Bewegung. Und da traf sie auf etwas, das noch viel kräftiger, viel härter war als die beiden Finger, die sie vorbereitet hatten.

Seine Eichel drückte gegen ihre Poöffnung, und eine Sekunde später ergoss sich ein kleiner, heißer Schwall sämiger Flüssigkeit in sie. Zitternd erinnerte Faith sich an Hopes Verwirrung, als sie ihr davon erzählt hatte. Von der Fähigkeit des Mannes, seiner Gefährtin das notwendige Gleitmittel zu bieten. Ein natürliches Gleitmittel, das die Erregung steigerte und den Schmerz des Eindringens linderte.

Beinahe sofort spürte sie, wie ihre angespannten Muskeln lockerer wurden. Heiße Leidenschaft wallte durch ihre Adern, entfachte ein Inferno drängender Lust, als seine Eichel in sie glitt. Ein lustvoller Schmerz, heiß wie Feuer, baute sich langsam dort auf, und sie spürte, wie ihre Muskeln nachgaben für den kräftigen Schaft, der sich in sie schob.

»Jacob.« Sie wollte aufschreien, aber sie hatte kaum genug Luft für ein Flüstern.

»Faith. Gott. Du bist so heiß. So eng.« Seine Stimme klang gequält, als er ihre Hüften festhielt und immer tiefer in ihren Po drang.

Sie bog den Rücken durch, und Blitze der Lust jagten von der gedehnten Öffnung durch ihren ganzen Körper und pulsierten in ihrer Vagina.

Fordernd drückte sich sein Schaft durch die enge Pforte, folterte und peinigte sie. Sie bäumte sich auf und spürte ein erneutes heißes Pulsieren der Flüssigkeit, während er flüsternd einen Kraftausdruck von sich gab, die Stimme angespannt vor Leidenschaft. Ihre Arme zitterten, und ein Gefühl der Schwäche überkam sie, als die Flüssigkeit erst brannte, dann ihren Schmerz linderte, während er immer tiefer drang.

Dann endlich versenkte er sich ganz und gar in sie, seine Erektion pochte, fest und heiß umschlossen von ihren Muskeln, während sie sich wand und sich gegen die Inbesitznahme wehrte. Sie konnte nicht verhindern, dass die Muskeln ihrer Pobacken sich zusammenzogen, aber sie genoss Jacobs Aufschrei der Lust dabei.

»Langsam, Faith.« Seine Stimme klang kehlig, flehend.

Doch sie konnte die Leidenschaft nicht unterdrücken, die sie erfüllte. Heiß und fordernd kontrollierte diese Lust ihren Körper, als sie sich nach vorn bewegte und die feste Umklammerung ihres Unterleibs um seinen Schaft spürte.

Mit einem Aufstöhnen drang Jacob erneut wenige Zentimeter weiter in sie und packte ihre Hüften fester.

»Ich kann es nicht mehr kontrollieren …«, rief er heiser aus und rang um Atem.

»Nimm mich, Jacob«, forderte sie heiser, und die Qual der nahen Ekstase trieb sie über alle Vernunft hinaus. »Verdammt, nimm mich endlich.«

Wieder spannten ihre Muskeln sich um ihn an, und sie spürte, wie ihr Schoß prickelte. Das dünne Gewebe, das ihren Anus und ihre Vagina voneinander trennte, war kein Hindernis für die Empfindungen, die auf sie einstürmten. Er war so kräftig, dass es sich anfühlte, als fülle er auch ihre Vagina aus, und seine kurzen Stöße reizten ihre Muskeln dort und erhitzten sie noch weiter.

Sie wollte seinen Stößen folgen, ihn dazu bringen, dass er härter in sie stieß, bis seine Hand mit einem Brennen, das sie überraschte, auf ihrer Kehrseite landete. Sie schrie auf, geschockt über die Lust, die sie dabei empfand, wand sich ihm entgegen, als er sich zurückzog, bis nur noch seine Eichel in ihr verblieb. Dann klatschte seine Hand auf die andere Pobacke, nur einen Augenblick, bevor ein weiterer Schub Flüssigkeit in sie strömte und er erneut hart und unerbittlich in sie stieß.

Sie war erhitzt, feucht von seinem Gleitmittel und ihrem eigenen Nektar. Ihre Vagina vibrierte, und das rhythmische Aufprallen seiner Hoden erregte sie noch mehr. Sie spannte sich an, sehnte sich nach der Explosion, von der sie wusste, dass sie kommen würde, sehnte sich verzweifelt nach der Erlösung aus Feuer und lustvoller Qual. Viel länger hielt sie es nicht aus, konnte sie nicht bei Verstand bleiben, wenn die Erlösung nicht bald kam.

Seine Stöße wurden heftiger, sein Schaft schob sich in ihren Po, zog sich zurück, dehnte sie, machte sie wahnsinnig mit dem harten Brennen des Lustschmerzes, der jedem Stoß folgte. Sie war so kurz davor, so kurz davor. Dann hörte sie ihn aufschreien und spürte einen weiteren, härteren Schwall seiner Flüssigkeit, nur einen Augenblick bevor sein Glied anzuschwellen begann.

Faith konnte nicht aufhören zu schreien. Hitze, sengend und unbeschreiblich, traf sie direkt ins Innerste ihres Unterleibs, als ihr Orgasmus kam. Die harte Schwellung in ihr drückte gegen ihre inneren Muskeln, presste sie fest zusammen, während sie ihn in einer natürlichen Umklammerung festhielten, die ihn noch stärker in ihr verankerte.

»Nein!«, hörte sie ihn verzweifelt hinter sich aufschreien, als die Schwellung stärker wurde und ihm die Chance verwehrte, sich aus ihr zurückzuziehen. Doch die harten kurzen Schübe jagten durch ihren Leib, trieben sie immer höher und ließen sie wie Espenlaub zittern.

Faith sank aufs Bett und Jacob mit ihr, seine Hüften zuckten unkontrolliert und sein Schwanz pochte und pulsierte in ihr. Ein erstickter Schrei drang aus ihrer Kehle, als sie die harten Schübe seines Samens in sich aufnahm. Tief, sengend, trieben sie ihren Orgasmus in ganz neue Höhen, und sie konnte sich nur noch weiter um ihn anspannen und am ganzen Körper zittern, als quälende, brutale Ekstase immer wieder durch ihren Leib jagte.

Als die letzten Zuckungen verklangen, hörte sie ihn keuchend nach Luft ringen. Immer wieder erschauerte er, die Zähne in ihre Schulter gebohrt. Ihre Körper und die Laken darunter waren schweißnass, und Faith fühlte, wie ihre Säfte sich unter ihr sammelten. Ihre Klitoris war geschwollen und überempfindsam, aber sie pochte nicht länger im quälenden Verlangen nach Erlösung.

Hinter ihr, noch immer in ihr, zuckte Jacobs Glied, die Schwellung ging langsam zurück, und seine Zähne gaben ihre

Schulter wieder frei. Sein schwerer Körper lag auf ihr und seine Lippen drückten sich auf ihren Nacken. Eigentlich müsste er zu schwer für sie sein. Seine kräftigen Muskeln sollten ihr die Luft aus den Lungen pressen, doch Faith empfand nur Behagen und Wärme, während er versuchte, wieder zu Atem zu kommen und seinen Schaft aus ihr zu lösen.

»Faith?« Er flüsterte ihren Namen und strich ihr eine Haarsträhne aus dem Gesicht. »Gott, Baby, es tut mir leid. Bitte. Bitte sag mir, dass du nicht verletzt bist, Faith.«

Sie hörte die Furcht und Verzweiflung in seiner Stimme, als er sich vorsichtig aus ihr zurückzog.

»Hmm«, seufzte sie zufrieden. »Ich bin gestorben. Und jetzt lass mich in Frieden ruhen.«

Schweigen hinter ihr, und dann drehte er sie sachte um, mit Händen, so stark und sanft, als er sie auf den Rücken legte.

Sie sah zu ihm auf, in seine hellen Augen voll Besorgnis, die auch in seinen Zügen zu sehen war, und lächelte schwach. Ihr Körper fühlte sich schlaff an und so vollkommen gesättigt, dass sie keinerlei Wunsch verspürte, sich zu bewegen.

»Leg dich hin und schlaf bei mir, oder hau ab.« Sie gähnte ausgiebig, und die Müdigkeit überkam sie wieder. »Wenn ich aufwache, kannst du wieder mit mir schlafen.«

»Baden.« Sein Räuspern war eher zögerlich. »Wir brauchen beide ein Bad. Dann entspannst du dich leichter.«

»Dann geh du baden – verdammt, Jacob!«, schimpfte sie, als er sie aufhob.

Sie wollte sich eigentlich dagegen wehren, und ihr Plan war, genau das zu tun, sobald sie wieder zu Atem und Kraft gekommen war.

»Lass zu, dass ich mich um dich kümmere, Faith«, sagte er sanft und sah sie an, während er sie durch die offene Badezimmertür trug. »Hör auf zu schimpfen und dich gegen mich zu wehren. Lass mich einfach für dich sorgen. Nur im Moment.«

Und wie konnte sie ihm das verweigern? Besonders, da sie sich doch nichts mehr als das erträumt hatte.

Schweigend sah sie zu, wie er Wasser in die Wanne einließ, die groß genug war, um drei normal große Personen zu fassen. Mit einem Aufblitzen von Belustigung dachte sie, dass sie dort mit ihm zusammen wohl hineinpassen könnte.

»Bist du sicher, dass alles in Ordnung ist?« Er drehte sich wieder zu ihr um und streckte die Hand aus, um ihr in das dampfende Wasser zu helfen, das langsam die Wanne füllte.

»Jacob, ist bei dir alles okay?« Faith runzelte die Stirn und ließ sich von ihm hineinhelfen. »Natürlich geht es mir gut. Das habe ich dir doch gesagt.«

Er glitt ins Wasser und zog sie dann zu sich herab zwischen seine Beine. Mit einem Seufzen lehnte Faith sich entspannt an seine Brust. Sie war müde, bereit, den restlichen Tag zu verschlafen. Es kam selten vor, dass ihr Körper und ihr Geist entspannt genug dafür waren.

»Du machst mir Angst, Faith«, flüsterte er, als er sie an sich gedrückt hielt und mit seinem Körper umschloss.

Faiths Herz machte einen Satz. Sie blieb ganz still, wagte kaum zu atmen, aus Furcht, die zarte Aura der Intimität, die sie beide plötzlich umhüllte, zu zerstören.

»Deine Unschuld macht mir Angst«, sagte er leise. »Deine Freigiebigkeit und deine Gefühle. Du bedrohst alles, was mich all die Jahre lang bei Verstand gehalten hat. Wie soll ich denn weiterleben, sollte ich dich jetzt verlieren?«

Bebend holte sie Luft. »Und wie soll ich weiterleben, Jacob, falls ich dich verliere?«, fragte sie ebenso leise.

Sie drehte sich um, bis sie seitlich an seiner Brust ruhte, den Kopf an seiner Schulter. Er hob ein Bein an, um ihren Beinen mehr Raum zu lassen und legte seines dann schützend darüber. Sie war umschlossen von seiner starken männlichen Wärme. So wie sie es sich immer ersehnt hatte.

Mit seiner großen Hand drückte er ihren Kopf an seine Brust und gab ihr einen sanften Kuss aufs Haar. Er sagte nichts, doch sein Herz an ihrem Ohr raste.

»Ich will dich beschützen«, flüsterte er. »Und ich kann nicht, weil ich weder die Stärke habe, dich wegzuschicken, noch den Willen, noch länger ohne dich zu leben. Aber ich habe Angst um dich, und diese Angst könnte dich einengen.«

Faith runzelte die Stirn und legte dann den Kopf in den Nacken, um ihm in die Augen zu sehen. Sein Blick wirkte unsicher und eindringlich. In seinen Augen stand ein Chaos aus Emotionen, die er sich niemals eingestehen würde, zumindest noch nicht, nicht in diesem Augenblick.

Sie lächelte ihn an und zwinkerte kokett.

»Das ist der Alpha in dir. Keine Sorge, Babe, ich halte dich schon auf dem rechten Weg. Keine Einschränkungen, außer ich kann damit leben.«

Über den Schock, der daraufhin in seinen schmaler werdenden Augen stand, musste sie beinahe lachen.

»Ich meine das ernst, Gefährtin«, stieß er hervor.

»Nein, mein Lieber, du versuchst hier krampfhaft, Liebe als Beschützerinstinkt zu verkaufen. Aber das ist okay.« Sie tätschelte tröstend seinen Oberschenkel. »Vorerst kommst du damit durch. Jetzt bade mich, damit ich schlafen kann. Du hast mich hier hereingeschleift, dann kannst du mich auch waschen.«

Sie nahm einen Waschlappen aus dem kleinen Regal hinter ihm und ein kleines Stück Seife, das daneben lag, drückte ihm beides in die Hand und musterte ihn erwartungsvoll.

»Eines Tages behältst du vielleicht nicht so ohne Weiteres

immer das letzte Wort«, versicherte er ihr, und in seiner Stimme lag eine milde, finstere Warnung.

Faith hob nur belustigt eine Augenbraue und unterdrückte ein Lachen. Er würde noch zur Vernunft kommen, sie wusste es. Er musste, denn sie wusste, dass sie die Zukunft, die sie beide sonst erwartete, nicht überstehen würde.

22

Kurz nach Mitternacht gingen einige der Alarmgeräte erneut los und ließen Jacob und Faith in Sekundenschnelle aus dem Bett und in Klamotten und Schuhe springen.

»Bleib dicht bei mir«, befahl Jacob leise, während sie sich Revolver und Headsets schnappten.

Faith erwiderte nichts, doch der kurze Blick, den er ihr zuwarf, bestärkte ihn, dass sie seiner Führung folgte. Revolver in schussbereiter Position an ihrer Schulter und Headset am Kopf, ganz wie beim letzten Mal.

»Erwartest du jemanden?«, fragte sie, nicht lauter als ein Atemzug, als sie rasch nach unten ins Foyer schlichen und dort an der Wand entlangglitten, zu den schmalen, getönten Doppelfenstern mit Blick auf das Haupttor.

Jacob schnaubte sarkastisch.

»Bist du da, Stygian?«, fragte er leise durchs Headset.

Faith wusste, dass sie zwar einen weiteren Versuch, die Sicherheitsvorkehrungen des Hauses zu umgehen, erwartet hatten, jedoch nicht so bald. Wer oder was auch immer da draußen war, er oder es war mehr als beharrlich.

»Ich kann rein gar nichts sehen, Commander.« Stygians Stimme klang entrüstet und zornig. »Ich habe den Alarm unmittelbar bekommen, als er durchkam, aber da draußen ist nichts.«

Aber sie waren da. Jacob konnte es fühlen. Sein Problembarometer schlug heftig aus.

»Keine Tiere, nichts. Wir haben die betreffende Einheit gefunden, und sie wurde definitiv ausgelöst. Aber ich will verdammt sein, wenn da draußen irgendwas ist«, fuhr Stygian fort. »Und ich wittere Kojoten. Offensichtlich lernen die Bastarde immer weiter dazu.«

»Findet sie!«, befahl Jacob leise mit harter Stimme, während er weiter durchs Haus schlich, sicher, dass Faith ihm den Rücken deckte. »Sofort!«

»Wir arbeiten dran.« Die Verbindung brach ab, und Jacob drehte sich zu Faith um.

»Gib mir Deckung. Dem Lärm der Alarmgeräte nach zu urteilen, stecken wir in einem Riesenhaufen Probleme.«

Und es ging nicht nur um eine einzelne Alarmeinheit. Es schien, als seien sie alle ausgelöst worden. Das Kreischen der Geräte war ohrenbetäubend, als Jacob und Faith sich durchs Haus bewegten und nach Anzeichen von Eindringlingen suchten.

Das Haus war sauber. Es gab keinerlei Anzeichen von Eindringlingen. Faith schlich vorsichtig hinter Jacob her, Rücken an Rücken, und suchte mit den Augen jeden Zentimeter der Zimmer ab, die sie passierten.

Als sie in den großen Ballsaal kamen, fiel ihr in der Ecke eines Fensters der Schatten einer Bewegung auf.

»Runter.« Jacob wirbelte herum und zog sie zu Boden, als ein Kugelhagel durch das Zimmer jagte.

»Verdammte Scheiße. Stygian, wo zum Teufel steckst du?«, hörte sie ihn fluchen, als sie ihre Waffen auf das Fenster richteten, das Feuer erwiderten und dabei hastig hinter der massiven Bar aus Eichenholz Schutz suchten.

Faith lud ihre Waffe nach und glitt an die Ecke der Bar. Mit schmalen Augen starrte sie auf den neuen Weg ins Haus. Sie griff ans Headset und drückte einige Knöpfe, bis sie fand, was sie suchte.

»Wir sind festgenagelt, Commander«, rief ein dunkler Bariton ins Headset. »Keine Ahnung, wer oder was die sind, aber sie kamen aus dem Nichts.«

»Kojoten«, bellte Faith ins Headset. »Ihr solltet sie wittern können. Ich kann es jedenfalls.«

Schweigen, abgesehen vom Klang entfernter Schüsse und derber männlicher Flüche. Außerhalb der zerborstenen Fenster sah Faith mehrere dunkle Schatten, die in der Finsternis umherhuschten, zu schnell für sie, um darauf zu feuern, doch langsam genug, um sie zu beobachten.

»Wir brauchen Gewehre«, zischte sie, als sie Jacob hinter sich bemerkte. »Ich habe nichts mehr zum Nachladen, und wenn uns die Munition ausgeht, sitzen wir hier auf dem Präsentierteller.«

»Wir bewegen uns in eure Richtung«, meldete sich da eine Stimme durchs Headset. »Sie hat recht. Vier Kojoten auf dem Gelände und eine Handvoll Soldaten. Wir haben ein paar ausgeschaltet und kümmern uns jetzt um den Rest.«

»Passt auf eure Ärsche auf, die haben Nachtsichtbrillen und sind in Verteidigungsposition gegangen.« Während Jacob seine Befehle gab, sah Faith zu, wie sich die Schatten draußen bewegten und ineinander verschmolzen. »Sie wollen ins Haus, und sie sind entschlossen, reinzukommen. Es gibt zu viele mögliche Zugangsstellen, um sie alle abzudecken.«

»Bleib unten und halt die Augen offen.« Jacob war augenblicklich neben Faith und drückte ihr seinen Revolver in die andere Hand. »Ich hole Gewehre und Munition.«

Faith konnte die Sorge in seiner Stimme hören. Sie wollte ihn anschauen und ihn beruhigen, doch sie hatte zu viel Angst, die Fenster um sie herum aus den Augen zu lassen.

»Beeil dich!«, zischte sie. »Ich kann verdammt gut schießen, aber das sind ganz schön viele da draußen.«

Sie bemühte sich nach Kräften, ohne Zittern in der Stimme zu sprechen und sich nicht von ihrer Furcht überwältigen zu lassen. Sie war Verhandlungsführerin, musste sie sich immer wieder ins Gedächtnis rufen. Wieso fand sie sich ständig inmitten von Schussgefechten wieder?

»Höchstens fünf Sekunden«, versprach er, während sie seinen Revolver nahm, beide Waffen auf die Fenster richtete und wartete.

Im Headset war jede Menge los. Wütende Stimmen und derbe Flüche, während alles, was draußen Wache halten sollte, darum kämpfte, die Oberhand zu behalten.

»Die dreckigen Bastarde wollen nach hinten«, brüllte jemand. »Die wollen ins Haus. Macht die Hurensöhne kalt.«

Erneut Schüsse, genau in dem Moment, als die Gestalten draußen vor dem Ballsaal entschieden, ihren Zug zu machen.

»Jacob, schwing deinen Hintern hier rein«, schrie Faith ins Headset, als wieder Schüsse fielen.

Kugeln flogen ihr um die Ohren, und sie erwiderte das Feuer. Anders als ihre Gegner konnte sie kein Sperrfeuer austeilen. Sie konnte nur hoffen, dass die Bar stabil genug war, um sie zu schützen, und dass jede ihrer Kugeln ihr Ziel traf.

Sie sah einige Gestalten zu Boden gehen, doch die Schüsse wurden nicht weniger. Sie zielte ruhig und suchte sich das nächstgelegene Ziel aus: den Bastard, der um die Seite herumschlich, in der offensichtlichen Absicht, durch eines der zerschossenen Fenster ins Haus zu gelangen. Als drei weitere Eindringlinge seinen Platz einnahmen und sie gerade ihre letzte Salve abfeuerte, stürmte Jacob herein und erwiderte den Angriff mit einer Salve Maschinengewehrfeuer, woraufhin der Feind sich eilig in Sicherheit brachte.

Er feuerte weiter, noch während er sich auf den Tresen der

Bar schwang, darüberrollte und sich dahinter in den Schutz des dicken Holzes fallen ließ.

»Gewehr, Munition.« Faith drehte sich um, als sie seine Stimme hörte, und fing die schwere Waffe und die Schultertasche mit Munition auf.

»Hinter wem oder was zur Hölle sind die eigentlich her?«, fragte sie, nahm ihre Position wieder ein und beobachtete weiter die dunklen Silhouetten.

»Wenn ich das wüsste«, zischte Jacob zurück und kam neben sie, um die Fenster auf der anderen Seite zu beobachten. »Aber wir sitzen hier ganz schön in der Falle. Stygian, Bericht.«

Draußen waren immer noch Schüsse zu hören, die im Headset widerhallten, ebenso Flüche und wütende Befehle.

»Wir arbeiten uns ums Haus herum«, meldete sich die dunkle Stimme. »Drei Seiten sind gesichert. Wir sind außer Gefahr und kommen jetzt zu euch.«

»Tja, sieht so aus, als hätten sich die Bastarde hier konzentriert«, antwortete Jacob. »Macht mindestens einen Gefangenen. Ich will wissen, was zum Henker hier vorgeht.«

»Gefangene?« Die Stimme klang ungläubig. »Du verlangst aber nicht gerade wenig, Boss, oder?«

»Versucht euer Bestes«, knurrte Jacob. »Wir müssen wissen, wieso sie gerade jetzt zuschlagen.«

»Tu mein Bestes, Boss.« Die tiefe Stimme klang überaus spöttisch.

Faith spürte, wie Jacob ärgerlich neben ihr schnaubte.

»Tu das, Stygian«, gab er zurück, gerade als eine weitere Salve von Schüssen in das Zimmer einschlug. »Verdammter Mist, Caleb wird echt sauer sein wegen des Hauses.«

Faith erwiderte das Feuer, als Jacob neben ihr loslegte. Noch mehr Fenster zerbarsten, und Glassplitter flogen durch den

Ballsaal, während das ohrenbetäubende Krachen der Schüsse ihr Gehör attackierte.

»Wir kommen durch. Feuer einstellen. Feuer einstellen. Wir haben sie«, erklang Stygians nun befehlende Stimme, als er und seine Männer die letzte Seite des Hauses sicherten und den Feind von den Fenstern wegtrieben.

Die Schüsse auf Jacob und Faith hörten auf, und entfernt waren Wutschreie und hastige Befehle zu hören, inmitten von noch mehr Schüssen. Draußen, im einst makellosen Garten, explodierten Salven in feurigen Farben wie ein zerstörerisches Minifeuerwerk.

»Bleib, wo du bist.« Jacob sprang auf, lud nach und rannte auf die Fenster zu.

»Bleib, wo du bist, meine Fresse«, zischte sie und folgte ihm auf dem Fuße. »Tut mir leid, Baby, aber ich bin immer noch mehr als erregt. Ich kann nicht riskieren, dass du dich aus Jux und Dollerei mal eben umbringen lässt, Gefährte, bevor ich meine ABEL kriege. Ich gebe dir Deckung, egal wohin du gehst.«

Die Schüsse draußen machten eine kurze Pause, und über das Headset waren ersticktes Kichern, Keuchen und männliches Aufstöhnen zu hören. Faiths Gesicht wurde flammend rot. Doch der Kampf ging weiter, und der Schock wich der Notwendigkeit.

»Dann bleib dicht hinter mir«, befahl Jacob mit erstickter Stimme und glitt an der Bar entlang, auf die klaffenden Löcher zu, die einst Fenster waren.

»Ich decke deinen Hintern, Babe«, versprach sie und ließ Taten folgen, als sie in Richtung Finsternis schlichen.

»Sie hauen ab«, brüllte Stygian plötzlich. »Schnappt euch einen dieser Bastarde, verdammt.«

Hektik vor den Fenstern, als Faith hinter Jacob herrannte.

Sie war sich völlig darüber im Klaren, wie wichtig es war, einen der Angreifer zu fassen zu bekommen. Wenn es keinen ersichtlichen Grund für den Angriff gab, dann mussten sie den Grund herausfinden.

»Die Scheißkerle verschwinden«, brüllte Stygian alarmiert.

»Verdammt, Stygian, hinterher!« Sie rannten zum Fenster, sprangen hindurch und steuerten rasch auf die hohe Steinmauer zu, die das Anwesen hinter dem Garten umgab.

Eine weitere schnelle Salve von Schüssen kam aus verschiedenen Richtungen, und dann lange Minuten Todesstille im Headset.

»Verdammter Mist«, fluchte Stygian wieder, schwer atmend. »Jacob, wir haben ihn gerade verloren. Der Scharfschütze hat ihn ausgeschaltet.«

»Der Scharfschütze?«, fragte Jacob, während sie sich durch das dichte Blattwerk bewegten und auf eine kleine Truppe von Enforcern stießen, die sich vor mehreren auf dem Boden liegenden Körpern versammelt hatten.

»Tja, Boss, entweder ich töte ihn oder lasse mich von ihm umbringen. Und so weit gehe ich dann doch nicht, um Antworten zu bekommen, weißt du?« Tiefer, rauer Bariton, noch dunkler in Person als über das Headset.

Trotz ihrer Neugier ignorierte Faith den Mann. Sie ging zu den Leichen und kniete neben ihnen nieder, ungeachtet des Blutes auf dem Boden. Eindeutig Kojoten-Breeds, aber auch menschliche Soldaten. Sie kannte den Geruch von beiden.

»Hilf mir, ihre Taschen zu durchsuchen«, wies sie einen der Enforcer an, der neben ihr stand.

Der Breed bückte sich schweigend und begann, die Taschen des anderen Toten zu durchsuchen. Faith platzierte die gefalteten Blätter Papier, die sie fand, auf der reglosen Brust des gefallenen Feindes.

Hinter ihr gab Jacob den anderen leise Befehle, doch sie konnte seinen Blick auf ihr ruhen fühlen.

»Hey, ich habe was gefunden«, sagte der Enforcer neben ihr leise und legte einige Fotos auf Faiths kleinen Stapel von Papieren. »Und das hier sieht wie eine Art Liste aus.«

»Taschenlampe?«, fragte sie und warf ihm einen kurzen Blick zu, als er an eine große Hüfttasche griff.

Faith drehte das Ende der kleinen Stiftleuchte und wurde mit einem schmalen, aber hellen Lichtstrahl belohnt. Sie richtete ihn auf die blutverschmierten Fotos. Eines davon zeigte sie in der Bar. Was für eine Überraschung. Sie konnte sich nicht erinnern, dass jemand ein Foto von ihr gemacht hätte. Außerdem Fotos von Hope und zwei anderen Frauen. Auf der Liste standen Namen, Orte und mehrere kleine Skizzen, die Faith für irgendeine Art Code hielt. Sie sah sich wieder die Fotos an. Hope kannte sie natürlich, aber auch die beiden anderen erkannte sie. Alle außer ihr waren keine Breeds, sondern Vollmenschen.

»Jacob, haben wir in diesem Höllenloch irgendeine Internetverbindung?«, fragte sie, während sie die Liste überflog und wieder auf die Fotos sah.

»Keine ABEL«, zischte er. »Konzentrier dich auf den Job.«

Faith erstarrte. Neben ihr konnte sie fühlen, wie der jüngere Enforcer den Atem anhielt. Bedächtig stand sie auf und starrte ihren verärgerten Gefährten an, der sich gerade kurz umdrehte, mitten in einer Konfrontation mit Stygian und einem rothaarigen Enforcer mit gefährlich finsterem Blick.

Faith kniff die Augen zu schmalen Schlitzen zusammen, als sie tiefen Zorn in sich aufsteigen spürte.

»Wie war das?« Sie hörte das animalische Knurren in ihrer eigenen Stimme, und sie wäre ebenso geschockt darüber gewesen wie Jacob, hätte sie in diesem Moment nicht mit ihrer Wut kämpfen müssen.

Jacob sah sie noch einmal stirnrunzelnd an. »Eine Minute, Faith.« Damit drehte er sich wieder zu Stygian um.

Faith zitterte am ganzen Körper, so verletzt war sie. Seine Männer standen um ihn herum und beobachteten sie ganz genau. Ihnen war bewusst, dass sie die Alphafrau dieses Rudels war, jedoch hatte seine Reaktion sie ganz unten in der Rangfolge des Rudels platziert. So viel zur Intelligenz eines Alphas.

»Wurde er in den Kopf geschossen?« Sie sah den Enforcer Stygian gespielt unschuldig an und ignorierte Jacobs Blick aus schmalen Augen.

Stygian räusperte sich bedächtig. »Nicht, soweit ich das beurteilen kann.« Sein Blick war abschätzend, als er sie musterte und sich fragte, wie sie mit ihrem Gefährten umgehen würde und ob sie stark genug für einen Platz unter ihnen war.

Sie gab ihnen keine Schuld daran. Mit einer gedankenlosen Bemerkung, geboren aus seinem eigenen Zorn, hatte Jacob jeden Respekt, den die anderen anfänglich vor ihr hatten, zunichtegemacht.

»Gibt es hier eine Internetverbindung?« Wieder richtete sie ihre Frage an Stygian. »Ich will mal annehmen, dass die Hitze des Gefechts ihm das Hirn verschmort hat, daher hoffe ich, dass wenigstens du eine intelligente Antwort hast.«

Sie ignorierte Jacob. Entweder das, oder sie würde ihn erschießen.

»Na ja, wir haben einen Laptop …«

»Hol ihn«, befahl sie. »Satellitenverbindung?«

Er warf Jacob einen fragenden Blick zu.

»Er hat dich nicht gefragt«, mahnte sie ihn, »sondern ich.«

Stygian zuckte mit den Schultern. »Er ist der Boss. Du bekommst einen Laptop, wenn er es sagt.«

Das war keine zufriedenstellende Antwort. Bevor Jacob ihn zurechtweisen konnte, reagierte Faith.

Je größer sie waren, umso weniger erwarteten sie von einer kleinen schwächlichen Frau. Er blockte ihren Schlag ab, also achtete er nicht auf ihre Füße. Sie schlang ein Bein um seine und brachte ihn aus dem Gleichgewicht, als sie geschickt ihre Beine außer Reichweite brachte, kräftig drückte und zusah, wie er zu Boden ging. Als er unsanft auf dem Rücken landete, setzte sie ihm gebieterisch den Fuß auf den Schritt.

Wäre sie der Feind, hätte er sie jetzt gepackt. Doch wäre er ihr Feind gewesen, hätte es ihn bereits seine Hoden und danach seine Kehle gekostet.

Hinter ihr fluchte Jacob.

»Ich bin kleiner, und er ist der Arsch, der seine Gefährtin sechs Jahre lang allein gelassen hat, um Dschungelvagabund zu spielen. Mag sein, dass es ihm nicht gefällt, und mag sein, dass du den Eindruck hast, du könntest es ihm gleichtun. Aber ich bin immer noch deine Alpha.«

Stygian erzitterte, aber nicht aus Furcht. Tiefes, kräftiges Lachen drang aus seiner Kehle und schüttelte ihn durch, als er die Hände ausstreckte und sie am Knöchel packte. Faith drehte sich in seinem Griff, machte einen Salto und landete ein paar Schritt entfernt von ihm in der Hocke.

»Verdammt. Boss, sie ist ganz schön lebhaft.« Er kam auf die Füße und sah Faith an, die sich gerade zu ihrer vollen Größe aufrichtete. Was neben Stygian zugegebenermaßen nicht besonders beeindruckend aussah.

»Stimmt«, grollte Jacob warnend und mit einem Maß an Respekt in der Stimme, das sie zuvor so noch nicht gehört hatte.

»Jetzt brauche ich deine Hilfe auch nicht mehr«, stieß sie hervor und starrte ihn wütend an.

»Nein, das hast du selbst geregelt, aber ich bin derjenige, der wieder mal auf dem Hintern hätte landen müssen«, seufzte er müde. »Ich habe einen Laptop mit Satellitenverbindung im

Haus, und ich zeige dir alles, was du brauchst. Du hast recht. Du hast deinen Platz heute Nacht bewiesen, und ich sollte mich nicht von meinem Zorn und meiner Sorge um dich leiten lassen.«

Faith war erstarrt und sprachlos vor Schock.

»Verdammt. Da hat sich der Boss doch gerade echt entschuldigt«, kicherte Stygian in einem ungläubig spöttischen Tonfall.

»Und du bist der Nächste.« Mit einem wilden Knurren drehte Faith sich zu ihm um.

Überrascht wich Stygian einen Schritt zurück.

Dann nickte er respektvoll. »Du hast recht. Wird nicht wieder vorkommen, LB.«

Faith runzelte die Stirn. »LB?«

»LadyBoss!« Er nickte nachdrücklich. »Mann, du siehst nicht nur gut aus, sondern bist auch noch schnell wie der Blitz. Willkommen im Rudel.«

23

Am Ende landeten sie im Wohnzimmer, wo Jacob auf den Schalter drückte, der dunkle Rollläden über jedes Fenster gleiten ließ und die das Innere des Raumes in intimes Dämmerlicht tauchten.

»Also, wir haben ein Problem.« Jacobs Stimme klang hart und kalt, als er die vier kleinen Hochglanzfotos auf den Beistelltisch fallen ließ. »Meine Mission hat nichts mit diesen Frauen zu tun. Und ich denke, wir haben soeben festgestellt, dass diese Kojoten nicht hinter mir her waren, sondern hinter dir.«

Mit einem müden Seufzen ließ Faith sich auf die Couch fallen und starrte das kleine Foto an, das sie selbst zeigte. Es war vor sechs Jahren aufgenommen worden, während ihrer Zeit im Labor. Das von Hope war nur wenig älter. Bei den anderen beiden war sie sich nicht sicher.

»Wieso?« Sie schüttelte verwirrt den Kopf. »Wenn die mich wollten, hätten sie bessere Chancen gehabt, bevor ich herkam. Wie viele Leute hast du? Genug, um die anderen beiden Frauen zu schützen, falls wir sie finden können?«

»Ich habe genügend Leute, wenn ich die anderen Rudel in der Nähe hinzuziehe«, erklärte er. »Denkst du, du kannst die beiden Frauen finden? Ich kann bei meinen Kontakten anfangen, aber wenn wir beide daran arbeiten, kommen wir bestimmt schneller voran.«

Sie nahm das Headset vom Kopf, doch den Revolver steckte sie hinten in ihre Jeans. Eigentlich hätte es unpassend wirken müssen, aber die Geste zeugte von einer ruhigen Selbstsicherheit und einer Stärke, die ihn immer wieder aufs Neue erstaunte. Faith sollte beschützt werden; seine Furcht war immer gewesen, dass sie nicht in der Lage wäre, sich selbst zu schützen. Er musste erneut zugeben, dass es ihn ein wenig erschütterte, sie so zu sehen. Sie sollte kein Leben führen müssen, in dem es notwendig war, sich verteidigen zu müssen.

»Ich kann anfangen, sobald Stygian mit der Ausrüstung da ist.« Faith zuckte die Schultern, doch Jacob konnte sehen, dass nervliche Anspannung und Müdigkeit an ihr nagten.

»Wir brauchen schnell ein paar Antworten«, sagte er. »Diese Bastarde heute Nacht hatten es auf dich abgesehen. Ein riskanter Zug, selbst für Kojoten. Sie haben noch nie versucht, eine Frau vom Rudel zu entführen oder gezielt eine ganz bestimmte anzugreifen.«

»Sie sind nicht nur hinter den Breed-Frauen her«, erinnerte ihn Faith. »Hope ist menschlich, ebenso die beiden anderen, wenn ich mich recht erinnere. Und sie hatten alle mit dem Labor zu tun, in dem wir geboren wurden.«

Jacob kniete sich neben den Beistelltisch.

»Charity Dunmore und Honor Roberts.« Stirnrunzelnd betrachtete er die beiden Frauen. »Charity ist menschlich. Sie war Facharbeiterin im Labor, kurz bevor es in die Luft flog. Weißt du noch? Die andere ist Honor Christine Roberts, die Tochter eines höherrangigen Mitglieds des Councils. Das Letzte, was wir von ihr hörten, war, dass sie noch zur Schule ging, als das alles passierte. Sie verschwand direkt nach der Inhaftierung ihres Vaters von der Bildfläche.«

Faith wusste das alles ebenso gut wie Jacob. Sie verschränkte die Arme und rieb mit den Händen darüber, als wolle sie sich wärmen.

»Wir müssen herausfinden, wo sie sich aufhalten und was uns verbindet. Hope und ich, das verstehe ich. Wir sind die Gefährtinnen von zwei der mächtigsten lebenden Wolf-Breeds. Aber wie du siehst, ist die Gefährtin des Alphas der Katzen-Breeds nicht dabei. Merinus, glaube ich. Auch ihre Kinder nicht, drei inzwischen. Von den Katzen ist hier niemand abgebildet, also war zumindest diese Gruppe von Kojoten auf Wolf-Breeds konzentriert. Ich muss Wolfe kontaktieren und ihn auf die Gefahr für Hope aufmerksam machen.«

Jacob starrte die Liste mit den kleinen Skizzen neben jedem Namen an.

»Hast du die Codes hier drauf erkannt und verstehst, was sie zu bedeuten haben, Faith?«, fragte er langsam und sah zu ihr auf.

Sie ging zu ihm und sah stirnrunzelnd auf die Liste. Es dauerte ein paar Augenblicke, um sie einzuordnen.

»Fruchtbarkeitscodes«, flüsterte sie. Ihr fielen die Codes ein, die im Labor angelegt worden waren, als die Tests an Hope und Wolfe stattfanden.

»Eine Zeugung ist am ehesten möglich, wenn die Frau sich in Hitze befindet«, erinnerte Jacob sie. »Laut diesen Codes ist Hopes Wert am niedrigsten, deiner am höchsten und die Werte der anderen beiden Frauen irgendwo dazwischen.«

»Aber man muss sich gepaart haben, um in Hitze zu geraten.« Faith schüttelte verwirrt den Kopf. »Das ergibt keinen Sinn, Jacob. Charity Dunmore und Honor Roberts sind keine Breeds und sollten auch mit keinem unserer Männer gepaart sein. Warum sollten sie auf der Liste stehen?«

»Es sei denn, sie wurden, so wie du und Hope, irgendwie für eine Paarung vorgesehen.« Jacob sah sie stirnrunzelnd an. »Gab es nicht eine Vermutung über die Existenz solcher Tests, die während der Genetics-Vernehmungen aufkam, in den Tagen unserer Flucht?«

Einen solchen Verdacht hatte es tatsächlich gegeben. Berichte, die bei mehreren hochrangigen Wissenschaftlern des Councils entdeckt worden waren und auf Forschungsexperimente hindeuteten, mit dem Ziel, den genetischen Code, der die verschiedenen Breeds an der Vermehrung hinderte, umzukehren. Wie es schien, hatte die Natur ihnen mit den genetischen Anomalien, die in Männern und Frauen nach deren Zeugung stattfanden, nur geholfen.

»General Roberts hat eine Menge solcher Tests angeordnet«, seufzte Faith. »Allein nach den Daten, die ich selbst sammeln konnte, waren wir zur Auslöschung verdammt, wäre es nach ihm gegangen. Er dachte, irgendwelche Kinder, die wir haben könnten, wären einfacher zu kontrollieren.«

Breeds waren für ihn Untermenschen, das war kein Geheimnis gewesen. Meuchelmörder ohne Gewissen und ohne Bedarf nach Wärme oder Leben. Sie waren Bauern in seinen großen Machtintrigen gewesen, und er und Bainesmith hatten das perfekte Gespann abgegeben.

»Wir müssen Wolfe kontaktieren; er muss davon erfahren, ebenso die anderen Rudel und die Katzen. Wir könnten hier gerade mal die Spitze eines Eisbergs vor uns haben.«

»Der schwierigste Teil wird sein herauszufinden, warum diese Frauen Ziele sind«, sagte Stygian, der gerade hereinkam, gefolgt von einigen anderen Enforcern mit elektronischen Geräten.

Innerhalb von Minuten war ein Laptop für Faith eingerichtet, dazu eine abhörsichere Satellitenverbindung mit optimalem Empfang.

»Wie sicher sind wir hier?«, fragte Faith und ließ sich auf einem Stuhl vor dem Computer nieder.

»Nur Rudelterritorium ist noch sicherer.« Jacob zuckte mit den Schultern. »Das hier ist unsere Basis für diese Seite des Berges. Stygian zieht mehrere Rudel aus der Nähe hinzu, für zusätzlichen Schutz. Aber wir bleiben nicht lange hier. Bald werden wir in Wolfes Territorium zurückkehren.«

Da Hope die Alphafrau aller Rudel war, waren ihre Sicherheit und die jenes Babys, das sie möglicherweise erwarten konnte, von äußerster Wichtigkeit. Sie konnten ihr Leben nicht riskieren. Die Enforcer würden sich um sie scharen, bis die Bedrohung vorüber war.

»Wie bald werden wir aufbrechen?« Faith schloss ihr Headset an das Handy an ihrem Gürtel an. Es würde eine Menge Arbeit erfordern, an die benötigten Informationen heranzukommen. Irgendwas davon.

»Mit Glück in wenigen Tagen.« Jacob tippte bereits Nummern in sein Handy ein. »Sieh zu, was du fürs Erste herausfinden kannst. Im Moment kann uns jede Information, die wir ausgraben können, nur helfen.«

Es fand sich nicht viel, aber das, was in den nächsten Stunden zum Vorschein kam, war erschreckend. Im letzten Monat waren bereits zwei weibliche Wolf-Breeds Angriffen zum Opfer gefallen. Zum Glück war keine von beiden umgekommen, doch sie waren auch nicht unversehrt geblieben. Allerdings waren beide Frauen noch ohne Gefährten und nicht in Hitze. Beide Frauen waren vergewaltigt worden.

Faith zitterte vor Wut, als sie das erfuhr. Verdammte Bastarde, denen war völlig egal, welche Schrecken sie anderen mit ihrer Verdorbenheit bereiteten. Sie hatten weder Gewissen noch Schamgefühl, und sie waren gnadenlos in ihrer Missachtung des Lebens, das sie erschaffen hatten.

Faith gab eine weltweite Alarmmeldung an alle bekannten Rudel heraus. Stundenlang saß sie über den Computer gebeugt und arbeitete daran, so viele Leute wie nur möglich zu warnen und mehr Informationen einzuholen. Sie mussten wissen, wieso und zu welchem Zweck das Council wieder zuschlug. Nach einem Entführungsversuch von Callans und Merinus' Erstgeborenem vor mehreren Wochen befand sich das Katzenrudel bereits in erhöhter Alarmbereitschaft. Tanner, der Kontaktmann des Rudels, sprach direkt mit Faith, und sie konnte den Zorn in seiner Stimme hören. Seine eigene Gefährtin hatte erst vergangenes Jahr Zwillinge zur Welt gebracht, und seine Sorge spiegelte sich in dem kalten, harten Unterton in seiner Stimme wider, als er von dem Entführungsversuch berichtete.

»Das Council ist wieder auf der Jagd«, erklärte er unumwunden. »Die Bastarde werden nicht aufhören, bis wir sie töten, und Callan will keinen Befehl herausgeben, sie auszuschalten, bevor sie zuschlagen.«

»Callan hat recht, Tanner«, antwortete Faith müde. »Im Augenblick ist unsere gute Position in der Meinung der Weltöffentlichkeit zu unsicher.«

»Scheiß auf die öffentliche Meinung«, knurrte Tanner aufgebracht. »Das sind unsere Babys und unsere Frauen, von denen wir da reden. Ob oder wie sie oder wir überleben, ist der Welt vollkommen egal.«

Faith war wie so oft seiner Meinung. Nachdem sie den Rest ihrer eigenen Informationen weitergegeben hatte, legte sie auf und machte sich wieder an die mühselige Aufgabe, so viele Informanten wie möglich zu kontaktieren. *Irgendwo musste es doch Antworten geben*, dachte sie niedergeschlagen.

»Was ist da los?« Faith schüttelte ungläubig den Kopf, als sie eine ganze Weile später auf eine weitere Nachricht von einem Informanten starrte.

Laut dem Bericht vor ihren Augen gab es weder Gerüchte noch Befehle oder geflüsterte »Vorschläge«, die unter den wenigen Mitgliedern des Councils, die sich noch in Machtpositionen befanden, die Runde machten. Aufgrund extremem

Drucks verschiedener Strafverfolgungsbehörden galten die Breeds bis auf Weiteres als tabu, und das schon seit mehreren Jahren. Falls einer von ihnen umkam, wären die Auswirkungen schlimmer, als man wollte. Angeblich hatten die Entführungsversuche an Kindern des Rudels für Furcht und Schrecken unter den Mitgliedern des Councils gesorgt, die noch auf freiem Fuß waren.

»Wie könnte das Council nicht hinter alldem stecken?« Jacob hockte neben ihrem Stuhl und starrte stirnrunzelnd auf den Bildschirm.

»Ich sage nicht, dass das Council nicht dahintersteckt.« Faith zuckte müde mit den Schultern. »Aber es gibt noch keine Informationen, die das untermauern. Es geht definitiv etwas vor. Aber entweder hat keiner meiner Kontakte die Informationen, oder sie sind schlicht zu gefährlich, um sie durchsickern zu lassen. Es könnte Tage dauern, bis ich auch nur eine Andeutung von Informationen hierzu bekomme.«

»So viel Zeit haben wir nicht mehr.« Jacob machte ein besorgtes Gesicht. »Ruh dich aus. Seit dem Angriff hast du nicht mehr geschlafen, und davor auch schon nicht viel. Ich suche weiter.«

Faith schüttelte den Kopf. Sie wusste, dass die Zeit drängte. Selbst das quälende Pochen zwischen ihren Schenkeln würde sie davon nicht ablenken. Verdammt, sie brauchte ihn viel zu sehr. Selbst wenn sie sich inmitten von irgendwelchen neuen Gefahren wiederfanden, wollte sie ihn. Es war eine Krankheit, entschied sie. Jacob-Plage.

Seit Stunden saß sie schon hier und ignorierte den sinnlichen Schmerz, der in ihrem Leib pulsierte, das heiße Blut in ihren Adern, die Feuchte in ihrem Schritt. Sie spannte die Schenkel an. Zu viel Arbeit.

»Du kannst es nicht ewig ignorieren.« Jacobs sanfter Tonfall ließ vermuten, dass er sich schon die ganze Zeit ihrer Erregung bewusst war.

»Zu viel zu tun.« Faith spürte die Heiserkeit in ihrer Kehle und das protestierende Anspannen ihrer Muskeln.

»Für heute haben wir alles getan, was wir konnten, Faith«, flüsterte er, schob den schweren Stuhl zurück und glitt zwischen ihre Beine.

Faith sah ihm ins sonnengebräunte Gesicht, die träge Sinnlichkeit in seiner Miene, die dunklen Wimpern, die seine Wangen beschatteten, seine Augen, die in lustvoller Vorfreude glitzerten.

Seine Hände umspannten ihre Hüften und schoben sich dann unter ihr Shirt, um sich wie eine Spur aus vernichtendem Feuer ihren Brüsten zu nähern. Faith konnte die instinktive Bewegung nicht aufhalten, mit der sie ihre Brustwarzen seinen Fingern entgegendrückte, die leicht daran zupften.

»Ich wittere deine Hitze schon seit Stunden«, stöhnte er und sah ihr in die Augen. »Ich kann kaum noch funktionieren, ohne dich in Gedanken flachzulegen, kaum noch denken, ohne mir deinen Geschmack auf meiner Zunge vorzustellen. Wie machst du das nur, Faith? Wie weckst du so viel Begehren in mir, bis ich verhungere?«

»Wie machst du es denn bei mir?«, keuchte sie, als seine Lippen über ihre Wange hauchten. »Jacob, ich kann nicht denken, wenn du mich berührst.«

»Ich kann nicht denken, wenn du nur in meiner Nähe bist«, gab er zurück. »Wie kann das fair sein, Faith? Alles, woran ich denken kann, ist der süße Geschmack deines Körpers, die Hitze deines Schoßes, der mich umschließt. Ich will dich, Baby. Ich will dich so sehr. Auf der Stelle.«

So war es. Er zog sie an sich, und sein harter Schaft drückte sich an ihren heißen Schoß.

»Ich will dich auch«, flüsterte sie und sah zu ihm auf. »Ich habe dich immer gewollt, Jacob. Ich habe dich immer geliebt.«

Sie sah, wie sich die Muskeln an seinem Kiefer anspannten.

»Das willst du nicht hören, richtig?« Schmerz fuhr ihr ins Herz. Sie hatte sich eingeredet, dass sie mit der Paarung allein zufrieden sein könnte, mit seinem Begehren. Doch jetzt, in diesem einen Augenblick, wurde ihr blitzartig bewusst, wie unbedingt sie auch seine Liebe brauchte.

»Faith«, flüsterte er mit belegter Stimme und in seine Züge trat ein Ausdruck von so viel Bitterkeit und Schmerz, dass sie am liebsten vor Ablehnung aufschreien wollte.

»Ich will nicht dein Mitleid.« Sie schüttelte den Kopf und schob ihn von sich. »Ich will deine Liebe, Jacob.«

Sie stand vom Stuhl auf und ging davon, während sie gegen das bebende Verlangen ankämpfte, das sie überkam. Jetzt war nicht die Zeit für Sex oder Streit, ermahnte sie sich.

»Wir haben eine Menge zu tun«, stieß sie hervor, als er nicht antwortete, sondern stattdessen aufstand. »Ich muss noch einige andere Quellen überprüfen …«

»So funktioniert es nicht, Faith«, knurrte er, schlang den Arm um ihre Taille und zog sie wieder fest an sich.

Er war hart, heiß, angespannt mit seinem eigenen Verlangen und seiner sturen Entschlossenheit, zu glauben, dass Liebe nicht existierte. Verdammter Kerl, fluchte Faith im Stillen. Sie brauchte mehr als nur seinen Schwanz. Sie brauchte mehr an einem Gefährten als nur einen Mann mit einem allzeit bereiten Ständer.

»Wie funktioniert es dann, Jacob?«, flüsterte sie, während er die Hände über ihren Rücken und ihre Hüften wandern ließ. »Ich bin zu müde, um mit dir zu streiten, und ich bin auch zu müde, um abzustreiten, was ich brauche. Ich will nicht nur Sex. Ich will geliebt werden.«

Schmerz machte ihr das Herz schwer, und Tränen stiegen ihr in die Augen. Sie hasste ihre Hormone und das, was sie mit ihr anstellten. Der nicht enden wollende Zorn war schon schlimm genug, aber dieses Verlangen war noch schlimmer, noch vernichtender als die sechs Jahre körperlichen Sehnens, die sie erduldet hatte.

»Nicht weinen, Faith.« Seine Stimme war so leise, dass sie die Worte kaum hören konnte.

Seine Hand glitt an ihren Kopf, und er drückte sie an seine Brust, an sein Herz. Sie spürte es schlagen, ein hartes Pochen unter ihrer Wange. Wie konnte er kein Herz haben oder die Liebe, die sie so verzweifelt brauchte?

»Ich weine nicht.« Sie schniefte, aber sie spürte die Feuchte auf ihren Wangen und hörte, wie erstickt ihre Stimme klang.

»Wenn ich dich berühre, dann will ich nichts mehr, als dir mit meiner Berührung und meinem Kuss zeigen, dass du das Wichtigste in meinem Leben bist«, seufzte er an ihrem Haar. »Ein Teil von mir gehörte immer dir, Faith. Ein Teil, vor dem ich mich nie ganz verstecken konnte.« Seine Stimme klang sanft, voller Schmerz und voll von seinen eigenen Ängsten. »Aber ich werde dir keine Illusion versprechen. Ich werde dich nicht belügen und dir erzählen, dass in mir etwas existiert, das gar nicht da ist. Ich kenne keine Liebe, Baby. Ich habe keine Ahnung, womit ich sie vergleichen oder woran ich sie erkennen soll. Alles, was ich weiß, ist, dass du mein ganzes Leben lang meine Schwachstelle warst.«

Konnte das Liebe sein? Faith wusste, dass es mehr war, als Jacob je einem anderen Lebewesen gegeben hatte. Sogar unter den Breeds hatte er einen Ruf von Gnadenlosigkeit gegenüber dem Feind und kalter, harter Entschlossenheit in allen Dingen. Sie wusste, dass er viele Male im Angesicht ihrer hormonbedingten Stimmungsschwankungen und ihres Zorns nachgegeben hatte. Hätte ein anderer Enforcer, egal ob Mann oder Frau, ihn so herausgefordert, wie sie es getan hatte, dann hätte er ganz anders reagiert. Seine Männer nahmen sich aus gutem Grund vor ihm in Acht.

»Wirst du zulassen, dass ich dich liebe, Jacob?«, fragte sie schließlich leise. »Wenigstens so viel brauche ich. Wenigstens so viel, Jacob, sonst kann ich nicht überleben.«

24

Hätte er ein Herz, es wäre in diesem Augenblick gebrochen. Schmerz fuhr Jacob in Körper und Seele und verkrampfte jeden einzelnen Muskel in ihm in gequältem Protest. Ihre Stimme war so leise und sanft, dass es ihn schier umbrachte. Und darin hörte er ihre Liebe. Als hätte ihre Seele sich geöffnet. Dieses neue Gefühl überflutete ihn, sickerte in Narben und Wunden, von deren Existenz, tief in seiner Seele, er bisher nichts gewusst hatte.

Seine Augen wurden feucht, als er sie beschützend an sich drückte und nur noch aufbegehren wollte, gegen alle Unschuld und alles Vertrauen, das sie noch in sich hatte. Immer noch. Selbst nach dem Leben, das sie führen musste. Selbst nach all den Grausamkeiten, die sie seit der Flucht gesehen hatte. Und noch immer glaubte Faith an Liebe. Sie weckte in ihm den Wunsch, auf die Knie zu fallen und sie anzuflehen, dass sie ihn in das Geheimnis einweihen möge, wie man diesen Glauben bewahren konnte. Wie hatte sie so sanft und zart bleiben können, innerlich und äußerlich, wenn er doch so hart und bitter geworden war? Was für ein Akt höchster Gnade hatte sie davor bewahrt? Er wusste es nicht. Doch als er sie in seinen Armen hielt, dankte er Gott mit allem, was er in sich hatte, dass sie bewahrt geblieben war. Dass Seine Hand sie beschirmt und beschützt, ihr Herz unversehrt gelassen hatte.

»Du beschämst mich, Faith.« Er wusste nicht, was er ihr sagen sollte. Denn er verstand den brodelnden Sumpf aus Gefühlen nicht, der ihn innerlich zerriss.

Ungewohnte Emotionen. Gefühle und Empfindungen, die er nie zuvor in seinem Leben gekannt hatte. Zu gleichen Teilen Sanftmut und harte Züchtigung, berührten sie ihn in Leib und Seele wie noch nie etwas anderes zuvor.

»Ich will dich nicht beschämen, Jacob. Ich will dich lieben.« Ihre Hände glitten über seinen Rücken, und ihre Nägel kratzten erotisch über den Stoff.

Er konnte sein Stöhnen kaum unterdrücken. Der Duft ihres Verlangens war stärker geworden. Als wäre der Sturm der Gefühle in ihr irgendwie mit der Stärke ihrer Erregung verbunden. Ihr Duft lockte ihn, berauschte ihn, bis er kaum noch an etwas anderes denken konnte als daran, seinen Schaft tief in sie zu versenken. Doch zugleich gab es einen Teil seiner Seele, der sich getröstet fühlte. Faith war seine Gefährtin, und in ihrer Stimme und ihren Handlungen hatte sie ihn akzeptiert, selbst ohne die Liebe, von der er wusste, dass sie sie brauchte.

»Du bist alles für mich.« Er kämpfte gegen das Bedürfnis an, sie zu trösten, ihr zu geben, was immer sie wollte, nur weil sie es wollte. Aber zur Hölle, was wusste er schon von Liebe, außer dem, was sie ihm gezeigt hatte? Und Gott wusste, er hatte ihr nie so viel Hingabe und Aufopferung geschenkt wie sie, sechs Jahre lang.

»Es ist okay, Jacob.« Faith schüttelte den Kopf, um ihm den Fluchtweg zu öffnen, den er brauchte.

Aber er wusste auch, dass es eben nicht in Ordnung war. Er ließ sie im Stich. Aber er durfte sie nicht im Stich lassen, nicht Faith. Nicht schon wieder.

»Wenn ich Liebe kennen würde, dann weiß ich, dass alles, was ich an Liebe hätte, allein dir gehören würde«, flüsterte er verzweifelt. »Wäre mein Herz unversehrt, wäre es von nichts anderem erfüllt als von meiner Liebe zu dir, Faith.« Er hielt sie fest in seinen Armen und fühlte, wie ihr der Atem stockte, spürte ihre Tränen an seiner Brust. »Lieber Gott im Himmel, Faith, ich ertrage es nicht, dir wehzutun. Bitte. Bitte, schick mich noch mal auf die Bretter oder so was. Irgendwas. Aber weine nicht meinetwegen.«

»Nicht deinetwegen, Blödmann.« Sie schob ihn von sich und wischte sich über die Wangen, als sie zu ihm aufsah. »Ich weine um dich. Das ist ein Unterschied, weißt du.«

Sie war wunderschön. So ein wundervolles Werk der Natur, dass er wie geblendet war. Ihr Gesicht war gerötet, ihre Augen so dunkel und funkelnd vor Tränen und ihren Gefühlen, dass es aussah, als stünden in ihnen tausend kleine Lichtpunkte. Ein Stirnrunzeln zog ihre rotbraunen Augenbrauen tief nach unten, und ihr Mund, so perfekt geformt, zeigte die winzige Andeutung eines Schmollmundes. Noch nie hatte er eine schönere Frau gesehen, nie hatte er etwas oder jemanden in seinem Leben so unbedingt gewollt, wie er in diesem Augenblick Faith wollte.

»Dann weine auch nicht um mich.« Er schüttelte den Kopf und fühlte sich wie hypnotisiert von ihr. »Verdammt, Faith.« Er fuhr sich mit den Fingern durchs Haar, fühlte sich hilflos treibend, verloren in einem Abgrund aus Emotionen, ohne eine Ahnung, wie er sich da zurechtfinden sollte. Er wusste nur, dass es hier um Faith ging, und er spürte, dass er sie da, wo es ihr am wichtigsten war, im Stich ließ.

Es gab keine Entschuldigung dafür. Keine Worte, die diese herzzerreißenden Empfindungen, die ihm so fremd waren, ausdrücken konnten. Also tat er das Einzige, was ihm einfiel, und versuchte, das Gefühl auf die einzige Art und Weise zu lindern, die er kannte.

Er zog sie in seine Arme, drückte seine Lippen auf ihren Mund und hielt damit alle weiteren Worte oder Tränen von ihr auf. Seine Zunge schob sich zwischen ihre überraschten Lippen, glitt in ihren Mund mit einer Leidenschaft, die er kaum kontrollieren konnte. Er brauchte sie. Er musste sie haben. Er spürte einen überwältigenden Drang, ihrem Verstand das Aroma und das Gefühl seines Körpers einzuprägen, auf eine Weise, die sie nie leugnen könnte. Auf eine Weise, die sie beruhigen, sie locken – sie ergänzen würde.

Jacob spürte, wie ihre Hände seine Schultern packten und ihre Nägel sich in seine Haut gruben, als sie in seinem Kuss aufstöhnte. Sie war heiß und berauschend wie eine Droge. Süße und Unschuld und eine sinnliche Versuchung, die ihn um den Verstand brachte.

Er naschte an ihrem Mund, ihren Lippen, ihrer Zunge. Ihre Berührung, ihr Geschmack brannten sich in seine Seele. Er brauchte mehr, und er wollte, dass sie so heiß und voll Begierde nach ihm war, dass sie ihn niemals verlassen und niemals ihre Liebe zu ihm bedauern würde. Und dass sie nie bedauern würde, dass er nicht wusste, wie man liebte.

»Jacob.« Ihr Aufschrei war wie Musik für seine Seele. Voll heißer Begierde und benommener Erregung. Sie gab ihm das Gefühl, ein Eroberer zu sein, ein Retter. Sie gab ihm das Gefühl, lebendig zu sein. Und Jacob wusste: Bis sie in diese dreckige kleine Bar marschiert war, hatte er nicht gelebt. Nicht wirklich. Sein Leben hatte in jener Nacht erst begonnen.

»Ich brauche dich«, grollte er, löste seine Lippen von ihrem Mund und ließ sie über ihren Hals wandern, während er die Hände wieder unter ihr Shirt schob. »Auf der Stelle, Faith.«

Ihre Brüste waren fest, prall, gekrönt von harten Knospen, die um seine Aufmerksamkeit, seine Zärtlichkeiten bettelten. Er kniff in die kleinen Perlen und genoss ihren erhitzten Aufschrei nach mehr. Sie presste sich enger an ihn, bog sich ihm entgegen und stöhnte lustvoll auf. Und Jacob konnte nicht mehr tun, als ihr zu geben, was sie so dringend brauchte.

Er zog sie näher an sich, während seine Lippen an dem Mal an ihrem Nacken knabberten. An dem sinnlichen kleinen Zeichen, das sie als seine Gefährtin, als seine Frau, kennzeichnete.

Die Tür zum Wohnzimmer war geschlossen, und er wusste, dass keiner seiner Leute es wagen würde, ihn zu stören, aber er befand sich an einem Punkt, an dem ihm das auch egal war. Er konnte nicht mehr aufhören. Er musste in sie dringen, tief und fest umschlossen von ihren Muskeln, während sie kam.

Sie wimmerte, ein sehnsüchtiges, atemloses Seufzen, das seinen Blutdruck in die Höhe trieb und seinen Schaft zucken ließ.

»Genau hier«, flüsterte er und hörte die Leidenschaft in seiner eigenen Stimme, als er sie in seinen Armen umdrehte und über die Sessellehne beugte.

»Der Sessel?« Belustigung und Verlangen wetteiferten in ihrer Stimme, als sie verführerisch mit dem Po wackelte.

Und was für ein hübscher Hintern es war. Er umfasste ihn mit den Händen, grub die Finger in ihre Rundungen, und ein animalisches Knurren drang aus seiner Brust.

»Der Sessel«, bekräftigte er, griff um sie herum und öffnete mit flinken Fingern Knopf und Reißverschluss ihrer Jeans.

Faith konnte nur überrascht aufkeuchen, als er die Hose auch schon auf ihre Knöchel herabgestreift hatte und die Finger in die feuchte Hitze ihres Schoßes gleiten ließ. Am liebsten wollte er ein kitschiges Gedicht über diesen besonders köstlichen Teil ihres Körpers schreiben. Eine Ode der Verehrung an die feuchte Enge, die cremige Umklammerung ihres Schoßes, als er dort sehnsüchtig eintauchte. Er war wie ein Ertrinkender, der ums Überleben kämpfte, und ihr begieriger Schoß und ihr fester runder Hintern waren sein Untergang. Er wollte aufheulen wie ein Wolf, um seine Erregung, seine Überlegenheit, seinen Sieg kundzutun, dass er allein sich mit dieser Frau gepaart hatte.

»Ich werde dich vögeln, bis du schreist.« So schnell, wie er sie aus ihrer Kleidung geschält hatte, befreite er nun seine pochende Erektion. »Ich werde dich nehmen, so hart und so tief, dass du für immer weißt, dass du mir gehörst. Damit du nie zweifelst, Faith. Damit du nie anzweifelst, was du für mich bist und was ich für dich bin …« Er drückte seine pralle Eichel an ihre feuchte Öffnung.

Oh, wie heiß sie war. Ihr duftiger Nektar versengte seine Haut.

»Ich schreie immer, wenn du mich vögelst.« Sie keuchte und drückte sich seiner dicken Eichel entgegen, reizte ihn mit der Enge, die ihn dort erwartete.

»Stimmt.« Jacob bemerkte, dass auch er keuchte. »Und du kannst so schön schreien, Baby.« Seine Hand strich über ihre runden Pobacken und glitt dann wieder an ihre Hüfte.

Er hielt sie fest, drückte seinen Schaft an ihre heiße Öffnung und biss die Zähne zusammen, als er die feurige Hitze spürte, die ihn dort begrüßte. Er spürte, wie ihre Muskeln sich zusammenzogen, seine Eichel liebkosten und mit ihrer süßen Essenz benetzten. Es war wie Feuer und Blitz, heiße Lust, die in jeden Zentimeter seines Körpers fuhr.

Er beugte sich über sie, schob mit den Lippen den Kragen ihres Shirts beiseite und ließ die Zähne über das Mal an ihrem Nacken schrammen. Seine Eichel drückte sich noch fester gegen ihre Pforte, und er hörte ihr Wimmern, ihr heiseres Flehen nach mehr.

»Und jetzt schrei, Faith.« Tief und hart drang sein Schaft in einem einzigen langen Stoß in sie, sodass sie sich aufbäumte und ein Aufheulen erotischen Lustschmerzes ausstieß.

Sie zitterte und bebte in seinem Griff, den Kopf nach hinten an seine Brust gelehnt, während die Muskeln ihrer Vagina um seinen Schaft vibrierten, ihren Nektar verteilten und seine Hoden feucht machten, als sie der kleine Orgasmus überkam, den er ihr damit beschert hatte.

Ihre Unterleibsmuskeln bebten. Er biss die Zähne zusammen und hielt sich mit Mühe davon ab, mit harten, schnellen Bewegungen in sie zu stoßen. Er wollte sie genießen. Das Gefühl ihrer feuchten Glätte, die Hitze, die seinen Schaft fast verbrannte und noch härter machte.

Er spürte den Schweiß auf seiner Haut, als er mühsam dem Drang widerstand, sie hart und tief zu nehmen. Er wollte die Schwellung spüren, die lustvolle Qual der Verankerung tief in ihrem bebenden Leib.

»Jacob«, keuchte sie, als er in ihr pochte, und er spürte, wie ihre Muskeln sich um ihn anspannten und ihn umklammerten wie eine Faust, die ihn beinahe um den Verstand brachte.

»So heiß und eng«, stöhnte er. »So süß und berauschend. Ich könnte für immer in dir bleiben, Faith.«

»Ich trete dir in den Hintern, wenn du mich nicht endlich vögelst«, stöhnte sie erhitzt, streckte den Arm nach hinten aus und krallte die Hand in sein Haar, während sie um Erlösung rang.

Langsam kreisten ihre Hüften, und tiefe, lustvolle Knurrlaute drangen aus ihrer Kehle. Ihre Bewegungen rissen ihn beinahe in den Abgrund des Vergessens. Ihre inneren Muskeln zogen sich zusammen, ihr Nektar linderte die Reibung zwischen ihren Körpern, und sie ließ ihre inneren Muskeln um seinen Schaft spielen.

Jacob ließ die Hände an ihre Brüste gleiten und bewegte sich vorsichtig in ihr. Kurze, langsame Stöße, die beinahe seine Beherrschung vernichteten. Er brauchte sie, zu sehr, um so langsam auf den Orgasmus zuzusteuern.

Seine Finger spielten mit ihren Brustwarzen, während er sie festhielt, und er fühlte, wie ihre inneren Muskeln sich anspannten, jedes Mal, wenn er in die harten kleinen Knospen kniff. Sie war schweißfeucht, zitternd, ihre Hüften bewegten sich an seinen und ihr Körper drängte sich an ihn.

»Beug dich vor.« Er nahm die Hände von ihren Brüsten und bog sie wieder vornüber. Sie stützte die Hände auf das Polster des Sessels, und er beugte die Knie und trieb seinen Schaft noch tiefer in sie.

»Ja«, schrie sie auf, »Noch mal. Oh Gott, Jacob, tu es noch mal.«

Noch einmal, und es könnte vorbei sein, das wusste er. Doch er konnte nicht anders. Wieder packte er ihre Hüften und zog sich aus ihrer heißen Umklammerung zurück, bis nur noch die Eichel in ihr war. Und am liebsten wollte er bei der unbeschreiblichen Wonne aufschreien, die durch seinen Körper jagte, als er noch einmal hart und tief zustieß.

Er hatte keine Kontrolle mehr. Er konnte das Verlangen nicht aufhalten, das Feuer, das über seinen Rücken lief, seine Hoden fest werden und ihn so verzweifelt nach Erlösung verlangen ließ, dass er beinahe schluchzen musste. Faith ihrerseits schrie bereits leidenschaftlich danach. Jeder kraftvolle Stoß entrang ihr ein Wimmern, ein Flehen nach mehr. Härter. Tiefer. Er gab ihr alles, worum sie flehte, und noch mehr, bis er, endlich, spürte, wie ihre Vagina sich zusammenkrampfte, ihn fest umklammerte, als der Orgasmus durch ihren Leib jagte.

Sie rief seinen Namen wie ein Mantra, als er ein letztes Mal zustieß und sein Schwanz anzuschwellen begann und ihn in ihr verankerte. Schwer atmend zitterte Jacob am ganzen Leib, während er die Schwellung spürte, die Bindung, die lange, leidenschaftliche Minuten lang verhindern würde, dass auch nur der kleinste Tropfen seines Samens verloren ging. Sie verankerte seinen Schwanz hart in ihr, während sein Samen sich ergoss, sie füllte und ihn in Lust ertrinken ließ.

Nichts war im Zimmer zu hören als ihre keuchenden Aufschreie. Schweißnasse, zitternde Körper, atemloses Flüstern, das über ihre Lippen drang, während jede Zelle ihrer Körper unter den Schockwellen der Erlösung vibrierte.

Intensive Empfindungen, die nicht enden wollten. Jacob zitterten die Knie, während seine Hüften sich bebend an sie drückten, die Lust verlängerten, als eine weitere Zuckung seinen harten Schaft liebkoste. Endlich ließ das heftige Zittern nach und seine Erektion in ihr klang langsam ab. Er zog sich zurück und stützte sie dabei.

»Was für ein faszinierendes Schauspiel.« Die scharfe Stimme ließ Jacob nach seiner Waffe greifen – bis er die Waffen sah, die auf seine Gefährtin gerichtet waren.

Mit einem Ruck zog er Faith hinter sich, die mit schwachen Bewegungen versuchte, ihre Kleidung zu richten, und sah sich einem Monster aus der Vergangenheit gegenüber.

25

Er war ihr Hauptausbilder gewesen. Leutnant Duke Marshal. Ex-Mitglied der Special Forces und Ex-Marine. Man hatte ihn aus dem Militärdienst entlassen wegen des Verdachts der Grausamkeit gegenüber Gefangenen sowie extremer Verdorbenheit. Jacob wusste nur zu gut, dass die Gerüchte höchstwahrscheinlich der Wahrheit entsprachen.

Marshal war ein Albtraum im Labor gewesen. Seine extremen Drillmethoden und Grausamkeiten hatten oft in schmerzvollen Bestrafungen geendet. Absoluter Gehorsam, keine Emotionen, keine Schwäche, das war sein Motto. Schon in jungen Jahren hatte Jacob gelernt, wie leicht der Feind – namentlich Marshal – eine emotionale Bindung gegen ihn richten konnte.

Jacob richtete seine Hose, zog lässig den Reißverschluss zu und registrierte dabei, dass der Mann sich in den letzten sechs Jahren kaum verändert hatte. Seine Haltung war immer noch aufrecht und imposant. Kalte, stahlblaue Augen und lichter werdendes blondes Haar. Er wirkte so grausam wie eh und je. Im Augenblick hatten er und seine beiden Männer den Blick fest auf Faith fixiert, die hinter Jacob hastig ihre Kleidung ordnete.

»Ihr seid an meinen Alarmen vorbeigekommen.« Jacob lenkte die Aufmerksamkeit der Männer wieder auf sich. »Das muss euch einige Mühe bereitet haben.«

Er hatte gewusst, dass Marshal kommen würde. Als Jacobs Ausbilder hatte nur er das Wissen, Jacob aufzuspüren. Doch Jacob hatte ihn nicht so bald erwartet. Und nie hatte er damit gerechnet, dass der Mann so erfolgreich alle Alarme umgehen würde.

Marshals Antwort bestand in einem höhnischen Grinsen. »Ein paar Umgebungsalarme? Also wirklich, Jacob. Ich hatte gehört, deine Sicherheitsvorkehrungen seien viel besser, als ich dann herausfand. Nachdem du die Leute, die ich letzte Nacht geschickt habe, ausgeschaltet hast, bin ich selbst gekommen. Ich hatte nicht so wenige Männer erwartet oder so wenige Alarme.«

Was hoffentlich bedeutete, dass Stygian mitbekommen hatte, dass die Kerle im Haus waren. Jacob hatte nicht erwartet, dass so bald ein weiterer Trupp auftauchen würde, doch um an die Informationen, die sie brauchten, zu kommen, waren mangelhafte Sicherheitsvorkehrungen nötig gewesen, die einen Einbruch ins Haus zuließen. *Sei immer auf das Unvorhersehbare vorbereitet*, dachte Jacob seufzend. Seine Lust hatte Faith in Gefahr gebracht, und sein Verlangen nach ihr hatte sie in die Schusslinie gerückt.

»Meine Männer sind da.« Jacob zuckte lässig mit den Schultern.

Selbstsicherheit im Angesicht des Feindes. Lass sie nie sehen, wie du schwitzt. Die alten Regeln waren am schwierigsten zu vergessen, und jetzt nutzte er sie zu seinem Vorteil. Niemals Schwäche zeigen.

Ein kurzer Ausdruck von Besorgnis huschte über Marshals Gesicht.

»Seht noch mal nach«, befahl er über sein Headset.

Wie viele Leute hatte Marshal dabei? Hätte er einen von Jacobs Leuten ausgeschaltet, würde er sich spätestens jetzt damit brüsten. Er war so voller Selbstgefälligkeit und absolutem Vertrauen in seine eigenen Fähigkeiten. Das war bereits mehr als einmal sein Verderben gewesen.

Jacob blieb entschlossen vor Faith stehen, die sich enger an seinen Rücken schmiegte und ihm damit vorläufig gestattete, sie zu beschützen. Es wäre das Beste, wenn den Männern, die sie beobachteten, nicht bewusst war, dass sie mehr als fähig war, sich zu verteidigen. Ihr zierlicher Körperbau und ihre Aura der Zerbrechlichkeit würden ihr nur zu ihrem Vorteil gereichen. Und zu Jacobs Vorteil.

»Was machen Sie denn hier, Marshal?«, fragte Jacob neugierig und versuchte, seinen Zorn und seinen Hass auf den Mann unter Kontrolle zu halten. »Ich dachte, das Council hätte es aufgegeben, uns wieder einfangen zu wollen. Sie sollten sich doch absolut im Klaren darüber sein, welchen Ärger das für Ihre Vorgesetzten bedeuten wird.«

Marshal runzelte die Stirn. »Das hier hat nichts mit dem Council zu tun«, schnaubte er.

Sein Blick glitt zu Faith, die, geschützt hinter Jacob, kaum zu sehen war.

»Wir brauchen deine Frau für eine Weile.« Marshal grinste in lustvoller Vorfreude – ein Anblick, der Jacob vor Zorn in höchste Alarmbereitschaft versetzte. »Wir versprechen, dass wir sie in ein paar Tagen zurückbringen – vielleicht ein wenig lädiert, aber lebendig.«

Jacob verschränkte die Arme und fragte sich, wo zum Henker Stygian und seine Leute blieben. Jetzt wäre ein guter Zeitpunkt, um mal vorbeizuschauen.

»Sie müssen mich für einen Dummkopf halten, Marshal.« Mühsam behielt Jacob einen neutralen Tonfall bei und hielt seinen Zorn unter Kontrolle. »Sie sprechen hier von meiner Gefährtin. Ich denke, Sie wissen recht gut, dass ich sie nicht gehen lasse.«

Ein kurzes, selbstgefälliges Stirnrunzeln huschte über Marshals Gesicht. Im Labor war Jacob der Breed gewesen, der sich am wenigsten seinen Befehlen widersetzt hatte. Jacob hatte das Spiel gut mitgespielt, auf den rechten Augenblick gewartet, bis sie entkommen konnten und sorgfältig darauf geachtet, keinerlei Anzeichen für Aggressivität zu zeigen. Den perfekten Schoßhund hatte Marshal ihn einmal genannt. Jacob schwor, dass er dem Mann bei der ersten sich bietenden Gelegenheit die Kehle herausreißen und ihm zeigen würde, dass aus einem Schoßhund ein Pitbull werden konnte.

»Ich kann dich töten und sie dann mitnehmen.« Marshal zuckte gleichmütig die Schultern. »Was nützt du ihr, wenn du tot bist?«

Jacob spürte, wie Faith sich hinter ihm anspannte. Und außerdem spürte er, wie ihr Arm sich langsam um ihre Seite bewegte. Verdammt, er mochte wetten, dass sie noch immer diese Knarre hinten in ihrer Hosentasche hatte. Er blieb weiter schützend stehen und griff mit einer Hand nach hinten, um sie an seinen Rücken zu drücken. Gleichzeitig ließ sie den Colt in seine Hand gleiten. Ein Revolver war herzlich wenig, aber er konnte gut und gern alles sein, was sie schützte, bis Hilfe kam.

»Was wird sie mir nützen, wenn Sie sie mitnehmen?«, gab er in tödlichem Tonfall leise zurück. Es war an der Zeit, dass der Herr und Meister lernte, dass der Schüler nicht länger seinen Befehlen folgte. »Sie wissen, dass ich meine Gefährtin nicht hergebe, Marshal. Also sind Sie offensichtlich gekommen, um mich so oder so umzubringen.«

Marshal lächelte – ein Zähnefletschen, eine kalte Zurschaustellung von Grausamkeit.

»Emotionale Bindung, Jacob? Haben wir dir während der Ausbildung nicht Besseres beigebracht?«

Oh doch, das hatten sie. Jahrelange Bestrafungen und Brutalität, an die er sich nur noch in seinen Träumen erinnerte. Sie hatten ihm eingebläut, sich nie um andere zu kümmern und nie zuzulassen, dass jemand ihm wichtig wurde.

»Mit Emotionen hat das nur wenig zu tun«, meinte Jacob schulterzuckend, obwohl er es in diesem Augenblick, in diesem einen Bruchteil einer Sekunde, besser wusste. Er wusste, dass es alles damit zu tun hatte, mit einem Herz, das er verloren geglaubt hatte und erst jetzt erkannte, dass es noch am Leben war, voller Narben, doch vollständig. Ein Herz, das nur Faith gehörte.

»Keine Emotionen?«, fragte Marshal mit herablassender Miene. »Dann hast du ja kein Problem damit, sie herauszurücken.«

»Sie gehört mir!« Jacob packte die Waffe, und sein Magen zog sich warnend zusammen, als er die drei Männer musterte, die ihm gegenüberstanden. »Ich habe sie markiert, ich habe mich mit ihr gepaart. Sie gehört mir.«

»Sie wird nie schwanger werden.« Kalte Berechnung stand in den Augen des anderen Mannes. »Übergib sie uns, Jacob. Wir bringen sie zurück, und dann wird sie in der Lage sein, ein Kind zu empfangen, das verspreche ich dir.«

Was hatten die mit den beiden Frauen gemacht, die sie angegriffen hatten? Entsetzen fuhr Jacob bis ins Mark. Hatten sie ungepaarte Breed-Frauen gezwungen, schwanger zu werden? Womit? Bei der Frage überlief es ihn eiskalt.

»Empfängnis ist für mich nicht von Interesse, Marshal. Anders als das Council überlasse ich solche Dinge einer höheren Macht. Ich übergebe Ihnen meine Gefährtin nicht.«

»Du sagst das so, als hättest du eine Wahl, Freundchen«, lachte Marshal belustigt auf. Ein kalter harter Laut, der das Böse in seinem Herzen nur betonte. »Ich habe dich nicht gebeten, sie herauszugeben. Das ist ein Befehl, Jacob.«

Jacob ließ den Finger an den Abzug der Waffe gleiten und registrierte gleichzeitig den leichten Schatten, der an einem Fenster hinter ihm vorbeiglitt. Aus dem Augenwinkel beobachtete er das undeutliche Bild in den verspiegelten Regalen neben Marshal. Bisher waren dessen Soldaten mehr auf Faith konzentriert als auf irgendwelche Enforcer, die draußen vielleicht ihre Leute überwältigten. Hilfe war da. Jetzt bestand das einzige Problem nur noch darin, zu ergründen, was eigentlich genau vorging.

»Ich befolge Ihre Befehle nicht länger, Marshal«, erinnerte ihn Jacob und musterte die Männer sorgfältiger, um irgendwelche Anzeichen für einen Angriff zu erkennen. »Und meine Gefährtin auch nicht. Sie werden sie nicht mitnehmen.«

Marshal seufzte schwer. »Wir bringen sie zurück«, argumentierte er, als würde das einen Unterschied machen.

»Nachdem wie viele Ihrer Männer sie vergewaltigt haben?«, fragte Jacob angespannt. Er erinnerte sich noch an die Berichte über die beiden Breed-Frauen, die angegriffen worden waren. »Diese Frau trägt mein Mal und meinen Duft. Sie gehört mir. Ich werde nicht zulassen, dass ein anderer Mann sie anfasst, das wissen Sie ganz genau.«

»Diese anderen Frauen hatten sich nicht gepaart.« Offensichtlich hatte Marshal keinerlei Begriff von den Gräueln, die er jenen Frauen angetan hatte. »Wir haben nur eine Weile mit ihnen gespielt. Deine Frau werden wir mit mehr Sorgfalt behandeln.«

Marshal legte die Hand an die Waffe an seiner Seite und gleichzeitig hoben die beiden Soldaten ihre Automatikwaffen einige Zentimeter höher und zielten direkt auf Jacobs Herz.

»Übergib sie mir, Jacob«, befahl Marshal erneut. »Andernfalls könnte ich vielleicht gereizt reagieren. Du weißt ja, wie unberechenbar ich werden kann, wenn ich gereizt bin.«

»Unberechenbar?«, fragte Jacob zweifelnd zurück. »Sie meinen eher tollwütig? Sie sind wie ein kranker Hund, Marshal, der notgeschlachtet werden muss. Ich würde Ihnen meine Frau niemals anvertrauen.«

»Du siehst nicht das große Ganze, du Idiot!«, stieß Marshal schließlich hervor. »Sie versucht, schwanger zu werden. Wir können eine ungetestete Empfängnis nicht zulassen, Jacob. Du weißt, was das für die Zukunft der Zivilisation bedeuten könnte. Die Welt ist nicht bereit für deinesgleichen. Wir müssen dieses Problem beheben. Nur einem vollkommen menschlichen Breed darf es gestattet sein, zu überleben.«

Jacob war geschockt. Irrsinn glitzerte in Marshals Augen. Ein fanatischer Schimmer, der auf noch mehr Böses hindeutete.

»Vollkommen menschlich? Wie soll das gehen? An welchen wahnsinnigen Experimenten seid ihr Bastarde jetzt schon wieder beteiligt? Wir sind nicht vollkommen menschlich, Marshal«, erinnerte ihn Jacob.

»Ihr seid Abscheulichkeiten. Das muss behoben werden, wenn ihr der Welt eure Brut aufzwingen wollt«, spie Marshal aus. »Die Katzen waren schon schlimm genug. Wir werden dasselbe nicht bei euren Rudeln zulassen.«

Wahnsinn. Nur Wahnsinnige konnten den Plan gefasst haben, die Breeds zu erschaffen. Und nur geisteskranke, wahre Monster konnten diese Pläne in die Tat umsetzen.

»Dann hätte euer Council uns vielleicht nicht erschaffen sollen«, gab Jacob zurück. »Wir sollten eure Kampfhunde werden, eure dressierten Haustiere, um eure perversen Pläne auszuführen. Aber, Marshal, die haben vergessen, dass nur Menschen von Natur aus betrügerisch und grausam sind. Die Rassen, die sie wählten, waren die ehrenhaftesten und die wildesten. Wir waren nicht dazu bestimmt, eure hirnlosen Marionetten zu sein.«

Marshals Gesicht wurde vor Zorn rot.

»Zum Teufel mit Marionetten. Ihr seid alle Tiere, die jetzt denken, sie hätten das Recht zu leben und sich zu vermehren. Das Council hat euch geschaffen, und jetzt wird es euch vernichten.«

Und dann passierten zwei Dinge gleichzeitig. Jacob stieß Faith zu Boden in den zweifelhaften Schutz des Sessels und richtete gleichzeitig seine Waffe auf die drei Männer, die bereits den Finger am Abzug ihrer eigenen Waffen hatten.

Die Fenster hinter ihm zerbarsten, als er sich schützend über Faith fallen ließ und dabei auf den Feind feuerte, der alles zerstören wollte, wovon er je geträumt und wofür er je gebetet hatte.

Aber das, was da mit feuernden Waffen und einem Kriegsschrei auf den Lippen durch die Fenster brach, waren nicht Stygian und die anderen. Der Schock lenkte einen Teil von Jacobs Aufmerksamkeit von Marshal und dessen Männern ab. Das war doch nicht möglich. Selbst das Council in all seiner Perversion und Grausamkeit konnte es doch nicht wirklich fertiggebracht haben, Breeds wie diese zu erschaffen.

Und doch war es so, denn der Beweis dafür rollte sich gerade über den Boden. Drei große Männer im besten Alter mit feuernden Waffen und Zorn in ihren Aufschreien, die ihre Wut auf Marshal und seine Männer richteten.

»Tötet nicht alle, verdammt!«, schrie Jacob, als er einen Soldaten fallen sah. »Marshal, wir brauchen Marshal.«

Er hatte keine Ahnung, ob seine Worte in dem Tumult Gehör fanden. Er blieb schützend auf Faith liegen und sein Herz hämmerte vor Furcht, während die Kugeln durch den Raum pfiffen.

»Verdammt, Jacob, geh runter von mir«, schimpfte Faith unter ihm, während er sie sicher zu Boden gedrückt hielt und sie mit seinem eigenen Körper schützte. »Wenn ich wieder hochkomme, trete ich dir in den Hintern.«

Sie zappelte unter ihm, und ihre Stimme klang wütend.

Kaum war der letzte Schuss gefallen, war Jacob auf den Beinen.

»Finde heraus, wer zum Henker die sind«, brüllte er und zeigte befehlend auf die drei Männer mit Flügeln, die gerade langsam wieder auf die Füße kamen. »Verdammt, wir brauchen nicht noch mehr verfluchte Breeds, die in der Weltgeschichte herumrennen. Tötet die verdammten Councilmitglieder, sage ich …«

Er rannte in die Eingangshalle, rief Befehle und fluchte gleichzeitig über all das Blut und den Schaden, den das Haus erlitten hatte.

»Sieht es denn so aus, als wäre das mein Haus?«, brüllte er, als er die Türschwelle überquerte. »Gottverdammt, Caleb wird uns alle umbringen.«

»Nicht, wenn ich dich zuerst umbringe«, brummelte Faith und drehte sich zu den drei Männern um, die sie musterten. Beim Anblick der aristokratischen Züge dieser Kerle stellten sich ihr augenblicklich die Nackenhaare auf.

»Lasst mich raten«, meinte sie rau. »Alphas natürlich. Wo zum Teufel sind die Betas – überlebt von denen keiner die genetische Selektion? Betas sind eine feine Sache.«

26

Marshal lebte nicht lange genug für ein Verhör. Auch keiner der anderen. Faith hörte Jacob laut und ausgiebig fluchen.

»Einen. Ich will doch nicht mehr als einen. Lasst doch nur einen von ihnen am Leben, damit wir ihn befragen können«, knurrte er und sah Stygian wütend an. »Was ist passiert?«

»Die hatten größere Schießprügel, Boss.« Stygian zuckte mit den Schultern. »Erst schießen, dann um Fragen kümmern. Hier ist nicht der Ort für ernsthafte Verwundungen.«

Faith musterte Jacob, der sich extrem frustriert mit der Hand übers Gesicht fuhr. Geduldig hielt sie sich im Hintergrund und wechselte einen amüsierten Blick mit Cian, dem stellvertretenden Kommandeur der Flügel-Breeds.

Jacob wandte sich an Faith. »Findest du hier irgendwas lustig, Gefährtin?« Er sah sie finster an.

Faith zuckte mit den Schultern. »Vielleicht.«

Jacob kniff die Augen zu schmalen Schlitzen zusammen. Sie konnte seine Lust und seinen Ärger spüren, auf eine Weise kombiniert, die ihren Blutdruck in die Höhe schnellen ließ.

»Nämlich?«, zischte er.

»Nämlich die Tatsache, dass unsere neuen Breeds einige interessante Informationen haben.« Sie zuckte wieder mit den Schultern. »Während du mit Alphakram beschäftigt warst, habe ich als brave kleine Kontaktperson Fakten gesammelt.«

»Als da wären?« Ein Anflug von Misstrauen lag in seinem Tonfall.

»Als da wäre die Tatsache, dass das Council ein faszinierendes Serum entwickelt hat. Sie glauben, dass es eine Empfängnis herbeiführt, doch zugleich dafür sorgt, dass jegliche Breed-DNA des Kindes rückgängig gemacht wird.«

Ungläubiger Schock in den Mienen, die sich ihr zuwandten.

»Die glauben, sie können der Natur ein zweites Mal ins Handwerk pfuschen, innerhalb desselben Gencodes?«, knurrte Jacob. »Haben die den Verstand verloren?«

»Hatten sie denn je welchen?«, fragte daraufhin Cian, der lässig an der Wand in der Küche lehnte, wo sie sich versammelt hatten. »Sie haben zwei menschliche Frauen, die sie in den Paarungsrausch gezwungen haben, ähnlich dem, was die weiblichen Breeds durchmachen. Indem sie diese Frauen und ihre physischen und hormonellen Veränderungen studieren, glauben sie, ihr Ziel erreichen zu können.«

»Was haben sie ihnen sonst noch angetan?«, fragte Jacob finster.

Cian schüttelte den Kopf. »Eine befindet sich in unserem Labor, wo unser Anführer und zwei der Jüngsten unseres Clans gefangen gehalten werden. Ihre Schreie …«

Er verstummte.

»Welche? Diese Dunmore oder die Tochter von Roberts?«, fragte Stygian mit kalter, harter Stimme.

»Charity Dunmore. Sie wurde vor mehreren Jahren dorthin gebracht, und sie war noch dort, als wir flohen. Wir glauben nicht, dass sie noch lange zu leben hat. Was auch immer sie ihr angetan haben, es hat sie … beeinträchtigt.«

»Ruf Wolfe an.« Jacob drehte sich zu Faith um. »Ich will Aiden und seine Leute hierhaben.«

»Schon erledigt.« Faith nickte nachdrücklich. »Außerdem habe ich eine Meldung an alle möglichen Rudel geschickt, die nahe genug sein könnten, um uns zu unterstützen.«

»Haben sie das Labor verlegt?«, wandte Jacob sich wieder an Cian.

»Nein, und sie werden es auch nicht verlegen. Aber es ist schwer gesichert. Ein Teil des Berges selbst. Wird nicht einfach, da hineinzukommen.«

»Das ist es nie«, versicherte Jacob ihm. »Wir fangen mit der Planung an, sobald Wolfe und Aiden da sind. Bis dahin bereiten wir uns vor. Faith«, langsam drehte er sich wieder zu ihr um, »mach dich bereit. Du wirst zum Lager des Rudels zurückkehren und bei Hope bleiben. Ich brauche dich dort, um die Rudel zu koordinieren und die Heimatbasis zu verteidigen.«

27

Stunden später, nach einer warmen Mahlzeit und einem dampfend heißen Bad, wartete Faith im Schlafzimmer in einem der Sessel mit Blick zur Tür auf Jacob. Einige von Jacobs Plänen und Vorbereitungen mussten natürlich abgeändert werden. Sein letzter Paukenschlag in Bezug auf sie musste vom Tisch, oder sie würde ihn eigenhändig erschießen.

Die Heimatbasis schützen. Faith schnaubte ungehalten. Als wäre das nötig. Jeder Mann, jede Frau und jedes Kind war darin ausgebildet, für Schutz und Sicherheit der Heimatbasis zu sorgen. Und Hope würde nie zulassen, dass Wolfe sie zurückließ, davon war Faith überzeugt. So wie auch sie nicht zurückbleiben würde. Es war Zeit, dass ihr Gefährte lernte, dass sie jetzt ein Team waren und nicht länger getrennte Wesen. Er würde diesen Beschützerkomplex überwinden müssen, mit dem er anscheinend nicht unerhebliche Probleme hatte.

Sie musste nicht mehr lange auf ihn warten. Leise kam Jacob ins Schlafzimmer, schloss die Tür hinter sich und atmete tief durch. Faith griff zum Lichtschalter, schaltete die kleine Lampe an und erhaschte einen kurzen Blick auf sein abgespanntes und besorgtes Gesicht, bevor er eine neutrale Maske aufsetzte.

»Alles geklärt?«, fragte sie in sorgfältig mildem Tonfall.

»Wolfe und Aiden sind morgen früh da. In drei Tagen greifen wir das Labor an.« Seine Stimme klang kalt und hart.

»Und er lässt Hope zurück?« Faith legte den Kopf schief und musterte ihn neugierig, während er ihr einen finsteren Blick zuwarf.

»Du wirst genauso stur wie die Gefährtin unseres Anführers, nicht wahr?«, zischte er wütend.

Und er war wirklich wütend. Sie sah den Zorn in der Luft um ihn herum pulsieren und in seinen hellen Augen schimmern.

»Weißt du, Jacob, deine Gefährtin zu sein, wird zunehmend frustrierend. Du kannst mich nicht so beschützen, wie du das gerne hättest. Du kannst mich nicht in Watte packen und auf ein Regal stellen, von dem du mich nur herunterholst, wenn du mich benutzen willst.«

Sie lehnte sich in ihrem Sessel zurück und musterte ihn mit gespielter Belustigung. Er knurrte lautlos, und die Spitzen seiner Reißzähne schimmerten im Dämmerlicht.

»Habe ich denn gesagt, dass ich das will?« Mit kurzen, wütenden Handgriffen zog er sein Shirt aus.

»Es gibt ein paar Dinge, die du gar nicht sagen musst, Jacob«, gab Faith zurück. »Ich werde nicht zur Heimatbasis des Rudels zurückkehren. Entweder ich kämpfe an deiner Seite, oder ich verlasse dich. Und ich verspreche dir, wenn ich das tue, gibt es keine Rückkehr.«

Jacob erstarrte schockiert. Faith sah, wie sein Körper sich anspannte und seine Augen sich ungläubig weiteten, als er sie fassungslos ansah.

»Warum?«, flüsterte er heiser. »Warum solltest du das tun, Faith, wenn du doch weißt, dass ich dich nur in Sicherheit wissen will?«

Faith fragte sich, ob ihm der Unterton von Schmerz und Furcht in seiner Stimme überhaupt bewusst war. Ihr schon, und auch wenn es ihr das Herz brach, zu sehen, dass er sich mit dem, was er als Schwäche an sich empfand, abfand, weigerte sie sich, nachzugeben.

»Weil du meine Sicherheit nicht garantieren kannst«, erklärte sie unumwunden. »Weil unser Leben vom Augenblick unserer Schöpfung an ein Kampf war. Weil es keinen Schutz gibt für mich, oder für dich. Ich bin deine Gefährtin. Ich wurde von Menschenhand geschaffen, aber die Natur hat mich für nur einen Mann kompatibel gemacht. Und dieser Mann bist du. Ich werde nicht allein bleiben, während du immer wieder dein Leben riskierst. Ich werde nicht schweigend warten und mich fragen, ob und wann du zurückkehrst. Das werde ich nicht tun, Jacob, denn die Trennung ertrage ich nicht.«

»Also willst du dein eigenes Leben riskieren?«, fragte er. »Ein Kind, das du möglicherweise empfängst, und meinen Verstand riskieren, indem du an meiner Seite in die Gefahr rennst?«

»Dasselbe Risiko, das du auch eingehst, und derselbe Schutz, den ein Kind von uns beiden hätte, falls du stirbst«, konterte sie. »Sollte ich schwanger werden, werde ich natürlich meine Optionen neu überdenken. Aber bis es so weit ist, falls es zu einer Trennung kommt, dann betrachte sie als dauerhaft.«

»Ich würde keine andere Frau …«

»Denkst du denn, das hätte etwas mit Eifersucht oder Vertrauen zu tun?«, fragte sie ihn, nun wütend, während er sie mit finsterer Begierde anstarrte. »Glaubst du, ich würde bezweifeln, dass du niemals eine andere Frau anrühren würdest? Natürlich vertraue ich dir, Jacob. Aber mein Platz ist an deiner Seite, nicht eingesperrt in irgendeinem Lager weit weg von dir. Da mache ich nicht mit.«

Sie sah, wie er sich frustriert mit der Hand durchs Haar fuhr. Seine Züge verrieten Schmerz, Bitterkeit und seine Sorge um ihre Sicherheit. Eine Sicherheit, von der er nur zu gut wusste, dass er sie nicht garantieren konnte.

»Ich habe mich von dir ferngehalten, um dich zu schützen«, stieß er schließlich heiser hervor. »Sechs Jahre habe ich alles verleugnet, was ich war, wegen meiner Angst um dich. Du erwartest von mir, dass ich das alles von heute auf morgen vergesse und weitermache, als bestünde keine Gefahr für dich?«

»Nein, Jacob, du hast dich von mir ferngehalten, weil du ein Feigling warst«, widersprach sie hitzig und ignorierte seinen überraschten Zorn auf ihre Behauptung. »Du warst zu feige, um zuzugeben, dass ich dir wichtig war und dass du mich so sehr gebraucht hast wie ich dich. Ich habe langsam genug davon; ich will deine Liebe ebenso sehr wie deinen Körper. Ich will nicht das eine ohne das andere.«

»Und du denkst, du hast meine Liebe nicht?«, brüllte er da, kam auf sie zu und zog sie mit einem Ruck aus dem Sessel hoch. Er starrte sie an und war wütender, als sie ihn je zuvor gesehen hatte. »Denkst du, ich weiß nicht genau, was du für mich bist, verdammt? Ich würde sterben, Faith, ich würde mir buchstäblich eine Kugel in den Kopf jagen, falls dir irgendetwas zustieße. Denkst du, nur einen Moment lang, dass du nicht alles, was ich bin, in deinen Händen hältst?«

Er brüllte sie doch tatsächlich an. Jacob, der nie so sehr die Beherrschung verlor, dass er losbrüllte, außer mitten im Kampfgetümmel, brüllte sie an. Sein Gesicht war gerötet, und seine Augen glühten, als er sie anknurrte.

»Habe ich deine Liebe, Jacob?«, fragte Faith hoffnungsvoll.

»Meine Liebe?« Er schüttelte sie leicht vor Verzweiflung. »Faith, du bist meine Liebe. Du bist mein Herz. Als ich diese Bastarde sah, die dich so unbedingt haben wollten, und ich wusste, dass sie dich bekämen, wenn sie mich umbringen, habe ich fast den Verstand verloren.« Seine Stimme wurde zu einem Flüstern. »Ich hatte keine Ahnung, wie sehr du ein Teil von mir warst, bis mir klar wurde, dass ich dich verlieren könnte. Für immer, Faith. Ein unbedachter Schritt, eine verirrte Kugel, und ich könnte dich verlieren.«

Er zitterte, doch Faith registrierte, dass es ihr ebenso ging. Auch sie zitterte, wegen seiner Worte und weil die Gefühle in ihr so stark waren. Seine Hand strich über ihre Wange, als würde er es genießen, wie sie sich anfühlte.

»Als du dreizehn warst, fing deine Haut an, sich wund zu scheuern. Weißt du noch?«, fragte er.

Faith runzelte die Stirn und fragte sich, was das denn mit allem anderen zu tun haben sollte.

»Ja, ich erinnere mich«, erwiderte sie ungeduldig.

»Wolfe und ich, wir haben auf unseren Missionen Geld gestohlen und gehortet. Wir haben auf einen Zeitpunkt gewartet, um zu fliehen und uns an einem sicheren Ort einzurichten. Ich habe meinen Vorrat dazu benutzt, um mit einem wohlwollenden Wärter Geschäfte zu machen und die Lotion zu beschaffen, die du jetzt benutzt. Damals war sie so teuer, dass Wolfe und ich ständig deswegen gestritten haben. Aber deine Haut war so weich, Faith. Selbst als du noch ein Kind warst, schimmerte sie seidig und rein. Ich konnte es nicht ertragen, sie durch unsere brutalen Lebensbedingungen so mitgenommen zu sehen.«

Faith erstarrte schockiert. Sie hatte immer geglaubt, dass Aiden für die Lotion gesorgt hätte. Dass es Jacob gewesen war, hatte sie nie erfahren.

»Das Apartment, das dir so am Herzen liegt«, fuhr er fort, »habe ich für dich besorgt. Wann immer ich erfuhr, dass es etwas gab, das du wolltest oder brauchtest, habe ich dafür gesorgt, dass du in der Lage warst, es zu erwerben, egal, was es kostete. Weil ich dir Freude bereiten wollte. Ich wollte, dass du etwas hast, das dich tröstet, auch wenn ich nicht da war. Ich habe das alles getan, Faith, ohne zu wissen, ohne je zu begreifen, dass ich es tat, weil ich dich über alle Vernunft hinaus liebe. Ich habe es getan, nur wegen des Gedankens an die Freude, die es dir bereiten würde. Ich habe davon geträumt, wie überrascht und glücklich du sein würdest, wenn du bekamst, was du suchtest. Das war alles, was mich all die Jahre lang aufrecht erhalten hat. Denn das war es, wofür ich immer gekämpft habe.«

Faith fuhr sich verlegen mit der Hand durch die Haare und fühlte tiefen Schmerz über die Aufopferung, die sie in seinen Augen sah. Für andere mochte es geringfügig erscheinen. Doch für Jacob und Wolfe bedeutete Geld Sicherheit; es war Sicherheit für das Rudel, es war Freiheit. Zu wissen, dass er für all die Annehmlichkeiten, die sie so genoss, bezahlt hatte, zeigte ihr, dass Jacob sie nicht vergessen hatte, wie sie immer befürchtet hatte. Stattdessen war er bei ihr gewesen, auf die einzige Art, die ihm eingefallen war.

»Diese Annehmlichkeiten haben mir mehr Freude bereitet, als du ahnst, Jacob«, flüsterte sie unter Tränen. »Aber sie können dich nicht ersetzen. Ich will nie wieder ohne dich leben. Nicht einen Augenblick lang. Wir sind Gefährten. Wir kämpfen entweder zusammen oder gar nicht. Wenn ich ins Lager zurückkehre, dann kommst du mit mir, oder wir werden nie wieder zusammen sein.«

Er presste die Lippen zusammen, als hätte er erwartet, dass sein Geständnis ihren Entschluss ändern würde.

»Du bist so verdammt stur«, grollte er und warf hilflos die Hände in die Höhe, als er sich abwandte. »Warum bist du nur so?«

»Und du willst mich manipulieren, mit der Liebe, die ich für dich empfinde, und deinen eigenen Gefühlen«, antwortete sie vorwurfsvoll. »Wieso kannst du nicht damit aufhören, Jacob? Wieso kannst du nicht zugeben, dass du mich nicht so beschützen kannst, wie du es willst? Glaubst du denn, der Job als Kontaktperson ist völlig ungefährlich? Dass ich nicht regelmäßig gezwungen bin, mich zu verteidigen?«

Er blieb stehen. Faith sah, wie er erstarrte und seine Rückenmuskeln sich aus Protest gegen ihre Worte anspannten.

»Das ist nicht dasselbe«, knurrte er.

»Eine Knarre, die mir an den Kopf gehalten wird, und Soldaten des Councils, die hinter mir her sind, das alles ist irgendwie sicherer, als bei dir zu sein?«

Sie sah, wie ihm das Blut aus dem Gesicht wich, als ihre Worte zu ihm durchdrangen. Er fuhr sich mit den Händen übers Gesicht und dann wieder durchs Haar. Als er sich zu ihr umdrehte, standen Resignation und ein eigenartiger Ausdruck von Erleichterung in seinen Zügen.

»Ich liebe dich, Faith. Aber du machst mir Angst«, sagte er angestrengt. »Ich sterbe noch vor lauter Angst um dich an einem Herzinfarkt, bevor irgendein Soldat des Councils überhaupt eine Chance hat, mich zu erschießen.«

Faith stand auf und ging zu ihm. Er stand allein mitten im Zimmer und sah sie eindringlich an, seine Züge von Sorge gezeichnet und angespannt, und in seinen hellen Augen stand ein solches Chaos aus Emotionen, dass es sie zu Tränen rührte.

»Alles, woran ich denken kann, ist, dich festzuhalten. Von deiner Wärme umgeben zu sein. Und die Hölle, die mein Leben ohne dich wäre.« Er schlang die Arme um sie und drückte sie fest und warm an seine nackte Brust. »Was sollte ich denn jetzt tun, Faith? Ohne dich.«

Sie hörte die finstere Einsamkeit, die Jahre voll Schmerz und Bitterkeit, die er ohne sie gelitten hatte. Dieselben finsteren Jahre des Alleinseins, die auch sie durchgemacht hatte.

»Und was sollte ich ohne dich tun, Jacob?« Sie hielt sich an ihm fest und wollte nichts mehr, als mit seiner Haut zu verschmelzen, ein Teil von ihm zu sein, für alle Zeiten, wohin er auch ging, was immer er dachte – sie wollte ein Teil davon sein.

Seine Hände strichen über ihren Rücken und brachten ihr eine Wärme und Sehnsucht, die sie so noch nie gespürt hatte. Seine Berührung war entschlossen und sicher, seine Hände mehr liebevoll als besitzergreifend, auch wenn die Dominanz in seinen Berührungen immer bleiben würde, das war ihr klar. Und er war dominant, trotz seiner sanften Berührungen. Er drückte sie an sich, als sein Verlangen aufflammte.

Faith legte den Kopf in den Nacken, um zu ihm aufzusehen, doch stattdessen fand sie sich in einem Kuss wieder, der Verzweiflung, Begierde und Hingabe zugleich beinhaltete. Er strich mit der Zunge über ihre Lippen und drang dann in ihren Mund, sodass sie in wachsendem Verlangen aufstöhnte.

Sie drückte sich fest an ihn und rieb ihren Körper sinnlich an ihm, sodass ihre Brustwarzen über seinen nackten Oberkörper rieben und durch den Stoff ihres Baumwollshirts eine Hitze in ihr entfachten, die den dringenden Wunsch in ihr weckte, es auszuziehen.

Jacob war wie ausgehungert nach ihrem Kuss und ihrer Berührung. Er packte den Kragen ihres Shirts und riss es ihr mit einem einzigen kräftigen Ruck vom Leib. Ein Akt der Sinnlichkeit, der mit der Wucht eines Wirbelsturms durch ihren Leib fegte und ihren Schoß in lustvolle Krämpfe versetzte.

Dann lagen seine Hände an ihrem bloßen Rücken und drückten sie an ihn, sodass ihre Brüste sich fest an seinen Oberkörper pressten und er vor Erregung aufstöhnte.

»Ich hungere nach dir«, flüsterte er, als er seine Lippen von ihrem Mund löste und mit den Händen den Verschluss ihrer Jeans öffnete. »Mein ganzer Körper hungert nach dir, Faith.«

Faith leckte sich über die Lippen und senkte den Blick.

»Dann friss mich auf«, flüsterte sie und sah, wie seine Augen erst groß und dann schmal wurden.

Er schob ihre Jeans nach unten und ging dabei vor ihr auf die Knie.

»Rotkäppchen ist vor dem Wolf davongelaufen«, stellte er mit belustigtem Unterton fest.

»Rotkäppchen wusste nicht, was zum Teufel es da verpasste«, stöhnte sie, ihre Stimme rau und voll heißer Sehnsucht, während seine Lippen die Innenseite ihres Oberschenkels küssten und er mit den Händen erst das eine Bein und dann das andere aus ihren Jeans befreite.

»Vielleicht wusste Rotkäppchen, wie gefährlich der Wolf war«, schlug er vor und strich mit den Fingern federleicht über ihre feuchten Schamlippen.

»War eben eine ängstliche kleine Memme«, keuchte Faith und grub die Hände in sein Haar, während sie die Beine weiter spreizte. »Um Himmels willen, Jacob, berühre mich, bevor ich umkomme.«

28

Faith schrie auf, als Jacobs Zunge in ihre heiße Öffnung drang. Sie war feucht und bereit für ihn. Ein Inferno des Verlangens loderte in ihr, ließ sie dahinschmelzen und netzte ihre Schenkel mit ihrem Nektar, den seine Lippen gierig auffingen.

Sie spürte, wie er an ihrer Klitoris aufstöhnte und kam dabei beinahe. Hätte er nicht mit den Händen ihre Beine gestützt, wäre sie hilflos zu Boden gesunken, das wusste sie. Verdammt, seine Zunge war wie ein Folterinstrument der Lust. Heiß und fest strich sie über ihre Haut und tauchte dann zwischen ihren Beinen ein, um noch mehr von ihrem Nektar zu naschen, während seine Finger über ihre Pobacken und ihre Schenkel streichelten, sie beruhigten und zugleich immer höher trieben.

Sie spreizte die Beine weiter, die Hände in sein Haar gekrallt und drängte ihn mit flehendem Stöhnen. Ihre Hüften neigten sich, als er mit den Händen ihre Pobacken packte, mit der Zunge über ihre Klitoris strich und sie sanft in seinen heißen Mund saugte. Er versengte sie, verbrannte sie lebendigen Leibes mit ihrem eigenen leidenschaftlichen Verlangen.

Nach einem letzten langsamen Zungenstrich über ihre pochende Lustperle zog er sich zurück und hauchte warm darüber.

»Leg dich hin.« Vorsichtig drängte er sie rückwärts, bis sie das Fußende des Bettes erreichten.

Faith ließ sich nieder, und ihr Körper zitterte vor Erregung, als sie sich auf die feste Matratze legte. Jacob folgte ihr, drückte ihre Beine mit den Händen weiter auseinander und senkte den Kopf dazwischen. Hart und tief schob sich seine Zunge in die Umklammerung ihrer Vagina, und ihr Aufschrei hallte im dämmrigen Zimmer wider.

Wogen der Lust überfluteten sie, attackierten ihre Nervenenden, rasten durch ihre Adern und katapultierten sie in einen Wirbelsturm solch unglaublicher Hitze, dass sie fürchtete, sie würde ihn nicht überleben.

Seine Zunge liebte sie mit samtweichen Strichen voll heißer Begierde und bescherte ihr einen Orgasmus, bei dem sie sich aufbäumte und die Hände in die Decke auf dem Bett krallte. Kein langsames Liebesspiel, keine sanften, hingebungsvollen Zärtlichkeiten. Er war hart und hungrig, und Faith fühlte, wie ihr die Kontrolle entglitt.

Sie konnte nichts mehr tun, als seinen Namen zu rufen, als er sich über sie schob. Ohne großes Vorgeplänkel drückten sich seine Lippen auf ihre, seine Zunge drang in ihren Mund und sein Schaft schob sich tief und hart in ihren Schoß. Sie krallte die Hände in seinen Rücken, als er mit schnellen, drängenden Stößen in sie drang, die ihr Blitze der Lust durch den ganzen Körper jagten. Es war eine Wonne, die sie vernichtete und zugleich neu erschuf.

Sie hielt sich wie eine Ertrinkende an ihm fest und fühlte, wie sein harter, kräftiger Schaft sie dehnte und auf einen Gipfel der Lust trieb, der sie zu vernichten drohte. Harte, tiefe Stöße, die sie bis in ihre Gebärmutter spürte und die eine Kettenreaktion der Lust in ihr auslösten, die sich in ihrem ganzen Körper ausbreitete.

Faith konnte nur noch unter ihm wimmern, als seine Zunge mit ihrer spielte, seine Hände sie festhielten und der Rhythmus seiner Hüften immer kraftvoller wurde, sodass sie sich an den Rand einer Ekstase getragen fühlte, von der sie nicht wusste, ob sie sie überstehen würde.

Schließlich gab er ihren Mund wieder frei, um zu Atem zu kommen, senkte den Kopf neben sie und hielt ihre Hüften fest umklammert, als er aufschrie. Sie spürte, wie sein Schaft in ihr pochte und anschwoll, während ein harter Schub Flüssigkeit sie auf die kommende Schwellung vorbereitete. Er stöhnte, als sie aufschrie, drang noch einmal in sie, härter und tiefer, und stieß sie damit über den Abgrund in einen Orgasmus, der sie atemlos wimmern ließ, während sein Schaft in ihr immer mehr anschwoll, bis er tief und fest in ihr verankert war.

»Faith. Gott helfe mir, Faith. Ich liebe dich.« Mühsam drangen die Worte aus seiner Kehle, und er schauderte, als sein heißer Samen ihren Schoß mit einem weiteren brutalen Höhepunkt versengte.

Faith konnte nur noch seinen Namen keuchen, ihre Liebe zu ihm flüstern. Immer wieder spannte ihr Körper sich an, im Einklang mit jedem harten Erguss seines Samens und einem weiteren, kleineren Höhepunkt, der sie überkam. Sie schnappte nach Luft, keuchte in der unglaublichen Wonne, die nie zu enden schien. Jedes Mal, wenn er sie berührte, wenn er sie nahm, schien diese unglaubliche Wonne nur noch stärker und intensiver zu werden.

Schließlich, schweißnass und schwer nach Atem ringend, sanken sie wieder herab aus der unglaublichen Höhe ihrer Erlösung und fielen schwach auf das Bett. Jacob legte sich neben sie, zog sie in seine Arme, und sie schmiegte sich schläfrig an ihn.

»Bete, dass das Council uns eine Weile nicht angreift«, flüsterte er. »Ich wäre keine große Hilfe im Kampf, Faith. Du hast mich all meine Kraft gekostet.«

»Hm, vielleicht wirst du auch nur alt.« Sie lächelte an seiner Brust, als sie ein kräftiges Männerbein spürte, das sich über ihre Beine schob.

Daraufhin schnaubte er. Ganz offensichtlich war er anderer Meinung, fand die Angelegenheit allerdings nicht wichtig genug, um darüber zu streiten.

»Ich brauche Kaffee«, gähnte sie. »Sonst wache ich nie wieder auf.«

»Nein.« Seine Stimme klang fest, beinahe alarmiert. »Kein Kaffee. Und kein Sex mehr, bis ich mich ausgeruht habe. Bei diesem Tempo machst du mich fix und fertig. Um Himmels willen schlaf, Faith. Wenn Wolfe und Hope kommen, stehen wir auf und beginnen mit unseren Planungen. Ich habe das Gefühl, dass ich den Kaffee selbst brauchen werde, um mit deiner Sturheit umzugehen.«

»Ich gehe nicht zurück, Jacob.« Sie hoffte, dass ihm das inzwischen klar geworden war.

»Nein, Faith«, stimmte er leise zu. »Du gehst nicht zurück, Baby. Du gehörst mir. Und ich bete, dass es wirklich das ist, was du willst, denn ich glaube nicht, dass ich dich jetzt noch gehen lassen kann.«

»Hat dich denn irgendwer darum gebeten?« Sie schmiegte sich noch etwas enger an ihn und gähnte erneut. »Wenn ich meinen Kaffee nicht haben kann, dann lass mich schlafen. Danach kannst du mich noch ein wenig mehr lieben, bevor wir wieder nach unten gehen.«

Aber wäre es denn möglich, sie noch mehr zu lieben? Jacob sah sie an, als sie sich entspannt an ihn kuschelte. Sie war ein Leichtgewicht, und ihre Atemzüge wurden langsam tiefer, als sie in den Schlaf glitt. Er würde sie körperlich wohl befriedigt halten, dachte er belustigt. Ihre Erregung schien seine eigene zu steigern, ob ihm das nun gefiel oder nicht. Aber ihr weibliches Herz war mehr als verwirrend für ihn. Wie konnte sie so tiefe und starke Liebe empfinden für einen Mann, der sie so lange abgewiesen hatte?

Es gab keine Antworten auf seine Fragen. Ein Lächeln erhellte sein Herz. Aber sie liebte ihn, das wusste er. Und auch wenn ihm die Macht, die sie über ihn hatte, nicht geheuer war, wusste er jetzt, dass sie ihren Ursprung in seiner Liebe für sie hatte. Er, der nicht daran geglaubt und doch immer diesen kleinen Hitzkopf von einer Frau geliebt hatte.

Jacob zog die Decke über ihre beiden sich langsam abkühlenden Körper und fragte sich, wie sie beide es denn geschafft hatten, die Laken derart zu zerwühlen. Dann seufzte er tief und schloss die Augen, während er Faith fest in seinen Armen hielt.

»Meine Faith«, flüsterte er und entspannte sich, mehr in Frieden, als er je zuvor gewesen war. »Ich liebe dich, meine Faith.«

Epilog

»Das ist Charity Dunmore.« Cian legte das Foto vor Aiden auf den Tisch und trat dann respektvoll einen Schritt zurück. »Sie wird seit Monaten im Labor festgehalten. Wir sind nicht sicher, was für Experimente man mit ihr durchgeführt hat, aber Keegan, unser Anführer, konnte fühlen, wie schwach sie war, schon bevor sie uns geholfen hat, zu fliehen. Sie könnte inzwischen tot sein.«

Aiden hob das kleine Foto auf. Er erinnerte sich an Charity. Sie war still gewesen, immer wachend, hatte ihren Job im Labor gemacht und nur sehr wenig geredet. Einmal hatte er das Gefühl gehabt, sie könnte Mitgefühl gegenüber den Breeds empfinden. Doch in jenem letzten Monat vor ihrer Flucht hatte er seine Meinung geändert.

»Wie hat sie euch bei der Flucht geholfen?«, fragte er leise.

»Sie war diejenige, die den Öffnungsmechanismus einer Kuppel ausgelöst hat, die zu unserem Ausbildungsplatz führte, zu einem Zeitpunkt, als wir nicht angekettet waren. Sie hatte Keegan vorgewarnt, dass sie es tun würde. Wären nicht die jüngeren von uns in den automatischen Netzen gefangen worden, wären wir alle entkommen.«

Sie war eine schlanke Frau, weder zerbrechlich noch besonders klein, gut gebaut mit vollen Brüsten und großen blauen Augen. Ihr aschblondes Haar war zu einem dicken Knoten im Nacken zusammengebunden, sodass sich nicht sagen ließ, wie lang es war. Aiden schätzte allerdings, dass es ihr bis fast zur Hüfte fiel.

»In welchem Zustand war sie, als du sie zuletzt gesehen hast?«, fragte er Cian und versuchte dabei, den dämonischen Impuls der Anziehung, der ihn erfüllte, zu ignorieren.

Egal, ob sie ihnen geholfen hatte oder nicht, sie war immer noch der Feind. Sie hatte an den Experimenten im Labor teilgenommen, die an ihm durchgeführt worden waren, und wenn ihre Herrn und Meister sich nun gegen sie gerichtet hatten, dann war das zwar bedauerlich für sie, aber trotzdem nichts anderes, als sie verdiente. Er weigerte sich, irgendwelches Mitgefühl für sie in sich aufkommen zu lassen.

»Sie war sehr geschwächt. Keegan ist ziemlich besorgt um sie. Was immer man ihr angetan hat, es fordert seinen Tribut von ihr, nicht nur körperlich, sondern auch mental. Er besteht darauf, dass wir sie zuerst retten.«

Langsam hob Aiden den Blick zu dem stolzen Breed.

»Dein Anführer soll damit warten, Befehle zu erteilen, bis er anwesend ist«, grollte er. »Diese Verbindung, die du da zu ihm hast, ist ja schön und gut. Aber ich handle, wie ich es für richtig halte, nicht nach Befehlen, die jemand, der immer noch gefangen gehalten wird, mir erteilen will.«

»Sie hat uns geholfen, Aiden«, gab Cian zu bedenken. »Jahrelang hat sie alles versucht, was ihr einfiel, um uns zur Flucht zu verhelfen.«

»Und doch hat sie ihren Job gemacht, oder nicht?«, stieß Aiden hervor. »Sie hat deren Tests durchgeführt, hat euch Blut und Samen abgenommen und euch dafür mit Drogen vollgepumpt. Genau so, wie ihr befohlen wurde.«

»Sie hat Blutdiagnosen falsch gedeutet und ihr Leben für uns riskiert, als unsere übernatürlichen Fähigkeiten anfingen, sich zu entwickeln.« Cian beugte sich vor und ließ wütend die Hand auf den Tisch krachen, als er Aiden ins Gesicht sah. »Ich kenne ihre Gründe dafür nicht, und die sind mir auch egal. Die

Befehle meines Anführers an mich lauten, dass sie gerettet und behütet werden muss. Tu, was du willst, aber meine Männer und ich holen das Mädchen.«

»Was hat dieses Mädchen an sich, das ihr so viel Loyalität zeigt?«, fragte Aiden verhalten und ignorierte die Verletzlichkeit, die er in den bilderbuchartig blauen Augen des Mannes sah.

Dazu sanfte Wangenknochen, Schmollmund und von dichten Wimpern überschattete Augen.

»Sie war uns gegenüber immer loyal.« Cian richtete sich wieder auf. »Wir werden nichts anderes sein.«

»Habt ihr mit ihr geschlafen?« Aiden ignorierte das Aufflackern unzivilisierter Wut bei dem Gedanken.

Abscheu und Zorn standen in Cians vornehmen Zügen.

»Niemand aus meinem Klan hat sie angerührt, Wolf-Breed. Sich mit ihr zu paaren ist nicht uns bestimmt, sondern einem anderen.« Zorn wallte in seiner Stimme auf und zeigte sich in seinem Gesicht.

Aiden begriff augenblicklich, dass der geflügelte Breed mehr gesagt hatte, als er wollte. Die übersinnliche Verbindung, die diese neuen Breeds miteinander teilten, machte ihn neugierig. Doch noch wichtiger: Die Kräfte ihres Anführers waren anscheinend sogar noch weiter entwickelt.

Aiden lehnte sich in seinem Sessel zurück und ignorierte das Interesse der anderen Wolf-Breeds, die sich in der Küche der Hazienda versammelt hatten.

»Wessen Gefährtin ist sie dann, Cian?«, fragte er mit amüsiertem Spott. »Was könnte so wichtig an dieser einen Frau sein, dass ihr die Rettung eures Volkes dafür aufs Spiel setzt?«

Cian verschränkte die Arme und starrte Aiden kalt an.

»Ich hatte gehört, die Wolf-Breeds besäßen mehr Ehrgefühl und Gerechtigkeitsempfinden als das Council. Was ist so unwichtig an dieser Frau, dass du sie nicht für wert erachtest, gerettet zu werden?«

Aiden betrachtete erneut das Foto und erinnerte sich an eine Zeit, da er Mitgefühl für sie empfunden hätte. Eine Zeit, da er Wärme in seinem Herzen gespürt hätte, für die Unschuld, die er sechs Jahre zuvor in ihren Augen erblickt hatte.

Sie war jung gewesen damals. Neu im Labor. So still, dass sie fast nur ein Schatten auf dem Gelände war. Immer wachend, immer abwartend, so schien es. Er hatte ein gewisses Maß an Mitgefühl für sie empfunden, eine Zeit lang. Bis sie ihr kaltes Herz unter Beweis gestellt hatte. Bis sie bewiesen hatte, dass sie nicht mehr als eine blinde Anhängerin des Councils war, das sie bezahlte.

»Was ich glaube, spielt keine Rolle«, sagte er endlich mit harter Stimme und zwang seinen Zorn nieder. Dorthin, wo er nicht länger wichtig war und nicht länger die Macht hatte, ihn wütend zu machen. »Du bittest mich, fast jeden verdammten Enforcer, den unsere Rasse besitzt, und mehrere Rudel zu riskieren, für eine Frau, die nicht mehr ist als eine Hure des Councils. Ich will wissen, wieso, oder ich werde sie eigenhändig töten, um allen anderen die Mühe zu ersparen.«

Cian erstarrte; seine blauen Augen wurden eisig, und das heftige Beben seiner Flügel spiegelte seinen Zorn wider.

»Du willst wissen, warum diese eine Frau so wichtig ist, Wolf?«, fragte er. »Du willst wissen, warum sie überleben muss, selbst, wenn das meinen eigenen Anführer und die Jungen unserer Schar als Opfer fordert? Soll ich dir sagen, warum, du Welpe eines Straßenköters? Weil diese Frau die Gefährtin eines Mannes ist, der nur Finsternis und Wut kennt. Sie ist Gefährtin für einen, der nur das sieht, was ihm das Council zeigt und nur seine eigene kalte Seele. Für ein Monster, für einen, der ohne sie nur Schmerz zufügen und verstümmeln und nicht mehr als ein tollwütiges Geschöpf werden würde. Diese Frau«, er zeigte schroff mit dem Finger auf die zarte Gestalt auf dem Foto, »diese Frau ist Charity. Sie trägt nicht nur den Namen der Barmherzigkeit, sondern sie ist auch Sanftmut und Hingabe in einer Person. Sie ist deine Gefährtin, du nichtsnutziges Exemplar von weniger als einem Hund. Sie ist eine Frau, die viel zu sanft und zu gütig ist für einen Bastard wie dich.«

Aiden war geschockt, auch wenn er sich gut unter Kontrolle hatte und wusste, dass in seiner Miene nicht die geringste Andeutung seiner Gefühle zu sehen war. Doch er erinnerte sich an ihre Hände, so seidenweich und warm an seinem Glied. Sie hatte seine schroffen Befehle ignoriert, war seinen Flüchen wortlos begegnet, als sie ihm seinen Samen abgerungen und dann den verfluchten Wissenschaftlern übergeben hatte, die ihn für noch ein weiteres Experiment haben wollten.

Nur Aiden hatte die Kraft besessen, sich gegen die Drogen, die Aphrodisiaka und die Drohungen zu wehren. Jahrelang hatten sie ihn für impotent gehalten. Bis ihre Hände ihn berührt hatten. Bis ihre sanfte Zunge über seine gerötete Eichel gestrichen war und sein Glied mit einer leise geflüsterten Entschuldigung in ihren Mund gesogen hatte.

Damals hatte er angefangen, sie zu hassen, sie und ihre Wirkung auf ihn. Er hatte ihr unschuldiges Aussehen gehasst, ihren blauäugigen Charme und ihren verlockenden Körper. Und diesen Hass hatte er nie vergessen. Sie hatte Befehlen gehorcht, als sie einfach hätte weggehen können. Sie hatte sich angeboten, freiwillig, ihn in einen Zustand der Erregung zu versetzen, statt zuzulassen, dass eine der Huren, die man in nahe gelegenen Ortschaften angeheuert hatte, es versuchte. Sie hatte seine Schwäche enthüllt, sogar vor ihm selbst, und dafür hasste er sie.

»Zu schade.« Schließlich zuckte er mit den Schultern, und sein Tonfall blieb hart und unnachgiebig. »Wenn sie meine Gefährtin ist, dann ist es meine Entscheidung …«

Cian lachte. Belustigung blitzte in seinen Augen auf und vertrieb den Zorn im Handumdrehen.

»Wehr dich nur, Wolf«, sagte er leise. »Du kannst dich gegen sie und deine eigene Natur wehren, solange du willst. Aber wisse dies: Das erste Kind, das in eurem Rudel geboren wird, kommt aus dem Leib dieser Frau. Ohne sie, ohne das Geheimnis, das sie trägt, wird deine Rasse langsam aussterben, eure Frauen werden an ihrer eigenen Erregung verenden, und eure Männer werden keine Hoffnung und keine Zuflucht in ihrem Leben finden. Rette sie, oder verantworte Tod und Vernichtung aller, die dir lieb sind.«

Leseprobe

KRESLEY COLE
Gamemaker
Spiel des Verlangens

»Muttersöhnchen. Serienbetrüger. Spaßbremse. Niete im Bett.« Bei jedem Kerl, der die Studentenbar auf dem Campus betrat, tat ich meinen betrunkenen Freundinnen meinen ersten Eindruck kund.

Ich hatte eine geradezu unheimliche Fähigkeit, Männer zu durchschauen – ich war eine regelrechte »Mannalytikerin«. Mein Geheimnis? Ich sah immer das Negative, und die Kerle, tja, die passten sich immer meinem Urteil an.

Die Mädels am Tisch – ein paar Freundinnen meiner Zimmergenossin und ein paar von meinen – sahen mich an, als ob ich eine Comedyshow ablieferte. Ihre Komiker-Freundin. Dafür waren die Getränke gratis.

Nach der Woche, die ich hinter mir hatte, kam dieses Abendessen, das aus Tequila, Salz und Zitrone bestand, genau richtig.

»Du solltest lieber aufpassen, meine pingelige Prüde, sonst nimmst du dein Jungfernhäutchen noch mit ins Grab. Wie eine Hautwucherung«, flüsterte mir meine beste Freundin Jessica ins Ohr.

Sie allein wusste, dass ich noch Jungfrau war – und warum. »Das war ein Tiefschlag, Jess«, sagte ich ruhig. Genau wie bei ihr brauchte es einiges, um mich aus der Ruhe zu bringen, was einer der Gründe war, warum wir so gute Zimmergenossinnen waren.

Davon abgesehen waren wir so verschieden wie nur möglich. Sie hatte lange Beine, gebräunte Haut, funkelnde blaue Augen und kurz geschnittenes schwarzes Haar. Ich hingegen war klein, hatte ordentlich Oberweite, langes rotes Haar und eine Haut, so weiß wie ein Porzellanwaschbecken.

Ich war ein lernbesessener Workaholic, der an seiner Dissertation in Geschichte arbeitete. Nach Jahren nicht abgeschlossener Seminare hatte Jess endlich einen Blick in die grundlegenden Kurse ihres Hauptfachs – Freizeitwissenschaft – geworfen und prompt entschieden, dass die Uni nur was für »jämmerliche Verlierer« wäre, die auf so einen »Scheiß« stünden. Obwohl das Semester in vollem Gang war, würde sie morgen zusammen mit ihrer reichen Familie auf eine Reise zu den griechischen Inseln aufbrechen.

Eine weitere Runde Tequila kam bei uns an, spendiert von einem Trio Verbindungsstudenten, die ein paar Tische weiter saßen. Wir hoben unsere Gläser, und dann leckten, klopften und saugten wir pflichtgemäß. Den Tequila, nicht die Jungs.

Während andere Frauen diese Typen, die man oberflächlich attraktiv hätte nennen können, angeblickt und potenzielle Partner oder auch einen guten One-Night-Stand in ihnen gesehen hätten, sah ich nur drohendes Kopfweh. Andere Frauen machten die Drinks und ihre Aufrisse heiß; mich hingegen ließ das alles einfach kalt.

So war ich nicht immer gewesen.

»Nimm dir die Jungs mal vor, Nat!«, rief unsere Freundin Polly. Sie war ein kräftiges, mit Mais gemästetes Mädchen aus Nebraska. Die Farm ihrer Familie befand sich in einer Kleinstadt bei Lincoln, nur wenige Kilometer von unserer entfernt.

Das heißt, es war ja nicht mehr unsere Farm, nachdem Mom letztes Jahr alles verkauft hatte.

»Viel zu leicht«, sagte ich, da ich das Trio natürlich längst abgecheckt hatte. Der erste Kerl hatte unaufhörlich die Sportergebnisse im Fernsehen verfolgt, während sein Bein auf und ab wippte. Der zweite war ein trübseliges Häufchen Elend, dessen eigene Freunde angesichts seiner Betrunkenheit die Augen verdrehten. Der dritte war fanatisch perfekt gekleidet, gepflegt und überprüfte ständig sein Aussehen im Spiegel hinter der Bar.

»Von links nach rechts?«, fragte ich. »Unverbesserlicher Spieler, Gewohnheitstrinker, und – wie sag ich es am besten? – der Dritte verfügt über eine eher bescheidene Ausstattung.«

Ich seufzte. Yep, diese Kerle waren einfach zu leicht zu durchschauen. Wo blieb denn da der Reiz? Hier saß ich nun in derselben Bar in Lincoln, in die ich immer ging, mit denselben Leuten, mit denen ich immer rumhing. Morgen hatte ich Frühschicht in dem einen Restaurant und Spätschicht im anderen, und am Montag musste ich dann in meine Seminare gehen und unterrichten. In den letzten Wochen hatte ich durchschnittlich nicht mehr als fünf Stunden Schlaf pro Nacht gekriegt. Was machte ich überhaupt hier?

Aber schlafen konnte ich schließlich immer noch, wenn ich tot war.

»Ich habe mir meine Beute für heute Abend ausgesucht«, verkündete die schöne Jess. »Der mit der bescheidenen Ausstattung gehört mir.« Wie gewöhnlich würde sie eine weitere Eroberung abschleppen und mit zu ihm gehen, damit sie abhauen konnte, sobald sie mit ihm fertig war. »Diese Sorte Mann«, fuhr sie ungeniert fort, »sieht normalerweise zu, dass sie jegliche Defizite mit dem Mund wettmacht. Ist echt wahr.«

»Du solltest lieber aufpassen, liebe Jessebel«, ermahnte ich sie, »sonst ziehst du dir einen weiteren Bewunderer an Land, der wie eine Klette an dir klebt.«

»Ich kann doch nichts dafür, dass das hier« – sie zeigte auf ihren Schritt – »das Bermudadreieck ist und jeder Typ, der sich dorthin wagt, einfach nicht mehr wegwill.«

Ich tippte mir gegen das Kinn. »Oh, und ich dachte, du nennst es so, weil es schon so viele Matrosen eingesaugt hat.«

»Das ist absolut zutreffend«, brachte sie zwischen Anfällen schallenden Gelächters heraus.

Jetzt konnten wir darüber lachen, aber ich hatte die Folgen ihrer Affären schon erlebt: die Verzweiflungsgeschenke, die nächtlichen Anrufe, das Stalking.

Was für einen Sinn sollte dieses Drama haben? Diese ganze Angst? Verabredungen, Liebe und Sex wurden allesamt überbewertet, wie ich Jess schon wiederholt zu erklären versucht hatte. Dann setzte sie immer dieses geheimnisvolle Lächeln auf und sagte: »Eines Tages wird es dich wie aus heiterem Himmel treffen. Ich hoffe nur, dass ich das miterleben darf.«

Als das Lachen abgeflaut war, meinte Polly: »Nimm dir doch *den* da«, und wies mit einer Hand auf die Tür.

»Na schön.« Ich seufzte aus purer Langeweile – *verdien dir deinen Alk, du Comedy-Schlampe* – und drehte mich zum Eingang um. Um dort den bestaussehendsten Mann zu sehen, dem ich je begegnet war.

Seine Augen leuchteten golden und standen in krassem Gegensatz zu seinem dichten schwarzen Haar, das er ziemlich lang trug, sodass es bis auf den Kragen reichte. Er hatte eine römische Nase, die vermutlich schon mal gebrochen gewesen war, und eine rasiermesserdünne Narbe, die sich über beide Lippen zog. Ein Kämpfer?

Das passte allerdings nicht zu seiner teuren Kleidung: maßgefertigter schwarzer Mantel, Hemd, dunkelgraue Anzughose, schwarze Lederschuhe und Gürtel. Durch Jess hatte ich genug über Mode gelernt, um einen guten Stoff zu erkennen. Sein Outfit kostete vermutlich mehr als meine gesamte Garderobe.

Als er an der Bar stand und einen Drink bestellte, sah ich, dass er an der einen Hand drei Ringe trug sowie einen Ring am Daumen seiner anderen Hand und dass ein verrucht aussehendes Tattoo aus seinem gestärkten Kragen herauslugte.

Er war groß, schlank, aber kräftig gebaut, und sah aus wie vielleicht neunundzwanzig oder dreißig, doch sein Gesicht wirkte erschöpft wie das eines älteren Mannes. Mit diesen rauen Gesichtszügen wirkte er auf gewisse Weise gut aussehend, wenn auch nicht im klassischen Sinne.

Ihn umgab eine Aura von Ennui, doch zugleich wirkte er extrem wachsam. Was zur Hölle sollte das? Mein innerer Mannalysator surrte verwirrt. *Kann nicht berechnet werden!*

Ich konnte fühlen, dass meine Freundinnen mich anstarrten, aber ich stand auf dem Schlauch. »Ich … ich weiß nicht.« War er ein Raufbold, ein reicher Playboy oder beides? Zu allem Überfluss spürte ich auch noch die Kopfnote *Europäer* – zusammen mit starken Untertönen von *Gefahr*.

Er war wie ein Geschichtsbuch, das in einer Schrift verfasst war, die ich noch nie gesehen hatte. Faszinierend.

Jess kniff mich in die Seite, um meine Aufmerksamkeit auf ihr selbstgefälliges Grinsen zu lenken. »Du kannst den Mund jetzt wieder zumachen.« In herablassendem Tonfall fuhr sie fort: »Willkommen in meiner Welt – wo erste Begegnungen immer in Zeitlupe stattfinden, begleitet von dem Song ›At Last‹ in Dauerschleife.«

Oh nein, ihre Welt war voller Angst und total überdreht. Aber warum war mein Blick nur zu diesem Mann zurückgehuscht?

»Das ist ja mal ein heißes Gerät – auf eine gewisse Art. Eine Mischung aus Cagefighter und *GQ*-Model.« Jess hatte offenbar nicht vor, das Thema zu wechseln. »Vermutlich kriegt der mehr nackte Frauen zu sehen als eine Klobrille. Aber er hat dich dazu gebracht, zweimal hinzusehen, was ihn zu einer seltenen und wundersamen Kreatur macht, sozusagen zum Einhorn dieser Bar. Das erfordert eine nähere Begutachtung, meinst du nicht auch?«

Ich könnte ihn befragen, ihn einordnen und anschließend alle Gedanken an ihn aus meinem Kopf verbannen. Ich war beschwipst genug, um diese Möglichkeit ernsthaft in Erwägung zu ziehen. »Sollte ich mal hingehen und mich vorstellen?«

Sie nickte. »Es sei denn, du willst eine Spielverderberin sein. Und nun ziehe vertrauensvoll von hinnen, denn du siehst heute Abend einfach wunderhübsch aus.«

Jess' Stil war sexy-glamourös! Meiner hingegen? *Wenn ich dir nicht gefalle, guck doch woanders hin, du Penner!* Heute Abend trug ich allerdings einen kurzen Wildlederrock, der sich eng um meine Hüften schmiegte, und ein verführerisches rotes Oberteil – eines von Jess' trendy, tief ausgeschnittenen Teilen. Und ausnahmsweise trug ich mal keinen Minimizer-BH.

Dieses Outfit war dadurch zustande gekommen, dass sich sämtliche Klamotten, die ich normalerweise getragen hätte – Jeans und Rolli – in einem übervollen Wäschekorb befanden. Die schwarzen, kniehohen Stiefel, die Jess mir gekauft hatte, hatte ich angezogen, um ihr zu zeigen, wie sehr ich die Dinger zu schätzen wusste.

Ich erhob mich, strich mir noch einmal das wellige Haar über die Schultern und zog den Rock hinunter, was Jess dazu veranlasste, mir zur Ermutigung einmal laut auf den Hintern zu klatschen. Als ich an ihrem Tisch vorbeikam, prosteten die jämmerliche Ausstattung und der Gewohnheitstrinker mir zu, was meinem Selbstbewusstsein nicht schadete.

Als ich den halben Weg zu dem harten Kerl zurückgelegt hatte, sah er mich an. Sein Blick wurde immer intensiver, und augenblicklich fühlte sich meine Umgebung kleiner, wärmer an. Ich unterdrückte den Drang, mir Luft zuzufächeln. Zum ersten Mal in meinem Leben fühlte ich mich ein wenig … *schwindelig*.

Als ich mich neben ihn an die Bar stellte, wandte er sich mir zu. Von Nahem sah er sogar noch einschüchternder, noch attraktiver aus. Größer, als ich gedacht hatte.

Seine fesselnden Augen hatten die Farbe von Bernstein, mit einem schwarzen Kreis drum herum.

Während mir weitere Einzelheiten auffielen – vernarbte Knöchel, Tattoos auf den Fingern unter seinen Ringen, eine glatt rasierte, gemeißelte Kinnlinie –, nahm ich die Hitze wahr, die sein riesiger Körper ausstrahlte. Dann traf mich die erste Welle seines atemberaubenden Dufts.

Frisch, männlich, berauschend.

Wie aus heiterem Himmel.

Sag was, Nat. Ich musste aufschauen, um ihm ins Gesicht sehen zu können. »Ähm, hi, ich bin Natalie.« Ich hielt ihm meine Hand hin, aber er ergriff sie nicht. *Okay* … Ich schluckte. »Darf ich Ihnen einen Drink ausgeben?« War das ein Wodka on the rocks, den er bestellt hatte? Er sah nicht aus, als würde er billige Cocktails trinken.

Er legte den Kopf auf die Seite und musterte mein Gesicht, genau so, wie ich die Gesichter von Männern musterte. Nach wie vor stumm wie ein Fels. Vielleicht sprach er ja nicht unsere Sprache. An der UNL gab es eine Menge ausländische Studenten. »Drink?« Ich zeigte auf sein unberührtes Glas und tat so, als würde ich etwas eingießen.

Seine Miene gab so wenig preis, dass es mir vorkam, als ob ich mit der Wand redete.

Während meine Wangen rot anliefen, murmelte ich: »Also, das ist ja prächtig gelaufen. War nett, sich mit dir zu unterhalten, Junge.« Mit gedemütigtem Lächeln drehte ich mich um –

Eine schwielige Hand schloss sich um meinen Ellenbogen, seine Ringe fühlten sich kühl an im Vergleich zu seiner Haut. Der Kontakt war so elektrisierend, dass ich erschauerte.

»Warten Sie«, sagte er. Hatte ich da den Hauch eines gerollten Rs gehört?

Mein Herz tat einen Satz. Vielleicht war er ja … Russe. Ich drehte mich wieder um, diesmal ein aufrichtiges Lächeln im Gesicht. »Kommen Sie aus Russland?«, fragte ich und fügte noch ein »Straast-wui-tje« – Hallo – hinzu.

Er hielt nach wie vor meinen Ellenbogen umfasst. Wie konnte seine Hand nur so heiß sein? Ich unterdrückte Fantasien, in denen er andere Körperteile von mir berührte und mit diesen Händen eine Spur der Hitze hinterließ …

»Dann sprechen Sie also meine Sprache?«

Bingo, ein Russe! »Ein wenig«, sagte ich entzückt. Ich konnte ihn über das Land ausquetschen, mehr über den Ort meiner Geburt erfahren! »Ich hab ein, zwei Kurse belegt.« Oder auch fünf. Für mein Studium hatte ich nachweisen müssen, dass ich eine zweite Sprache fließend beherrschte, und ich hatte Russisch gewählt.

Er blickte sich aufmerksam um, so als ob er damit rechnete, dass ihm jederzeit jemand einen Schlag verpassen könnte. Dann sah er wieder mich an. »Von allen Männern in dieser Bar haben Sie sich ausgerechnet mich ausgesucht?« Sein Englisch war sehr gut, wenn er auch mit starkem Akzent sprach. »Suchen Sie etwa Ärger?«

Mit einem Selbstbewusstsein, das ich nicht fühlte, erwiderte ich herausfordernd: »Vielleicht.« Meine Stimme klang atemlos; ich war noch immer nicht zum Durchatmen gekommen, seit er mich zum ersten Mal berührt hatte. »Bin ich fündig geworden?«

Er blickte nach unten und schien überrascht, als er entdeckte, dass er nach wie vor meinen Arm festhielt. Abrupt ließ er mich los und schien mit jeder Sekunde wütender zu werden. »Nein, kleines Mädchen, das bist du nicht.« Mit angewiderter Miene wandte er sich ab und marschierte hinaus.

Ich starrte die Tür an, während ich mit meiner Fassungslosigkeit kämpfte. Was war denn da gerade passiert? Ich hatte doch Interesse in seinem Blick gesehen, oder hatte ich mich etwa geirrt?

Doch dann hatte er sich auf einmal wie ein Vampir aufgeführt, der gerade festgestellt hatte, dass ich ein verdammter Sonnenstrahl war.

»Hey, was hast du angestellt – ihn gebissen?« – »Hast du etwa seine Männlichkeit infrage gestellt?« – »Lass mich mal deinen Atem riechen.«

Ich war lange genug in der Bar geblieben, um mir den Spott meiner Freundinnen anzuhören, denn den hatte ich verdient, und schließlich war ich keine Spielverderberin. Ich bemühte mich generell, mich nicht allzu ernst zu nehmen; immerhin nannte ich mich selbst »die Mannalytikerin«. Mein Lebensmotto: *Scheiß auf sie, wenn sie keinen Spaß verstehen.*

Ein paar Drinks später hatte ich mich verabschiedet und mich ziemlich betrunken auf den Heimweg gemacht, in die Bude, die ich mir mit Jess teilte, ungefähr fünf Blocks entfernt.

Es waren immer noch massenweise Studenten unterwegs, die vor der Zwischenprüfung noch einmal Dampf ablassen wollten. Es war eine kühle Herbstnacht, und der Vollmond schien hell. Ich zog meine Jacke enger um mich. So kurz vor der Ernte lag der Duft des reifen Maises in der Luft – immer eine aufregende Zeit für mich, da ich in den Tiefen meines Herzens ein Farmmädchen bin.

Ein Pärchen nach dem anderen schlenderte Hand in Hand an mir vorbei, und ich sah ihnen ein wenig wehmütig hinterher. Auch wenn ich für Männer und das ganze Drama drum herum null Toleranz hatte, hätte ich nichts dagegen, jemanden zu haben, an den ich mich in diesem Winter kuscheln könnte.

Jemanden, dem auffiel, dass meine Hände kalt waren, und der sie zwischen seine nehmen würde.

Denk nicht an den Russen, denk nicht an …

Zu spät. Ich sah mich zwar nicht unbedingt Händchen haltend und Weihnachtslieder summend mit dem Kerl über den Campus spazieren, aber irgendwas hatte er schon gehabt –

Plötzlich überkam mich das Gefühl, beobachtet zu werden. Ich fuhr mit der Hand über meinen Nacken und sah mich um.

Lara Adrian, Donna Grant, Alexandra Ivy, Laura Wright

Masters of Seduction

Atemlose Nacht

Romantic Fantasy

Von Feinden zu Liebenden – spannend, verführerisch und unglaublich sexy

Der Inkubus Devlin Gravori beschuldigt die Nephilim, seinen Bruder ermordet zu haben. Um sich zu rächen, nimmt er die schöne Nephilimkriegerin Nahiri als Geisel. Zwischen Devlin und Nahiri entwickelt sich schon bald eine Leidenschaft, der beide nicht widerstehen können. Doch auf der Suche nach dem Mörder von Devlins Bruder kommen sie einer Verschwörung auf die Spur, die weitreichender ist, als sie vermutet haben.

Vier der besten Autorinnen der Romantic Fantasy entführen ins sinnliche Reich der Inkubi und Nephilim!

Band 1 der Serie
500 Seiten, kartoniert mit Klappe
€ 9,99 [D]
ISBN 978-3-8025-9939-2

www.egmont-lyx.de

LYX
EGMONT